COLECȚIE COORDONATĂ DE
Magdalena Mărculescu

Camilla Grebe

Gheața de sub picioarele ei

Traducere din engleză de
Andrei Dósa

3
TREI

Editori:
Silviu Dragomir
Vasile Dem. Zamfirescu

Director editorial:
Magdalena Mărculescu

Redactor:
Carmen Botoşaru

Coperta: Faber Studio
Foto copertă: Guliver/Getty Images/ © Anima Fotografie aka Des Cannon

Director producţie:
Cristian Claudiu Coban

Dtp:
Gabriel Ionescu

Corectură:
Maria Muşuroiu
Maria Tamaş

Descrierea CIP a Bibliotecii Naţionale a României
GREBE, CAMILLA
Gheaţa de sub picioarele ei / Camilla Grebe ; trad. de Andrei Dósa.
- Bucureşti : Editura Trei, 2017
ISBN 978-606-40-0090-3

I. Dósa, Andrei (trad.)

821.11

Titlul original: Älskaren från huvudkontoret
Autor: Camilla Grebe

O.P. 16, Ghişeul 1, C.P. 0490, Bucureşti
Tel.: +4 021 300 60 90; Fax: +4 0372 25 20 20
e-mail: comenzi@edituratrei.ro
www.edituratrei.ro

ISBN: 978-606-40-0090-3

Pentru Estelle şi Fredrik

Nu ştii cine ţi-e prieten şi cine duşman,
până când gheaţa de sub picioarele tale nu cedează.

— Proverb inuit

Peter

Stau în zăpadă lângă mormântul mamei mele, când primesc apelul. Piatra funerară e simplă, din granit brut, abia îmi ajunge până la genunchi. Am vorbit o vreme cu mama despre cât de greu e să fii ofițer de poliție în orașul ăsta, unde nimănui nu-i pasă de nimic în afară de sine însuși. Și — poate mai important — despre cât de greu e să trăiești într-un astfel de oraș, în vremurile astea.

Îmi scutur zăpada de pe adidași și mă întorc cu spatele la mormânt. Simt că nu e în regulă să vorbesc la telefon lângă mormântul ei. În fața mea se întind dealurile vălurite ale cimitirului Woodland. Ceața plutește printre vârfurile pinilor înalți, iar trunchiurile țâșnesc din zăpadă asemenea unor semne de exclamare, ca și cum ar sublinia caracterul efemer al vieții. Zăpada topită picură de pe vârfurile copacilor și de pe morminte. Apa adunată din topirea zăpezii e peste tot. Îmi pătrunde în încălțămintea subțire, adunându-se în jurul degetelor ca un memento umed al necesității de a cumpăra acele ghete pe care încă nu mi le permit. Undeva în depărtare zăresc câteva siluete întunecate care se retrag în pădurea de pini. Poate că au venit să aprindă candele sau să așeze coroane de brad pe morminte.

Nu mai e mult până la Crăciun.

Fac câțiva pași către aleea îngrijită, curățată de zăpadă, și arunc o privire spre ecranul telefonului, chiar dacă știu deja cine e. Sentimentul e inconfundabil. O senzație de scufundare apăsătoare pe care o cunosc foarte bine.

Înainte de a răspunde, mă întorc încă o dată spre mormântul ei. Fac încurcat cu mâna și băigui ceva despre faptul că o să mă întorc în curând. Bineînțeles că e inutil — știe că mă întorc întotdeauna.

Drumul se întinde negru și lucios în timp ce conduc înapoi spre oraș. Luminile de frână ale altor mașini pâlpâie în fața mea, luminându-l. De-a lungul șoselei spre Stockholm se înșiră troiene mari de zăpadă maronie, murdară, și clădiri pătrățoase, deprimante, conformiste. Din loc în loc, steaua de Crăciun luminează câte o fereastră, asemenea unei torțe în întuneric. A început din nou să ningă. O peliculă de zloată se depune pe parbriz, estompând colțurile, îmblânzind peisajul. Singurul zgomot care se aude e șuierul ștergătoarelor acompaniat de toarcerea lină a motorului.

O crimă.

Încă o crimă.

Cu mulți ani în urmă, pe vremea când eram doar un detectiv novice, faptul că eram chemat la scena unei crime îmi provoca mereu un soi de exaltare. Moartea era sinonimă cu un mister care trebuia rezolvat, asemenea lânii încurcate care trebuia descâlcită. Pe vremea aia, credeam că totul poate fi descâlcit și explicat. Atâta timp cât aveai suficientă energie, rezistență și știai de care fire să tragi și în ce ordine. Realitatea nu era nimic mai mult decât o rețea complexă de fire.

Pe scurt, putea fi stăpânită, deslușită.

Acum nu mai știu. Poate că mi-am pierdut interesul față de rețea, mi-am pierdut intuiția și nu mai știu de care fir să trag. În timp, moartea a căpătat o nouă semnificație. Mama, odihnindu-se în pământul umed al cimitirului Woodland. Annika, sora mea, odihnindu-se în același cimitir, nu departe de mama. Și tata, care și-a propus să bea până își dă duhul pe Costa del Sol, li se va alătura în curând. Crimele cu care am de-a face nu mi se mai par atât de importante. Desigur, pot să dau o mână de ajutor la elucidarea lor. Să pun în cuvinte ceea ce este de neconceput — viața cuiva fusese curmată— și să descriu evenimentele care au dus la asta. Poate chiar să-l găsesc pe făptaș și, în cel mai bun caz, să ajut la intentarea procesului. Dar morții nu învie, nu-i așa? În ultimul timp mi-e greu să găsesc un sens în ceea ce fac.

Când ajung la Roslagstull se lasă deja întunericul și-mi trece prin minte că astăzi nici nu a fost lumină. Ziua a trecut neobservată prin aceeași ceață incoloră de decembrie, ca și ziua de ieri și cea de alaltăieri. Odată ce intru pe autostrada E18 care se îndreaptă spre nord, traficul se întețește. Trec pe lângă zone unde se repară drumul, iar gropile îmi zguduie mașina, astfel încât micul brăduț atârnat de oglinda retrovizoare saltă alarmant.

Când trec pe lângă universitate, Manfred mă sună din nou. Îmi spune că e o porcărie de nedescris, că e implicat un fel de ștab și că ar fi bine dacă nu mi-ar lua atât de al naibii de mult timp să ajung acolo odată. Mă uit afară în crepusculul gri precum cimentul, îi spun să nu-şi piardă cumpătul, drumul e mai plin de găuri decât un şvaiţer, şi că o să mă rănesc la coaie dacă mă grăbesc mai tare.

Manfred explodează în familiarul lui râs grohăit, care seamănă cu guiţatul unui porc. Sau poate că sunt nedrept: Manfred e gras; poate că asta îmi alterează percepţia asupra râsului său, mă face să mă gândesc la un grohăit voluptuos. Poate că râsul lui nu e diferit de al meu.

Poate că toţi scoatem aceleaşi sunete.

Manfred şi cu mine lucrăm împreună de mai bine de zece ani. An după an, am stat unul lângă altul în faţa mesei de autopsie, interogând martori şi întâlnindu-ne cu rudele distruse de suferinţă. An după an, i-am urmărit pe răufăcători şi am făcut tot ce ne-a stat în puteri ca să transformăm lumea asta într-un loc mai sigur. Dar am reuşit oare? Toţi acei oameni care dorm în camerele frigorifice de la Institutul de Medicină Legală din Solna sunt în continuare morţi şi nimic nu va schimba asta. Niciodată. Nu suntem decât echipa de făcut curăţenie a societăţii, care leagă capetele firelor libere după ce materialul se destramă, după ce inimaginabilul s-a produs deja.

Janet spune că sunt deprimat, dar n-am încredere în Janet. Pe lângă asta, nu cred în depresie. Pentru că aşa stă treaba: nu cred în ea. În cazul meu, am ajuns să văd adevărata natură a existenţei noastre şi privesc pentru prima dată viaţa cu ochi lucizi. Janet spune că asta e o reacţie standard, că persoana deprimată nu reuşeşte să vadă dincolo de mizeria ei personală. Ca răspuns, îi zic că depresia e una dintre cele mai profitabile invenţii ale industriei farmaceutice şi că nu am nici timp, nici chef să îmbogăţesc şi mai mult nişte companii farmaceutice obscen de bogate. Iar dacă după asta Janet vrea să vorbim despre felul în care mă simt, închid întotdeauna telefonul. Până la urmă, ne-am despărțit de mai bine de cincisprezece ani; nu am de ce să discut astfel de lucruri cu ea. Faptul că se întâmplă ca ea să fie mama unicului meu copil nu schimbă cu nimic situația.

Că veni vorba, Albin e copilul pe care n-ar fi trebuit să-l avem. Nu din cauză că ar fi ceva în neregulă cu Albin — e un adolescent destul de normal: plin de coșuri, obsedat de sex și interesat în mod patologic de jocurile pe computer —, ci din cauză că realmente nu eram pregătit să devin părinte. În momentele mai grele (care se repetă din ce în ce mai frecvent pe măsură ce trec anii), cred că Janet a făcut-o dinadins. Și-a aruncat pilulele contraceptive și a rămas însărcinată ca să se răzbune pentru chestia aia legată de nuntă. Poate că așa este. N-o să aflu niciodată și acum nici nu prea mai contează. Albin există și trăiește bine mersi cu maică-sa. Ne vedem uneori, nu prea des — de Crăciun, cu ocazia solstițiului de vară și de ziua lui. Cred că e mai bine pentru el să nu avem de-a face unul cu altul. Altfel, probabil că ar ajunge să fie dezamăgit de mine.

Câteodată mă gândesc că ar trebui să port o fotografie de-a lui în portofel, ca toți ceilalți părinți (adevărați). O fotografie nereușită de la școală, având ca fundal un panou sepia dintr-o sală de sport, făcută de un fotograf ale cărui visuri nu l-au purtat mai departe de liceul Farsta. Dar după aceea îmi dau seama că prin asta n-aș prosti pe nimeni, pe mine însumi în niciun caz. Cred că statutul de părinte e ceva ce se câștigă prin merit. Un drept pe care-l obții după ce înduri nopți nedormite, schimbi scutece și toate celelalte lucruri care vin la pachet. Are prea puțin de-a face cu genele, cu sperma pe care am donat-o fără să ştiu, în urmă cu cincisprezece ani, astfel încât Janet să-şi poată realiza visul de a deveni mamă.

Identific casa de la distanţă. Nu din cauză că acea clădire albă, pătrăţoasă ar ieşi în evidenţă în vreun fel în suburbia exclusivistă, ci pentru că e înconjurată de maşini de poliţie. Lumini albastre strălucesc pe zăpadă şi inconfundabila dubă a experţilor legişti e parcată elegant ceva mai încolo. Îmi las maşina la poalele dealului şi parcurg pe jos distanţa care mă mai desparte de casă. Salut tipii în uniforme, le flutur insigna pe sub nas şi mă strecor pe sub banda alb-albastră care fâlfâie uşor în bătaia brizei.

Manfred Olsson stă în uşa de la intrare. Corpul lui masiv obturează mare parte din deschizătură în timp ce-şi ridică o mână să mă salute. Poartă un sacou de tweed cu o batistă de mătase roz care i se iţeşte din buzunarul de la piept. Pantalonii lui largi de lână sunt strâns îndesaţi în botoşeii de plastic de unică folosinţă.

— Să fiu al naibii, Lindgren. Credeam că nu mai apari.

Privirile ni se întâlnesc. Ochii lui mici şi neastâmpăraţi, de culoarea piperului, sunt adânciţi în faţa rumenă. Părul lui rar şi roşcat e pieptănat cu atenţie într-un stil care aminteşte de un actor din anii cincizeci. Arată mai degrabă ca un vânzător de antichităţi, ca un istoric sau un somelier decât ca un ofiţer de poliţie. De fapt, că este detectiv e ultimul lucru la care te-ai gândi când îl vezi, iar el e fără îndoială conştient de asta. S-ar putea să fie doar un truc, s-ar putea ca lui să-i placă să-şi exagereze stilul excentric pentru a-i provoca pe ofiţerii mai înguşti la minte.

— Cum am spus…

— Da, da. Dă vina pe trafic, spune Manfred. Știu cum e când pui mâna pe un film porno al naibii de bun. E greu să te dezlipești de el.

Limbajul dur al lui Manfred contrastează puternic cu stilul lui vestimentar elaborat și conservator. Îmi dă o pereche de botoși de plastic și mănuși și-mi spune, coborând puțin vocea:

— Ascultă. Chestia asta e cu adevărat nasoală... Vino să vezi cu ochii tăi!

Îmi pun botoșeii și mănușile de latex și pășesc pe plăcile de plastic pe care se pare că experții legiști le-au dispus la întâmplare prin hol. Mirosul sângelui e atât de intens și de grețos, încât aproape că-mi vine să mă dau înapoi, cu toate că e un iz pe care-l cunosc foarte bine. Senzația de apăsare din stomac devine mai puternică. În ciuda tuturor locurilor în care am fost să constat crime, a tuturor cadavrelor pe care le-am văzut, există ceva legat de faptul că te afli în apropierea morții reci și nemediate care-mi face părul măciucă. Poate că e conștientizarea vitezei cu care se poate întâmpla. Cât de repede poate fi stinsă o viață. Dar, pe de altă parte, uneori e invers — scena unei crime sau un cadavru sunt mărturia unei agonii prelungite în mod insuportabil.

Salut experții legiști în haine de protecție albe și arunc o privire prin hol. E gândit ca un spațiu anonim, aproape auster. Sau e doar extrem de masculin? E cam același lucru când vine vorba de amenajări interioare. Pereți albi, podea gri. Nici urmă de obiectele personale pe care le-ai găsi în mod obișnuit într-un hol: geci, genți sau pantofi. Pășesc pe următorul dreptunghi de plastic și arunc o privire în bucătărie. Dulapuri de bucătărie lăcuite în negru, luciu puternic. O masă eliptică cu scaune în jurul ei pe care o recunosc dintr-o revistă de decorațiuni. De-a lungul peretelui se înşiră cuțite. Observ că niciunul nu pare să lipsească.

Manfred îşi aşază mâna pe brațul meu.

— Haide! Pe-aici!

Traversez holul păşind pe plăcile de plastic. Trec pe lângă un expert legist echipat cu un aparat foto şi un carnețel. Sub plastic se întinde o mare pată de sânge. Nu, nu e o pată, e o mare. O mare roşie, lipicioasă, de sânge proaspăt care pare să se întindă pe toată această porțiune a holului, de la un perete la altul şi mai departe pe scări, până jos în pivniță. Din această mare pornesc sute de urme de paşi de diferite mărimi care duc spre uşa din față.

— Al dracului de mult sânge, mormăie Manfred şi păşeşte înainte cu o agilitate surprinzătoare, cu toate că plăcile de plastic se îndoaie sub greutatea lui.

O plăcuță cu un număr e aşezată lângă o grămadă de haine însângerate. Zăresc un picior şi o gheată neagră cu toc înalt, apoi partea inferioară a trupului unei femei întinse pe spate. Îmi ia câteva secunde să realizez că a fost decapitată şi că ceea ce la început am crezut că e o grămadă de haine, e de fapt un cap care zace pe podea. Sau mai degrabă e înfipt acolo, ca şi cum ar fi crescut din podea.

Ca o ciupercă.

Manfred geme şi se lasă pe vine. Mă aplec în față, ca să cuprind toată scena macabră. Mă las pătruns de ceea ce văd — acest lucru e important. Reacția naturală e să te dai înapoi, să îți fereşti privirea de această oroare, dar în calitate de detectiv am învățat de multă vreme să-mi suprim acest reflex.

Faţa şi părul castaniu al femeii sunt pline de sânge. Dacă ar fi să ghicesc, ceea ce e cam dificil ţinând cont de condiţia în care se află cadavrul, aş zice că are în jur de douăzeci şi cinci de ani. Trupul e şi el plin de sânge şi zăresc ceea ce par a fi nişte răni adânci pe antebraţ. Poartă o fustă neagră, ciorapi negri şi un pulover gri. Sub ea, zăresc un palton de iarnă îmbibat cu sânge.

Futu-i!

Manfred dă din cap şi-şi mângâie faţa nerasă.

— A fost decapitată.

Încuviinţez. Nu mai e nimic de adăugat. E clar că exact asta s-a întâmplat. E nevoie de o forţă considerabilă, sau cel puţin de un efort susţinut să separi capul de trup. Asta spune ceva despre făptaş. N-aş putea spune încă ce anume exact, dar e clar că cel care a făcut asta nu era un infirm. Ucigaşul era destul de puternic. Sau foarte motivat.

— Ştim cine este victima?

Manfred dă din cap.

— Nu. Dar ştim cine locuieşte aici.

— Cine?

— Jesper Orre.

Numele îmi sună cunoscut, aşa cum îţi sună cel al unui atlet retras din activitate sau al unui fost politician. Îmi aduce vag aminte de ceva, dar n-aş putea spune unde l-am mai auzit.

— Jesper Orre?

— Da, Jesper Orre. Directorul executiv de la Clothes&More.

Şi îmi aduc aminte. Controversatul şef al lanţului de magazine de haine cu cea mai rapidă creştere din Scandinavia. Omul pe care media îl iubeşte şi îl urăşte în acelaşi timp. Pentru practicile lui manageriale, pentru nenumăratele lui aventuri amoroase şi pentru frecventele afirmaţii incorecte politic faţă de media.

Manfred oftează adânc şi se ridică. Fac la fel.

— Arma crimei? îl întreb.

Arată în tăcere spre hol. În capăt, lângă scările care par să ducă spre pivniţă e un cuţit mare sau poate o macetă. Nu văd prea bine. Alături e o plăcuţă aşezată cu grijă, cu numărul 5 pe ea.

— Şi Jesper Orre a fost reţinut?

— Nu. Nimeni nu pare să ştie unde se află.

— Ce altceva mai ştim?

— Cadavrul a fost descoperit de o vecină aflată în trecere care a observat că uşa din faţă e deschisă. Am vorbit cu ea. Acum se află la spital — se pare că are probleme cu inima din cauza şocului. Oricum, nu a văzut nimic care să merite să fie menţionat. Din păcate, s-a plimbat de colo-colo pe hol, aşa că nu ştiu dacă experţii vor reuşi să identifice vreo urmă folositoare. Şi zăpada de-afară e plină de sânge. Probabil că ucigaşul a încercat să se cureţe după săvârşirea crimei.

Mă uit în jur. Podeaua de lângă uşa principală e acoperită de o mulţime de urme roşii. De-a lungul pereţilor sunt pete de sânge şi urme de mâini însângerate. Scena seamănă cu o pictură de Jackson Pollock: ca şi cum cineva ar fi vărsat vopsea roşie pe podea, s-ar fi rotit în jurul ei şi apoi ar fi împroşcat-o peste tot.

— Crima pare să fi fost precedată de o încăierare destul de serioasă, continuă Manfred. Victima are răni pe antebraţe şi pe braţe, provocate în timp ce încerca să se apere. Concluzia preliminară a medicului legist este că a murit ieri, între orele trei şi şase după-amiaza. Victima este o femeie care are în jur de douăzeci şi cinci de ani, iar cauza morții o constituie cel mai probabil multiplele răni de la gât, provocate atunci când capul a fost... Mă rog, cred că-ți dai seama și singur.

Manfred devine tăcut.

— Și capul, spun eu. Cum de a ajuns să stea așa, în poziția asta? E posibil să fie din întâmplare?

— Legistul și tehnicienii presupun că ucigașul l-a așezat în poziția asta.

— Cât de al dracului de dezgustător!

Manfred dă din cap și-mi susține privirea cu ochii lui mici, cafenii. Apoi își coboară vocea ca și cum n-ar vrea să fie auzit de nimeni altcineva din încăpere, cine știe din ce motiv. Singurii oameni care mai sunt aici sunt experții legiști.

— Ascultă, asta seamănă în mod straniu cu...

— Dar asta s-a întâmplat în urmă cu zece ani.

— Chiar și-așa!

Dau din cap. Nu pot să neg că nu există similitudini cu o crimă pe care am investigat-o în Södermalm în urmă cu zece ani, una pe care nu am reușit s-o rezolvăm, în ciuda faptului că a fost una dintre cele mai extinse investigații din istoria criminalisticii suedeze.

— Așa cum am spus, asta a fost cu zece ani în urmă. Nu există niciun motiv să credem că...

Manfred face un gest indiferent cu mâna.

— Da, știu. Probabil că ai dreptate.

— Și tipul ăsta, Orre, care locuiește aici, ce știm despre el?

— Deocamdată nu multe, doar ce știm din ziare. Dar Sánchez se interesează. A promis să afle câte ceva până diseară.

— Și ziarele ce spun?

— Păi, obişnuita bârfă. Îl numesc proprietar de sclavi. Sindicatul îl urăşte şi a intentat mai multe procese împotriva companiei. Se pare că e un afemeiat celebru. Tone de gagici.

— Nu are soţie? Copii?

— Nu, trăieşte singur.

Mă uit prin hol, lăsându-mi privirea să gliseze prin bucătăria spaţioasă.

— Dacă locuieşti singur, chiar ai nevoie de un conac?

Manfred dă din umeri.

— „Nevoie" e un termen relativ. Vecina, doamna pe care au dus-o la spital, a spus că aici a locuit când o femeie, când alta, dar le-a pierdut şirul.

Ieşim din nou, ne scoatem botoşii şi mănuşile. La vreo zece metri, lângă intrarea laterală, pare să fie o magazie care a ars, acoperită pe jumătate de zăpadă.

Manfred îşi aprinde o ţigară, tuşeşte şi se întoarce spre mine.

— Am uitat să-ţi amintesc de asta. În urmă cu trei săptămâni, în garajul lui a avut loc un incendiu. Compania lui de asigurări investighează cazul.

Mă uit la rămăşiţele carbonizate ale grinzilor care se iţesc din zăpadă şi-mi aduc aminte de pinii din cimitirul Woodland. Aceleaşi forme tăcute, întunecate, profilate pe zăpadă, evocând acelaşi sentiment neliniştitor de efemeritate şi de moarte.

În timpul drumului cu maşina înapoi în oraş, mă gândesc din nou la Janet. E ceva legat de cele mai odioase crime, cele mai negre orori care mă fac întotdeauna să mă gândesc la ea. Bănuiesc că e din cauză că Janet m-a tulburat, aşa cum se întâmplă şi cu o astfel de crimă. Sau poate că uneori, la un anumit nivel primitiv, subconștient, îmi doresc ca ea să moară, asemenea femeii din casa albă. Bineînțeles că nu vreau cu adevărat să o omor — până la urmă, ea e mama lui Albin — dar acest sentiment este prezent.

Viața mea a fost infinit mai simplă înainte să ne întâlnim.

Janet lucra într-o cafenea în apropiere de secția principală de poliție de pe Kungsholmen. De fiecare dată când treceam pe-acolo, ne salutam. Câteodată, dacă nu erau mulți clienți, îmi ținea companie pentru o vreme, îmi făcea cinste cu o cafea și stăteam de vorbă. Avea părul scurt, blond, de punkeriță, și o strungăreață care uneori era fermecătoare, alteori nu. Era ceva pe care puteai să-ți concentrezi privirea, un punct fix ca fotografia unei muște într-un closet public. Plus că avea sâni mișto. Bineînțeles că mai avusesem femei până atunci. Destul de multe chiar, dar nicio relație serioasă. Veneau și plecau fără să lase cine știe ce impresie asupra mea. Nici eu nu cred să le fi influențat viața în cine știe ce măsură.

Însă Janet era diferită. Era încăpățânată, incredibil de încăpățânată. Cred că luaserăm cina împreună de trei sau patru ori, ajunseserăm în pat cam de tot atâtea ori, când a început să mă lucreze să ne mutăm împreună. Bineînțeles că am refuzat-o. Nu voiam să locuiesc cu ea. Vorbăria neîncetată a lui Janet începuse deja să mă enerveze. Mi-am dat seama că îmi doream din ce în ce mai des să tacă din gură. Dar uneori când dormea goală în patul meu îngust, o găseam incredibil de frumoasă. Tihna și liniștea i se potriveau mult mai mult decât cicălirea. Mi-ar fi plăcut să fie întotdeauna așa. Dar era o dorință absurdă. Nu-i poți cere prietenei tale să fie tăcută și goală.

Cel puțin nu tot timpul.

La început, toată bătaia de cap era îndreptată împotriva unor lucruri mici, cum ar fi excursiile făcute împreună. Obişnuia să vină acasă cu o geantă plină de broşuri informative şi să-şi dedice întreaga seară alegerii celei mai bune destinații. Mallorca sau Ibiza. Insulele Canare sau Gambia. Insula Rhodos sau Cipru. Putea să fie vorba despre unde urma să fie vremea cea mai favorabilă, unde se găsea cea mai gustoasă mâncare sau unde puteai să-ți cumperi cele mai interesante vechituri.

Până la urmă am plecat în excursie şi nici n-a fost aşa de rău. Nu erau multe de făcut în acel sătuc de pe coasta de est a insulei Mallorca, iar Janet şi-a petrecut cea mai mare parte a săptămânii în bikini, citind *The Clan of the Clan Bear*[1], ceea ce însemna că cel puțin era tăcută. Şi aproape goală.

Şi apoi mai era şi sexul.

Sexul era incredibil, n-am ce să zic. Probabil că tot vinul şi sangria pe care le-am consumat în căldura aia au contribuit şi ele. Era ca un animal, dezinhibată şi vulnerabilă în acelaşi timp. Câteodată mă surprindeam gândindu-mă că exista ceva aproape masculin în felul în care se comporta în pat. Cu acea dorință exigentă şi nerăbdătoare care voia să fie satisfăcută cât mai repede şi într-un mod surprinzător de egoist. Obținea ce voia, iar pe atunci era vorba de mine, de trupul meu. Şi poate chiar s-a întâmplat ca în febra momentului să mă gândesc cum ar fi să trăiesc alături de ea. Poate că i-am şi spus-o. Nu-mi aduc aminte.

Sunt atât de multe lucruri de care nu-ți aminteşti!

---

[1] *Clanul ursului de peşteră*, un roman istoric scris de Jean M. Auel. (*N.t.*)

Dar nici n-am ajuns bine acasă, că ea a început să vorbească despre apartamentul pe care-l vom cumpăra împreună. I-am explicat cât se poate de clar că nu eram pregătit să locuiesc împreună cu ea, dar se comporta ca şi cum n-ar fi vrut să audă ce-i spuneam. Ca de obicei, se decisese asupra unui scop — un apartament şi o familie —, şi n-ar trebui oare să simt şi eu la fel, din moment ce aveam deja treizeci şi trei de ani?

De asemenea, şi-a tatuat numele meu, „Peter", pe o flamură purtată de doi porumbei, în zona lombară. Acest lucru mă stânjenea, cu toate că nu ştiam de ce. Probabil din cauză că un tatuaj e pe viață şi numai gândul de a petrece eternitatea alături de Janet îmi dădea fiori.

Toate acestea au coincis cu numirea mea în funcția de detectiv, aşa că era firesc să am multă treabă la serviciu. Pe vremea aia, tratam cu maximă seriozitate fiecare caz în parte, de fapt aveam impresia că dau o mână de ajutor la crearea unei lumi mai bune. Credeam chiar că e posibil să-ți imaginezi cum ar putea să arate o astfel de lume.

O lume mai bună?

Acum, după cincisprezece ani, ştiu că nimic nu se schimbă. Mi-am dat seama că timpul nu e liniar, ci doar circular. Poate să sune arogant, dar e destul de banal. Timpul e un cerc, ca o roată de cârnați. Nu e ceva care să merite prea multă contemplare. E aşa cum e. Crime noi şi ofițeri noi de poliție cu o viziune romantică asupra profesiei, aruncându-se cu capul înainte în meserie. Criminali noi care, odată ce sunt închişi, sunt înlocuiți de alții şi mai noi.

Nu se termină niciodată.

Eternitatea e o roată de cârnați. Iar Janet voia s-o împartă cu mine.

Tind să cred că la începutul relației noastre eram mai ferm. Pe atunci chiar îi înfruntam ideile nebunești. Dar cu timpul mi-a învins rezistența, sau poate că eu am fost acela care am renunțat la strategia mea defensivă. Am devenit mai evaziv. Când aducea vorba, îi răspundeam că „la anul am putea să ne mutăm împreună". Apoi am găsit defecte la fiecare apartament pe care mă obliga să-l vizitez împreună cu ea: ar trebui să fie la un etaj aflat mai sus, ar trebui să fie mai jos (e pericol de incendiu!), prea departe de oraș, prea central (prea zgomotos!) sau orice alt motiv pe care reușeam să-l inventez.

Întotdeauna părea zdrobită când ne întorceam acasă după acele vizionări. Se uita în pământ fără să spună o vorbă, bretonul ei lung și blond îi cădea ca o perdea peste ochi. Își ținea geanta strâns la piept ca pe un scut. Buzele lipite într-o linie subțire din care s-a scurs tot sângele.

Janet știa toate trucurile. Știa că senzația de vinovăție pe care mi-o provoca mă va face mai slab, mai maleabil. Câteodată mă întrebam unde a învățat toate astea, cum putea cineva atât de tânăr să se priceapă atât de bine la manipulare.

Poate că tocmai experiențele prin care trecusem în relația cu Janet au fost cele care m-au făcut să devin atât de fascinat de Manfred când am început să lucrăm împreună, câțiva ani mai târziu. Cu toate că la suprafață te lăsa cu o impresie aproape comică — parțial din cauza tensiunii dintre înfățișarea și limbajul lui necizelat —, poseda și o forță interioară pe care am admirat-o de la bun început. După doar câteva zile, m-a luat deoparte și mi-a explicat că urmează să divorțeze și că probabil cel mai bine e să fiu în cunoștință de cauză, din moment ce s-ar putea ca asta să-i afecteze munca.

Pe atunci, Manfred era căsătorit cu Sara şi erau părinții a trei adolescenți. Țin minte că l-am întrebat ce părere are Sara despre divorț şi Manfred mi-a răspuns că „nu contează, pentru că eu am luat deja o hotărâre". Ceva în legătură cu acea afirmație m-a pus pe gânduri. Luase decizia de unul singur şi urma să obțină divorțul indiferent care ar fi fost părerea Sarei.

Nu prea reuşeam să pun piesele cap la cap.

În acelaşi timp, mă şi îngrijora. Exista riscul ca Manfred, care era atât de perspicace şi de puternic, să poată vedea prin mine. Să-mi vadă slăbiciunile, ambivalența şi împotrivirea mea la ideea de a mă lega la cap. Însuşiri despre care ştiam că sunt atât de urâte, încât ar fi mai bine să le ascund. Însuşiri care miroseau urât atunci când ieşeau la suprafață, ca nişte frunze putrede pe un râu.

Câțiva ani mai târziu, chiar i-am spus lui Manfred despre chestia cu însurătoarea. La început a părut încurcat ca şi cum n-ar fi fost în stare să înțeleagă până la capăt ce-i spusesem, apoi a început să râdă. A râs şi a râs până când pe obrajii lui rumeni au început să se rostogolească lacrimi, iar guşa i s-a scuturat. A râs atât de mult, încât mai avea un pic şi se tăvălea pe podea.

Despre Manfred pot fi spuse multe lucruri, dar cu siguranță ştie să vadă partea luminoasă a vieții.

Când ajung la secția de poliție de pe Kungsholmen e deja întuneric. Vremea pare să se fi răcit, pentru că lapovița s-a transformat în fulgi mari şi pufoşi care cad peste Polhemsgatan. Dacă secția de poliție n-ar fi atât de incredibil de urâtă, scena ar fi fost una frumoasă, dar în loc de asta, peisajul e obturat de clădirile gigantice, un memento al stilului arhitectonic brutal care a fost atât de la modă în anii şaizeci. Ecranele de lumină care se proiectează pe faţadă relevă colegii care lucrează din greu în birouri; în lupta împotriva crimei nu există pauze. Nici măcar într-o seară de vineri de dinainte de Crăciun. Şi în niciun caz atunci când o tânără femeie a fost omorâtă cu brutalitate.

Pe scările ce duc la etajul doi, dau nas în nas cu Sánchez.

— Pari obosit, îmi spune ea.

Poartă o bluză de mătase de culoare crem şi nişte pantaloni negri eleganţi care o fac într-adevăr să arate ca un şef de birou, ceea ce şi este. Părul ei întunecat e prins într-o coadă de cal şi pot să-i văd tatuajul de pe gât. Pare să fie un şarpe care îi urcă pe spate spre urechea stângă ca şi cum ar încerca s-o muşte de lob.

— Nici tu nu arăţi prea bine, îi răspund.

Zâmbeşte cu o gingăşie înşelătoare şi realizez imediat că va trebui să plătesc mai târziu pentru acest comentariu.

— Am pus cap la cap informaţiile legate de Jesper Orre. I-am dat materialul lui Manfred.

— Mersi, spun şi continui să urc scările.

Manfred bea ceai în faţa calculatorului său şi, când intru, îmi face semn să mă duc la el. Pe biroul lui sunt fotografii cu Afsaneh, tânăra lui soţie, şi cu fetiţa lor care va împlini în curând un an, Nadja.

— Ai mâncat? întreabă el.

— Nu mi-e foame. Mersi.

— Nu. Vizita aia n-a fost prea bună pentru apetit.

Mă gândesc la capul din mijlocul băltoacei de sânge. Oamenii îşi fac lucruri ciudate unii altora, câteodată fără motiv, iar alteori din cauza unor dispute care afectează mai multe generaţii. Îmi aduc aminte de o emisiune de la televizor pe care am văzut-o în urmă cu câteva luni, care încerca să găsească un răspuns la întrebarea: omul este un animal paşnic sau unul setos de sânge? Fără îndoială, oamenii sunt cel mai periculos animal de pe planetă; vânăm şi ucidem în mod constant nu numai alte specii, dar şi pe cei din specia noastră. Membrana civilizației e la fel de subțire şi de cosmetică precum este şi lacul care împodobeşte unghiile lui Janet.

— Ai reuşit să afli ceva despre Jesper Orre?

Manfred dă afirmativ din cap şi-şi trece degetul gros peste textul din fața lui.

— Jesper Andreas Orre. Patruzeci şi cinci de ani. S-a născut şi a crescut în Bromma.

Manfred face o pauză şi se întinde după ochelarii pentru citit, în timp ce eu reflectez la cele auzite. Patruzeci şi cinci de ani, cu patru ani mai tânăr decât mine, suspectat de o crimă brutală. Sau poate că şi el e o victimă, cu toate că e mai mare probabilitatea să fie implicat în crimă. Explicația cea mai simplă se dovedeşte de cele mai multe ori a fi şi cea corectă.

Manfred îşi drege vocea. Continuă:

— Este directorul executiv al lanțului de magazine de haine Clothes&More de doi ani. Este... ceea ce noi am numi un tip controversat. Nu e prea iubit, e considerat a fi o persoană dificilă. Din câte se pare, a concediat oameni pentru că au stat acasă cu copiii lor bolnavi, chestii din astea. Cel puțin aşa susține sindicatul. Au fost intentate mai multe procese civile împotriva companiei. Anul trecut a avut un venit impozabil de 4 378 000 de coroane. Nu are dosar penal, n-a fost căsătorit niciodată. Apare adesea în media, mai ales în tabloide şi de cele mai multe ori subiectul e viața lui amoroasă. Sánchez a vorbit cu părinţii şi cu secretara lui şi, de câteva ore, nimeni nu ştie nimic de el. Dar vineri s-a dus la lucru ca de obicei şi părea complet „normal".

Când rosteşte cuvântul normal, Manfred face ghilimele în aer şi mă priveşte pe deasupra ochelarilor.

— Are cumva o relaţie?

— Părinţii lui susţin că nu. Iar secretara a menţionat că, de când au început să apară articole despre el în media, a devenit foarte reticent în privinţa vieţii lui personale. Avem de asemenea datele de contact ale mai multor prieteni de-ai lui. Sánchez urmează să ia legătura cu ei.

— Şi cu focul ăla ce-a fost?

— Că bine zici! Focul. Manfred răsfoieşte din nou teancul de hârtii. Jesper Orre tocmai îşi construia un garaj, dar în urmă cu trei săptămâni acesta a ars, împreună cu două maşini care-i aparţineau. Se pare că erau nişte maşini destul de scumpe. O... stai să văd... un Mg şi un Porsche. Compania de asigurare investighează posibilitatea ca focul să fi fost pus intenţionat. Sánchez urmează să vorbească şi cu ei.

Mă uit pe fereastră afară. Ninsoarea s-a înteţit, întunecând peisajul. Manfred îmi surprinde expresia.

— Curând, spune el. Trebuie să mă duc acasă. Nadja are o infecţie la ureche.

— Iar?

— Ştii cum e la vârsta asta.

Dau din cap, gândindu-mă că de fapt nu ştiu. A trecut mult timp de când Albin era mic, iar pe vremea aia aproape că nu-l vedeam deloc. Infecţie la ureche, gastroenterită — toate astea au trecut pe lângă mine.

— Peter, spune Manfred. N-ar fi rău să săpăm un pic prin ancheta aia veche. Metoda e prea asemănătoare ca s-o ignorăm pur şi simplu. Aş putea să vorbesc cu oamenii care au fost implicați. Poate o scoatem la lumină şi pe vrăjitoarea aia. Cum o chema? Hanne?

Mă întorc spre Manfred, încet. Am grijă să nu arăt efectul pe care acest nume îl are asupra mea. Cum țâşnesc amintirile, răspândindu-se prin toate celulele corpului meu.

Hanne.

— Nu, îi spun şi poate că vocea mea sună prea strident, nu sunt sigur.

Nu mai pot să-mi controlez vocea.

— Nu, în niciun caz nu e nevoie s-o contactăm.

Emma

Cu două luni în urmă

— La naiba, asta e o piatră mare.

Degetele slabe ale Olgăi apucă inelul şi-l ridică-n lumină, ca şi cum ar vrea să se asigure că e real.

— Foarte drăguț, îmi spune şi mi-l dă înapoi. Cât a costat?

— L-am primit cadou. Nu puteam să întreb aşa ceva.

— De ce nu?

— Pentru că nu se face.

Pentru un moment, se face linişte.

— Păi, spune-ne, zice Mahnoor. Cine e prințul?

— Nu pot...

— Ei, haide, chicoteşte Mahnoor. Acum eşti logodită. Cât de secret poate să fie?

O cosiță groasă, neagră îi acoperă umărul. Ochii sunt conturați cu un dermatograf de culoare închisă.

— E complicat, încep eu.

— Mătuşă-mea s-a căsătorit cu vărul ei. Nu au spus nimănui timp de zece ani, se oferă Olga îndatoritoare. Au doi copii. E complicat. Pe bune!

— Jur! Nu e vorba de o rudă. Nu are loc niciun incest. Doar că... e complicat.

— Ca pe Facebook? „E complicat."

Olga râde cu viclenie.

— Poate.

În mica chicinetă se lasă tăcerea, iar frigiderul pornește cu un oftat. Pot să înțeleg curiozitatea colegelor mele. Și eu aș fi reacționat la fel. Dar asta e altceva. Asta e o situație excepțională. Ar fi o greșeală și o iresponsabilitate din partea mea să spun cuiva, mai ales lui Olga și Mahnoor. Ar putea să-i aducă necazuri lui Jesper, și-n cele din urmă și mie.

Și, pe lângă asta, am promis.

Olga adună firimiturile de pe masă într-o grămăjoară, desenează modele în ea cu unghiile lungi și albe, date cu acril.

— Nu pricep de ce ești așa secretoasă, se plânge ea. Dacă era căsătorit, aș fi înțeles, dar e evident că nu e, pentru că ești logodită cu el.

Mahnoor ridică o mână.

— Nu vrea să spună. Respectă-i decizia.

Îi fac un semn de mulțumire lui Mahnoor, care-mi întoarce zâmbetul și-și dă pletele pe spate.

Olga își strânge buzele subțiri și-și dă ochii peste cap.

— În fine!

Liniște din nou. Mahnoor își drege vocea.

— Cum a fost la înmormântarea mamei tale, Emma? A fost în regulă?

Mahnoor. Întotdeauna amabilă și plină de tact. O voce moale și un mod de a vorbi nesigur și lent. Cuvinte ca niște mângâieri micuțe, blânde. Pun inelul la loc. Respir.

— A fost în regulă. N-a venit multă lume, doar cei care i-au fost foarte apropiați.

De fapt, au fost doar cinci oameni în micuța capelă. Câteva coroane singuratice aşezate pe sicriul simplu, de lemn. Organistul a cântat câteva imnuri, cu toate că ştiam că mama ura tot ce ține de imnuri şi rugăciuni. În moarte, ca şi-n viață, trebuie să te supui tradiției, eu asta cred.

— Cum te simți acum? Eşti bine? pare Mahnoor îngrijorată.

— Sunt bine.

Adevărul e că nu prea ştiu ce simt, dar indiferent ce-ar fi, e prea dificil de explicat. Situația e suprarealistă. Nu reuşesc să procesez faptul că mama mea e moartă, că trupul ei mare şi gras era într-adevăr îndesat în sicriul acela. Că cineva a îmbrăcat-o, i-a pieptănat părul sârmos, blond oxigenat, şi a aşezat-o în sicriu. Că a pus capacul şi l-a bătut în cuie, sau ce-o fi făcut.

Ce-ar trebui să simt?

Disperare, tristețe? Uşurare? Relația mea cu mama a fost una complicată, ca să nu spun mai mult şi, în ultimii ani, de când a început să bea „cu normă întreagă", cum a spus una dintre mătuşile mele, nu prea ne-am văzut.

Şi acum treaba asta cu Jesper. În mijlocul întregii nenorociri, îmi dă inelul şi-mi spune că vrea să-şi petreacă viața alături de mine. Mă uit la diamantul care-mi străluceşte pe deget şi mă gândesc că indiferent ce se întâmplă, nimeni nu poate să-mi ia asta. Îl merit. L-am câştigat.

Uşa se deschide cu un bufnet.

— De câte ori trebuie să-ți spun că nu poți să mă laşi singură în magazin? Stai degeaba şi fumezi, în timp ce...

— Nu fumează nimeni, îl întrerupe Olga cu asprime şi-şi trece mâna prin părul lung şi rar.

Replica ei mă surprinde. Nu e cea mai bună idee să te cerți cu Björne. Devine rigid, îşi întinde trupul lung şi subțire şi îşi îndeasă mâinile adânc în buzunarele de la spate ale blugilor, care sunt suficient de lărgite şi amplasate la înălțimea perfectă. Se leagănă înainte şi înapoi pe cizmele lui de cowboy, se holbează la Olga şi ridică bărbia, astfel încât mărul lui Adam îi iese şi mai mult în evidență decât de obicei. Arată ca un peşte, mă gândesc. Un peşte malefic care pândeşte în apa neclară aşteptându-şi prada. În timp ce-şi dă capul pe spate, părul lui întunecat, încâlcit îi atârnă până aproape de umeri.

— Ți-am cerut părerea, Olga?

— Nu, dar...

— Ei bine! Propun să-ți ții gura şi să mă ajuți să pun etichete la blugi, în loc să stai aici şi să-ți admiri noile unghii ruseşti.

Se întoarce pe călcâie şi trânteşte uşa în urma lui.

— Penis, spune Olga, căreia îi e greu să găsească cuvintele potrivite, în ciuda celor zece ani petrecuți în Suedia.

— Cred că ar fi mai bine să ne întoarcem, spune Mahnoor şi se ridică, trage de bluză un pic de parcă ar vrea s-o netezească şi deschide uşa.

În drum spre casă îmi cumpăr câte ceva de mâncare. Lui Jesper îi place carnea, iar în seara asta sărbătorim, aşa că iau nişte filé de muşchi — din cel scump, organic, cu toate că nu prea îmi permit. Cumpăr salată, roşii cherry şi brânză de capră ca să fac şi nişte sendvişuri la cuptor. Petrec mult timp în fața rafturilor cu băuturi. Îmi trec mâinile peste sticlele proeminente, etalate în fața mea.

Nu sunt expertă în vinuri, dar de obicei bem vin roşu. Lui Jesper îi plac vinurile din Africa de Sud, aşa că aleg o sticlă de o sută de coroane de Pinotage.

Când cobor în drum spre casă pe Valhallavägen, e deja întuneric. Bate un vânt rece dinspre nord şi picături mici şi tari de ploaie îmi biciuie faţa. Mă uit în jos la asfaltul ud şi negru şi parcurg în grabă ultima bucată de drum.

Clădirea de apartamente a fost construită în 1925 şi se află chiar lângă centrul comercial Fältöversten, într-o zonă de lux a Stockholmului. Una dintre mătuşile mele a locuit aici până acum trei ani, când a murit. Dintr-un motiv de neînţeles, am moştenit apartamentul, lucru care a cam provocat controverse între rudele mele. De ce a trebuit ca eu, Emma, care nici măcar nu-i fusesem apropiată Agnetei, să moştenesc apartamentul ei din centrul oraşului? Cum am reuşit să o păcălesc să mi-l lase mie?

Nu a fost ceva complet iraţional. Mătuşa Agneta nu avea copii şi mă mai vedeam cu ea uneori. Din când în când, toate mătuşile mele se întâlneau, hotărâte să-şi ţină în viaţă matriarhatul disfuncţional şi uneori mă alăturam şi eu lor.

Descui uşa, apăs pe clanţa de alamă. Mă loveşte mirosul familiar de detergent şi de pâine prăjită. Şi altceva, un miros stătut pe care nu reuşesc să-l identific prea bine. Ceva organic şi familiar. Aşez cu grijă pungile pe podea, aprind lumina în hol şi-mi dau jos pantofii uzi. Îmi agăţ haina pe un umeraş, apoi iau un prosop şi şterg cu delicateţe picăturile de ploaie.

Pe podea sunt două plicuri. Facturi. Le ridic şi le duc în bucătărie. Le pun într-o grămadă, alături de celelalte facturi şi atenţionări. Maldărul e alarmant de mare şi-mi aduc aminte că va trebui neapărat să vorbesc cu Jesper despre asta. Poate că nu în seara asta, dar în curând. Nu pot să tot adun facturi grămadă. Vor trebui plătite într-o bună zi.

Îl chem pe Sigge şi scot din dulap nişte mâncare pentru pisici. Imediat ce aude scârțâitul balamalelor e lângă mine şi mi se freacă de gambe. Mă aplec în față, îi mângâi blana neagră, mă conversez un pic cu el, apoi mă duc în camera de zi.

În apartamentul meu sunt puține mobile. Tot de la mătuşa Agneta am moştenit şi scaunele Carl Malmsten. Masa şi scaunele din hol le-am cumpărat online, iar patul e de la IKEA. Am şi un birou, pe care l-am găsit la Armata Salvării. E plin de cărți şi de carnețele roşii. În afară de slujba de la magazin, studiez pentru bacalaureat. M-am lăsat de şcoală. Mi s-au întâmplat anumite lucruri care m-au făcut să-mi pierd atât capacitatea, cât şi dorința de a continua, dar pentru mine şcoala a fost întotdeauna uşoară. Mai ales matematica. Lumea numerelor are ceva eliberator. Nu există nici zone gri, nici subiectivitate, matematica nu lasă loc de interpretare; fie calculezi bine, fie calculezi greşit.

Mi-aş dori ca şi restul vieții să fie la fel de simplu.

Mă gândesc la Woody pentru o clipă. Părul lui lung şi negru strâns într-o coadă de cal la ceafă. Obiceiul lui de a-şi ține mâna pe obraz în timp ce asculta — întotdeauna părea să asculte cu o intensitate uluitoare. Ca şi cum toți am fi avut ceva foarte important de spus. Şi poate că aveam. Mă înfior şi trec în camera de zi.

Îmi spun că într-o bună zi voi înceta să mă mai gândesc la Woody. Într-o bună zi, amintirea lui va păli ca o veche fotografie polaroid, iar eu îmi voi continua viața ca şi cum el n-ar fi existat niciodată.

În casa mea există un singur obiect cu adevărat valoros — un tablou de Ragnar Sandberg, atârnat în dormitor. O compoziție naivă cu jucători de fotbal în echipament galben cu albastru. Îmi place mult. Mama m-a sfătuit de multe ori să-l vând ca să împărțim banii şi ea să-şi poată bea partea, dar eu am refuzat. Voiam să-l păstrez pe perete, unde a fost dintotdeauna.

Mătuşa Agneta mi-a lăsat şi nişte bani. O sută de mii de coroane, ca să fiu mai exactă. Teancuri de bancnote de o sută de coroane atent învelite pe care le-am descoperit în dulapul unde-şi ținea rufăria. Mamei nu i-am spus niciodată. Ştiam foarte bine ce-ar fi făcut cu banii.

Mă duc la fereastră şi mă uit afară.

La cinci etaje sub mine, Valhallavägen se întinde ca o arteră neagră, uriaşă, alimentând Lidingövägen şi centrul oraşului cu trafic, parte a uriaşului sistem de circulație care împânzeşte Stockholmul. Ploaia pare să se fi întețit. Loveşte în geam, lăsând dâre uleioase. Afară trebuie să fie frig, aproape de îngheț, mă gândesc şi mă înfior.

Despachetez mâncarea, tai brânza de capră în bucățele pe care le pun pe felii mici de pâine. Aprind cuptorul şi prepar salata. Apoi fac un duş. Mă bucur de apa caldă care-mi alunecă pe trup. Inspir aburii fierbinți. Spăl cu grijă fiecare centimetru pătrat al trupului meu cu săpunul pe care ştiu că-l adoră. Îmi simt sânii fragezi şi umflați când îi masez. Mă întind după şampon, îmi spăl părul înainte de a ieşi din cada de modă veche.

Baia e plină de aburi. Întredeschid uşa, şterg oglinda cu un prosop şi mă aplec înainte. Mi se pare că am fața umflată şi roşie. Pistruii ies în evidență pe pielea palidă, sute de insulițe împrăştiate la întâmplare pe suprafața mării. Unele mai mari, altele mai mici. Unele se contopesc în grupuri, formând continente neregulate de piele roşiatică pe marea palidă.

Încep să-mi îndrept cu blândețe părul castaniu-roşcat cu un pieptene cu dinți rari. Îmi examinez sânii. Sunt mari, mult prea mari în comparație cu corpul meu, cu aureole late, roz-deschis. I-am urât dintotdeauna, încă de când acele mici şi hidoase excrescențe au început să devină vizibile, ca nişte abcese pe pielea mea palidă. Am făcut tot ce am putut ca să-i ascund: am purtat bluze lălâi, am umblat cocoşată. Am exagerat cu mâncarea.

Jesper spune că îmi iubeşte sânii şi eu îl cred. Stă între picioarele mele, dezmierdându-i ca pe doi cățeluşi şi îi vorbeşte pe rând fiecăruia, îndrăgostit lulea. Mi se pare că iubirea nu e doar ceea ce simți pentru o altă ființă umană, ci înseamnă să te şi vezi prin ochii iubitului. Să vezi frumusețe acolo unde înainte vedeai doar defecte.

Mă machiez cu migală. Lui Jesper nu-i place machiajul în exces, dar asta nu înseamnă lipsa machiajului, doar aparența lipsei. Îți ia mult mai mult timp decât ai crede să obții acea înfățişare naturală. După ce am terminat, îmi dau cu un pic de parfum în locurile strategice: pe încheieturi, între sâni, pe gât. Îmi pun un pic şi în zona inghinală. Apoi îmi îmbrac rochia neagră, direct pe pielea goală, îmi şterg cu grijă picioarele pe covoraşul din baie şi ies.

De obicei, Jesper e punctual. Sunt tentată să pun sendvişurile în cuptor la şapte, dar durează doar câteva minute să fie gata, aşa că mai bine aştept până soseşte. Ploaia continuă să bată în ferestrele întunecate, fără să scadă în intensitate. Afară, sunetul sirenelor se îndepărtează. Aprind lumânări pe masă. Curentul care vine dinspre ferestrele vechi, neetanşe agită flăcările, iar umbrele din încăpere par să prindă viață, să se mişte. Flutură pe uşile vechi ale bucătăriei şi pe masă. Pentru un moment, pare că întreaga cameră se leagănă şi pare să fie contagios, pentru că brusc mă cuprinde o uşoară greață.

Închid ochii şi mă sprijin de scaun. Mă gândesc la el.

Jesper Orre. Sigur că auzisem de el, îl văzusem de câteva ori la televizor şi în ziarele de scandal. Şi, desigur, câteodată vorbeam despre el la muncă. Ştiam că directorul nostru executiv e un om controversat, atât în afaceri, cât şi în alte privințe. Practic, era băiatul cel rău al industriei de modă, având reputația de a fi dur şi lipsit de scrupule. Când a devenit director executiv, într-o lună a concediat toată echipa de management şi a înlocuit-o cu oameni din propria gaşcă. Imediat au urmat şi alte schimbări. Douăzeci la sută dintre angajați au fost concediați. Au fost emise noi directive legate de felul în care ar trebui tratați clienții. Personalului i s-a impus un cod vestimentar mai strict. S-a redus timpul alocat prânzului. S-au redus pauzele.

În acea zi de mai, când a intrat în magazin, nu l-am recunoscut imediat. Era ceva uşor confuz în legătură cu întreaga lui înfățişare. Stătea în mijlocul departamentului de haine bărbăteşti şi se rotea încet, ca un copil care stă în mijlocul ringului la circ, holbându-se cu ochii cât cepele la spectatori.

M-am dus la el şi l-am întrebat dacă pot să-l ajut cu ceva. E treaba mea să fac asta, iar compania are manuale cu replici predeterminate pe care angajații ar trebui să le folosească — o altă idee de-a lui Jesper care nu i-a convenit sindicatului.

S-a întors spre mine, având în continuare acea expresie confuză, și-a trecut rușinat mâna peste piept și a arătat cu degetul spre o pată mare portocalie de pe pieptul cămășii.

— În jumătate de oră trebuie să particip la o reuniune a consiliului de administrație, a spus, continuând să-mi evite privirea, plimbându-și ochii prin magazin. Trebuie să-mi găsesc o cămașă nouă.

— Spaghete bolognese?

A înghețat și o urmă de zâmbet i-a traversat fața bronzată. Apoi m-a privit și-n acel moment l-am recunoscut. Din fericire, s-a uitat din nou în altă parte, pentru că prezența lui mi s-a părut dintr-odată atât de copleșitoare, atât de palpabilă, încât mi-am pierdut capul. Și m-a lăsat singură în acea tăcere, nefiind în stare să controleze situația.

A durat câteva clipe. Până la urmă, mi-am revenit.

— Ce mărime?

S-a uitat din nou la mine și atunci am observat cât de obosit arăta.

Cearcănele negre sub ochi, petele cenușii la tâmple și grimasa tristă care-i trăgea în jos colțul gurii aproape că dădeau feței lui o expresie amară. Părea mai în vârstă decât în fotografii. Mai în vârstă și mai obosit.

— Mărimea?

— Da, mă refer la mărimea cămășii.

— Scuze, așa e, mi-a spus el.

— Și ce culoare ați prefera?

— Nu știu. Poate albă. Ceva neutru. Ceva adecvat unei reuniuni a comitetului.

Mi-a întors spatele și a cercetat magazinul. Am ales trei cămăși care mă gândeam că s-ar potrivi. Când m-am întors, stătea în continuare acolo.

— Crezi că mă poți ajuta cu alegerea? a întrebat.

— Desigur.

Întrebarea nu avea nimic ciudat; făcea parte din munca mea: să-i ajut pe clienți să-și găsească haine care să le stea bine. Am așteptat în fața cabinei de probă până când a ieșit îmbrăcat cu prima cămașă, cea albă.

— Merge?

— Absolut! Vi se potrivește perfect. Dar încercați-le și pe celelalte.

Perdeaua s-a lăsat din nou, fără zgomot. Două minute mai târziu a ieșit îmbrăcat cu următoarea cămașă: una cu dungi alb-albastre cu nasturi la guler.

— Hmm...

— Nu-ți place?

Părea atât de îngrijorat, că aproape m-a bufnit râsul.

— Nu, nu, doar că nu e potrivită pentru o reuniune a consiliului de administrație. Poate că ar trebui să purtați ceva mai... protocolar.

A dat din cap ca și cum ar fi fost pregătit să dea ascultare tuturor capriciilor mele și a intrat din nou în cabina de probă.

— S-o încerc oare și pe a treia? a spus din interiorul cabinei.

— Bineînțeles.

Situația începea să mă amuze. Era ca un joc plăcut pe care-l jucam cu directorul nostru executiv, care se furișase sub acoperire în magazinul nostru. Ca un rege dintr-un basm care se îmbracă asemenea unui cerșetor ca să treacă neobservat printre supușii lui.

Ușa cabinei de probă s-a deschis și a ieșit de-acolo îmbrăcat cu o cămașă albastru-deschis.

— E perfect. Ar trebui s-o luați pe aceasta, am declarat. E serioasă, dar nu e atât de plictisitoare precum cea albă.

— Deci... noi vindem haine plictisitoare în magazinul ăsta?

În ochii lui apăruse o lumină nouă şi m-a privit cu totul altfel decât înainte.

— Ei bine, uneori clienții noştri au nevoie de haine plictisitoare.

— Touché!

A zâmbit şi s-a oprit în pragul cabinei de probă.

— Îmi place stilul tău. Cum te numeşti?

— Emma. Emma Bohman.

A dat din cap şi a dispărut în spatele perdelei fără să mai spună nimic.

Când scoteam bonul pentru cămaşă, s-a întâmplat ceva care urma să-mi schimbe pentru totdeauna viața. Jesper a început să-şi caute ca un nebun portofelul. Era clar că devenea din ce în ce mai stânjenit.

— Nu înțeleg. Ar trebui să fie...

Şi-a răscolit buzunarele, apoi a dat resemnat din cap.

— La naiba, a murmurat printre dinți.

— Ascultați, e în regulă dacă îmi aduceți mai încolo banii. Ştiu cine sunteți.

— În niciun caz! Până atunci se va închide casa. Chiar nu vreau să-ți cauzez probleme.

— Ei bine, dacă mă păcăliți, voi trimite poliția după dumneavoastră.

Pare să nu fi înțeles gluma. Vedeam picăturile de sudoare care i se formau pe linia părului. Străluceau ca nişte cristale sub lumina crudă, artificială.

— La naiba, a repetat şi a reuşit cumva s-o facă să sune ca o întrebare, ca şi cum mi-ar fi cerut sfatul în legătură cu situația asta ciudată.

M-am aplecat în față, mi-am pus cu blândețe mâna pe brațul lui.

— Ascultați. Vă voi împrumuta eu banii. Uitați, o să vă dau numărul meu de telefon. Îmi dați banii înapoi când puteți.

Şi aşa s-a întâmplat.

A acceptat cu uşurare numărul meu de telefon. În drum spre ieşirea din magazin a fluturat bilețelul, ca şi cum i-aş fi dat cine ştie ce diplomă, şi mi-a zâmbit.

Arunc o privire spre ceasul aflat deasupra televizorului. Şapte şi douăzeci de minute. Unde e? Poate că n-a reținut corect ora. Poate s-a gândit că e mai bine să ajungă la opt în loc de şapte. Dar ceva nu mi se pare în regulă. Jesper e cel mai punctual om pe care-l cunosc. Ajunge întotdeauna la timp şi întotdeauna îmi aduce flori proaspete. La început poate părea necioplit sau arogant, aproape brutal, dar în realitate e sensibil, empatic şi la fel de jucăuş ca un copil.

Şi punctual.

Îmi torn încă un pahar de vin şi dau televizorul pe ştiri. Fermierii francezi au aruncat tone de cartofi pe şoseaua de centură a Parisului ca să protesteze împotriva modificării subvențiilor economice ale UE. În după-amiaza aceasta, o tornadă a lovit oraşul Sala şi a provocat pagube serioase unei şcoli noi. Oamenii de ştiință chinezi au descoperit o genă care cauzează cancer de prostată dacă este deficientă.

Sting din nou televizorul. Mă joc nerăbdătoare cu mobilul. Nu-mi place să-l deranjez pe Jesper, dar mi-e teamă să nu fi înţeles ceva greşit: ora, locul, data?

Îi trimit un scurt mesaj scris, întrebându-l dacă e pe drum. Sper să nu par prea insistentă.

Jesper Orre. De-ar şti Olga şi Mahnoor!

Dacă mama ar fi avut cum să ştie!

Simt că ceva îmi strânge stomacul. Nu te gândi la mama!

Dar e prea târziu. Deja îi simt prezenţa în mica mea cameră de zi. Mirosul amestecat de bere şi transpiraţie. Văd carnea palidă revărsându-se în locul în care s-a prăbuşit pe canapea, sforăind zgomotos în faţa televizorului, cu o sticlă de bere pe jumătate goală plantată ferm între genunchi.

Pentru mama întotdeauna a fost o chestie de principiu să nu bea nimic mai tare decât berea. Lena, una dintre mătuşile mele, obişnuia să explice că alcoolicul care bea bere e dependentul cel mai tragic, de cea mai joasă speţă care, aflat în pragul mormântului, dă o fugă până la magazinul de băuturi pentru a-şi reface proviziile.

Dar partea cea mai tristă e că mama nu fusese întotdeauna aşa. La un moment dat, cu mult timp în urmă, fusese diferită. Îmi aduc încă aminte cu claritate şi mă întreb uneori dacă regret pierderea persoanei care a fost cândva mai mult decât regret moartea ei.

Una dintre primele amintiri. Stau cu mama pe patul meu îngust. Pereţii camerei sunt murdari, acoperiţi de urme de degete, de mâini şi chiar de picioare.

— Cum reuşeşti să te caţeri pe pereţii ăştia ca o maimuţă? obişnuia să spună mama şi să ofteze apoi teatral în timp ce încerca să şteargă urmele cu o cârpă umedă.

Afară era întuneric. În curte, cineva dădea zăpada. Auzeam sunetele înalte ale lopeţii afundându-se în zăpadă şi lovindu-se de pietrele cubice aflate dedesubt. Înăuntru era frig şi atât eu, cât şi mama mea purtam pijamale cu mâneci lungi şi şosete. Cartea despre cei trei ursuleţi se odihnea la mama în poală.

— Continuă! am zis.

— Bine, dar nu mult, a spus mama căscând şi a dat o pagină al cărei colţ era lipit cu bandă adezivă. Privea textul cu o expresie serioasă pe faţă.

— Cine a dormit în patul meu? am citit, urmărind cuvintele cu degetul arătător.

Aveam şapte ani şi eram în clasa a doua. Învăţasem să citesc înainte să fiu dată la şcoală.

Nu prea-mi aduc aminte cum am învăţat. Cred că o parte din copii pur şi simplu prind din zbor, sparg codul de unii singuri. În orice caz, învăţătoarea mea fusese foarte fericită când a sunat-o pe mama şi i-a spus că în privinţa cititului eram cu mult înaintea colegilor mei. Şi din moment ce aşa cum a spus învăţătoarea „cititul este baza tuturor celorlalte cunoştinţe“, asta însemna că în viitor lucrurile aveau să meargă bine pentru mine.

— Şi următorul rând?

— Ursul cel mic s-a uitat la ursul cel mare şi a încuv... încuviinţat din cap.

Mama a dat din cap concentrată. Părea să mediteze la o problemă complicată de matematică. Chiar în acel moment, la uşa dormitorului s-a auzit un ciocănit uşor. Tata a băgat nasul pe uşă. Ţinea în mână o carte şi un pachet de țigări. Părul lui, destul de lung, îi cădea peste față în valuri line. Cu tunsoarea aceea neglijentă și stilul relaxat, întotdeauna mi s-a părut că tata seamănă cu o vedetă rock. Era mişto într-un fel în care nicio altă mamă sau alt tată nu era, și îmi doream să fiu dusă la școală mai degrabă de el decât de mama.

— Voiam doar să vă spun noapte bună, a spus și a intrat în cameră.

A venit până în dreptul patului, s-a aplecat și m-a sărutat pe obraji. Barba lui nerasă îmi împungea pielea, iar mirosul fumului de țigară îmi înțepa nările.

— Noapte bună, am spus și l-am urmărit cu privirea în timp ce ieșea din cameră.

Spatele lui îngust, stilul tunsorii sau lipsa stilului și felul specific în care-și mișca brațele în timp ce mergea îl făceau să arate ca un adolescent.

M-am uitat din nou la mama. Ea era cu totul diferită față de tata. Trupul ei era mare și fusiform, ca al unui animal care trăiește în mare, poate ca al unui leu-de-mare sau al unei balene. Părul oxigenat îi creștea în toate direcțiile și, de fiecare dată când inspira adânc, sânii ei amenințau să iasă prin pijamalele din flanelă de bumbac.

— Acum e rândul tău, am spus.

Mama a ezitat un moment, apoi și-a trecut încet degetul arătător de-a lungul textului.

— Am...

— N-am, am citit eu în locul ei.

Mama a dat din cap, a încercat din nou.

— N-am dormit... în patul tău, a spus ur... ur...

— Ursulețul, am spus. Mama și-a încleștat puternic pumnul.

— La naiba! Ursuleț — ce cuvânt greu.

— În curând o să ți se pară uşor, i-am spus cu seriozitate.

Mama s-a uitat la mine. Dintr-odată, ochii ei au devenit strălucitori şi m-a strâns de mână.

— Chiar crezi asta?

— Bineînțeles. Toți cei de la mine din clasă ştiu să citească.

Nu i-am mai spus că toate mamele şi toți tații ştiu la rândul lor să citească. Cu toate că aveam doar şapte ani, ştiam că s-ar întrista. Eram singura care ştiam. Nici măcar colegii mamei sau tatei nu ştiau de secretul ei ruşinos.

— Putem să continuăm mâine dimineața, mi-a spus mama şi m-a sărutat pe obraz. Şi să nu-i spui nimic lui tata despre...

— Promit!

A stins lumina şi a ieşit din cameră. Stăteam întinsă pe pat şi mă năpădea un sentiment cald şi delicat. Sentimentul că mama mă iubeşte, dar că în acelaşi timp are nevoie de mine.

Dacă mama ar trăi încă; dacă ar fi avut şansa să mă vadă împreună cu Jesper? Ce-ar fi crezut? Ceva îmi spune că nu i-ar fi plăcut atenția pe care s-ar putea s-o atragă relația noastră. Şi-ar fi făcut gura pungă, mi-ar fi aruncat o privire dezamăgită, plină de milă de sine, şi ar fi bâiguit ceva despre faptul că nu-mi mai pasă de ea, dar la ce altceva ar fi trebuit să se aştepte din moment ce n-o ajutasem niciodată cu nimic? Apoi ar fi început să vorbească despre fiica babei Löfberg care, cu toate că avea deja treizeci de ani, continua să stea acasă şi să aibă grijă de mama ei bătrână.

Mă uit la ceas. Nouă jumate. Un sentiment vag de nelinişte începe să-mi apese pieptul şi, înainte să apuc să-l definesc cu ajutorul cuvintelor, îmi dau seama ce este:

teamă. Dacă i s-a întâmplat ceva lui Jesper? E întuneric și bate vântul și drumurile sunt mai mult ca sigur acoperite cu un strat gros de ploaie înghețată. Mă gândesc la asta pentru câteva clipe, apoi iau telefonul de pe masă. Ezit. Ciudat cât de greu îmi e să-l sun. E ca și cum valoarea mea depinde într-un fel de faptul că el trebuie să mă dorească mai mult decât îl doresc eu pe el — sau cel puțin să mă dorească în aceeași măsură. Doar femeile disperate te bat la cap, mă gândesc, iar femeile disperate sunt greu de iubit.

Până la urmă, tot îl sun.

Apelul e preluat direct de căsuța vocală și mă întreb dacă și-a închis mobilul și de ce a făcut-o. Golesc sticla de vin, trag pătura pe mine și închid ochii.

Lui Jesper i-a luat o săptămână să mă sune în legătură cu împrumutul și să mă invite la masă.

Ne-am întâlnit într-o sâmbătă, în apropiere de reședința lui temporară, în Södermalm. Restaurantul era aglomerat și zgomotos. La început, aproape că nu l-am recunoscut. Purta blugi și un tricou cu mâneci scurte, arătând considerabil mai tânăr decât în acea zi în magazin, când purtase costum. Atitudinea lui era complet diferită. Expresia ușor stranie, confuză, dispăruse. Avea o ținută dreaptă. A zâmbit și m-a privit plin de încredere.

— Emma, a spus și m-a pupat pe obraz.

M-am simțit stânjenită. Nimeni nu obișnuia să mă pupe pe obraz, nici măcar propria mea mamă.

În special propria mea mamă.

— Bună, am spus.

S-a lăsat pe spate și m-a privit în tăcere, a stat așa până când am început să mă simt prost, forțându-mă să spun ceva doar ca să întrerup tăcerea aceea opresivă.

— Şi cum a decurs reuniunea consiliului de administrație?

— Bine.

A zâmbit. În privirea lui era lăcomie, aproape foame, ca şi cum ar fi văzut ceva comestibil când s-a uitat la mine. Dintr-odată m-am simțit stânjenită de întreaga situație.

— De ce m-ai invitat la masă?

Întrebarea mi-a ieşit pe gură pur şi simplu. Comportamentul lui mă confuza atât de tare, încât singura cale prin care mă gândeam că îi voi putea face față era onestitatea brutală.

— Pentru că mă faci curios, mi-a răspuns fără ezitare şi fără să-şi ia ochii de la mine.

Mi-am coborât privirea în pământ, examinându-mi noua pereche de blugi pe care-i cumpărasem special pentru această ocazie. Ce prostuță! De parcă lui Jesper Orre i-ar fi păsat ce purtam eu — o vânzătoare de la magazin.

— Eram curios în privința ta pentru că m-ai tratat ca pe un egal, mi-a clarificat el.

I-am întâlnit privirea. Pentru o clipă mi s-a părut că am surprins ceva ascuns acolo, poate durere sau dezgust, ca şi cum ar fi luat o muşcătură din ceva amar.

— Ca pe un egal?

A dat încet din cap. Dinspre bar s-a auzit un freamăt colectiv. M-am întors. Pe ecranul televizorului montat pe perete, Arsenal tocmai înscrisese împotriva lui Manchester United.

Jesper s-a întins peste masă, apropiindu-şi fața de a mea, atât de mult încât puteam să simt în respirația lui mirosul loțiunii de bărbierit şi pe cel al berii. Am simțit din nou cum mă cuprinde senzația de disconfort.

— Când eşti... Când ai slujba pe care o am eu, s-a corectat el, puțini sunt cei care se comportă normal în preajma ta. Cei mai mulți oameni te tratează cu un respect exagerat. Mulți nici nu îndrăznesc să-mi vorbească. Doar puțini îmi spun ce cred şi simt cu adevărat. E epuizant. Şi stingheritor, dacă înțelegi ce vreau să spun. Dar tu ai spus ce gândeai. M-ai tratat ca pe o persoană normală.

Am dat din umeri.

— Şi nu eşti?

A râs şi a luat o înghițitură de bere. Brațele lui erau arse de soare şi acoperite de fire de păr aurii.

— Poți să spui că-s nebun, dar am simțit un fel de conexiune cu tine. Dacă eşti onestă...

— Da?

— Nu înseamnă că eşti şi genul de persoană care se simte singură? Ciudată? Diferită de oamenii din jurul tău? Un... observator?

Am dat încet din cap. Avea dreptate. Întotdeauna m-am simțit diferită. Încă de când eram mică. Întotdeauna am avut senzația stranie că joc un rol secundar în propria viață. Că trăiesc într-o bulă, privindu-mă din exterior. Întrebarea era cum naiba a reuşit Jesper Orre să observe asta în cele zece minute petrecute cu mine în magazin.

Dinspre bar s-au auzit oftaturi decepționate.

— A lovit bara, a spus Jesper.

— De unde... ştii asta?

— Ce anume?

A aruncat o privire confuză în direcția ecranului, ca şi cum întrebarea mea ar fi avut legătură cu meciul.

— Despre mine. Ai cumpărat o cămaşă de la mine şi acum susții că suntem la fel. Şi că suntem singuri. Nu ştii nimic despre mine. Nu ştii cine sunt, de unde vin sau ce anume îmi doresc de la viață. Şi totuşi... îmi spui toate lucrurile astea. Ca şi cum ai avea impresia că mă poţi citi ca pe o carte deschisă.

Şi-a ridicat berea în cinstea mea şi mi-a făcut cu ochiul.

— Repet, îmi place că mă tratezi ca pe egalul tău. Şi eşti neînfricată. Ca şi mine.

Când am plecat de la restaurant, îmi tremurau picioarele. Îmi ardeau obrajii şi aveam palmele transpirate. Nu ştiu ce simţeam mai puternic: iritarea cauzată de faptul că m-a descris cu atâta acurateţe după atât de puţin timp petrecut în compania mea sau atracţia care îşi făcea deja simţită prezenţa. Şi, pe lângă toate astea, nu puteam decât să mă întreb dacă avea dreptate. Eram la fel? Exista o conexiune, o senzaţie imediată de apartenenţă care dobora toate diferenţele de clasă şi de vârstă şi de profesie?

Abia trecuse de patru, iar eu mă grăbeam spre Slussen. După-amiaza era caldă, iar eu aveam pe mine doar un tricou fără mâneci. Cu toate astea, sudoarea îmi curgea printre sâni, iar la jumătatea străzii Götgatan a trebuit să mă opresc să-mi recapăt suflul. Oamenii treceau pe lângă mine: pietoni şi cumpărători, cerşetori şi femei purtând voal, aflate în drum spre moschee. Mă simţeam ca şi cum aş fi fost în mijlocul unui râu umflat, ca şi cum aş fi pierdut dintr-odată direcţia şi pluteam în derivă într-o mare de oameni.

Când am ajuns la gura de metrou, am zărit în uşă o siluetă familiară. Jesper Orre. Reuşise cumva să anticipeze unde mergeam şi ajunsese acolo înaintea mea?

M-a luat de mână.

— Vino, a fost tot ce a zis.

M-a tras după el, iar eu n-am putut să mă opun, n-am putut să-l contrazic. Senzaţia de slăbiciune era năucitoare, dar în acelaşi timp şi eliberatoare, într-un mod ciudat. O decuplare de responsabilitate şi de vina care o însoţeşte. L-am urmat. Am închis ochii şi l-am lăsat să mă poarte prin marea de oameni.

Când mă trezesc e trei dimineaţa, iar eu stau într-o poziţie ciudată, pe jumătate întinsă în fotoliu. Îmi simt gâtul ţeapăn şi când mă ridic mă doare. Întunericul a format un zid negru în faţa ferestrei mele şi vântul bate acum mai tare. Fluieră prin crăpături şi simt aerul rece în jurul gleznelor.

Dintr-un motiv sau altul, mă face să mă gândesc la tatăl meu şi la insecta pe care am găsit-o. Cred că aveam în jur de zece sau unsprezece ani.

Omida, care era uimitor de moale şi era de culoare verde-pal, îmi aducea aminte de un ursuleţ de jeleu cu perişori pe el. Avea aceeaşi formă rotundă şi aceleaşi viscere semitransparente. Din stomacul ei ieşeau o grămadă de piciorușe, iar pe coadă avea un mic cârlig. Mă gâdila în timp ce mi se târa pe mâna pistruiată şi-mi urca pe braţ.

— Muşcă? am întrebat.

Tata a dat din cap.

— Nu, mica ţepuşă de la coadă e trompa ei anală. E complet inofensivă.

Omida a continuat să se târască, iar eu mi-am întors interiorul braţului în sus, astfel încât raza prăfoasă de soare care intra pe fereastră să-i lumineze trupşorul verde. Dintr-odată, părea aproape transparentă. Asemenea unei pietre preţioase scânteietoare, perfect şlefuite, prinse de încheietura mea.

— Unde ai găsit-o? m-a întrebat tata.

— Lângă leagăne, într-un tufiş.

A dat din cap, apoi a spus:

— Mănâncă frunze. Vino! Hai să-i facem rost de ceva de mâncare!

Ne-am furişat prin hol ca să n-o trezim pe mama. Tata mi-a făcut semn să-l urmez afară, iar uşa de la intrare s-a închis în spatele nostru cu un clic. Clădirile care înconjurau curtea mică îmbrăţişau vegetaţia rară cu trupurile lor înalte de beton. Soarele nu se ivise încă deasupra acoperişurilor, iar curtea era în umbră. Nu era nimeni acolo. Leagănele atârnau singuratice de barele lor de metal, iar groapa cu nisip era goală, aşteptând copiii care urmau în curând să fie lăsaţi afară la joacă. Câteva lopeţi de plastic crăpate zăceau împrăştiate pe aleea de pietriş de alături. Din depărtare se auzea muzică din Orientul Mijlociu şi ţipătul unui copil. În aerul verii timpurii plutea mirosul cafelei.

— Aici, am spus şi am arătat spre tufişul cu frunze zimţate.

Tata a rupt în tăcere câteva rămurele umede de rouă, apoi m-a privit cu seriozitate.

— Acum vom construi pentru ea un mic cuib.

Am pus crengile rupte din tufiş într-un borcan de sticlă şi ne-am furişat înapoi în clădire cu aceeaşi silenţiozitate. În hol era întuneric şi mirosea uşor a ţigările mamei. O auzeam cum sforăie în dormitorul de alături. Tata căuta printr-un dulap. Cutia cu unelte zăngănea. Când s-a întors pe hol, în mână ţinea un obiect mic şi ascuţit.

— Asta e o sulă, mi-a şoptit şi a străpuns cu ea în câteva locuri capacul de metal, făcând nişte găurele prin care ocupantul verde al borcanului să primească aer.

Omida părea să accepte noua ei casă. Aparent nu avea pretenții prea mari de la viață — o creangă și câteva frunze — pentru că s-a făcut imediat confortabilă pe una dintre crenguțele țepoase.

— Ce-o să se întâmple acum?

— Ceva uimitor, a spus tata și și-a șters câteva picături de sudoare de pe fruntea arsă de soare. Ceva cu totul uimitor. Dar trebuie să ai răbdare. Ai așa ceva?

M-am întins după telefon. Niciun apel nepreluat. Niciun mesaj. Jesper a sărit fără nicio explicație peste cina pregătită în cinstea logodnei noastre. Ar trebui să fiu furioasă sau îngrijorată? Hotărăsc că în cazul în care nu e la urgențe cu piciorul în ghips, merită o mustrare pe cinste.

Cu o pătură înfășurată în jurul umerilor, îmi târșâi picioarele până în bucătărie. Pun salata, aperitivele și vinul în frigider. Apoi îl chem pe Sigge și mă bag în pat.

Lumina gri-albăstruie a dimineții se infiltrează prin perdelele subțiri. În cameră pare să fie răcoare și mă ghemuiesc din nou sub pături în căutarea căldurii. Sigge, care stă încovrigat ca o mică minge la picioarele mele, se trezește și își linge lăbuțele. Pentru câteva secunde, mintea mea e complet golită de orice, în afară de căldura plăcută a corpului pisicii și a picăturilor de ploaie care bat darabana în geam.

Apoi îmi aduc aminte.

Jesper nu s-a arătat deloc ieri. Dintr-un motiv sau altul, nu a venit la cina pregătită în cinstea logodnei, iar eu mi-a petrecut seara singură în bucătărie cu un platou supraaglomerat cu aperitive și purtând o rochie neagră cu spatele decoltat și nimic pe dedesubt.

Telefonul meu e pe podea. În continuare, niciun apel pierdut. Niciun mesaj.

Mă ridic în capul oaselor. În cameră e frig şi pe undeva se strecoară curentul. Chiar dacă mă înfăşor strâns în pilotă în timp ce mă duc la fereastră, simt aerul rece care răzbate prin crăpături.

Privesc traficul dimineţii târându-se fără grabă pe Valhallavägen. Oameni minusculi, abia mai mari decât furnicile, se îndreaptă spre metrou. Mă duc în camera de zi ca să pornesc televizorul. În cazul în care s-a întâmplat ceva — un accident, o crimă — probabil că vor anunţa la ştiri. În timp ce mă las pe unul dintre fotoliile verzi, mă cuprinde greaţa. Cât am băut aseară? Poate că ar trebui să mănânc ceva.

Mă duc în bucătărie şi deschid frigiderul.

Aperitivele sunt aranjate frumos pe platou. Iau două felii, mă întorc în camera de zi şi pornesc televizorul. Dar ecranul rămâne negru şi un text scurt, scris cu litere galbene mă anunţă că nu este semnal. Împing una dintre felii în gură şi mă întorc din nou în bucătărie, ştiind aproape sigur care e explicaţia. Mut cu grijă stiva de facturi pe masă, îmi vâr şi a doua felie în gură şi mă apuc să deschid plicurile. Scot înştiinţare după înştiinţare de la companiile de utilităţi publice, de la cea de telefonie mobilă şi de la companiile emitente de cărţi de credit.

Într-un fel, toate astea sunt din vina lui Jesper. Acum o lună i-am împrumutat nişte bani şi de atunci adun facturile într-un teanc în loc să le plătesc. Salariul meu nu e suficient — n-a fost niciodată — dar înainte puteam să apelez mereu la economiile mele.

Deschid ultimul plic. E de la compania de televiziune prin cablu. Îmi trec privirea peste rândurile în care sunt amenințată că abonamentul meu pentru televiziune şi internet va fi suspendat dacă nu-mi plătesc factura în decurs de zece zile.

Scrisoarea a fost trimisă în urmă cu două săptămâni.

Împing plicul într-o parte şi iau teancul de facturi. Ezit un moment, neştiind prea bine ce să fac cu ele. Apoi le îndes în coşul gol de pâine. Capacul scârțâie în timp ce-l închid.

În metrou, citesc ştirile de pe telefon. O luptă cu cuțite în Rinkeby, o revoltă în Malmö, dar nicio ştire despre Jesper. De asemenea, nu găsesc nicio ştire despre accidentele rutiere care au avut loc noaptea trecută.

Garnitura de metrou e ticsită, iar căldura şi mirosul trupurilor înghesuite îmi reînnoiesc senzația de greață. Sunt nevoită să cobor la stația Östermalmstorg, unde îmi dau jos geaca şi mă aşez pentru o clipă pe o bancă. Îmi îngrop fața în mâini. Văd cu coada ochiului navetiştii care îmi aruncă priviri nedumerite, chiar îngrijorate, dar nimeni nu se opreşte să mă întrebe cum mă simt şi le sunt recunoscătoare pentru asta.

Tot ce-mi trece prin cap, tot ce vreau să aflu este unde se află Jesper şi de ce n-a apărut aseară?

Hanne

Cei care susțin că nefericirea este rezultatul unor așteptări prea mari de la viață se înșală. Eu nu am avut niciodată așteptări speciale, n-am așteptat să primesc fericire, bani sau succes. Și, cu toate astea, iată-mă, plină de o dezamăgire pe care nu prea reușesc s-o pun în cuvinte, n-o pot defini, care trece dincolo de ceea ce pot descrie cuvintele. Poate că e mai mare decât mine. Poate că trăiesc în interiorul dezamăgirii și nu invers.

Ca și cum ar fi o casă în care am fost închisă.

Parțial, asta se datorează faptului că nu mai pot avea încredere în propriul corp. Intelectul, memoria mea se dezintegrează, se fragmentează în mici firimituri înșelătoare care nu se mai unesc într-un întreg plin de înțeles.

Mă uit la organizatorul de pastile de pe bufet. La toate pastilele mici, albe și galbene, așezate în compartimentele marcate cu zilele săptămânii. Mă întreb dacă au vreun efect. La ultima programare, medicul a spus că îi e imposibil să afirme ceva categoric în legătură cu parcursul bolii. Ar putea să evolueze încet sau repede, ar putea să dureze luni sau ani de zile până când voi aluneca în uitare și confuzie. Medicația ar putea sau nu să funcționeze — acest lucru era la fel de impredictibil — dar faptul că boala s-a declanșat la o vârstă relativ tânără, la doar cincizeci și cinci de ani, e un indiciu că ar putea deveni agresivă.

Când a spus ultima parte, despre felul în care boala ar putea deveni agresivă, am renunțat la lista de întrebări pe care o pregătisem. Nu mai voiam să aud nimic.

Uneori e mai bine să nu știi.

Scot hrana pentru câine din dulap și dinspre dormitor se aude imediat tropăitul labelor. Stă în fața mea pe podea, privindu-mă cu ochii ei întunecați. Capul ei e ușor întins înainte, iar ochii ei sunt atenți, rugători. Mă gândesc că încerci să te dai bine pe lângă mine. De ce? Am neglijat eu vreodată să te hrănesc?

Apoi îmi dau seama că, într-adevăr, e posibil să fi uitat s-o hrănesc pe Frida. Acum uit tot felul de lucruri fără ca măcar să-mi dau seama. Mă uit prin bucătăria primitoare. Dulapurile sunt pline de post-it-uri galbene pe care le folosesc ca să-mi amintesc lucruri. Owe urăște bilețele alea. Poate pentru că îmi urăște boala și ceea ce îmi face, dar bănuiesc că urăște mai mult ceea ce îi face lui boala mea. Cum îi amenință imaginea de sine și tot ceea ce a construit de-a lungul vieții: căminul perfect; soția frumoasă, intelectuală; cinele cu prietenii, care se prelungesc adânc în noapte. A făcut o aluzie la faptul că n-ar invita pe nimeni la noi atâta timp cât bucătăria arată așa și știu că undeva în adâncul lui se simte rușinat. Pentru că e rușinos să pierzi astfel controlul asupra ta, rușinos.

Mă duc în camera de zi. Îmi examinez viața bine organizată: perne moi, ademenitoare; suporturi pentru lumânări din oase de balenă sculptate; etajere cu cărți care acoperă pereții de sus până jos. Printre cărți sunt împrăştiate măşti şi statuete de pe întreaga planetă, ce stau mărturie călătoriei care n-a fost niciodată întreprinsă: *Acest Rai Înghețat: Şapte Anotimpuri în Groenlanda, Arta Inuită* şi *Eseuri despre Eschimoşi — Poveşti de la Polul Pământului.*

Owe nu-mi împărtăşeşte fascinația față de Groenlanda şi populația inuită. Nu înțelege ce e aşa de interesant la acel continent arctic inospitalier şi necivilizat. Acolo nu poți să joci golf, mâncarea are gust de căcat (aşa spune Owe) şi, ca să înrăutățească şi mai mult situația, spune că te costă o avere să ajungi acolo.

Cred că am renunțat la visul meu de a vedea vreodată Groenlanda. Nu sunt sigură că aş avea curajul să plec de una singură într-o călătorie ca asta. Nu acum, când boala mă pândeşte oriunde aş merge. Aşteptând să mă devoreze, la fel cum, potrivit legendei, marea a devorat-o pe Sedna.

Frumoasa, dar vanitoasa fecioară inuită Sedna a fugit de la tatăl ei împreună cu o pasăre a furtunii ca să-i devină soție. Pasărea i-a promis Sednei că o va duce într-un ținut fabulos unde nu îi va fi niciodată foame, unde corturile vor fi ridicate din cele mai fine piei şi unde ea va dormi pe cea mai moale blană de urs. Dar când fata a ajuns acolo, cortul era făcut din pielițe vechi de peşte prin care pătrundea frigul, iar ea nu avea nimic altceva decât piei vechi şi tari de morsă pe care să doarmă şi rămăşițe crude de peşte drept hrană.

Când a venit primăvara, tatăl s-a dus să-şi viziteze fiica şi a găsit-o abătută şi epuizată în țara păsării de furtună. I-a ucis soțul şi a dus-o pe Sedna acasă în caiacul său.

Însă păsările s-au răzbunat. Au stârnit o furtună teribilă, iar tatăl a fost nevoit să-și jertfească fiica mării ca să împace păsările. A aruncat-o peste margine în apa înghețată și când ea n-a vrut să dea drumul bărcii, i-a tăiat degetele unul câte unul. Fiecare deget, odată căzut în mare, se transforma într-o balenă sau o focă. Până la urmă, marea a devorat-o pe Sedna, iar ea a devenit iubita ei — zeița mării.

Vechea legendă a Sednei este desigur un avertisment pentru tinerele fete inuite despre pericolele vanității și ale insubordonării față de tată, dar vorbește și despre elementele neîndurătoare pe care nu le putem controla, dar pe care trebuie să le înduplecăm astfel încât să nu pierim.

Eu însămi nu duc lipsă de mâncare și am un pat cald în care să dorm; cu toate astea, boala e mereu acolo, așteptând să mă devoreze. Ca să facă din mine ibovnica vidului, în viața fără de memorie care îmi e hărăzită.

Owe e de părere că n-ar trebui să le spunem prietenilor noștri despre boala mea. Nu încă. O repetă iritant de des, dar adaugă mereu că va fi acolo ca să aibă grijă de mine. Așa cum ai făcut mereu, mă gândesc, dar nu spun nimic. Pentru că exact așa stau lucrurile: Owe a avut întotdeauna grijă de mine. Încă de când ne-am cunoscut, pe vremea când eu aveam nouăsprezece ani, iar el douăzeci și nouă, a avut grijă de mine. M-a luat de pe autostradă când mi s-a stricat mașina, mi-a plătit facturile, m-a dus acasă de la petreceri atunci când beam prea mult. Ba chiar m-a scos cu blândețe din paturi străine, după fiecare tentativă serioasă de a mă revolta prin a-l înșela. Și, după aceea, se arăta mereu înțelegător. Înțelegător, dar condescendent. Mi-a dat pastile care te amorțesc şi te calmează. Mi-a explicat că ştie că mă simt rău, dar problemele mele nu vor dispărea dacă sar în braţele unui coleg sau ale unei cunoştinţe periferice. Nu înţeleg ce e bine pentru mine, dar el mă iubeşte şi aşa.

Anii de atenţie siropoasă m-au făcut să mă simt sufocată. E ca şi cum în prezenţa lui n-aş putea să respir cu adevărat, ca şi cum ar ocupa atât de mult spaţiu, încât ar consuma tot oxigenul din cameră. Câteodată îi spun asta, iar el îmi răspunde că dacă n-aş fi fost atât de imatură şi de iresponsabilă, n-ar fi fost nevoit să procedeze aşa cum a procedat. Eu l-am făcut să fie aşa.

E vina mea. Din nou.

Tind să cred că există ceva adevăr în asta, dar nu reprezintă nici pe departe tot adevărul. Nevoia lui de control e patologică şi îmi afectează toate aspectele vieţii: ce mănânc, cu cine mă împrietenesc şi da, chiar şi ceea ce gândesc.

În urmă cu zece ani am fost pe punctul de a-l părăsi. Dacă în acea zi nu s-ar fi dus totul dracului, acum n-aş mai trăi alături de Owe. Dar e imposibil să gândeşti aşa. Te face să-ţi pierzi minţile. Sunt atât de multe lucruri în viaţă care nu se întâmplă aşa cum ai vrea tu, dar ăsta nu e un motiv să te amărăşti. Aşa că mă lupt împotriva dezamăgirii ca şi cum ar fi un mănunchi de buruieni, refuzând s-o las să mă acapareze cu adevărat. Încerc să mă concentrez pe aspectele pozitive: munca mea, cercetarea căreia i-am dedicat ultimii zece ani, prietenii — cei care au devenit familia mea în locul copiilor pe care până la urmă nu i-am avut.

Pun farfuria pe podea şi o privesc pe Frida înfulecându-şi mâncarea. Mă întreb dacă nu cumva viaţa de câine e totuşi mai bună. Apoi împachetez lucrurile. Îmi iau carnețelul și-mi notez „cafenea IKEA, ora 14, să o ajut pe Gunilla să-și aleagă mobilă". Un simplu memento în caz că uit unde mă duc. Cu toate că încă nu e așa grav. Țin minte unde mă duc și încă mai pot să conduc o mașină. Dar mă gândesc cu groază la ziua când va trebui să-l rog pe Owe să mă ajute cu asta.

Temperatura a scăzut binișor sub zero în weekend, așa că îmi pun geaca de puf și ghete călduroase. Încui ambele zăvoare de la ușă (da, încă-mi mai aduc aminte și de asta) și cobor la mașină, care e parcată pe Skeppargatan, pe dealul care duce în jos spre Strandvägen. Totul este acoperit de zece centimetri de zăpadă și-mi ia ceva timp să o curăț de pe parbriz atât cât să pot conduce.

Norii atârnă alarmant de întunecați și de grei deasupra golfului Nybroviken, iar suprafața ușor vălurită a apei pare aproape neagră. Prognoza meteo anunță noi căderi de zăpadă, așa că mă hotărăsc să plec cât se poate de repede — să pornesc mașina și să conduc spre nord. La cinci trebuie să ajung înapoi. Owe și cu mine mergem la un concert de Crăciun în biserica Hedvig Eleonora.

Să fii cultivat e ceva foarte important pentru Owe. Muzica, teatrul și cărțile nu sunt doar niște hobby-uri, ele constituie subiectul majorității conversațiilor pe care le avem cu prietenii noștri. Dacă nu ții pasul cu viteza vieții culturale, ajungi să te simți stânjenit și să taci la petrecerile noastre.

Încă o dovadă a comportamentului excesiv de manipulator al lui Owe: nevoia lui de a conduce discuțiile atunci când se adună mai mulți oameni. Câteodată sunt copleșită de o nevoie aproape irepresibilă de a începe să vorbesc despre ceva complet diferit. Subiecte frivole care l-ar stânjeni pe Owe și l-ar face să țipe la mine după ce toată lumea a plecat acasă. Să pomenesc de tratamentul facial minunat cu uleiuri esențiale de care tocmai am beneficiat sau să încep să vorbesc despre haine şi bijuterii, sau despre vacanțe la plajă. Sau, cel mai de neînchipuit dintre toate, să insist cu o seriozitate jucată că am citit şi mi-a şi plăcut *Cincizeci de umbre ale lui Grey*.

Când ies pe lângă Barkarby, fac un rezumat al motivelor pentru care îl urăsc pe Owe: Fățarnic. Egocentric. Narcisic. Dominator. Miroase urât.

Gunilla mă aşteaptă deja la o masă din cafenea. Şi-a agățat cojocelul de blană de spătarul scaunului şi pare să-şi studieze unghiile. Părul ei până la umeri, blond-căpşună, e perfect coafat, iar tricoul polo se potriveşte de minune cu silueta ei subțire.

Există mai multe motive pentru care Owe n-o place pe Gunilla. În primul rând, ea e unul din acei oameni superficiali pe care-i disprețuieşte atât de mult: genul de om care-şi vopseşte unghiile, se machiază şi cumpără haine scumpe. Pe lângă asta, râde prea zgomotos şi prea mult atunci când ne vizitează şi întotdeauna în momente greşite. Dar cel mai important motiv dintre toate e că şi-a părăsit soțul după douăzeci şi cinci de ani de căsnicie. Doar aşa, pentru că se săturase de el. Aşa ceva nu se face. Cel puțin în lumea lui Owe.

Nu faci aşa ceva dacă eşti femeie.

Îmbrățişarea ei este lungă şi caldă şi emană miros de parfum scump.

— Stai jos, mă duc să cumpăr ceva pentru noi, spune.

Dau din cap şi mă las pe scaunul din celălalt capăt al mesei. Îmi dau jos geaca grea de iarnă şi mă uit în jur. Incredibil câtă lume se înghesuie în cafeneaua de la IKEA.

Miroase a lână umedă, fursecuri cu şofran, transpirație şi mâncare. Se aud râsete răzlețe şi murmurul scăzut al discuțiilor de la mesele din apropiere.

Gunilla se întoarce cu o tavă roşie de plastic, câteva fursecuri cu şofran şi două ceşti. Mirosul de mirodenii e inconfundabil.

— Vin fiert? E fără alcool?

Ea râde cu indulgență. Îşi înclină fața drăgălaşă.

— Nu, m-am gândit că astăzi ar trebui să ne răsfățăm. Să sărbătorim faptul că am cumpărat un apartament.

— Dar eu conduc.

— O, dar e doar o ceaşcă mică. Şi cu siguranță vom sta ceva vreme aici.

Dau din cap.

— Eşti amuzantă. Să sărbătorim? La IKEA?

— De ce nu?

— Poate să existe ceva mai tragic decât să sărbătoreşti la cafeneaua IKEA?

Gunilla soarbe din băutura caldă şi priveşte în jur. Observă oamenii care stau la mesele din jurul nostru. Ochii ei strălucitori se fixează asupra unui cuplu de bătrâni care stau în linişte, văzându-şi fiecare de porția lui mică de chiftele.

— Pot să mă gândesc la lucruri şi mai rele. Cum te simți?

În afară de Owe, Gunilla e singura care ştie. De fapt, i-am spus despre boală înainte să-i fi spus ceva lui Owe. Asta poate să însemne că de fapt sunt mai apropiată de ea decât de propriul meu soț. Cred că aşa şi este.

— Mă simt bine.

— Ce-a spus medicul?

— Ca de obicei.

Dă din cap şi dintr-odată pare să devină foarte serioasă. Îmi ia mâna şi o strânge cu blândeţe. Simt cum mă traversează căldura ei.

— O să-mi spui dacă ai nevoie de ajutor, nu-i aşa?

— Nu am nevoie de ajutor.

— Tocmai de-aia.

Expresia ei e atât de serioasă, că-mi vine să râd.

— Dar tu ce mai faci? o întreb. Cum merge relaţia?

Gunilla zâmbeşte şi se întinde ca o pisică. Îşi aşază cana cu vin fiert pe masă, se apleacă în faţă şi-mi şopteşte, ca şi cum ar urma să dezvăluie un secret.

— Absolut fantastic. Şi suntem atât de puternic... atraşi unul de celălalt. Suntem în călduri, ca să fiu vulgară. Oare e permis, la vârstă noastră?

— O, te rog. Habar n-ai cât de mult îmi doresc să fiu un pic în călduri.

Owe şi cu mine nu mai facem sex, dar nu vreau să-i spun asta Gunillei. Nu pentru că şi-ar da cu părerea, ci din cauză că mi se pare de un tragism patetic să trăieşti cu cineva pe care nu-l doreşti. Doar oamenii slabi stau în relaţii nefuncţionale. Iar eu nu vreau să fiu slabă — nici măcar în ochii Gunillei.

Îmi aud mobilul vibrând în geantă. Îl scot şi mă uit la ecran. Nu recunosc numărul.

— Haide, răspunde, spune Gunilla. Eu oricum trebuie să mă duc până la toaletă.

Răspund, în timp ce Gunilla se ridică şi se îndepărtează şchiopătând uşor. Suferă de sciatică şi am bănuiala că suferă mai mult decât vrea să arate.

Bărbatul care m-a sunat are o voce catifelată, amplă. Se prezintă ca fiind Manfred Olsson şi-mi dă de înţeles că e detectiv la poliţie. A trecut ceva vreme de când n-am mai fost căutată de ei. Am încetat să lucrez pentru ei în urmă cu cinci sau șase ani în urmă, când am decis să mă concentrez exclusiv pe cercetarea mea și să pun capăt muncii de consultanță pe care o prestam pentru poliție. Sau, mai bine zis, Owe a fost cel care a decis în locul meu. Era de părere că muncesc prea mult, spunea că mă face posacă și morocănoasă.

Și, în plus de asta, nu aveam nevoie de bani.

— Am colaborat în urmă cu vreo zece ani, spune Manfred Olsson. Dar poate că nu-ți aduci aminte.

Nu-mi amintesc de niciun Manfred Olsson, dar nu am niciun chef să vorbesc despre ce-mi aduc aminte și ce nu, așa că tac.

— Era în legătură cu o anchetă privind o crimă din Södermalm, de aici din Stockholm, continuă el. Un tânăr a fost decapitat. Capul fusese...

— Îmi aduc aminte, îi spun. Nu ați arestat pe nimeni pentru cele întâmplate, nu-i așa?

Demență sau nu, imaginea felului în care acel cap fusese așezat pe podea mi-a rămas gravat în memorie. Poate din cauză că actul fusese atât de brutal, poate din cauză că am muncit cu toții pe brânci să găsim un suspect. Când am fost chemată, ancheta era deja în desfășurare de câteva luni bune. Pe vremea aceea, poliția statului nu avea oameni care să se ocupe de portretizarea răufăcătorilor, așa că am fost angajată în calitate de consultant ca să ajut echipa de investigație să creeze profilul psihologic al făptașului.

Sunt expertă în comportamentul uman, dar, de-a lungul anilor, cercetarea mea s-a concentrat din ce în ce mai mult pe modelele psihologice ale anumitor crime. Am dat peste cercetările poliției și apoi am lucrat cu regularitate pentru ei timp de mai mulți ani.

— Nu, aşa este. Nu l-am prins niciodată. Iar acum a avut loc o crimă similară. Straniu de similară. Mă întreb dacă ai fi dispusă să ne vedem la o cafea. Țin minte cum găseam foarte interesante considerațiile tale legate de caz.

Gunilla s-a întors. Se aşază pe scaunul aflat în fața mea şi dă pe gât dintr-o înghițitură ce-a mai rămas din vinul fiert.

— Nu mai lucrez pentru poliție, îi spun.

— Ştiu asta. Dar în cazul ăsta nu ar fi vorba de consultanță. Aş vrea pur şi simplu să aflu ce părere ai despre subiect. La o cafea. Dacă ai timp, bineînțeles.

Se lasă tăcerea şi Gunilla ridică din sprâncene.

— O să mă gândesc, îi spun.

— Ai numărul meu, îmi răspunde.

Când ajung acasă, îl găsesc pe Owe pe hol, ca şi cum m-ar fi aşteptat. Părul lui rar, grizonant e pieptănat pe o parte în încercarea de a-i masca chelia. Burta dă să-i iasă din cămaşă, fața îi e de un roşu-aprins, iar pielea îi străluceşte de transpirație, ca şi cum tocmai s-ar fi întors acasă de la jogging. Aruncă o privire plină de înțeles către ceasul de la mână (care e scump fără a fi ostentativ şi care trimite mesajul potrivit cunoscuților săi).

— Avem zece minute, îi spun.

Owe îmi întoarce spatele fără un cuvânt şi se îndreaptă către dormitor. Se va întoarce într-un minut, cu cardiganul pe el. Aşez punga cu candele şi şervete de masă de la IKEA pe podea şi o întâmpin pe Frida, care se agită în jurul picioarelor mele, încercând să-mi câştige atenția. Îmi trec mâinile peste blana ei neagră, cârlionțată care seamănă cu o blană de oaie.

Owe se întoarce în hol îmbrăcat cu cardiganul lui de culoarea muştarului. Cel urât. Îşi pune paltonul şi ghetele şi mă priveşte în ochi.

— Trebuie să plecăm acum, dacă nu vrem să întârziem.

Plugul de zăpadă nu a trecut pe Kaptensgatan. Degeaba încerc să evit să-mi intre zăpadă în încălțări mergând pe o alee bătătorită, traversând întunericul spre Artillerigatan.

— Am fost sunată astăzi de la Poliția statului, îi spun.

— Bine, spune Owe cu o voce neutră care nu dă de gol sentimentele lui față de subiect.

Dar aşa stau lucrurile cu Owe: e ca o maşinărie cu aburi care îşi reține sentimentele până când se acumulează presiune. Apoi explodează.

— Vor să se întâlnească cu mine.

— Bine.

Începem să urcăm dealul spre biserică, trecem pe lângă restaurantul Muzeului Armatei, unde luăm câteodată prânzul.

— A avut loc o crimă asemănătoare unui caz în care-am fost implicată în urmă cu zece ani.

— Doar nu vorbeşti serios, Hanne. Spune-mi că e doar o glumă.

— Ce vrei să spui? îl întreb cu inocență.

Se opreşte din mers, dar îmi evită în continuare privirea.

În loc de asta, se uită în direcția bisericii scăldate în lumini care se înalță în fața noastră în mijlocul zăpezii. Pe cerul negru al nopții, turla indică spre eternitate. Observ că Owe strânge din pumni şi îmi dau seama foarte bine cât de furios este. În mod ciudat, asta mă excită, mă umple de o bucurie primitivă, răutăcioasă. Sunt ca un adolescent care a reuşit în sfârşit să-i smulgă o reacţie unui părinte cumpătat.

Se întoarce, îşi lasă uşor mâna pe braţul meu şi e ceva în acest gest subtil — care transmite atât indulgenţă, cât şi un sentiment de posesiune — care mă înfurie.

— Ce? îi spun. Ce este?

— Crezi că e într-adevăr cazul?

Acum şi-a coborât vocea şi ştiu că se străduieşte să-şi recapete controlul. Owe detestă să piardă controlul, aproape în aceeaşi măsură în care detestă ca eu să pierd controlul.

— Nu e cazul să ce?

— Să accepţi multe sarcini în... starea în care te afli?

— Starea în care mă aflu? O spui ca şi cum aş fi însărcinată.

— Măcar de-ar fi fost vorba de asta.

— Şi cine a spus că voi lucra pentru ei?

— O, Doamne! Ştii bine la ce se ajunge atunci când te sună.

— Şi de ce n-aş fi în stare să lucrez?

Îşi ridică bărbia în timp ce mă priveşte cu condescendenţă, în felul acela pe care-l detest, apoi inspiră adânc.

— Pentru că aşa spun eu. Nu eşti suficient de sănătoasă să accept ceva de genul ăsta şi, în calitate de soţ, eu sunt cel care trebuie să ţi-o spună.

Ştiu că ar trebui să-i servesc o replică nimicitoare sau pur şi simplu să-l lovesc sau, în cel mai rău caz, să mă răsucesc pe călcâie şi să mă întorc acasă la Frida. Să aprind focul, să-mi torn un pahar de vin. În schimb, nu spun nimic şi continuăm să mergem spre biserică în linişte şi întuneric.

Emma

Cu două luni în urmă

— Şi, cum a fost aseară?

Privirea Olgăi e curioasă, dar binevoitoare. Îşi ţine ochii cenuşii aţintiţi asupra mea în timp ce împătureşte perechile de blugi care zac pe masa lungă de lângă punctul de verificare.

Nu ştiu cum să-i răspund. O parte din mine vrea să-i spună că a fost bine, că mâncarea a fost bună şi că ne-am petrecut toată noaptea făcând sex. Cealaltă parte vrea să spună adevărul, dar poate că nu sunt pregătită pentru asta.

— Nu a venit.

— N-a venit deloc?

Olga lasă din mână o pereche de blugi fără să-i împăturească şi mă priveşte mai cu atenţie.

— Nu, n-a trecut deloc pe la mine. Şi nici n-am reuşit să dau de el, aşa că nu ştiu ce s-a întâmplat.

— Nu te-a sunat?

— Nu.

Liniştea care urmează e stânjenitoare. Observ că Olgăi îi e greu să înţeleagă situaţia şi nu prea ştie ce să spună.

— Dar de obicei te sună când întârzie sau nu mai vine?

Ezit pentru un moment.

— Nu întârzie niciodată. Şi nu s-a întâmplat niciodată să nu poată ajunge la întâlnire.

Dintr-odată, încăperea mi se pare aglomerată, cu toate că abia am deschis şi în magazin nu a intrat încă niciun client. Lumina artificială puternică îmi răneşte ochii şi simt o pulsaţie surdă în ceafă.

Mă sprijin de masa pe care sunt blugii şi îmi simt interiorul pleoapelor arse de lacrimi.

— Dacă i s-a întâmplat ceva?

Vocea Olgăi e scăzută, aproape o şoaptă. Între sprâncenele ei false a apărut o cută mică. Nu pot să vorbesc, aşa că dau din cap.

— Azi ai încercat să-l suni?

— Da. Mai devreme. Chiar înainte să deschidem magazinul.

Nu mai spune nimic, se apucă din nou să împăturească blugi în timp ce se uită în jur prin magazin.

— Uite-l că vine! şopteşte fără să se uite la mine.

Înşfac cea mai apropiată pereche de blugi şi încep să-i împăturesc. Îi aşez în vârful grămezii, dar deja e prea târziu.

— Iar vă pierdeţi vremea pe-aici? Emma, ia sertarul de la tejghea!

Björne s-a tuns. Smocurile întunecate de păr de la ceafă au dispărut. Şi-a pieptănat o şuviţă astfel încât să-i acopere un ochi. Picioarele lui strâmbe, combinate cu noua lui frizură şi vesta, mă duc cu gândul la Călăreţul Singuratic. Un Călăreţ Singuratic arogant, îmbătrânit.

Mă întorc şi mă îndrept spre casă fără să-i răspund. Mă gândesc la maică-mea. La maică-mea şi la mătuşile mele şi la tot ce nu mai există. Despre cât de groaznic este că acele amintiri fragile şi frumoase s-au risipit ca fumul în ceață şi au fost înlocuite de Björne şi de grămezi de blugi şi curele.

Încep să mă gândesc la o anumită sâmbătă şi la sunetul râsetelor, clipocind şi rostogolindu-se prin micul apartament al mătuşii Agneta de pe strada Värtavägen.

Mirosul cafelei proaspăt pregătite plutea în aer amestecat cu fumul țigărilor mamei mele. Mătuşa Christina, care tocmai renunțase la fumat, a oftat şi a precizat că mama nu prea era înțelegătoare cu ea. M-am întrebat dacă era supărată, dar apoi a râs cu râsul ei aspru şi am decis că trebuie să fi fost un fel de glumă.

În prima sâmbătă a fiecărei luni, mama şi mătuşile mele luau mereu prânzul împreună. Era o şezătoare gălăgioasă, bogată în calorii, la care luau parte doar surorile şi cu mine.

Vocile coborau până la murmur, întrerupt din când în când de chicoteli. Nu trebuia să ascult ca să ştiu despre ce vorbesc: noul iubit al Lenei, soțul nesăbuit al Christinei şi durerile de spate ale mamei.

Mama era cea mai tânără dintre surori. Era mezina sălbatică, necuviincioasă, cu toate astea îndrăgită a familiei, care a băgat groaza în bunica şi bunicul, rămânând însărcinată cu mine pe când avea doar optsprezece ani. Încăperile erau umplute de şi mai multe râsete, un val primitiv de bucurie şi încântare. Agneta a râs zgomotos; a sunat ca şi cum ar urma să tuşească, dar apoi am auzit zgomotul veselei.

Stăteam nemişcată, cu picioarele încrucişate, pe podeaua de lemn a dormitorului meu. Borcanul de sticlă în care ţineam omida mi se odihnea în poală. Frunzele se uscaseră de mult timp şi căzuseră, una câte una, pe fundul borcanului, iar crenguţele golaşe semănau cu un ghem de sârmă ghimpată. Omida verde pal nu mai era vizibilă. Tata îmi explicase ce s-a întâmplat. În interiorul coconului mic şi neted care atârna de una dintre crengi, se petrecea ceva uimitor. Omida se transforma, iar dacă aveam răbdare şi noroc, aveam să văd cum, din interiorul coconului, avea să ecluzeze o fiinţă cu totul diferită.

Asta mă îngrijora un pic; îmi doream cu disperare să fiu prezentă când avea să ecluzeze fiinţa nouă, transformată, dar nu ştiam când avea să se întâmple. Aşa că am făcut în aşa fel încât să am mereu borcanul la mine. Primul lucru pe care-l făceam când mă trezeam şi ultimul înainte să adorm era să cercetez cu atenţie coconul, ca să văd dacă pot detecta vreo schimbare.

Îl întrebam pe tata de ce nu putea omida să rămână aşa cum era, să uite să se înfăşoare într-un înveliş lucios, gri-maroniu, dar tata nu făcea decât să dea trist din cap.

— N-are încotro, dulceaţă. Trebuie să se transforme, altfel moare. Aşa funcţionează natura.

M-am gândit mult timp la ceea ce îmi spusese, am încercat să-mi imaginez cum m-aş simţi dacă aş fi pusă în faţa unei asemenea alegeri — să mă transform sau să mor. Dar oricât de mult am încercat, n-am reuşit să mă pun în locul omizii.

Când mi-am ridicat ochii de la borcan, privirea mi-a căzut direct pe patul îngust al Agnetei. De mult nu l-a mai împărţit cu nimeni, îi şoptise mătuşa Lena mamei, în timp ce urcam scările. Adulţii credeau mereu că noi, cei mici, nu-i auzeam, sau că dacă-i auzeam, nu înțelegeam. Desigur, nici una, nici alta nu erau adevărate. Trebuia să fac eforturi considerabile ca să-mi păstrez expresia dezinteresată și naiv-neînțelegătoare ori de câte ori îmi ajungeau la urechi secretele mătușii.

Deasupra patului atârna un mic tablou cu jucători de fotbal. N-am înțeles niciodată ce era așa de deosebit la el, ce anume le făcea pe mătuși să vorbească despre el cu vocea scăzută, înflăcărată, atunci când se opreau în fața lui formând un semicerc, fumând și admirându-l. Nu le-am spus, pentru că îmi era teamă să nu se întristeze, dar tabloul era de fapt destul de urât. Personajele nu aveau un contur precis, păreau să se contopească; artistul nu reușise să-i redea într-un mod realist. Probabil că eu aș fi făcut o treabă mai bună. Dar n-am spus-o, pentru că în ciuda aparențelor, nu eram chiar atât de prost-crescută.

— De ce stai pe podea, drăguță?

Lângă mine, în pragul ușii, a apărut mătușa Agneta. S-a lăsat pe vine. De aproape, picioarele ei groase păreau și mai groase, iar ciorapii ei lungi i se adânceau în gambe într-un mod deloc măgulitor.

— N-ai prefera să stai în fotoliu? Ori pe patul meu?

Am scuturat din cap fără să-i răspund, iar mătușa Agneta a oftat încet.

— Eh. Faci cum vrei. Apropo, ce ai în borcanul ăla?

— E un cocon. E ceea ce construiește o omidă ca să se transforme.

— Aaa! Și unde mai exact e coconul?

I l-am arătat. A luat cu grijă borcanul, l-a ridicat în lumină, strângând din ochi până când ochii ei mici și albaștri au dispărut cu totul sub pleoapele grele.

— Abia se vede.

— Asta şi e ideea. Altfel ar fi mâncată de păsări. Le plac omizile.

M-a privit cu gravitate şi a dat din cap.

— Are sens. Nu m-am gândit niciodată la asta.

De aproape, mătuşa Agneta părea mai în vârstă ca-n realitate. În timp ce stătea pe vine, obrajii îi atârnau, iar sânii i se lăsau grei pe genunchi.

— În natură, fiecare îl mănâncă pe celălalt cât poate de repede.

Agneta mi-a mângâiat părul cu mâna ei bătătorită.

— Micuță Emma, mi-a spus ea cu o voce moale ca ciocolata.

A făcut-o să sune ca o întrebare, ca şi cum aş putea, cine ştie cum, să răspund interogării ei nerostite. Mi-a dat înapoi borcanul, iar eu l-am aşezat cu grijă pe podea.

— Cum stau lucrurile acasă, Emma?

Dintr-odată, mătuşa Agneta părea îngrijorată; în vocea ei exista o anumită încordare pe care nu ştiam cum s-o interpretez.

— La ce te referi?

A făcut o pauză şi s-a uitat spre uşă. Dinspre bucătărie se auzea un murmur stins. Absența râsetelor era un indiciu sigur că bârfeau pe soțul cuiva. Toți bărbații surorilor erau fie meschini, fie proşti, aşa că Agneta era de fapt cea mai norocoasă pentru că evitase să se mărite.

— Mama şi cu tatăl tău beau mult vin şi bere, Emma?

Era o întrebare la care nu prea ştiam cum să răspund. Evident, am înțeles cuvintele, dar nu ştiam ce înseamnă „mult". Mă întreba oare dacă părinții mei beau *prea mult*? Dimineața, în chiuvetă şi în camera de zi erau multe cutii de bere, dar erau multe? Era prea mult? Câte beri şi câte sticle de vin beau seara celelalte mame şi ceilalți tați?

Astea erau lucruri pe care chiar nu le ştiam, aşa că i-am răspuns sincer.

— Nu ştiu.

Mătuşa Agneta a oftat din nou şi s-a ridicat cu dificultate în picioare, genunchii i-au pârâit şi scârțâit ca şi cum ar fi fost făcuți din lemn uscat de mesteacăn în loc de tendoane, oase şi sânge.

— Isuse, a spus ea, înăbuşindu-şi o mică râgâială. Emma, nu vrei să vii să mănânci cu noi nişte prăjiturele cu scorțişoară?

— Mai târziu. Poate.

Odată ce Agneta s-a întors în bucătărie, murmurul a devenit o şoaptă. De obicei, asta însemna că se discuta ceva interesant, aşa că mi-am luat borcanul şi m-am furişat pe hol ca să mă întind pe podea şi să ascult. Auzeam doar fragmente din ce vorbeau. Am auzit vocea aspră a Agnetei:

— Copilul e diferit.

Apoi am auzit-o pe mama, vocea ei mai puternică acum.

— Diferit nu e neapărat ceva rău.

Niciuna dintre mătuşile mele nu a zis nimic.

Tocmai când mă pregăteam să mă furişez înapoi în dormitorul Agnetei, ceva mi-a atras atenția asupra borcanului. Coconul atârna pe creanga lui, la fel ca înainte, dar se întâmplase ceva. Era ca şi cum învelişul ar fi început să devină translucid, asemenea sticlei zgâriate sau gheții murdare. Şi-n interiorul învelişului strălucitor am perceput un freamăt.

Metamorfoza începuse.

Omul din fața casei îşi întinde mâna spre mine şi zâmbeşte larg.

— Anders Jönsson. Sunt jurnalist.

Ezit, îi strâng mâna şi zâmbesc precaut.

— Eu sunt Emma.

Are ochii albastru-aprins, iar părul lui rărit e de culoarea pişatului de câine în zăpadă. Poartă o parka verde-murdar şi blugi şi pare să aibă treizeci şi ceva de ani.

— Pot să vă ajut? îl întreb când îmi dau seama că nu pare să aibă de gând să-mi dea drumul la mână. Rânjeşte cu gura până la urechi.

— Scriu un articol despre condiţiile de lucru de aici. Mi s-a spus că vi s-a interzis să vorbiţi cu jurnaliştii, e adevărat?

— Interzis? Neah, nu prea ştiu...

— Şi abia vă lasă să mergeţi la baie, insinuează el când îmi observă ezitarea.

Fireşte, există ceva adevăr în ceea ce spune. Sigur, aşa cum media s-a şi grăbit să arate, compania a avut parte de vremuri grele de când a fost preluată de Jesper. Dar nu pot vorbi despre asta, ţinând cont şi de relaţia mea cu Jesper.

— Nu vreau să vorbesc despre asta, îi spun şi simt cum mi se urcă roşeaţa în obraji.

— Putem să ne întâlnim altundeva, dacă vă e mai uşor, spune el, aplecându-se înainte.

Acei ochi apoşi mă fixează.

— Puteţi să vă păstraţi anonimatul, nu va afla nimeni.

— Prefer să nu.

Observ cu coada ochiului că se apropie cineva.

— Ţi-a spus că nu vrea să vorbească cu tine. Ce anume n-ai înţeles?

Jurnalistul se îndreaptă cu totul.

Björne stă lângă mine acum. Observ că e furios. Strânge din pumni și are maxilarul încordat. Își aranjează șuvița după ureche cu un gest studiat, își bombează maxilarul și spune, fără să se grăbească:

— E a doua oară când vii aici să-mi hărțuiești personalul. Dacă nu pleci acum, chem poliția. Înțelegi ce spun?

— Am tot dreptul...

— Hei, ai auzit ce-am zis? Trebuie să-ți repet? Nu vrea să vorbească cu tine.

Din gura lui Björne sar mici picături de salivă în timp ce cuvintele îi țâșnesc afară. Apoi se întoarce și pleacă. Înainte să dispară, mă strigă peste umăr:

— Bună treabă, Emma.

Mă uit din nou la jurnalist. Zâmbetul larg i-a dispărut de pe față. Fața îi e complet lipsită de expresie. Cotrobăie după ceva în buzunarul de la geacă, pune obiectul pe tejghea și o împinge spre mine încet cu degetul arătător. E o carte de vizită. Ochii lui deschiși la culoare îi întâlnesc din nou pe ai mei.

— Uite. Dacă te răzgândești, sună-mă.

Apoi pleacă.

Mă aplec precaută în față și iau cartea de vizită, cercetând-o cu atenție înainte s-o strecor în buzunar.

Jesper Orre. Acele mâini mari și calde. Fața aceea fină, ușor ridată. Barba scurtă, un amestec de castaniu și gri, care acoperă o bărbie puternică. Felul în care mă privește, asemenea unui om înfometat care se holbează la produsele de cofetărie prin vitrina brutăriei.

Totuși mă întreb ce vede la mine. Sunt doar o persoană oarecare cu o slujbă plictisitoare și o viață lipsită de evenimente. De ce petrece atât de mult timp cu mine?

Ce anume-l determină să stea cu orele în brațele mele, mângâindu-mă pe tot corpul? Descoperind în felul acesta părți din mine cărora înainte nu prea le dădusem mare atenție.

Îmi aduc aminte de întâlnirea noastră de acum câteva săptămâni, de la mine din apartament.

— Semănăm atât de mult, Emma, a murmurat. Câteodată am impresia că-ți pot citi gândurile. Știi ce zic?

M-am gândit că nu, de fapt nu știu. Nu simt nicio afinitate telepatică cu el, nu știu deloc ce gândește. Îl iubesc, dar nu înțeleg ce vrea să spună când începe să trăncănească despre legătura noastră.

Dar nu i-am spus asta.

— Sunt atât de norocos, mi-a șoptit în timp ce-și sălta trupul greu peste al meu.

Mi-a desfăcut picioarele cu genunchii, s-a înghesuit din ce în ce mai mult în mine.

— Sunt cel mai norocos bărbat de pe lume.

M-a penetrat înainte să fiu pregătită. M-a sărutat pe gât, mi-a trecut un deget peste sân.

— Te iubesc, Emma. N-am întâlnit niciodată până acum pe cineva ca tine.

Am tăcut în continuare, nu voiam să stric acest moment magic. Voiam să rămân cât mai multă vreme în interiorul acestui sentiment. Mă ardea. A fost dur cu mine și n-am avut parte de plăcere, dar într-un fel tot a fost magic.

Să fii iubită. Dorită. Ca o tartă cu zmeură în vitrina brutăriei.

A început să se miște cu mai multă violență în mine. M-a strâns mai tare de braț. Picături de sudoare mi-au căzut pe obraz ca niște lacrimi. A scâncit; a sunat de parcă ar fi suferit.

— Emma?

A avut tonul unei întrebări sau poate a unei cereri.

— Da?

S-a oprit, respirând greu. M-a sărutat.

— Emma, ai face orice pentru mine?

— Da, am spus. Aş face.

Aş face orice pentru Jesper Orre? Întrebarea e teoretică. Nu mi-a cerut nimic, cu excepția ocaziei când a împrumutat bani de la mine ca să-şi plătească furnizorii. Şi adevărul e că eu am fost cea care a insistat să-i ia. Eu am fost cea care am vrut să stea cu mine în loc să se ducă la bancă.

Țin minte că m-a sărutat pe pleoape.

— Iubito. Ştii că vreau să stau, dar le-am promis furnizorilor că îi voi plăti astăzi. Bani lichizi. Şi nu am o sută de mii de coroane la mine. Aşa că, din păcate, va trebui să mă duc la bancă.

Un futai de prânz.

Expresia era a Olgăi. A izbucnit în râs când i-am spus că urmează să iau prânzul cu iubitul meu. La mine acasă. Olga era grosolană. Directă. Provocatoare. Spunea întotdeauna ceea ce gândea şi nu-i părea niciodată rău.

Jesper s-a ridicat în coate.

— Trebuie să plec, Emma.

— Poți să-ți împrumut eu, i-am propus.

— Tu?

A părut surprins, dar a dat impresia că-mi ignoră propunerea pentru că s-a ridicat, s-a dus la fereastră şi s-a uitat afară, scărpinându-şi între timp membrul.

— Am bani în casă.

S-a întors spre mine amuzat.

— Ai o sută de mii acasă. Aici, în apartament? A făcut un gest circular arătând spre cameră.

Am dat din cap.

— Am bani în şifonier, am spus, m-am ridicat din pat şi am chicotit.

Apoi am tras pe mine un tricou, nu pentru că mi-ar fi păsat dacă Jesper mă vede fără haine, ci din obişnuinţă. Nu mă simţeam confortabil să-mi arăt sânii în plină zi. Nimănui.

Nici măcar lui Jesper.

M-a urmat până la şifonier, m-a urmărit în tăcere în timp ce eu am scos un coş cu feţe de masă şi am despăturit cu grijă un goblen de Crăciun ca să scot de acolo teancuri de bancnote. „Magia Sărbătorilor" era brodat pe el în cruciuliţă.

— Eşti complet nebună? Ai o sută de mii acasă, în şifonier?

— Da. Şi?

— De ce nu ai depus banii ăştia în bancă? Cum ar face o persoană normală.

— De ce?

— Dacă eşti jefuită sau ceva? Doar bătrânelele îşi ţin banii sub saltea şi-n şifonier.

I-am adus aminte că am moştenit apartamentul exact de la o astfel de bătrânică. A râs uşurel şi a dat din umeri.

— Bine. Ţi-i dau înapoi. Curând.

Apoi m-a sărutat pe gât, m-a îmbrăţişat de la spate, şi-a trecut încet mâinile peste sânii mei.

— Vreau să ţi-o trag din nou, curvă bogată ce eşti.

Peter

Manfred se apleacă aparent neafectat deasupra cadavrului. Privirea lui alunecă de la incizia atent cusută care traversează pieptul şi abdomenul, la rănile adânci de pe antebraţe.

— Să înţeleg că nu s-a lăsat cu una, cu două?

Medicul legist dă din cap. Fatima Ali are patruzeci şi ceva de ani, originară din Pakistan, educată în Statele Unite. Am colaborat cu ea de mai multe ori în trecut. Ca mulţi medici legişti, e aproape absurd de precisă şi se fereşte să folosească termeni prea categorici. Dar am încredere în ea. Nu i-a scăpat niciodată nimic. Şi pare să nu existe nimic de care ochii ei mari, întunecaţi şi mâinile ei gingaşe să se ferească.

— Are răni provocate prin strivire pe ceafă şi pe faţă şi optsprezece răni în total pe antebraţe şi pe palme. Majoritatea pe partea dreaptă, indicând că a fost atacată din dreapta.

Fatima se apleacă înainte, desparte marginile uneia dintre cele mai adânci răni de pe braţe care scoate la iveală carnea roşie şi arată cu degetul.

— Uitați-vă aici, spune ea. Rănile se adâncesc cel mai mult în direcția asta, aşa că probabil ucigaşul e dreptaci şi a înjunghiat în felul ăsta.

Ridică mâna învelită într-o mănuşă albastră de cauciuc şi face o mişcare rapidă în direcția lui Manfred care se dă instinctiv înapoi.

— Poți să ne spui ceva despre cât a durat lupta dintre ei? o întreb.

Fatima dă din cap cu fermitate.

— N-aş putea spune exact. Dar niciuna dintre aceste răni nu i-a cauzat moartea. A murit din cauza rănilor de la gât.

Mă aplec în față şi mă uit la capul femeii, care stă aşezat pe bufetul de inox. Păr castaniu încleiat cu sânge uscat. Sprâncene proeminente. Iar sub ele, o masă informă de carne şi țesuturi.

— Şi rănile de la gât? întreb eu.

Fatima dă din cap şi-şi şterge fruntea cu dosul palmei. Clipeşte, ca şi cum luminile puternice ar deranja-o.

— I-au fost date numeroase lovituri de cuțit şi a fost tăiată la gât. Una singură ar fi fost suficientă ca s-o ucidă, dar făptaşul pare să fi fost hotărât să-i despartă capul de trup. Măduva spinării a fost despicată între vertebra a treia şi a patra. Un asemenea act ar fi solicitat o forță considerabilă. Sau încăpățânare.

— Cât de multă forță? întreabă Manfred şi se apleacă şi el mai aproape de cap.

— Greu de spus.

— O femeie sau o persoană mai slabă ar putea s-o facă?

Fatima ridică din sprâncene şi-şi încrucişează brațele peste şorțul de plastic.

— Cine zice că femeile sunt slabe?

Manfred se foieşte un pic.

— Nu asta am vrut să spun.

— Ştiu ce ai vrut să spui, îi răspunde Fatima şi oftează expresiv.

— Da, o femeie ar fi în stare să facă asta. Sau o persoană în vârstă. Sau o persoană tânără, cu forță. E treaba ta să desluşeşti asta.

— Altceva? o întreb.

Fatima dă din cap şi se uită în jos spre cadavrul palid.

— Aş zice că are între douăzeci şi cinci şi treizeci de ani. Are un metru şi şaptezeci şi doi şi o greutate de şaizeci de kilograme. Cu alte cuvinte, o compoziție corporală normală. Sănătoasă, în formă.

Mirosul din încăpere începe să-mi provoace greață. Mi-ar plăcea să cred că m-am obişnuit cu el după atâția ani, dar există ceva în mirosul ăsta cu care niciodată nu te obişnuieşti. Nu e neapărat un miros urât, e mai degrabă un amestec de flori vechi de o săptămână şi carne crudă, dar simt nevoia să ies de aici. Tânjesc brusc după aerul rece şi proaspăt de afară.

— Mai e ceva, murmură Fatima. A născut de curând sau cel puțin a fost însărcinată.

— Un copil? întreabă Manfred.

— Asta nu poate fi determinat, spune Fatima şi-şi dă jos mănuşile cu un plesnet. Suntem gata?

*

Manfred ne duce înapoi cu maşina în Kungsholmen. Zăpada viscolită cade peste traficul dens. Începe să se întunece, cu toate că e abia ora trei.

— Arătoasă femeie, spune Manfred şi porneşte radioul.

— Fatima?

— Nu, cea decapitată.

— Eşti al dracului de nebun!

— Zici? Ai văzut şi tu. Trebuie să fi fost frumoasă. Adică, ce corp. Sânii ăia…

Mă gândesc la ce-a spus, în timp ce mă uit afară pe geam.

— Avem informații legate de identitatea ei? întreb.

— Nu.

— Şi n-am reuşit să dăm de Orre?

— Nu. Se pare că ieri nu s-a prezentat la muncă.

— Şi astăzi?

— Nu ştiu încă. Urma să verifice Sánchez. Dar deja îl caută jumătate de Suedie, aşa că nu va reuşi să ne evite prea mult timp.

— Dar raportul preliminar al legiştilor?

— E la tine pe birou. Nu există indicii că ar fi fost o spargere, aşa că fie cineva l-a lăsat de bunăvoie pe criminal să intre, fie locuia în casă. Cu alte cuvinte, făptaşul a fost Orre. Au găsit urină pe podea. Şi o serie de amprente şi urme de picioare, dar vecina şi-a târşâit atât de-al naibii de mult picioarele pe-acolo, încât e greu de spus ce vor reuşi să descopere. Apoi mai era o tonă de fibre de toate felurile, dar nimic demn de reținut. Apropo, arma crimei a fost o macetă. Au trimis-o la Laboratorul Național; să vedem ce vor găsi. Şi l-au adus la secție pe murdărilă ăla, Linbladh, care se ocupă de petele de sânge. Se pare că el ne va ajuta să reconstituim firul evenimentelor.

Pentru o clipă e linişte. Manfred bate darabana pe volan în ritmul muzicii, iar eu am senzația că e stresat. Barba nerasă îi e mai lungă decât de obicei şi ochii îi par obosiți.

— Nadja se simte mai bine? îl întreb.

Se uită la mine şi-şi trece palma peste paltonul din păr de cămilă.

— Şi-a petrecut toată noaptea urlând ca dracu'. Afsaneh a luat-o razna. Trebuia să se trezească devreme. Unul dintre studenții ei îşi susținea lucrarea de dizertație. Şi, în mijlocul întregii nenorociri, începe să vorbească despre căsătorie. De ce fac femeile una ca asta?

Nu am niciun răspuns la asta. Îmi aduc aminte cât se poate de bine ce s-a întâmplat cu propria mea nuntă.

Eram deja cam de un an cu Janet când cicăleala ei legată de căsătorie a început să devină aproape insuportabilă şi, cu toată sinceritatea, nu prea ştiu cum s-a întâmplat, dar a ajuns cumva să aibă impresia că eu i-am spus că ar trebui să ne căsătorim. Ar fi trebuit să o corectez de la bun început, în loc să fiu atât de nehotărât şi de evaziv. Dar bănuiesc că nu voiam (sau nu îndrăzneam) să o dezamăgesc.

Aşa că am lăsat-o să facă aşa cum voia ea.

În lunile care au urmat, a fost obsedată de aranjamente florale, meniuri şi liste de invitați. A adus acasă torturi pentru degustare, a făcut schema aranjării invitaților la mese pe foi mari de hârtie şi a pus muzica de deschidere pe casetofon.

Şi s-a apucat de dietă.

Aproape că am început să-mi fac griji pentru ea. Pigulea ca o pasăre ca să încapă într-o rochie specială. Una pe care sub nicio formă nu puteam s-o văd până în ziua nunții. Acest lucru era, aparent, foarte important.

Între timp, eu mi-am găsit un refugiu în slujbă. Investigam omorârea paznicului unui parc auto din Tensta şi, din moment ce abia fusesem promovat, era deosebit de important pentru mine să dovedesc ce pot. N-aş zice că Janet s-a arătat foarte înțelegătoare. În loc de asta, a solicitat şi mai mult timp şi atenție din partea mea. A trebuit să alegem biserica, să ne rezervăm luna de miere şi să ne păstrăm jurămintele (pe care ea le scrisese).

Într-o seară a venit la mine cu un teanc de plicuri. Îmi aduc aminte că arăta entuziasmată, în felul în care arăta doar atunci când cumpăra ceva prea scump sau poate atunci când găsea un sejur într-una din acele cataloage pe care le căra până acasă. Ochii îi străluceau şi părul ei scurt şi oxigenat îi stătea zbârlit.

Mi-a explicat că invitațiile erau gata, mi-a înmânat scrisorile şi m-a întrebat dacă le pot trimite. Nu-mi aduc aminte prea bine ce i-am spus. Probabil ceva de genul că vom vorbi despre asta mai încolo, dar, ca de obicei, nu m-a ascultat.

Ce-mi aduc aminte e cum, mai târziu în acea seară, stăteam în fotoliu cu invitațiile în poală, întrebându-mă ce naiba să fac cu ele. Ştiam că ar trebui să le trimit. Ar fi fost cel mai simplu lucru din lume să fac asta — să cobor până-n intersecție şi să le îndes în cutia poştală galbenă — şi atunci aş fi putut să-mi iau gândul pentru încă vreo câteva săptămâni bune de la căcatul ăsta. Dar nu puteam. Nu eram pregătit să fac ceva atât de definitiv, să fac un pas atât de decisiv în direcția unei vieți de cuplu pe care nu eu o alesesem. Pentru o clipă, am avut impulsul de a vorbi cu Janet, să-i spun cum stătea treaba: că toată afacerea cu nunta mă speria de mă căcam pe mine şi că aş fi dat orice să o amân. Dar când m-am dus în dormitor să vorbesc cu ea, deja dormea. Aşa că am pus invitațiile în sertarul biroului meu şi am decis să vorbesc cu ea mai târziu.

Apoi, pur şi simplu s-a întâmplat. N-aş putea spune că am uitat cu totul de invitațiile din sertar; era mai degrabă ca şi cum n-aş fi avut suficientă energie să abordez subiectul. De fiecare dată când mă hotăram să vorbesc cu Janet, apărea câte un obstacol: era prea supărată sau stresată sau nu voia să vorbească. Putea să fie şi aşa, nepoliticoasă şi morocănoasă. De multe ori, din motive pe care nu le înțelegeam cu adevărat.

Când îmi aduc aminte de acea perioadă, îmi dau seama cât de mult încerc să-mi justific comportamentul, chiar şi față de mine însumi. Dar de fapt nu există nicio scuză. Ceea ce am făcut a fost stupid şi imatur şi am rănit-o pe Janet într-un fel în care nu mi-am imaginat că ar fi posibil, într-un fel în care n-am intenționat niciodată să o rănesc.

Nu voiam s-o rănesc pe Janet. Voiam doar să mă lase în pace.

Oricum, nunta se apropia — cred că mai erau trei sau patru săptămâni —, iar ea a venit într-o seară în cameră şi s-a aşezat lângă mine pe pat. Părul, pe care îl lăsase să crească pentru a-l putea aranja într-un coc, îi încadra fața tristă şi sânii îi atârnau alarmant pe pieptul ei emaciat.

— Nimeni n-a răspuns încă la invitație, a spus ea şi şi-a întors fața spre mine. Nu ți se pare ciudat?

Parcurgeam o investigație preliminară pe care promisesem să o duc a doua zi de dimineață la procuror, aşa că în momentul acela n-am avut timp să discut cu ea despre asta. Dar țin minte că m-a indispus. Ba chiar m-a făcut să mă simt ruşinat.

— Crezi că e posibil să se fi pierdut pe drum? m-a întrebat cu jumătate de voce.

Ceva din postura ei corporală neajutorată şi calitatea neobişnuită a vocii ei, lipsa ei de ton m-au afectat profund. M-au făcut să înțeleg gravitatea trădării mele.

M-am simțit foarte prost.

Dar tot nu mă înduram să-i spun. Nu atunci. În schimb, am hotărât să discut cu ea în dimineața următoare. Dar asta nu s-a mai întâmplat şi ştiu că n-am procedat corect, dar când te uiți în urmă vezi mult mai clar.

În noaptea aceea, în timp ce dormeam, Janet a început să caute prin apartament. Zici că şi-ar fi dat oarecum seama ce se întâmplase, ca şi cum ar fi avut un fel de al şaselea nenorocit de simț. Am fost trezit de un țipăt îngrozitor, cum n-am mai auzit nici înainte, nici după aceea. Prima oară am crezut că e omorâtă în bătaie, că cineva spărsese uşa şi o viola. Am sărit din pat şi m-am împiedicat de un scaun, am căzut peste măsuța de cafea şi m-am ales cu o tăietură adâncă în bărbie. Cu sângele curgându-mi pe față, am continuat să caut prin apartament. Până la urmă am găsit-o în fața biroului. Plicurile zăceau împrăştiate pe podea asemenea unor frunze moarte, ca şi cum le-ar fi azvârlit în aer. Continua să țipe. Țipa şi țipa, dar am luat-o în brațe şi am legănat-o ca pe un copil. Iar când mi-am pus mâna pe gura ei în încercarea de a o face să tacă, m-a muşcat.

Țin minte că, în ciuda durerii, am simțit o mare uşurare. Atâta timp cât îmi țineam mâna la gura ei, măcar nu mai putea să țipe.

Manfred, Sánchez şi cu mine stăm în mica sală de conferințe de la etajul doi, aflată în dreapta chicinetei. Arată la fel ca toate celelalte săli de conferință din clădirea asta: pereți albi, scaune din lemn de culoare deschisă, cu spătare albastre, şi o masă albă de lemn laminat. În fereastră e un sfeşnic pe care l-a adus Gunnar în încercarea de a da încăperii o brumă de aer festiv. Pe perete e atârnat un poster decolorat care arată cum să efectuezi Suportul vital de bază.

Trebuie să ne pregătim pentru întâlnirea de mâine cu echipa de investigație şi cu şeful investigației preliminare — Björn Hansson, unul dintre procurorii noi. Nu l-am întâlnit până acum, dar Sánchez susține că e „deştept, dar prea are capul băgat în fund şi o părere mult prea bună despre el".

Manfred a adus cafetiera, iar Sánchez taie fursecurile cu şofran cu un cuțit pentru unt. Fotografii cu scena crimei sunt împrăştiate pe toată masa. Încerc să nu mă uit la capul tăiat în timp ce mă întind după un fursec.

Au trecut două zile de când femeia ucisă a fost găsită în casa lui Jesper Orre din Djursholm şi încă nu ştim cine este. Undeva, cei la care ea ținea îşi continuă viața, fără să ştie că fiica sau sora, sau mama lor a fost omorâtă.

Undeva, un ucigaş umblă liber. Sánchez face un rezumat al situației:

— Jesper Orre s-a prezentat ultima oară la muncă vineri. Potrivit colegilor săi, părea în regulă şi nu s-a întâmplat nimic ieşit din comun. A părăsit biroul la patru şi jumătate şi apoi, potrivit afirmațiilor sale, s-a îndreptat spre casă. Nu a spus nimănui ce planuri avea pentru weekend, dar îşi luase liber până miercuri, aşa că probabil avea de gând să plece într-o călătorie. Telefonul şi portofelul i-au fost găsite în casă. Nu s-au mai efectuat retrageri din conturile lui de săptămâna trecută. Tehnicienii au identificat o urmă însângerată de picior în hol, o urmă de picior mărimea patruzeci şi trei, care ar putea să indice faptul că a părăsit casa după incident. Au găsit de asemenea urme ale vecinului şi ale victimei noastre necunoscute. Plus alte câteva urme, deocamdată neidentificate. Analiza amprentelor de pe macetă încă nu a fost finalizată, dar Laboratorul Național a spus că pe armă s-au găsit un fel de urme.

— Cum e ca om Orre ăsta? întreabă Manfred, apoi soarbe zgomotos din cafea.

— Pare destul de popular printre colegii lui din echipa de management, dar ceilalți angajați de la biroul corporației sunt de părere că e cam dur, şi multora le e de fapt teamă de el, îi răspunde Sánchez. Cu toate astea, în celelalte structuri ale organizației — cele lucrative, ca să zic aşa — e disprețuit pentru duritatea sa. Iar sindicatul îl urăşte. Dar asta ştii deja. Părinții lui sunt pensionari şi trăiesc în Bromma, în casa în care a copilărit Orre. Ei îl descriu pe Jesper ca fiind plin de energie, atletic şi fericit. Din câte ştiu ei, nu are nicio problemă psihologică. De asemenea, părinții lui au confirmat că e celibatar de ani buni, dar are ceea ce ei numesc „o viață amoroasă activă."

— Ce dracu' înseamnă asta? întreabă Manfred.

Sánchez se apleacă peste masă şi se uită în ochii lui Manfred. Îşi îndeasă în gură ultima bucată de fursec.

— Înseamnă că se distrează în pat de o mie de ori mai bine decât tine, Manfred.

— Nu e ceva ieşit în comun, intervin, ceea ce o face pe Sánchez să chicotească până când din gură îi cad bucățele de fursec pe fusta neagră, scurtă.

Pe Manfred nu pare să-l amuze prea tare discuția asta. Îşi dă jos sacoul ecosez, îl atârnă cu un gest dramatic de spătarul scaunului şi loveşte uşor masa cu pumnul lui mare ca să ne câştige atenția.

— Dacă am reuşi să ne concentrăm un pic, poate vom pleca de aici în cursul zilei de azi. Sánchez, care e teoria ta?

Pentru că e cel mai tânăr ofițer de la masă, e logic ca Sánchez să fie întrebată prima. Aşa merg lucrurile. Anchetatorii mai în vârstă, mai experimentați îi învață pe cei tineri. Face parte din procedură. Sánchez îşi îndreaptă spatele şi capătă dintr-odată o mină serioasă. Îşi încleştează mâinile în fața ei, pe masa albă.

— E destul de clar, nu? Jesper Orre e acasă cu una dintre fetele lui, când ceva merge prost. Izbucneşte o ceartă care se termină cu o crimă. După ce comite crima, părăseşte scena.

— De ce nu-şi ia telefonul sau portofelul? întreabă Manfred şi îşi mătură câteva firimituri invizibile de pe cămaşa roz.

— Pentru că erau în camera de zi şi nu voia să se fâțâie prea mult la locul crimei, sugerează Sánchez. Sau a uitat. Avea multe alte lucruri la care să se gândească.

— Mă gândesc la crimă în sine, spun eu, arătând spre fotografia cu capul care pare să fi crescut direct din podea. De ce a fost atât de brutală? N-a fost suficient s-o ucidă? De ce a trebuit s-o şi decapiteze?

Sánchez se încruntă.

— Trebuie să fi fost al naibii de furios, poate că de fapt chiar o ura. Mă întreb de asemenea dacă poziția capului are vreo semnificație specială. Pare să privească spre uşă, spre oricine ar putea să intre. V-ați gândit la asta? Mă întreb dacă voia să spună ceva cu asta.

— Cum ar fi? întreabă Manfred.

Ne uităm din nou la fotografie. Ochii femeii sunt închişi, iar părul ei plin de sânge îi cade-n şuvițe peste față.

Sánchez dă uşor din umeri.

— Nu ştiu. Uite ce e! Aşa pățeşti dacă mă amăgeşti sau dacă mă minți, sau orice credea că ar fi făcut ea.

Lui Manfred îi sună telefonul şi răspunde. Ascultă, apoi spune:

— Suntem în mica sală de şedinţe de la etajul doi. Poţi să-i arăţi cum să ajungă aici? Bine. Desigur. În regulă.

Apoi adună fotografiile făcute la locul crimei, le întoarce cu faţa în jos şi le aşază lângă el, într-un teanc ordonat. Trage aer adânc în piept şi se lasă pe spate în scaun.

— Avem un vizitator, spune el. Vă aduceţi aminte că am vorbit despre crima aceea de acum zece ani care era similară cu acest caz? Mi-am luat libertatea să invit pe unul dintre oamenii implicaţi în acea anchetă ca să ne vorbească. Nu pentru că ar exista neapărat o legătură, ci pentru că sunt de părere că ar putea să ne ajute să-l înţelegem un pic mai bine pe ucigaşul nostru.

Se aude un ciocănit în uşă şi simt că mă ia cu frisoane; toată căldura îmi părăseşte instantaneu corpul şi e înlocuită de o senzaţie ca de gheaţă şi inima îmi bate tare. Încăperea se micşorează şi plafonul începe să se lase ca şi cum ar urma să se prăbuşească peste mine.

Uşa se deschide şi iat-o, purtând o pufoaică neagră care nu-i vine bine şi nişte bocanci care par suficient de groşi pentru o expediţie la Polul Nord. Dar hainele n-au fost niciodată punctul ei forte. În părul ei des, şaten-deschis, s-au amestecat şuviţe de păr cenuşiu şi poartă o pereche de ochelari care o fac să pară uşor încruntată. Altfel, arată la fel. Exact ca acum zece ani. E chiar mai frumoasă, dacă e posibil. Există ceva în reţeaua fină de riduri din jurul ochilor şi faţa ei ceva mai sfrijită acum care o face să pară vulnerabilă. Ca şi cum timpul ar fi făcut-o doar să devină un pic mai fragilă şi mai subţire.

— Aceasta e Hanne Lagerlind-Schön, spune Manfred.

Emma

Cu două luni în urmă

Există un anumit tip de epuizare care te copleşeşte când lucrezi în vânzări. Lumina artificială puternică şi muzica de fundal mereu prezentă au un straniu efect hipnotizant. De fapt, aş putea să jur că uneori chiar dorm în timp ce mă deplasez încet prin magazin cu o expresie preocupată. Câteodată, ore întregi dispar, ca şi cum mi-ar fi fost şterse din memorie. Se întâmplă să mă întorc de la prânz, să strâng câteva haine şi să-mi dau seama că e ora închiderii, fără să ştiu când s-a dus ziua.

Afară, oamenii trec purtând haine de ploaie şi cu umbrele în mână. Mahnoor pune etichete pe cămăşile din colecţia de vară. Se mişcă încet, în ritmul muzicii. Părul ei lung întunecat i se revarsă pe umeri şi spate, un râu negru peste tunica ei roşie. Picioarele ei îmbrăcate în blugi strâmţi fac paşi subtili de dans. Olga nu e de văzut nicăieri. Poate că e afară la o ţigară; poate că a plecat mai devreme să ia prânzul.

Jesper n-a dat niciun semn de viaţă.

S-a evaporat şi, indiferent ce i s-o fi întâmplat, rămâne un mister. Bănuiesc că aş fi aflat de la ştiri dacă ar fi fost implicat într-un accident grav. Iar dacă ceva l-a împiedicat să vină, mi-ar fi spus, nu?

Nu s-a mai întâmplat niciodată să nu vină la întâlnire.

Magazinul e pustiu. Îmi simt ochii uscaţi în timp ce clipesc în lumina albă. Difuzoarele emit aceeaşi muzică de acum o oră; lista de cântece, pe care departamentul de marketing o reîmprospătează lunar, se repetă zi după zi.

Nu te face să înnebuneşti? m-a întrebat mama odată. Adevărul e că te obişnuieşti. Până la urmă, ajungi să nici nu mai auzi muzica. Începând din acel moment, vei fi în stare să dormi şi să munceşti în acelaşi timp, să te duci dintr-o parte în alta prin magazin fără să te gândeşti. Să pluteşti deasupra notelor muzicale fără să fii absorbit de melodie, cu toate funcţiile intelectuale înalte deconectate, asemenea unei frunze care pluteşte pe apă.

— Îţi place să lucrezi acolo? m-a întrebat Jesper când am luat pentru prima dată masa împreună.

M-am foit un pic, nu ştiam ce să-i răspund. Intraserăm pur şi simplu într-un restaurant de pe Stureplan, unul pe unde mai trecusem de multe ori fără să intru în el. Am hotărât că probabil e mai bine să mint. Abia-l cunoşteam atunci şi ce rost avea să mă încred în cineva care până la urmă e şeful meu.

— Absolut, am spus. Îmi place.

— Nu pari cu totul convinsă.

O chelneriţă în sandale cu tocuri kilometrice ne-a adus meniul. S-a făcut mică lângă noi şi ne-a luat comanda pentru băuturi. Avea fusta atât de scurtă, încât i-am zărit chiloții printre coapsele delicate. Eram recunoscătoare pentru această distragere a atenției, pentru că nu mă simțeam confortabil în legătură cu acest subiect.

— Ce-ai dori?

— Ce-ți iei şi tu.

A ridicat din sprâncene, m-a privit pentru o clipă, apoi s-a întors către chelneriță şi a comandat două băuturi. Apoi şi-a slăbit cravata şi, cu un oftat, s-a lăsat să alunece şi mai mult în scaunul adânc.

— Eu uneori îmi urăsc din tot sufletul slujba, a spus cu emfază, privind pe fereastră.

Soarele jos, de început de vară, picta dungi aurii pe pavajul ud de afară.

— Serios? N-aş fi crezut asta niciodată.

— De ce nu? Doar pentru că am... o poziție plină de prestigiu. O slujbă importantă. Cel puțin la suprafață.

Dintr-odată, a părut obosit. Obosit şi cinic, nu semăna deloc cu un executiv de nivel înalt.

— Nu, eu... Nu ştiu.

— Pentru că oamenii asta cred. Că slujba mea e al dracului de extraordinară şi de interesantă. Ştii, ăsta e un mit. Nu e deloc aşa.

— Atunci cum e?

Au sosit băuturile. Eram nervoasă; în timp ce duceam paharul la gură, am observat că-mi tremură mâna. A trebuit să-l țin cu ambele mâini, dar lichidul tot s-a vărsat. Degetele mi s-au umezit. Au devenit lipicioase. S-au lipit de paharul de cocktail. Am încercat să le şterg cu un şervețel, dar mi s-au lipit mici bucăți de hârtie de mâini. Jesper nu părea să observe nimic. Zâmbea într-un mod introspectiv, aproape dezinteresat.

— Sincer?

— Sincer.

A luat o gură din băutura lui şi s-a aplecat spre mine. În ochi îi lucea o expresie stranie, ceva ce nu reuşeam să identific. În jurul ochilor i-au apărut mici riduri. Oare cu câți ani era mai în vârstă decât mine? Am apreciat că avea în jur de patruzeci. Deci cu cât: cincisprezece? Douăzeci?

— Înseamnă singurătate, a spus.

— Singurătate?

— Nu mă crezi, nu-i aşa? Jur! Nimic nu te umple mai tare de singurătate decât lumina reflectoarelor, decât să apari la televizor şi în ziare. Să fii şeful. Toată lume ştie cine eşti, dar tu nu cunoşti pe nimeni. Toată lume vrea să fie prieten cu tine, dar nu poți avea încredere în nimeni. Nu cu adevărat. Înțelegi?

— Înțeleg.

A zâmbit. O grimasă lipsită de bucurie care i-a dezvăluit dinții nefiresc de albi. Oare ce-şi făcuse la dantură? Şi-o albise?

— Ştiam că tu vei înțelege. Suntem la fel, Emma. Simțim la fel.

Am avut din nou acea senzație că ceva nu e în ordine, că vedea în mine lucruri şi calități care nu existau. Hotărâse că eram ceva ce poate că nu eram. Un alt sentiment îşi făcea loc în interiorul meu: frica. Oare urma să fie dezamăgit când avea să descopere cine eram de fapt, în cazul în care ajungea să mă cunoască aşa cum eram cu adevărat? Eram oare doar o modalitate de distracție pentru omul ăsta influent? Avea oare să scape de mine după aceea, ca de o jucărie veche?

— Dar în viața privată? Nu ai familie? am întrebat.

Întrebarea era, cel puțin în parte, retorică. Știam foarte bine că Jesper nu avea soție sau copii. Iubitele veneau și plecau.

Toți cei care învățaseră să citească știau asta. De fapt, nici măcar nu trebuia să citești. Era suficient să te uiți la fotografiile de pe prima pagină a tabloidelor.

Zâmbetul lui Jesper a coborât cu o fracțiune de centimetru.

— N-a funcționat niciodată, a spus tăios. Ce-ar fi să ne uităm pe meniu?

Am comandat.

Afară, în fața ferestrei, un cuplu se săruta în soarele înserării. M-am simțit stingherită, nu știam unde să mă uit. Am încercat în zadar să îndepărtez bucățelele de hârtie de pe mâinile lipicioase.

— Dar tu? a întrebat. Tu ai familie?

— Eu?

A zâmbit.

— Da. Tu, Emma.

Am simțit cum mi se înroșesc obrajii și m-am înjurat în gând că nu m-am prins mai repede.

— Dacă mă întrebi dacă am un prieten, răspunsul este nu. Iar în ceea ce privește familia... O am pe mama.

— A! O vezi des? Sunteți apropiate?

— Ne vedem de câteva ori pe an, așa că aș putea spune că nu suntem prea apropiate.

— OK.

Am simțit un impuls, o dorință de a avea încredere în el. De obicei, nu prea vorbeam despre mama, dar, dintr-un motiv sau altul, în acel moment, cu Jesper mi s-a părut adecvat.

— Mama mea e alcoolică, am spus.

Şi-a oprit privirea întunecată pe mine, s-a aplecat înainte şi mi-a strâns mâna lipicioasă.

— Oh! Îmi pare rău. Nu ştiam.

Am dat din cap, mi-am lăsat privirea spre masă, mi-am pierdut dintr-odată glasul, nu mai eram în stare să-i întâlnesc ochii.

— Are de mult timp probleme cu alcoolul?

A urmat o pauză, în care m-am gândit cât de sinceră să îndrăznesc să fiu.

— De când mă ştiu.

Am privit în trecut. A existat o perioadă în care mama n-a băut? Nu reuşeam să-mi amintesc de aşa ceva. Dar când eram mică, era fericită şi plină de energie. Ne furişam afară noaptea târziu, cu mult după ora culcării, şi ne alergam desculţe prin zăpadă. Odată, când mama era beată, ne-am dus la magazinul cu animale şi am cumpărat un căţel. Se clătina atât de tare pe drum, încât a trebuit s-o susţin. Şi apoi, a fost acea ocazie când nu aveam bani şi ne-am dus împreună să furăm de la supermarket.

Amintiri frumoase, în ciuda a tot ce s-a întâmplat.

— Dar tatăl tău? a întrebat Jesper.

— A murit când aveam paisprezece ani.

— Te gândeşti des la el?

— Câteodată. Îmi apare în vise.

A dat din cap ca şi cum ar fi înţeles pe deplin.

— Tată vitreg?

Imaginea lui Kent mi-a răsărit în minte şi am tresărit imediat.

Mama fusese cu el timp de mai mulţi ani. N-am înţeles niciodată ce aveau în comun, în afara pasiunii pentru băutură.

— Trebuie să fie greu să creşti alături de un părinte alcoolic.

Mâna lui Jesper se odihnea pe a mea. Căldura emana din el precum razele soarelui.

— M-am simțit... singură.

— Vezi, a spus cu el triumfător şi mi-a strâns şi mai tare mâna.

— Ce?

— Şi tu eşti singură. Aşa cum am spus. Ştiam eu.

În drumul de la muncă înapoi spre casă, cobor la stația de metrou Slussen. Bate un vânt rece, împingând frunzele şi mucurile de țigară pe strada Götgatan. Pe pământul umed s-au format mici cristale de gheață. Scânteiază în lumina felinarelor. Alunecă şi aproape că-mi pierd echilibrul când fac stânga pe Högbergsgatan. Un miros slab de mâncare se răspândeşte dinspre restaurantele şi cafenelele ieftine. Doi tipi împart o țigară pe o scară. Se uită la mine ca şi cum i-aş deranja, ca şi cum aş întrerupe ceva intim. Ochii lor par aproape amenințători. Mă înfăşor mai bine în geaca de piele şi trec pe lângă ei cât pot de repede, cu privirea fixată pe pământul înghețat.

Apoi sunt în fața clădirii de apartamente de pe Kapellgränd.

O recunosc imediat. Tufa uscată de trandafiri de la intrare, ochiurile de sticlă colorată ale uşii. Chiar când sunt pe punctul de a intra, iese un om în vârstă cu un câine. Mă salută şi-mi ține uşa deschisă. Îl salut şi eu cu un gest din cap.

Nu-l recunosc.

Nu există niciun nume pe uşă, doar un mic semn pe care scrie „Fără reclame" pe care l-a scris chiar Jesper şi care-mi arată că am venit unde trebuie. Întotdeauna mi s-a părut ciudat că nu voia ca numele lui să apară pe uşă, dar mi-a spus că preferă anonimatul. Ca să-i evite pe vecinii şi pe jurnaliştii băgăcioşi. Apăs pe sonerie. Nu se întâmplă nimic. Aştept un pic, apoi apăs din nou, poate chiar ţin degetul un pic prea mult pe buton. De partea cealaltă a uşii, soneria sună cu furie. De undeva dinăuntru se aud paşi şi, dintr-odată, uşa se deschide.

— Da!

Bărbatul poartă o vestă fără mâneci şi pantaloni de trening şi ţine o doză de bere într-o mână, braţele îi sunt acoperite de tatuaje. Dar mai e ceva care mă surprinde: mobila din hol e complet diferită de cea pe care o avusese Jesper înainte. Scaunele roşii şi micul bufet au dispărut. În locul lor, de perete sunt sprijinite tablouri, iar în colţ e o movilă formată din geci. Covorul, pe care l-a ţesut chiar mama lui Jesper, a dispărut şi el.

— Mă scuzaţi, Jesper e aici?

— Jesper? Care Jesper?

Bărbatul deschide doza de bere. Pocneşte, apoi şuieră. O duce la gură şi ia o duşcă sănătoasă fără să-şi ia ochii de la mine.

— Bărbatul care locuieşte aici. Jesper Orre.

— N-am auzit niciodată de el. Eu sunt singurul care locuieşte aici. Cred că ai adresa greşită.

Dă să închidă uşa, dar eu sunt mai rapidă, pun piciorul în prag.

— Stai, ăsta e singurul apartament de la parter?

— Da.

— Ştii cumva dacă aici a locuit cineva pe nume Jesper înainte să te muţi?

— La dracu, habar n-am. Stau aici doar de o lună şi curând o să mă mut. Blocul ăsta o să fie demolat. E nu ştiu ce căcat în pereți. Şi acum să mă scuzi, dar am ceva treabă.

Mă dau înapoi. Îmi cer scuze. Bărbatul închide uşa fără să mai zică nimic.

Mă duc acasă şi fac ture prin apartament. Mă plimb încolo şi încoace pe podeaua de lemn care scârțâie. Întunericul de afară e impenetrabil. Din interior, arată ca şi cum cineva ar fi zidit ferestre. Vântul urlă în jurul casei, aproape că o face să se legene, iar ferestrele se zgâlțâie la fiecare rafală, protestând împotriva tratamentului aspru.

Apartamentul meu e genul în care poți să te plimbi şi îmi dau seama că mă comport exact ca atunci când sunt la muncă. Mă rotesc fără niciun rost, ca şi cum asta m-ar putea ajuta să-mi clarific gândurile.

Niciun apel, niciun mesaj.

De la o vreme, îmi verific chiar şi corespondența. Dar nu primesc decât reclame şi facturi. Nu am energie să deschid scrisorile, le stivuiesc peste celelalte din vechiul coş de pâine.

Mă cufund într-unul din fotoliile verzi. Îmi rotesc inelul de logodnă pe deget. Mi se pare mare şi mă irită un pic. Îl scot cu grijă, îl ridic în lumină. Nu e inscripționat. Ne-am înțeles că ne vom ocupa de asta mai târziu.

Piatra e ridicol de mare.

De fapt, niciodată în viața mea n-am văzut un diamant atât de mare. Mă gândesc la Olga, care m-a întrebat cât costă. E o întrebare justificată, chiar dacă eticheta interzice. Cât costă un inel ca ăsta? Jesper a avut mare grijă să nu văd eticheta cu prețul. Iar mie mi s-a părut romantic, m-am simțit ca Julia Roberts în *Pretty Woman,* stând acolo pe canapeaua uzată, de catifea a magazinului de bijuterii.

Cred că cel puțin cincizeci de mii. Date fiind prețurile de pe celelalte inele cu pietre mai mici din magazin, trebuie să fi costat cel puțin cincizeci de mii. Gândul e copleşitor. Niciodată nu am avut atât de mulți bani de cheltuit pe ceva complet inutil şi cred că nimeni altcineva din familia mea nu a avut. Cu excepția mătuşii mele, desigur.

Mă plimb prin casă purtând o avere pe deget, dar omul care mi-a dat-o a dispărut ca prin ceață. De ce să spui că iubeşti pe cineva, să-i dai un inel de logodnă scump şi apoi să dispari? Există o altă explicație în afară de un accident, o boală neaşteptată, o călătorie de afaceri urgentă, un telefon pierdut? E posibil s-o fi făcut dinadins? Simte oare o plăcere bolnăvicioasă să ştie că sunt îngrijorată, că aştept acasă fără să am nicio idee ce s-a întâmplat?

Îmi înăbuş acest gând.

Sigur că se va întoarce. Doar că nu ştiu când.

Mă spăl pe dinți şi mă târăsc în pat, simt pe piele aşternuturile reci. În ciuda gândurilor care mi se adună în cap — a certei pe care o am cu mine însămi —, adorm aproape instantaneu.

Visez că stă lângă patul meu, neclintit, holbându-se la mine fără să spună un cuvânt. Luna străluceşte prin fereastră, dar cu toate că îmi forțez ochii, nu reuşesc să-i văd fața. E doar o siluetă neagră pe fundalul luminii argintii, conturul unui om pe care nu-l mai cunosc. Pe care poate că nu l-am cunoscut niciodată. Vreau să vorbesc cu el, să-l fac să explice, dar când încerc să deschid gura, îmi dau seama că trupul meu e paralizat. Iar când încerc să țip, niciun sunet nu îmi părăsește buzele.

Apoi dispare.

Fereastra filtrează lumina cenușie a dimineții. Mă ridic în capul oaselor, sprijinindu-mă de tapetul decolorat. Încercând să-mi fac ordine în gânduri și să găsesc în ele un sens.

Tabloul lui Ragnar Sandberg lipsește.

În locul în care era atârnat e un dreptunghi deschis la culoare. Cuiul a rămas în perete. Cu toate că știu că e puțin probabil să fie acolo, mă scol din pat și mă uit sub el. Nu e nimic acolo, doar gheme de scame și un bon de la magazinul de băuturi.

Mă uit iar la podea, formulând încet întrebarea: oare a intrat cineva aici și a luat tabloul în timp ce dormeam sau ieri când am venit acasă lipsea deja? Încerc să-mi aduc aminte dacă noaptea trecută s-a întâmplat ceva ciudat, dar fără rezultat. A fost o seară ca toate celelalte. O seară solitară, în care doar Sigge mi-a ținut companie și o furtună de toamnă dezlănțuindu-se dincolo de ferestrele negre.

Tabloul era singurul obiect cu adevărat valoros pe care-l aveam. Iar toți banii pe care-i aveam i-am dat cu împrumut lui Jesper. Ce mă fac acum? Facturile zac într-un teanc în cutia ruginită de pâine, asemenea unor felii mucegăite de pâine. E adevărat că mai e doar o săptămână până la salariu, dar banii n-o să-mi ajungă mult timp.

Dacă cineva a intrat în apartament și a furat tabloul? Dar dacă cineva a intrat în timpul nopții, s-a aplecat peste trupul meu adormit și a luat tabloul de pe perete?

Mi-a ascultat respirația, în timp ce eu zăceam acolo, inconştientă la ceea ce se întâmplă.

Dintr-odată, îmi aduc aminte de vis. Silueta din lumina lunii. Teroarea paralizantă când am înțeles că nu pot nici să mă mişc, nici să țip.

Greața îmi explodează în stomac. Mă duc împleticindu-mă la baie, mă las în genunchi şi vomit un lichid galben amar. Imediat ce încerc să mă ridic, vine un nou val. Mă întind pe podeaua rece a băii, mă rostogolesc pe spate cu brațele şi picioarele depărtate, ca o stea-de-mare.

Praful atârnă în fire lungi din tavan. Se mişcă în curentul slab de aer care vine dinspre grilajul gurii de ventilație. Undeva în clădire cineva trage apa; gâlgâie şi murmură prin țevile din pereți, ca şi cum mi-ar vorbi într-o limbă străină.

Sigge vine la mine, pare surprins. Probabil că se întreabă ce caut pe podea. Apoi se întoarce şi iese cu coada fluturând în vânt.

Ce bine ar fi dacă ai şti să vorbeşti, mă gândesc. Atunci mi-ai putea spune ce s-a întâmplat în timp ce dormeam.

Hanne

E vina lui Owe că stau în fața intrării în secția de poliție. Ieri seară, după concertul de la biserica Hedvig Eleonora, ne-am certat teribil. Genul de ceartă care e ca o explozie dementă. Nu, el a fost dement. Mi-a explicat cât de iresponsabil şi copilăresc a fost să iau în considerare fie doar şi teoretic să merg la poliție pentru a discuta despre munca mea pentru ei, când bucătăria noastră e plină de bilețele, când nici măcar nu pot să țin minte ce pâine voia de la magazin (cea cu semințe de secară albă şi de dovleac, ceea ce țineam minte; am cumpărat din cealaltă doar ca să-l enervez).

Voiam să-i spun să-şi cumpere singur nenorocita aia de pâine, dar normal că n-am făcut-o. În schimb, Frida şi cu mine ne-am dus să dormim în patul îngust din camera neocupată. Am încercat să-mi dau seama de ce mi-e atât de greu să-l refuz pe Owe, de ce-l las să mă trateze în felul ăsta.

N-am găsit niciun răspuns bun.

A doua zi de dimineață, după ce Owe a plecat la muncă, l-am sunat pe detectivul acela şi i-am explicat că aş fi mai mult decât fericită să trec pe la secție şi să stăm un pic de vorbă; mâine ar fi în regulă?

A spus că ar fi perfect.

Tânăra femeie, care m-a condus până sus în sala de conferințe de la etajul doi, flecăreşte fără încetare despre vreme. Mă întreabă dacă mi-a fost greu să ajung aici, cu toată zăpada asta. Îi răspund politicos că metroul funcționează foarte bine şi că hainele mele sunt atât de călduroase, încât aş putea să dorm afară.

Ea zâmbeşte compătimitor, aruncând o privire spre paltonul meu umflat.

Ajungem în dreptul uşii. Femeia ciocăneşte şi, după câteva secunde, uşa se deschide. Nu ştiu la ce mă aşteptam, dar nu la asta.

Iată-l în mijlocul încăperii, lângă fereastră.

Peter.

Şi e ca şi cum tot sângele mi-ar coborî dintr-odată în picioare. Ca şi cum, într-un mod misterios, aerul ar fi evacuat prin crăpăturile ferestrei, lăsând în urmă un gol. Simt furnicături în vârful degetelor şi inima îmi bate să-mi sară din piept, ca şi cum ar vrea să evadeze din fața bărbatului aparent inocent, de vârstă mijlocie, aşezat pe scaunul albastru.

Arată exact aşa cum mi-l aduc aminte. Poate ceva mai obosit şi mai burtos. Păr scurt, de culoare deschisă, încărunțit, şi ochi verzi adânciți în orbite. Un nas ascuțit şi coroiat care aminteşte de ceva dintr-un film cu mafioți din anii şaizeci. Mâini subțiri, atât de delicate, încât ar putea să fie ale unei femei.

Ştiu foarte bine de ce sunt capabile acele mâini.

Gândul vine de nicăieri şi mă face să mă simt rău. Sunt nevoită încă o dată să-mi înfrânez impulsul de a mă întoarce şi de părăsi încăperea. Dar mă forțez să rămân locului, cu toate că trupul meu vrea să acționeze complet diferit.

— Bună, spun.

— Bine-ai venit, spune un bărbat viguros, roşu în obraji, purtând o cămaşă roz cu o batistă galbenă.

Arată comic. Nelalocul lui în cenuşiul instituțional din interiorul secției de poliție. Ca şi cum ar fi un prieten de demult, de la una din partidele de vânătoare ale lui Owe, care a ajuns aici dintr-un motiv inexplicabil.

O femeie cu părul închis la culoare, în jur de treizeci şi ceva de ani, se apropie de mine şi se prezintă. Zâmbesc, dau mâna cu ea, dar nu aud ce spune. Apoi mă trezesc față în față cu el. Trupul lui, felul în care se mişcă păstrează încă ceva băiețesc. O neîndemânare de lungan care n-a dispărut niciodată cu adevărat. Întinde mâna şi-mi dau seama cu claritate cât de inconfortabil se simte în această situație.

Dau mâna cu el, dar evit să mă uit în ochii lui verzi. Cu toate astea, reacția mea e palpabilă, atât de viscerală, încât mă sperie. E ca şi cum cineva m-ar fi lovit cu putere în stomac. Apoi momentul se consumă şi ne dăm drumul la mâini. Îmi dau jos paltonul, mă las pe un scaun şi spun nu când femeia îmi oferă cafea. Nu cred că aş fi în stare să țin ceaşca fără să-mi tremure mâinile.

Mă uit în jos la masa albă. Mici zgârieturi se împletesc pe suprafața ei strălucitoare. Îl zăresc pe Peter cu coada ochiului. Pare să se uite afară pe fereastră.

— O mai spun o dată, îți mulțumesc foarte mult că ai venit, spune omul cel mătăhălos. Ne-am întâlnit scurt în urmă cu zece ani în legătură cu cercetările privind uciderea lui Miguel Calderón.

Încuviințez, îi întâlnesc privirea. Scoate un dosar gros şi începe să ia din el rapoarte şi fotografii. Hârtia e îngălbenită, iar fotografiile sunt îndoite la colţuri. Le aşază pe masă.

Mă aplec în faţă, examinând imaginile alb-negru. Amintirile mă asaltează fără nicio restricţie: mirosul de la morgă, capul tânărului, plasat la câţiva metri de trup, aşezat intenţionat pe gât şi întors în direcţia uşii. Ochii victimei, lipiţi cu bandă pentru a rămâne deschişi, mi-au bântuit visele luni de zile.

— Miguel Calderón, douăzeci şi cinci de ani, un lucrător temporar care a avut tot felul de slujbe, continuă ofiţerul de poliţie mătăhălos cu o voce moale, pe care îmi amintesc acum că-l cheamă Manfred. Găsit mort de sora lui, Lucia, în apartamentul său de pe strada Hornsbruksgatan, din apropiere de Zinkensdamm, în data de cincisprezece august, în urmă cu zece ani. Încercase o săptămână întreagă să dea de el şi era îngrijorată. Avea cheia de la apartamentul lui, aşa că s-a dus acolo şi l-a găsit mort pe podeaua din hol. Moartea a fost cauzată de numeroase lovituri la gât cu un obiect asemănător unei săbii care n-a fost găsit niciodată. Capul fusese despărţit de trup şi aşezat lângă el pe podea, iar pleoapele au fost lipite cu bandă, ca şi cum ucigaşul ar fi vrut ca toţi cei care intrau în încăpere să fie nevoiţi să întâlnească privirea victimei.

Dau din cap, concentrându-mă la imagini şi simt cum, încetul cu încetul, inima mi se linişteşte. Simt cum se întoarce oxigenul. Mă gândesc cât este de ciudat că o crimă brutală, de acum zece ani, reuşeşte să-mi distragă atenţia cu atâta eficienţă. Poate voi reuşi să mă prefac că de fapt nu se află la doar câţiva metri de mine. Dacă mă concentrez suficient de tare, poate voi reuşi să-mi imaginez că a plecat.

Să mă gândesc mai degrabă la moarte.

Manfred Olsson aruncă zgomotos stivele groase de hârtii pe masă şi continuă:

— Ancheta a fost una dintre cele mai extinse din istoria Suediei, poate cea mai mare după cazul Olof Palme, desigur. Am interogat sute de martori şi cunoştințe, am cercetat şi am luat amprente de la o groază de oameni. Într-adevăr, am găsit un muc de țigară lângă uşă, aşa că aveam o mostră ADN de la cel care putea fi făptaşul. Cazul a fost mediatizat în mod extensiv la televizor. A existat chiar şi un jurnalist care a scris o carte despre asta, în care susținea că Miguel Calderón a fost victima unui asasin chilean care vâna refugiații politici din Suedia cu permisiunea serviciilor secrete suedeze. Hanne, sunt sigur că îți aminteşti de toate astea.

Dau din cap afirmativ.

— Şi acum asta, continuă Manfred Olsson şi începe să aşeze încet pe masă ceea ce par a fi nişte fotografii noi. Duminică seara, o tânără femeie a fost găsită moartă în suburbia Djursholm. Moartea a survenit din cauza multiplelor lovituri la gât, la fel ca-n cazul Calderón. Capul a fost despărțit de trup, aşezat în poziție verticală pe podea, cu fața spre uşa de la intrare.

— Pleoapele erau lipite cu bandă adezivă să stea deschise?

Aproape că sunt surprinsă că am îndrăznit să pun întrebarea, că sunt într-adevăr în stare să vorbesc.

Femeia cu păr întunecat dă din cap.

— Nu, nu cu bandă adezivă. Şi, în acest caz a fost găsită şi arma săvârşirii crimei. O macetă. A fost trimisă la Laboratorul național pentru analize.

Nu mă pot abține să nu mă uit la Peter. E palid şi-şi ține brațele încrucişate pe piept. E vizibil frământat şi, într-un fel, resimt asta ca pe o victorie: o victorie mică şi meschină, dar plăcută.

Manfred Olsson continuă:

— Îmi aduc aminte că pe vremea aceea aveai multe teorii interesante în privinţa ucigaşului. Aş vrea să te întreb dacă e posibil să fie aceeaşi persoană.

Mă uit la fotografiile pline de moarte şi haos întinse în jurul meu. Ca de obicei, simt un fel de tristeţe, dar şi o anumită fascinaţie faţă de nevoia de nestăpânit a fiinţelor umane de a se omorî una pe alta. Şi încă ceva: o furnicătură, poate dorinţa de a plonja în acest caz, de a-l roti şi răsuci pe toate părţile. De a construi încetul cu încetul un portret al făptaşului, transformându-l într-o fiinţă umană din carne şi oase.

Îmi place cercetarea, dar există ceva în munca din cadrul poliţiei care îmi oferă un cu totul alt gen de satisfacţie. Îmi petrec zilele elaborând teorii. E incredibil de fain să aplici acea cunoaştere.

Îmi dau seama brusc cât de mult duceam dorul părţii ăsteia practice a lucrurilor.

— Aşa cum probabil îţi poţi imagina, nu pot să spun nimic definitiv fără să cercetez mai îndeaproape rezultatele anchetei, spun. Dar prima mea impresie... E clar că victimele sunt diferite — un bărbat şi o femeie — la fel cum şi scena crimei e diferită. Iar în acest nou caz, arma crimei a fost lăsată la locul faptei, un alt aspect diferit faţă de cazul Calderón. Cu toate astea, aş spune că asemănările privind modul de săvârşire sunt prea mari pentru a fi ignorate. Fără îndoială, trebuie să cercetaţi asta mai îndeaproape. Dar bănuiesc că v-aţi dat deja seama de asta, altfel nu m-aţi fi chemat aici.

Poliţistul mătăhălos încuviinţează.

— Cine ar face asta? a întrebat femeia cu părul întunecat. Un dement?

Zâmbesc slab. Cuvântul „dement“ e folosit adesea greşit în societatea noastră.

— Depinde ce înțelegi prin „dement“. Desigur, se poate susține că o persoană trebuie să fie nebună în vreun fel pentru a comite o astfel de crimă. Dar dacă avem de-a face cu un criminal care are o boală mintală severă, atunci n-ar fi în stare să-şi poarte de grijă şi de asemenea n-ar fi în stare să-şi acopere urmele sau să stea ascuns. Cel mai probabil l-ați fi prins până acum.

— Spui că e un el?

Polițista se apleacă în față şi-mi prinde privirea.

— Da, vasta majoritate a criminalilor sunt bărbați. Mai ales în cazul genului acesta de... crimă violentă. Dar evident nu poate fi exclusă posibilitatea ca făptaşul să fi fost femeie. Aici vorbim despre probabilități — nu e o ştiință exactă.

— Dar tăierea capului şi aşezarea lui pe podea — ce semnificație are? întreabă ea.

Dau din umeri, apoi spun:

— Păi, țin minte că am presupus că ar putea fi o modalitate de a înjosi victima — probabil că făptaşul îl cunoştea pe Calderón şi nutrea față de el o ură adâncă. Suficient de puternică, încât să vrea să o arate lumii. Acțiunea în sine, decapitarea, e un indiciu al... furiei. Din punct de vedere istoric, decapitarea a fost aplicată pe tot cuprinsul lumii timp de mii de ani ca pedeapsă pentru cele mai serioase nelegiuiri. Expresia „pedeapsă capitală“ vine de fapt de la latinescul „caput“, care înseamnă „cap“. Şi încă se recurge la ea în anumite locuri, cum ar fi, de exemplu, Arabia Saudită. În Suedia, ultima decapitare a avut loc în

1900, dar în multe ţări europene a fost practicată în mare parte a secolului douăzeci. De exemplu, se estimează că între 1933 şi 1945, în Germania şi Austria au fost decapitate mai mult de cincisprezece mii de persoane.

— În multe ţări europene, decapitarea era considerată mai onorabilă decât, să zicem, spânzurarea sau arderea pe rug şi era metoda de execuţie rezervată nobililor şi soldaţilor. Dar în unele culturi, de exemplu în China, era considerată o dizgraţie. Celţii îşi decapitau duşmanii şi le atârnau capetele pe cai. După o bătălie, acele capete erau îmbălsămate, păstrate, astfel încât să poată fi etalate mai târziu — ceva ce îi înfuria pe romani, care credeau despre celţi că sunt barbari. Dar pentru celţi era ceva normal să-şi decapiteze duşmanii, deoarece capul simboliza viaţa, sufletul însuşi.

În încăpere e linişte şi-mi dau seama că e posibil ca prezentarea mea să-i fi şocat pe aceşti ofiţeri de poliţie căliţi.

— Există vreo legătură între victime? întreb.

— Din câte ştim noi, nu, dar încă mai lucrăm la asta, spune Manfred Olsson. De fapt, avem un suspect pentru crima de duminica trecută, aşa că încercăm să aflăm dacă între el şi Calderón există sau nu vreo legătură.

Mă uit din nou la fotografia cu capul tăiat al femeii. Încerc să-mi imaginez ce anume ar determina pe cineva să facă asta unei alte fiinţe umane. Ce mecanisme trebuie să fie puse în joc pentru ca cineva să comită o astfel de crimă.

— Cine era? întreb şi-mi trec uşor degetul peste fotografie.

În încăpere e linişte. Dincolo de fereastră, zăpada continuă să cadă. Fulgi mari şi moi se agită în vântul puternic, ascunzând totul vederii.

— Nu știm, spune Peter brusc, și privirile noastre se întâlnesc pentru prima dată.

Simt durerea din ochii lui înainte să-și ferească privirea. Ceilalți nu par să fi observat tensiunea dintre noi, pentru că ofițerul de poliție mătăhălos completează imediat:

— Mă întreb dacă ai fi interesată să ne dai o mână de ajutor cu cazul. Sub formă de consultanță, desigur. N-ar fi o slujbă cu normă întreagă, doar câteva ore. Adică, dacă ai timp și dispoziție.

În timp ce mă îndrept pe Hantverkargatan spre primărie, Stockholmul e învăluit într-o ceață albă. Fulgii de zăpadă îmi biciuiesc fața, și totul e liniștit. Ar fi fost mai ușor să iau metroul, dar voiam să-mi limpezesc capul, să scap de Peter care s-a insinuat din nou în viața mea. Mașinile trec încet pe lângă mine în ninsoarea deasă, iar pe măsură ce mă apropii de centru, zăpada scârțâie sub pașii mei.

Peter Lindgren.

De fapt, e ciudat că nu am dat nas în nas cu el mai devreme. Am continuat să mai lucrez o vreme pentru poliție. Câteodată îmi imaginam cum stă el acolo, undeva în clădirea secției de poliție, lucrând la un caz ca și cum nimic nu s-ar fi întâmplat. Pe atunci, asta mă necăjea atât de tare, încât îmi era greu să respir. Dar așa e viața. Oamenii se înșală întotdeauna unii pe alții, iar viața merge mai departe, indiferent că-ți place sau nu. Viața nu ține cont de dorințele noastre.

Turnul roșiatic al primăriei dispare în ceață, ca și cum ar fi urcat până la cer și până dincolo de el, în întunecimea spațiului și-n eternitate. Mă gândesc că poate într-o zi memoria mea va fi atât de afectată, încât el va dispărea. Diminuat precum orașul în pâcla iernatică.

Sper.

Sau, în cel mai rău caz, se va întâmpla contrariul — tot restul va dispărea şi singurul lucru care va rămâne va fi amintirea lui, trupul lui, cuvintele lui.

Ne-am cunoscut când eram consultantă în ancheta privind omorârea a două prostituate din Märsta, ceva mai la nord de Stockholm. Țin minte că la început nu mi-a lăsat cine ştie ce impresie. Era doar unul dintre ofițerii de poliție cu care mă intersectam. Poate m-am gândit doar că e un pic cam fragil. Avea un anumit aer de nesiguranță aproape — nu în sens fizic; ceva din felul în care se exprima era indecis, uşor evaziv. Îmi amintesc că mă gândeam că e un ofițer de poliție ciudat; de obicei, ofițerii de poliție sunt direcți, clari şi încrezători.

Apoi a fost incidentul din lift.

Secția de poliție era în renovări şi, din greşeală, au tăiat un cablu de alimentare în timp ce eu şi cu Peter ne aflam în lift, între parter şi primul etaj. S-a făcut beznă instant, iar liftul s-a oprit. Câteva secunde mai târziu, la picioarele noastre s-a aprins o lumină slabă, albăstruie, probabil un fel de lumină de avarie. Am petrecut mult timp vorbind cu un paznic confuz printr-un mic interfon montat în perete, până când ni s-a spus că singurul lucru pe care-l putem face e să ne aşezăm şi să aşteptăm ajutoare, ceea ce ar putea dura ceva timp.

Până la urmă, a trebuit să aşteptăm mai bine de trei ore înainte ca pompierii să vină să ne scoată de-acolo. Şi-n acele trei ore, am ajuns să-l cunosc mai bine pe Peter.

La început, am vorbit despre una şi alta. Cel mai mult despre muncă, de fapt, despre cazul la care lucram şi cum se putea ca două adolescente oarecare să ajungă prostituate din moment ce păreau să aibă tot ce le trebuie. Dar destul de curând am deviat spre subiecte mai personale. I-am povestit despre relaţia mea cu Owe şi ţin minte că am fost surprinsă de cât de onestă eram faţă de Peter; i-am povestit lucruri despre mine şi Owe pe care nu le-aş fi povestit nici măcar prietenilor. Dar felul lui de a fi avea ceva, acea bâjbâire blândă, dar stăruitoare după lucrurile importante din viaţă, care m-a făcut să-l las să pătrundă în cele mai intime spaţii ale mele.

Poate că a fost şi din cauză că a îndrăznit să-şi împărtăşească cele mai întunecate, mai reprimate gânduri.

Mi-a povestit despre sora lui, care a murit pe când era adolescentă şi despre relaţia de iubire care s-a destrămat. Despre băiatul lui în vârstă de cinci ani, pe care aproape că nu-l vedea niciodată şi despre tristeţea care-l cuprindea la gândul că devenea o persoană de care nu-i plăcea. Cum s-a simţit când a făcut groaznica descoperire că nu era neapărat un om bun. Exact acestea au fost cuvintele pe care le-a folosit ca să se descrie: „Nu sunt un om foarte bun." A spus-o pe un ton realist, ca şi cum ar fi vorbit despre o maşină sau despre un apartament. Şi părea să creadă cu seriozitate că fiului său, Albin, îi era mai bine fără el.

Am încercat să-i explic că toată lumea are defecte, dar că cei mici — în special băieţii — au nevoie de un tată, chiar dacă acesta nu e perfect. Societatea noastră ne face să credem că creşterea şi educarea copiilor trebuie făcute perfect, când de fapt simpla noastră prezenţă este mult mai importantă.

Dar până la urmă ce ştiam eu? Eu nu aveam copii.

A spus că singurul lucru la care ştia cu certitudine că se pricepe era meseria de poliţist, aşa că era hotărât să se limiteze la asta. Poate că ar fi trebuit să văd în asta o avertizare, în schimb, am fost curioasă. Ca de fiecare dată când întâlneam pe cineva care era puțin defect, am simțit nevoia de a încerca să-l vindec.

De parcă Peter putea fi reparat.

Două săptămâni mai târziu, m-am dus acasă împreună cu el după muncă. Nu prea ştiu cum; pur şi simplu, s-a întâmplat. Am rămas până a doua zi în micul lui apartament din Farsta, cu un singur dormitor, şi am făcut dragoste toată noaptea. Țin minte că mi s-a părut magic; a trezit ceva în mine care fusese ani de zile în stare latentă. Acel sentiment de conectare totală: fizică, emoțională şi, da, aproape spirituală.

Mă trec fiori când mă gândesc la asta. Acum şi aici, în mijlocul furtunii de zăpadă, zece ani mai târziu, mi se pare înfiorător de banal. Ce anume aveam noi în comun de fapt, în afară de un soi de amărăciune față de faptul că viața noastră a urmat alt curs decât cel pe care l-am fi dorit? O singurătate care ne-a împins unul în brațele celuilalt. Cum am fi fost noi în stare să construim o viață împreună? El era cu zece ani mai tânăr decât mine, iar eu eram măritată. Foarte măritată. Nu aveam acelaşi fond, interese sau cadru de referință.

Şi totuşi.

Toată ziua, toată noaptea. Brațele lui căutau lacome trupul meu. Am făcut dragoste în patul lui, în maşina lui de poliție şi în baia de la muncă. Ca nişte adolescenți. Abia reuşeam să stăm în aceeaşi încăpere fără să ne uităm unul la celălalt, roşind şi chicotind. Colegii noştri schimbau priviri pline de subînțeles şi scuturau din cap.

Mă opresc la parcul Berzelii. Încerc să disting prin furtuna de zăpadă contururile Teatrului Dramatic Regal.

Îmi întorc fața în sus, deschid gura şi las fulgii să-mi cadă pe limbă. Gust cerul în timp ce cade peste mine.

Bineînțeles că Owe a observat că eram îndrăgostită. Oamenii îşi dau seama pur şi simplu de lucrurile astea — chiar dacă tu nu crezi asta. Dar nu a spus nimic. Cel puțin, nu atunci.

După aproximativ un an, Peter şi cu mine am început să vorbim despre posibilitatea de a deveni un cuplu adevărat, de a ne muta împreună. De fapt, eu am fost aceea care avea îndoieli — din motive cu totul greşite, trebuie să recunosc. Mă gândeam prea mult la ce o să creadă oamenii dacă îmi părăseam soțul pentru un ofițer de poliție cu zece ani mai tânăr decât mine şi mă mutam în suburbii. Eu, care aveam totul: o casă frumoasă, o carieră strălucitoare şi un bărbat pe care-l admira toată lumea.

În afară de mine, desigur.

Dar Peter era încăpățânat. Mi-a explicat că mă doreşte. Chiar dacă nu vom putea avea niciodată copii şi va trebui, fără îndoială, să plătim un preț mare pentru dragostea noastră. Mă voia pentru că mă iubea şi nu putea să trăiască fără mine.

Bla bla bla.

Cuvinte, doar cuvinte. Sau poate că în acel moment chiar asta simțea. Da, probabil că aşa stăteau lucrurile atunci.

Oricum, până la urmă a reuşit să mă convingă şi pe mine, iar eu am decis să-l părăsesc pe Owe. M-am dus acasă să împachetez lucrurile de care aveam nevoie şi Peter mi-a promis că mă ia din fața uşii la ora cinci seara.

Țin minte că, în timp ce-mi făceam bagajele, mă simțeam în acelaşi timp entuziasmată şi vinovată, ca un copil care fură dulciuri. Tocmai când părăseam apartamentul, Owe a venit acasă, ceea ce nu făcea parte din plan — de obicei nu se întorcea înainte de şase. I-am spus cum stau lucrurile, că întâlnisem pe altcineva şi că urma să-l părăsesc. Că nu-l iubeam şi că mariajul nostru mi se părea o închisoare. S-a înfuriat, a început să strige că voi regreta ceea ce fac, că era doar o chestiune de timp şi mă voi târî la picioarele lui, implorându-l să fiu primită înapoi. Nu i-am răspuns, am plecat fără să închid uşa de la intrare după mine. Ţipetele lui s-au auzit până am ajuns jos, la poartă. Mult după ce cuvintele lui au devenit de neînţeles, vocea lui furioasă a continuat să reverbereze în casa scării.

Afară era întuneric şi o burniţă fină cădea pe asfalt. Mi-am pus geanta pe scări şi m-am aşezat lângă ea, copleşită dintr-odată de o extenuare paralizantă. Mă simţeam ca şi cum cineva m-ar fi tras spre pământ şi picioarele nu mai răspundeau la comenzi; eram obosită.

Şi am tot stat.

Ceasul a bătut ora cinci, apoi cinci şi jumătate. La şase fără un sfert l-am sunat pe Peter ca să-l întreb unde e, dar nu mi-a răspuns. La şase şi jumătate, am început să conştientizez faptul că nu mai vine, dar nu aveam suficientă forţă ca să mă mişc, nu puteam să părăsesc treptele de piatră. Ploaia a încetat şi a început să bată un vânt rece care mirosea a mare şi gaze de eşapament. Mi s-a furişat pe sub geaca subţire şi mi s-a cuibărit în inimă. Umplându-mă de frig din interior.

La ora nouă, când Owe a coborât şi m-a luat de-acolo, n-am protestat, cu toate că strânsoarea lui cumplită îmi rănea braţul. L-am urmat până sus în apartament fără o vorbă.

O săptămână mai târziu, am primit o scrisoare. Peter îmi dădea de înțeles că nu putea să trăiască alături de mine, că n-ar fi făcut decât să mă rănească — că ăsta era el; că el „rănea oamenii" — că cea mai bună soluție pentru toți cei implicați, inclusiv pentru mine, era să nu ne mai vedem.

Ajung în fața magazinului Svenskt Tenn de pe Strandvägen, îmi presez fața de vitrina înzăpezită şi mă uit înăuntru. Arată aproape ca apartamentul nostru. Multă culoare, eleganță burgheză şi elemente etnice. E exclusivist, fără să fie ostentativ. De bun-gust, fără să fie neliniştitor. Pe stradă trece un tramvai şi închid ochii, încerc să mi-l scot din minte pe Peter. Încerc să fiu aici şi acum, în mijlocul furtunii de zăpadă. În drum spre casă, spre bărbatul pe care în continuare nu-l iubesc. Uitarea e singura cale de salvare.

Peter

O anchetă criminalistică e ca viața: are un început, o parte de mijloc şi un sfârşit. La fel ca în viață, niciodată nu ştii în ce punct te afli până nu se sfârşeşte. Câteodată se termină când abia a început, iar uneori pare să dureze la nesfârşit, până când moare de moarte naturală sau e abandonată.

Singura diferență este că, spre deosebire de viață, o anchetă presupune să ajungi la capătul chestiei şi să ştii că ai ajuns acolo. Cu toate că uneori mă întreb dacă nu cumva viața e şi ea la fel.

Obişnuiam să cred că imprevizibilul, elementul de şansă care nu poate fi controlat, face parte din farmecul slujbei. Dar acum până şi astea au devenit o rutină, la fel ca toate celelalte.

Femeia care stă în fața noastră în camera de interogatoriu se numeşte Anja Staaf. Nu ştiu dacă va putea să ne ajute la descifrarea celor întâmplate duminică în casa lui Jesper Orre, dar potrivit prietenilor lui, e cu siguranță una dintre femeile cu care a petrecut cel mai mult timp împreună în ultimul an.

Are părul închis la culoare, aproape negru, aranjat într-un fel care amintește de vechile staruri de cinema. Are pielea palidă și e machiată abundent: mult dermatograf și buze roșu-închis. Poartă o rochie cu picățele care îi scoate în evidență sânii, un cardigan scurt și ghete negre. Și pare să fie calmă, neobișnuit de calmă, ținând cont că se află în camera de interogatoriu a unei secții de poliție.

Manfred îi toarnă niște apă și pornește reportofonul, îi spune că e interogată în legătură cu crima care a avut loc duminica trecută în casa lui Jesper Orre. Ea dă din cap cu seriozitate și se joacă cu unul dintre nasturii de sidef mici și strălucitori ai cardiganului.

— Drăguță jachetă, spune ea și face un semn cu capul spre blazerul de lână galben muștar al lui Manfred.

Manfred nu se arată tulburat, dar își trece ușor mâna peste reverul drept.

— Mulțumesc. Fiecare se descurcă cum poate, mormăie. Puteți să ne spuneți când și cum ați ajuns să-l cunoașteți pe Jesper Orre?

Ea își mută privirea înspre tavan, ca și cum ar face un efort să-și aducă aminte.

— S-a întâmplat la club, spune ea. La Vertigo, locul în care lucrez. El venea acolo uneori și, ei bine, am început să vorbim. Apoi am început să ieșim din când în când. Câteodată luam cina, câteodată venea pe la mine și ne petreceam noaptea împreună.

— Când s-a întâmplat asta?

Ea face o pauză.

— Cam cu un an în urmă. Cu toate că nu l-am mai văzut de luni de zile.

— Și clubul ăsta, Vertigo. Ce fel de loc este?

— Păi, e un club oarecare, doar că cei mai mulți dintre patronii noştri sunt interesați de queer şi fetish şi le place să petreacă. Dar nu toată lumea e excentrică. Totuşi trebuie să fii îmbrăcat cum trebuie ca să intri. Chiloții de bunicuță şi şlapii nu au ce căuta acolo.

Îşi încrețeşte puțin nasul când rosteşte ultimele cuvinte, ca şi cum chiloții de bunicuță ar fi cel mai dezgustător lucru pe care şi-l poate imagina, chiar obscen într-un fel.

— Şi Jesper e unul dintre... cei excentrici?

Nu mă pot abține să nu-i zâmbesc lui Manfred, care e vizibil tulburat, în ciuda îndelungatei lui experiențe privind interogarea oamenilor de tot fel. Cu toate astea, poate că nu conversația fetiş îl face să se simtă incomod, ci faptul că ea e tânără, frumoasă şi, colac peste pupăză, i-a mai şi lăudat jacheta.

— Jesper nu e foarte excentric. Cred că e doar curios să-şi testeze un pic limitele. Avid de senzații tari, am putea spune. Deşi, în principiu, e un tip foarte agreabil şi blând.

— „Agreabil şi blând" nu sunt tocmai cuvintele pe care le folosesc colegii lui pentru a-l descrie.

Femeia oftează.

— Ei bine... Nu ştiu cum e la locul de muncă. Ştiu doar cum se comporta când obişnuiam să ne întâlnim.

— Şi atunci cum era?

Din nou, privirea ei rătăceşte spre tavan.

— Păi. Fericit, drăguț. Se întâmpla ca uneori să pară uşor stresat, îşi verifica obsesiv telefonul şi chestii de genul ăsta. Dar am presupus că slujba îi cere să fie disponibil la orice oră. Țin minte că îmi părea rău de el. Şi, desigur, nu prea voia să fie văzut prin oraş cu mine. Asta probabil din cauza tabloidelor care îl urmăreau tot timpul. Da, chiar îmi părea rău pentru el.

Tace. Ochii ei de un albastru intens se intersectează cu ai mei.

— Deci, unde vă întâlneați? întreabă Manfred.

— Aşa cum am spus, la club sau în apartamentul meu din Midsommarkransen.

— Şi cât timp ați fost împreună? Ați spus că v-ați cunoscut în urmă cu un an şi că nu l-ați mai văzut de câteva luni.

Femeia râde încetişor.

— O, Doamne! Nu eram „împreună". Doar ne întâlneam. Ne cuplam. Făceam sex. Înțelegi.

Manfred se uită ca şi cum n-ar înțelege.

— Sex fără obligații? E cel mai bun. Nu eşti de acord?

Manfred dă ezitant din cap.

— S-a întâmplat vreodată să devină violent în timpul sexului? S-a întâmplat ceva care să vă sperie?

— Să mă sperie? Râde. Nu. Era un dulce, ți-am mai spus. Cu un strop de duritate. Îi plăcea să fie dur în pat. Dar şi mie îmi place, aşa că nu era o problemă.

— Dur? Adică sado-maso?

— Nimic de genul ăsta. Era doar... oh, ştii ce zic. Îi plăcea să mă strângă tare şi alte chestii.

Acum pare angajată în conversație, ca şi cum ar fi important pentru ea să explice cu exactitate în ce fel era dur Jesper Orre. Ca şi cum în declarația ei ar vrea să evite cu orice preț neînțelegerile.

— V-ați întâlnit vreodată la el acasă?

Ea dă din cap.

— Niciodată. Locuieşte în suburbii.

— Şi despre ce vorbeați când nu făceați sex?

— Cam despre orice. Politică, sport. Era foarte pasionat de sport. Cred că mergea des la sală, pentru că arăta foarte bine pentru vârsta lui. Se vedea clar că are grijă de el. Nu mânca niciodată alune sau chipsuri, sau chestii de genul ăsta în club. De cele mai multe ori bea apă cu gheață şi lămâie.

— Bun. Deci era genul de tip care plesneşte de sănătate?

Ea se încruntă şi se lasă pe spate. Îşi încrucişează brațele la piept şi simt că nu-i convine cum se desfăşoară discuția.

— Da, chiar aşa, spune ea.

Tocmai când Manfred e pe punctul de a o conduce pe Anja afară, ea se întoarce şi-mi întâlneşte privirea.

— Ei bine, mai era ceva.

— Da? spun eu.

— Uneori îmi fura lenjeria intimă.

— V-a furat lenjeria intimă?

— Da. Am presupus că avea o slăbiciune pentru lenjerie. Nu prea îmi păsa, doar că era destul de scumpă, aşa că ar fi putut măcar să-mi cumpere alta, ținând cont cât câştigă. Nu crezi?

După ce prietena lui Jesper Orre a plecat, Manfred şi cu mine ne întoarcem din nou la etajul doi. Manfred gâfâie un pic. Bănuiesc că de vină sunt scările, dar de la o vreme am renunțat să-l mai sâcâi în legătură cu slăbitul. E adult şi cred că ştie şi singur cât de nesănătoase sunt acele kilograme în plus.

— Să fiu al naibii, spune el. E un pervers.

— Nu e ilegal să le-o tragi domnişoarelor în latex sau să faci pe durul în pat.

— Dar să furi lenjerie intimă este.
— Ce idee al dracului de genială! Hai să-l arestăm pentru furt.

Manfred rânjeşte. Îşi dă jos jacheta şi-şi şterge sudoarea de pe frunte.

— Jumătate din forțele de poliție sunt în căutarea lui Orre. Nu avem nevoie de o scuză ca să-l aducem aici.

Pentru o clipă, Manfred pare să schimbe vitezele, apoi spune:

— Niciodată nu încetează să mă uimească cât de diferiți sunt oamenii sub aparența lor cizelată.

Dau din cap, dar în acelaşi timp mă gândesc că există lucruri mai rele de ascuns decât o viață sexuală palpitantă. De exemplu, să nu ai absolut nimic sub suprafață. Să fii gol pe dinăuntru, ca o cutie goală de lapte.

Ca mine.

— Aparent, un director respectat şi harnic, dar de fapt un voyeur pasionat de latex care nu poate să susțină o relație reală. Căruia îi e frică de responsabilitate. Căruia îi e frică de viață, spune Manfred ca şi cum ar fi un doctor învestit cu autoritatea de a rosti un diagnostic fatal.

Mult după ce Manfred a plecat, stau încă în fața biroului meu. Privesc cerul de deasupra Stockholmului întunecându-se. Trecând de la cenuşiu murdar la negru adânc. Câțiva fulgi singuratici se rotesc într-o rafală de vânt. Ferestrele din clădirea de apartamente de peste stradă difuzează un galben cald, revelând tot ce e normal, oamenii responsabili — indiferent ce-ar însemna asta — sunt acasă şi pregătesc cina sau vegetează în fața televizoarelor.

În minte îmi apare imaginea lui Hanne. Felul în care mi-a strâns mâna în sala de conferințe fără să mă privească cu adevărat în ochi. A fost ca şi cum s-ar fi uitat la peretele de lângă capul meu. Şi bineînțeles că am simțit ceva când ne-am atins: un fel de mâhnire poate, pentru ceea ce n-a fost să fie niciodată. Sau o dorință prostească de a explica, de a clarifica de ce m-am comportat aşa cum m-am comportat. Să spun toate lucrurile pe care n-am îndrăznit să le spun atunci.

Ca şi cum asta ar putea să îndrepte în vreun fel lucrurile.

Apoi mă gândesc la ce a spus Manfred, că lui Jesper Orre îi e frică de responsabilitate. Dacă mama mea ar mai fi în viață, stând aici, de cealaltă parte a biroului, probabil că mi-ar spune că eu sunt cel căruia îi e frică de responsabilitate. Orice fel de responsabilitate. Responsabilitate față de relații, față de bani. Da, față de toată nenorocita asta de planetă.

Mi-o imaginez pe mama stând pe scaunul de vizavi. Părul ei lung şi închis la culoare, împletit într-o coadă groasă, atârnându-i pe spate. Trupul ei gingaş cu spatele puțin cam lat. Purtând ochelari în stilul anilor optzeci, prea mari pentru fața ei îngustă, bronzată.

— Ulla Margareta Lindgren, v-am rugat să vă prezentați aici pentru a ne da o declarație despre Peter Ernst Lindgren, fiul dumneavoastră. Da, eu sunt acela.

— Chiar e necesar?

— Nu va dura mult.

— Păi, bine, în cazul ăsta. Dar putem să ne grăbim un pic. Nu am toată ziua la dispoziție.

Pauză. Mama se joacă cu părul ei şi îmi aruncă o privire încruntată care nu poate fi evitată.

— M-ai caracteriza drept o persoană responsabilă?

Oftează adânc.

— Peter, știi că te-am iubit întotdeauna. Ai o inimă de aur, chiar ai — n-ar putea nimeni să nege. Dar niciodată nu ți-ai asumat responsabilitatea. Uită-te la tine cum trăiești! Atât de dezordonat! Mănânci mâncare din ambalaje de plastic, care dăunează mediului. Și nici nu reciclezi. Nu-ți vezi niciodată băiatul. Biata Janet a trebuit să ducă singură tot greul. Bine, nu zic că ar trebui să locuiți împreună — adulții trebuie să decidă singuri lucrurile de genul ăsta. Și, ca să fiu sinceră până la capăt, niciodată nu mi s-a părut că ați fi prea compatibili. Dar, pentru numele lui Dumnezeu, puteai să faci un efort. Albin e sânge din sângele tău. Și nu te interesează nici lumea din jurul tău, cu toate că ești polițist. Abia dacă pui mâna pe ziare. În Siria și Gaza, copiii mor ca muștele, iar tu îți petreci timpul uitându-te la filme proaste și muncind. E atât de... meschin, Peter. Înțelegi ce zic? Când eram tânără, eram o activistă. Mă speteam pentru lucrurile în care credeam. Cu toate că aveam o slujbă și doi copii. Ai venit cu mine la demonstrații. Nu era nimic ciudat în asta. Nu înțeleg de ce nu poți face asta și tu. Profită acum, când ești în floarea vieții. Înainte să-ți dai seama, s-a și terminat.

Mă ridic, mă duc până la fereastră, îmi apăs fruntea de cadrul ei rece și negru. Închid ochii și mă las copleșit de amintiri.

Mama a fost implicată în acțiunile împotriva războiului din Vietnam. Era designer grafic și a dat o mână de ajutor la realizarea ziarului *Vietnam Bulletin* cu diferite postere și broșuri. Uneori, sora mea Annika și cu mine o ajutam să picteze pancarte sau să realizeze colaje, într-o căsuță din Kronobergs Park, unde se întâlnea grupul. Țin minte că lui tata nu-i plăcea când mergeam și noi, pentru că era de părere că suntem prea mici ca să înțelegem situația din Vietnam, ca şi orice altă problemă politică, de altfel. Dar ne rugam de el şi până la urmă tata ceda, o pupa pe mama pe obraz şi o sfătuia să aibă grijă de noi, să ne protejeze de partea cea mai proastă a propagandei antiimperialiste.

Adoram întrunirile acelea.

Întotdeauna veneau şi alți copii, iar atmosfera era veselă şi permisivă. Cu toate că toată lumea muncea din greu, nimeni nu se grăbea. Copiii făceau ce voiau ei, dar nu stăteau niciodată în calea nimănui.

Pentru că eram atât de mic, eu primeam cele mai uşoare sarcini — să colorez cu roşu, pe fundalul alb, literele de pe pancarte cum ar fi „Statele Unite afară din Indochina". Annika, fiind mai mare, putea să coloreze rachetele americane, ceea ce mă făcea gelos.

Când terminam cu munca, adulții beau vin şi cântau la chitară sau discutau despre situația din Indochina. Eu mă jucam cu ceilalți copii. Şi uneori adormeam pe podea la picioarele mamei mele.

Câteodată, cei de la Freedom Singers cântau pentru noi, şi ceea ce părea să fie doar o seară oarecare în care munceam, culmina cu — ori poate degenera în — o petrecere gălăgioasă.

Uneori, unul dintre tinerii slabi cu jachete de catifea cord şi perciuni se aşeza foarte aproape de mama, oferindu-i țigări şi apăsându-şi pe nas cu indignare ochelarii cu ramă de baga în timp ce vorbea despre Comitetul Suedez pentru Vietnam sau despre prietenoşii, dar vai, atât de naivii pacifişti radicali. Uneori, unul dintre acei bărbați îşi trecea un braț în jurul umerilor mamei, îi atingea părul lung şi negru. Dar ea zâmbea mereu şi se dădea un pic înapoi. Şi într-un fel înțelegeam, cu toate că eram foarte mic, că acel gest însemna siguranță şi stabilitate. Locul mamei era lângă tatăl meu, chiar dacă ea spunea uneori despre el că e „reacționar“ — care îmi dădeam seama că era un cuvânt foarte urât.

Apoi, într-o bună zi, războiul s-a terminat. Luptătorii pentru libertate învinseseră, iar imperialiştii se duseseră acasă în SUA ca să mănânce hamburgeri şi să bea coca-cola. Bombele nu mai cădeau peste jungle şi plantații de orez, peste copii lipsiți de apărare. Napalmul nu mai trecea prin carne şi oase cu aceeaşi uşurință cu care un cuțit fierbinte trecea prin unt.

Şi țin minte că, într-un fel, eram conştient că asta ar trebui să mă facă fericit. Mama a spus că e un lucru bun şi că ar trebui să fiu mândru că-mi asumasem responsabilitatea asta şi că am ajutat la încetarea războiului, în schimb eu m-am simțit trist. Gol.

Adio manifestații! Adio demonstrații! Adio pancarte care trebuie colorate!

M-am rugat la Dumnezeu să înceapă curând un alt război, dar nu-mi făceam mari speranțe, pentru că mama îmi spusese deja cu mult timp în urmă că Dumnezeu era o invenție capitalistă menită să-i facă pe săraci să-şi ştie locul.

Mă întorc. Mama a dispărut; s-a întors într-o clipă de pe scaunul din cealaltă parte a mesei înapoi în pământul rece al cimitirului Woodland. Îi aud pe colegii mei pe coridor, părăsindu-şi birourile. Conversația punctată de râs se stinge, dispare.

E timpul să plec acasă.

Să pornesc televizorul şi să las să treacă fără noimă încă o seară din viața mea.

Emma

Cu două luni în urmă

— Oh, eşti bolnavă?

Olga pare dezinteresată. Pe fundal se aude playlistul deprimant, şi faptul că azi nu trebuie să mă duc la muncă mi se pare dintr-odată o uşurare.

— Nu e nimic grav. Cred că am mâncat ceva stricat. Probabil că mâine voi veni la muncă. Poţi să vorbeşti cu Björne?

Pauză.

— Sigur.

O pot vedea stând în faţa mea, felul în care ţine telefonul între bărbie şi umăr în timp ce îşi concentrează întreaga atenţie asupra unghiilor, ţinându-le în lumină ca să verifice dacă nu au crăpături sau zgârieturi, dacă diamantele false sunt bine fixate în lac.

— Atunci ne vedem mâine, îi spun, dar ea a închis deja.

Încerc din nou să-l sun pe Jesper, cu toate că nu mă mai aştept să-mi răspundă. Vreau mai ales să-i aud vocea, dar nu ajung până la mesajul înregistrat. În schimb, aud o voce care-mi explică despre acest număr că nu mai e valabil.

Hotărăsc să încerc o altă metodă. Caut numărul de telefon al biroului de la corporație. Formez numărul, cu degete tremurătoare. Când îi spun că vreau să vorbesc cu Jesper Orre, femeia care-mi răspunde îmi face legătura fără un cuvânt, ceea ce mă surprinde un pic. E chiar atât de ușor să iei legătura cu directorul general al unei companii? Oricine poate să sune la telefonistă și să fie pus în legătură cu el?

Dar, bineînțeles că cel care răspunde nu e el.

Apelul e preluat de asistenta lui Jesper, se prezintă și mă întreabă cu accentul ei imposibil de identificat cum poate să-mi fie de folos. Îi explic că îl caut pe Jesper și că e vorba de o chestiune privată. Îmi cere numele și numărul de telefon ca să mă poată suna el. Ezit. Ăsta să fi fost motivul pentru care Jesper m-a rugat să nu-l sun la birou: pentru ca nicio secretară sau recepționistă să nu-mi noteze numele?

O întreb dacă n-ar putea să-mi facă legătura direct, iar ea îmi răspunde politicos că Jesper e într-o ședință.

— Deci este în regulă?

Liniște.

— Ce vreți să spuneți? mă întreabă și mi se pare că există o urmă de suspiciune în vocea ei.

— Ideea e că mi-a promis că o să mă sune... în urmă cu câteva zile și când n-am reușit să dau de el mi-am făcut griji să nu se fi întâmplat ceva.

— Se simte foarte bine. Dacă îmi lăsați un nume și un număr, îl pot ruga să vă sune când iese de la ședință, îmi spune cu vocea ei plăcută, profesionistă.

Îi spun că voi încerca să-l sun mai târziu, iar ea spune că e în regulă. Apoi închidem și eu rămân abandonată la masa mea din bucătărie, ceasul de deasupra ticăie atât de tare, încât am impresia că arătătoarele lui sunt în capul meu.

De ce mă evită Jesper? S-a răzgândit, regretă logodna? Sau e un nemernic bolnav la cap, un sadic căruia îi place să mă facă să sufăr?

Poate să existe vreo altă explicație? Putea să i se fi întâmplat ceva care să-l facă să dea înapoi: un deces în familie, o situație de criză la locul de muncă? Nu-i exclus, dar ce putea fi atât de grav, încât să nu poți să dai un telefon sau să trimiți un mesaj?

Cu trei săptămâni în urmă, stăteam goi la mine în living. Lumina înserării, colorată în sepia, se strecura printre storuri, conturând o rețea fină de lumini şi umbre pe trupurile noastre. Fereastra era întredeschisă, iar aerul rece umfla un pic perdeaua.

Jesper fuma. Nu se întâmpla des, doar după ce beam câteva pahare de vin sau câteodată după ce făceam dragoste. Se uita spre tavan în timp ce mâna lui mare se odihnea pe abdomenul meu. Îmi desena mici cercuri cu degetele pe pielea acoperită de sudoare.

— Ce s-a întâmplat cu ea? a întrebat.

— S-a îmbolnăvit şi a murit.

Jesper a tras adânc în piept.

— Da. Am înțeles asta. Dar care a fost cauza morții?

— Inflamația pancreasului. Au spus că e din cauză că a băut prea mult.

— Biata ființă!

— Da şi nu. Uneori nu pot să nu mă gândesc că ea a fost singura vinovată. Nimeni nu putea fi învinuit pentru faptul că ea a băut.

Jesper şi-a întors capul spre mine. Mi-a întâlnit privirea.

— Nu la ea mă gândeam. Ci la tine.

— La mine?

A râs şi a scuturat uşor din cap, ca şi cum aş fi spus ceva prostesc.

— Da. La tine.

— Nu e nimic în neregulă cu mine.

Pentru o clipă s-a lăsat tăcerea. În depărtare se auzeau sirenele. În bucătărie, frigiderul a revenit la viață cu o tresărire.

— Îmi pare foarte rău că nu pot veni cu tine la înmormântare, a spus după un moment, ca şi cum ar fi fost ceva la care s-ar fi gândit.

— Mă descurc.

— Nimeni n-ar trebui să se ducă singur la înmormântarea mamei sale.

Nu am răspuns. Ce-aş fi putut să spun? Bineînțeles că avea dreptate; trecuseră deja câteva luni de când începuserăm să ne vedem, şi devenea din ce în ce mai dificil să ținem relația ascunsă.

— Aşa va fi mereu?

Şi-a stins țigara în paharul de vin şi s-a întors spre mine. S-a ridicat în coate, m-a sărutat cu blândețe. Un sărut care avea gust de cenuşă şi vin. Mi-am întors capul în altă parte, un gest pe care trebuie să-l fi interpretat mai degrabă ca pe o obiecție împotriva situației noastre, decât împotriva respirației sale.

— Bineînțeles că nu va fi mereu aşa.

— Cât va mai dura atunci?

Şi-a lăsat din nou capul pe pat. A scos un oftat adânc, vizibil frustrat.

— Am discutat despre asta de mii de ori. Ştii bine că ziarele de scandal sunt pe urmele mele. Chiar ieri am aflat despre doi jurnalişti care au folosit expresia „contracte pentru sclavi“ când au scris despre condiţiile de muncă ale angajaţilor noştri. Dacă media ar afla ceva despre asta... Ştii şi tu foarte bine ce s-ar întâmpla. Aş fi concediat. Trebuie să aşteptăm ca lucrurile să se calmeze.

— Şi când mai exact crezi că se vor calma?

— De unde dracu' să ştiu eu? Când hienele alea vor găsi o altă companie asupra căreia să se concentreze. Apropo, ar trebui să începi să-ţi cauţi o altă slujbă. Ar ajuta dacă n-ai mai fi angajata companiei.

S-a aplecat înainte, a apucat pătura şi a tras-o peste noi.

— E frig, a spus. Să închid fereastra?

— Doar că e foarte greu. Toată lumea se întreabă cine eşti, iar eu nu le pot spune nimic. Mi se pare uşor... adolescentin.

Şi-a întors faţa către mine. Briza de aer se potolise. În colţul gurii îi juca un zâmbet.

— Adolescentin?

— Da, par o nenorocită de adolescentă. Cu un iubit secret.

A râs. M-a sărutat pe gât şi a început să coboare înspre abdomen.

— Eu sunt iubitul tău secret?

— Cam aşa ceva.

— Şi tu cine eşti? Micul meu cotlet de miel?

Am chicotit. Şi-a trecut limba peste pieptul meu, mi-a scormonit buricul, rotindu-se ca şi cum s-ar fi hrănit cu o delicatesă invizibilă din trupul meu. Apoi a coborât şi mai jos, şi-a lăsat limba să alunece pe partea interioară a coapsei. Am îngheţat. Incomod conştientă de trupul meu. De toate cavitățile, mirosurile și sunetele. Probabil că și-a dat seama că m-am încordat, pentru că și-a ridicat un pic capul și m-a privit în ochi.

— Relaxează-te, Emma. Trebuie să înveți să te relaxezi.

Îmi spunea mereu să mă relaxez și nu doar în pat. Și eu chiar mă străduiam, dar era ceva în el care mă punea în gardă. Ceva legat de întreaga noastră relație. Era prea frumos pentru a putea fi adevărat. Eu și Jesper Orre. Vânzătoarea săracă întâlnește un bărbat mai în vârstă, bogat și plin de succes.

Totuși, ce anume vedea la mine? De ce a ales să înceapă o relație cu o angajată care era cu douăzeci de ani mai tânără decât el?

Poate că avea dreptate. Poate că totul ținea de stima mea de sine scăzută. De ce n-aș fi interesantă pentru el? De ce îmi era așa de greu să accept relația noastră? De ce îmi venea atât de greu să cred în relația noastră?

— Relaxează-te, Emma, a spus el din nou. Te vreau și meriți să fii iubită. Cum pot să te fac să înțelegi asta? Ce trebuie să fac ca să te fac să crezi?

În noaptea aceea am dormit amândoi pe podea.

Când m-am trezit era întuneric și mă durea spatele. Am pipăit locul de lângă mine, dar Jesper nu era acolo. M-am ridicat încet în picioare. În timp ce am mers lipăind spre dormitor, îmi simțeam trupul țeapăn și neîndemânatic. Podeaua era rece; fereastra rămăsese deschisă.

Apoi l-am zărit.

Stătea perfect nemișcat în întuneric. Privirea lui era fixată asupra tabloului lui Ragnar Sandberg, atârnat deasupra patului meu. Părul îi era răvășit și-i cădea pe frunte, ca și cum tocmai s-ar fi trezit. Avea o pătură în jurul umerilor.

— Cred că te iubesc, Emma, a murmurat.

Stau pe pat, încercând să-mi fac laptopul să meargă, dar ceva nu e în regulă cu conexiunea la internet. Îmi ia ceva timp să-mi dau seama că e probabil din cauza unei facturi neplătite. Acum nici televizorul, nici internetul nu mai funcționează și e doar vina lui Jesper.

Mă hotărăsc să mă duc la o cafenea de pe Karlavägen; aici nu mă pot conecta la rețeaua mobilă. Mi-a mai trecut greața și simt, pentru prima oară în decursul zilei, o vagă senzație de foame.

Când îmi trag blugii pe mine, realizez că am ceva în buzunar. E o carte de vizită. Mă uit la ea și-mi aduc aminte de ziaristul care a trecut pe la magazin. Ezit pentru câteva clipe, apoi mă duc în bucătărie, deschid coșul de pâine și așez cartea de vizită deasupra, în vârful teancului de facturi neplătite.

Stau într-un colț cu un *latte* pe jumătate plin. Nu departe de mine stă un tip tânăr cu *dread*-uri și un MacBook în poală. În celălalt colț, două femei își șoptesc ceva una alteia, de parcă ar discuta secrete de stat. În cafenea e lumină scăzută, aproape întuneric. Mă uit la ploaia de toamnă de dincolo de ferestrele mari. Copacii ard în nuanțe de galben, portocaliu și maro. Din când în când, cade câte o frunză din copaci, aterizând ușor în iarbă.

Răsfoiesc articole despre Jesper. I se spune și „Regele modei", dar și „Proprietarul de sclavi". Apoi găsesc un articol într-o revistă de afaceri: „Cine este Adevăratul Jesper Orre?" Deschid articolul. Jesper s-a născut în Bromma; ambii lui părinți au fost profesori. A studiat business la Universitatea din Uppsala, dar după doi ani a renunțat.

Potrivit celui care a scris articolul, ceea ce urmează e un şir de întrebări fără răspuns. Perioade lungi de timp despre care nu se poate da socoteală în mod „satisfăcător". Ani de inexplicabilă absență în CV.

Continui să citesc. Jurnalistul s-a distrat cartografiind legăturile sociale ale lui Jesper, susținând că e asociat cu criminali. Doi dintre prietenii lui apropiați au fost condamnați pentru crime economice, un altul pentru deținere de droguri. Nu-l recunosc pe niciunul dintre ei. Jesper nu mi-a povestit nimic despre asta.

Mai bine să caut imagini.

Jesper într-un costum. Jesper în echipament de sală. Jesper în frac. Jesper stând pe o scenă, cu mânecile de la cămaşă suflecate, arătând spre un număr de pe un ecran.

O altă imagine: Jesper în prim-plan, cu un zâmbet jucându-i pe buze. Dar îi observ cuta adâncă de pe frunte şi ştiu că nu se simte confortabil. Nu-i place să fie fotografiat; am vorbit de multe ori cu el despre asta, despre cât de mult urăşte să-şi vadă fotografia în ziare sau la televizor.

Găsesc şi alte imagini: Jesper la braț cu o femeie blondă. Ea e lăsată pe spate şi râde. Rochia ei e foarte decoltată. El pare obosit. Are cămaşa boțită şi nasturii descheiați la gât. Pe cracul pantalonilor are o pată mare, ca şi cum cineva ar fi turnat un pahar de vin pe el. Continui să mă uit. Mai sunt şi alte fotografii de-ale lui Jesper cu femei — întotdeauna alte femei. Nici măcar o dată nu văd stând lângă el aceeaşi femeie.

Închid ochii şi mă afund din nou în canapea, încercând să gândesc limpede. Au existat cumva anumite semne ultima oară când ne-am văzut? Ceva care ar putea să arate că se săturase de mine? Nu pot să mă gândesc la nimic. Totul a decurs normal. A fost la fel de iubitor ca întotdeauna. Ne-am întâlnit, am luat o cină copioasă, am făcut sex. Am chicotit ore întregi în patul meu îngust. Am vorbit despre viitor, ce aveam să facem când vom fi împreună cu adevărat.

Când nu vom mai fi nevoiți să ne ascundem.

Apoi îmi aduc aminte de una dintre ultimele noastre întâlniri. Eram în apartamentul lui de pe Kapellgränd. Eu stăteam întinsă pe o parte în pat, cu fața la perete, iar el a ieşit de la duş cu un prosop legat la brâu, s-a aşezat lângă mine şi a început să-mi mângâie părul.

— Mă iubeşti?

A fost o întrebare ciudată. Nu mă mai întrebase niciodată dacă îl iubesc. Adevărul e că nu foloseam acel cuvânt prea des, poate pentru că părea atât de ataşant, atât de mare, aproape înfricoşător.

— Da, am spus.

— Înțeleg cât de greu trebuie să-ți fie. Să trebuiască să te ascunzi tot timpul.

S-a urcat în pat, s-a strâns în jurul meu lipindu-mi-se de spate. Am simțit pe trup căldura trupului lui umed, proaspăt ieşit de la duş, am inspirat mirosul de săpun şi de aftershave.

— Promite-mi că o să mă aştepți. Că nu o să renunți.

— Promit!

— Promite-mi că nu-ți vei găsi pe altcineva.

— Nu fi prostuț! Ştii bine că nu există nimeni altul.

Strânsoarea lui s-a intensificat.

— Dar înainte de mine?

M-am simțit confuză.

— Ce vrei să spui?

— Înainte să ne fi întâlnit. Ai avut pe altcineva?

Înainte de Jesper.

M-am gândit la viața mea de dinainte să-l fi cunoscut: seri singuratice petrecute în fața televizorului împreună cu pisica mea, zile nesfârşite la magazin. Cină semipreparată pentru o singură persoană. Nu era absolut nimic de povestit. Nimic de care să-mi fie ruşine sau de care să mă ascund.

— Trebuie să mai fi avut pe cineva înainte de mine, a spus.

La început nu am răspuns. Fusese cineva înainte, dar nu voiam să vorbesc despre asta acum.

— Bineînțeles.

— Cine a fost?

— Ştii, tipul despre care ți-am povestit. Woody.

— Profesorul tău de design şi tehnologie?

Am încuviințat din cap şi am închis ochii. Imediat ce-am făcut asta, totul mi-a revenit în minte, în ciuda anilor care trecuseră. Coridoarele lungi şi reci, zgomotul din cantină, mirosul rumeguşului ars în atelierul de tâmplărie. Stau întinsă pe bancă. Woody stă în fața mea într-o cămaşă de flanelă, cu blugii în vine. Fața lui îndârjită în timp ce mă penetrează.

Eram înnebunită după el. Iar acasă, totul era un haos. Eram atât de vulnerabilă! Abia acum îmi dau seama cât de vulnerabilă. El a profitat de asta. Eram o fată dezorientată de cincisprezece ani, iar el m-a sedus.

— Turbez când mă gândesc la asta, mormăie Jesper.

— Încetează — s-a întâmplat cu mult timp în urmă.

— Ați făcut sex în clasă.

— Da, dar...

Dintr-odată, strânsoarea lui devine dureroasă, încât ajung să nu mai pot respira.

— Lasă-mă! Mă doare.

— Ți-a plăcut?

— Ce să-mi placă?

— Să te fuți cu el în rumeguş? Ți-a plăcut?

Jesper mă strângea ca într-o menghină. Nu reuşeam să mă mişc. Dar am simțit că i se scoală.

— Eşti bolnav, am spus.

Şi-a scos prosopul, s-a lipit mai tare de mine. Apoi i-a sunat mobilul, iar el şi-a slăbit pentru o clipă strânsoarea, dar eu zăceam în continuare acolo, înghețată. Nu mă puteam mişca.

— Ți-a plăcut, mi-a şoptit. Nu-i aşa?

Nu i-am răspuns.

Părăsesc cafeneaua şi mă întorc acasă pe jos, prin ploaie. A început să bată vântul; frunzele nu mai cad lin pe pământ, ci dansează în curenții de aer, până când cad pe iarbă în spațiul din mijlocul bulevardului. De ce era Jesper atât de gelos pe trecutul meu? În ciuda faptului că abia dacă avusesem vreo relație pe care să aibă de ce să fie gelos, el stătea întins acolo, acuzându-mă.

Şi de ce-l ațâța atunci când vorbeam despre Woody? Era ca şi cum Jesper s-ar fi excitat atunci când vorbeam despre el.

Mi-e din nou greață. Nu înțeleg. Sunt atâtea lucruri pe care nu le înțeleg!

Traversez piața Karlaplan. Fântâna e goală. În colțul îndepărtat s-au acumulat grămezi de frunze şi gunoi. Zona e pustie.

Când ajung acasă, sunt izbită de faptul că ceva miroase diferit. În aer se simte un miros slab de lână udă şi de săpun, ca şi cum cineva s-ar fi oprit aici în drum spre un alt loc. Traversez din cameră în cameră, examinând fiecare detaliu, dar nu observ nimic ciudat. N-a dispărut nimic.

Mă duc în dormitor, mă holbez la dreptunghiul luminos aflat deasupra patului meu, la locul în care era tabloul. Pare aproape iluminat, vibrant, ca şi cum s-ar desprinde pentru o clipă de tapetul galben şi murdar şi ar veni spre mine, încercând să-mi comunice ceva. Dinspre bucătărie se aude crănțănitul lui Sigge, mâncându-şi rația zilnică din mâncarea tristă, uscată, din care i se compune întreaga dietă.

Totul pare să fie normal. Singurul lucru care îmi provoacă nelinişte e mirosul.

Mâine trebuie să merg la muncă, mă gândesc, şi mă aşez pe pat. Indiferent cum mă simt, trebuie să lucrez. Am lipsit deja cinci zile luna asta şi ştiu că Björne se va supăra dacă îmi iau mai multe. Absențele sunt marcate pe calendarul din chicinetă cu stickere roşii care exprimă furie. Toți angajații pot vedea câte zile au fost bolnavi sau au stat acasă cu un copil bolnav colegii lor — încă una dintre acele strategii care încing sindicatul şi fac ca media să dedice atât de multe articole metodelor de „stăpân de sclavi" ale lui Jesper.

Îmi trec mâna peste perete. Tapetul îngălbenit şi uzat mă face să mă gândesc la un alt perete, dintr-o altă viață.

Era seară, iar eu zăceam în pat uitându-mă la peretele care fusese cândva alb, dar căpătase între timp o patină puternică de fum de țigară, unsoare şi praf. Cu un obiect ascuțit, cum ar fi o scobitoare sau o crenguță, ai fi putut să gravezi litere pe suprafața galbenă şi murdară.

Oricât de mult aş fi încercat, nu reuşeam să dorm. Pe de o parte, din cauza luminii de un albastru palid de vară timpurie care se infiltra prin fereastră — părea să pătrundă chiar şi prin pleoapele închise — iar pe de altă parte, din cauza vocilor furioase ale mamei şi tatei care se auzeau din bucătărie.

Habar n-aveam care era motivul de data aceasta şi nici nu conta. Oricum se certau aproape în fiecare seară. Şmecheria era să reuşeşti să adormi înainte ca ei să înceapă; atunci puteai să dormi până a doua zi de dimineaţă. Dimineaţa erau din nou prietenoşi, dar obosiţi, din moment ce nu dormiseră prea mult.

Într-un târziu, au coborât tonul, până când s-a făcut linişte cu totul. Mi-am ţinut respiraţia. După câteva secunde am auzit o voce clară, ca şi cum cineva ar fi cântat. Tonul urca şi cobora, devenind un urlet prelungit.

Mama mea plângea.

Întotdeauna mama era cea care plângea. Nu tata. Nici măcar nu ştiam dacă tata era în stare să plângă. E posibil ca taţii să plângă?

Un bufnet surd a fost urmat de un ţipăt ascuţit, şi brusc am devenit realmente îngrijorată. Poate că unul dintre ei căzuse şi se lovise. Poate că se răsturnase o mobilă. Am sărit din pat, am luat borcanul în care se afla coconul şi m-am apropiat de uşă. Sub picioarele mele, podeaua acoperită cu linoleum era alunecoasă şi rece. Singurele zgomote pe care am reuşit să le disting când am ajuns pe hol au fost smiorcăiala mamei şi ticăitul indiferent al ceasului din bucătărie.

Tata era pe podea, cu faţa îngropată în mâini, iar mama stătea şi plângea pe un scaun de lemn. Dintr-un motiv sau altul, eram mult mai îngrijorată de tăcerea şi poziţia aceea ciudată, gârbovită a tatălui meu, decât de lacrimile mamei mele. Taţii n-ar trebui să stea aşa:

împuținați și resemnați, tăcuți, cu fața îngropată în palmă.

Apoi s-a mișcat. A fost doar o răsucire abia perceptibilă, câțiva centimetri în direcția mea, ca și cum mi-ar fi simțit prezența. Vocea lui era lipsită de ton.

— Emma, scumpo. Du-te în pat! Ar trebui să dormi.

Mama a sărit din scaun. Ochii ei aveau acea căutătură sălbatică pe care o căpătau doar noaptea târziu, după ce ea și cu tata stăteau vreme îndelungată în bucătărie. Mi-a adus aminte de un fel de animal. Un animal sălbatic, nefericit, închis într-o cușcă, și prin urmare foarte periculos.

— Copilul mă-sii, a țipat. Iar ai tras cu urechea, ciudato?

Tata s-a ridicat în picioare și s-a oprit între noi doi.

— Oprește-te, a bâiguit. Nu e vina ei.

— Știu că ai tras cu urechea, a bolborosit mama. Ce ai de gând? S-o suni pe mătușa Agneta și să dai din gură? Hă?

— Nu, i-am spus, dar mama nu m-a auzit.

În loc de asta, s-a prins de masă ca să-și păstreze echilibrul și s-a împleticit spre mine, cu mâinile strânse pumn pe masă. Trupul ei era ciudat de neîndemânatic și a răsturnat scaunul în timp ce încerca să treacă de tatăl meu.

— Las-o în pace, a spus tata.

— Trebuie s-o învăț să nu mai tragă cu urechea, a bolborosit mama.

A trecut cu forța de tatăl meu și s-a întins după mine. Dar eu am fost mai rapidă și am evitat-o. Când mama dădea greș și nu reușea să mă prindă, se prăvălea cu fața la podea.

— La naiba, a mormăit și s-a ridicat în coate.

Un şuvoi îngust de sânge i se scurgea dintr-o nară în gură.

— Vezi ce-ai făcut, Emma? Vezi?

S-a ridicat încet.

— Dar eu n-am...

Lovitura a venit fulgerător şi de data asta n-am îndrăznit să mă mişc, de teamă că mama va cădea din nou şi şuvoiul îngust de sânge se va transforma într-un torent sau poate chiar într-o mare.

— Tu să taci!

Mama se legăna încet, părul îi stătea în sus, ca dimineața, la puțin timp după ce se trezea. Tata se lăsase din nou pe scaun şi-şi ascundea fața în mâini ca şi cum ar fi încercat să ignore întreaga scenă. Îmi doream să se ridice şi să-i spună mamei să înceteze, să-i explice că n-a fost vina mea. Îmi doream să fie deja dimineață şi ei să fie din nou părinți obosiți şi de treabă. Să-mi dea bani să-mi cumpăr micul dejun pentru că pe ei îi doare capul. Îmi doream să fiu altcineva, oriunde altundeva. Dar să nu mai fiu Emma. Dar nu aici. Nu acum.

Mama mi-a luat borcanul în care țineam coconul.

— Dă-mi borcanul ăla stupid, a mârâit. Îl iei cu tine peste tot. Probabil că e important pentru tine. Poate chiar mai important decât mama ta. Nu-i aşa?

Nu i-am răspuns.

— Te învăț eu ce-i important, a spus mama, apoi s-a dus împleticit până la fereastra de la bucătărie, a deschis-o şi a aruncat borcanul afară.

După aproximativ o secundă, am auzit cum se face zob pe dalele aflate dedesubt.

— Nu! am țipat. Nu, nu! Nu!

— Ba da, a spus mama. Da. Trebuie să te învăț ce e cu adevărat important. Ăla era un nenorocit de borcan. Înțelegi? O chestie fără viață.

N-o mai ascultam. În schimb, am alergat spre ușa de la intrare, am deschis-o, am coborât în grabă scările şi am alergat în curte. Bucăți de sticlă străluceau ca stelele pe pavajul negru. Am păşit cu grijă în vârful picioarelor, încercând să nu mă tai la picioare. Apoi am bâjbâit cu mâinile pe solul rece şi umed. Tot ce-am găsit erau câteva frunze uscate.

— Uite aici, Emma.

M-am întors. Tata stătea ghemuit lângă mine cu mâna întinsă. Ținea în palmă câteva crengi țepoase. Coconul era în continuare lipit de creangă. Lumina lunii o făcea să pară aproape luminescentă.

— Asta chiar că e patologic.

Olga dă din cap în aşa fel încât cerceii ei grei încep să zornăie. Stăm lângă masa cu blugi, împăturim. Björne nu e de văzut, dar ştim amândouă că e în magazin. Seamănă un pic cu singurătatea din savană — eşti conştient că prădătorii sunt pe undeva prin preajmă.

— Ce-ar trebui să fac?

Olga dă încet din cap, ca şi cum ar fi de părere că situația e prea ciudată ca să-şi dea cu părerea. Apoi îşi trage blugii lălâi, care i-au alunecat pe şolduri.

— Te cere în căsătorie, apoi pleacă. Cine e omul ăsta? Acum poți să-mi spui, nu-i aşa?

Sigur că aş putea să-i spun Olgăi despre Jesper, dar ceva mă face să ezit. Dacă îi spun, în curând o să afle toată lumea. Şi asta ar putea să însemne probleme şi pentru mine, nu doar pentru Jesper. Ce-ar spune Björne dacă ar afla despre iubitul meu din conducere?

— El e... nimeni. Doar cineva care apare uneori în ziarele de scandal. Chiar dacă vrea să pună capăt relației, eu îmi vreau banii înapoi.

Olga nu răspunde, în loc de asta se întinde spre o pereche de blugi care sunt pe punctul de a cădea de pe mica masă pe podea. Îi prinde chiar înainte să alunece cu totul.

— Ce bani? spune cu o voce indiferentă şi îmi aduc aminte că nu i-am spus despre împrumut.

— A împrumutat o sută de mii de coroane de la mine ca să plătească nişte parteneri.

— Eşti nebună? I-ai dat o sută de mii?... Şi?

Dau din umeri.

— Vino!

Olga mă prinde de braț şi mă trage înspre spațiul angajaților.

Dintr-odată, Björne apare în fața noastră. Pare încruntat. Îşi ține mâinile în şold, ne-a invadat puțin spațiul de confort. Observ că vrea să-şi lase barbă. Bărbia lui îngustă şi proeminentă e acoperită de o barbă roşcovană.

— Unde vă grăbiți aşa?

— Luăm pauză, spune Olga fără să mai dea şi alte explicații, apoi îşi strânge buzele într-o linie subțire.

Chiar atunci, Mahnoor iese din spațiul angajaților. Îşi prinde părul lung într-un coc la ceafă.

— Poți să rămâi tu la casă? întreabă Olga într-o străfulgerare.

— Sigur.

Ne priveşte plină de curiozitate, dar Björne pare satisfăcut de răspunsul ei; se întoarce şi se duce spre departamentul de haine pentru bărbați. Olga mă trage spre spațiul angajaților, apoi mă obligă să mă așez pe unul dintre scaunele albe din chicinetă.

— Ce ticălos împuțit, mormăi eu. Știai că au concediat o fată în magazinul din Ringen pentru că a cerut prea multe zile libere pentru a sta cu copilul ei bolnav în vârstă de trei ani? A avut vreo zece absențe într-o lună. Dar au dat vina pe deficitul de mână de lucru, așa că sindicatul n-a putut să facă nimic.

Dar Olga nu mă ascultă. În schimb, răsfoiește un teanc de reviste puse pe o etajeră din colț.

— Deci ai încercat să dai de tipul tău? spune ea încet, în timp ce ridică un teanc de reviste, gros de câțiva centimetri, și mi le așază în poală.

— Am sunat, i-am scris mesaje. Am încercat totul. Nu răspunde.

— Ai încercat să treci pe la el?

Îmi aduc aminte de vizita la Kapellgränd: omul cu coadă de cal, trosnetul și sâsâitul din momentul în care și-a deschis berea, mobila pe care n-am recunoscut-o.

Olga a terminat de răsfoit prima revistă. Se uită la mine cu îngrijorare nedisimulată.

— Într-o seară m-am dus până la el acasă...

— Și?

— În apartament locuia altcineva. Mobila dispăruse.

Nu mai spune nimic, își concentrează atenția asupra teancului de reviste.

— Ce faci?

— Caut ceva. Totuși, de ce i-ai împrumutat bani?

— Pentru că... Nu știu. Se întâmpla să am bani în casă, iar el avea nevoie de ei ca să-și plătească partenerii.

— Aveai o sută de mii în casă?

— Da.

— Îmi pare rău, dar asta e o nebunie. A mai furat ceva de la tine?

— Nu, îi răspund, dar mă gândesc imediat la tabloul lui Ragnar Sandberg.

Jesper era singurul care ştia că-l am. În afară de mama mea, desigur, dar ea nu mai trăieşte.

— Uite, murmură Olga, răsfoind o revistă care pare să conţină mai multe fotografii cu celebrităţi decât text. Aici era.

Întoarce paginile mai încet. Examinând fiecare pagină.

Apoi se opreşte. Mâna ei se opreşte asupra unui articol: *Trăieşti cu un psihopat?*

— Futu-i! E clar că tipul tău e un psihopat, mormăie, şi-şi trece degetul arătător, subţire peste text ca şi cum ar fi în Braille.

— Ce scrie?

Îşi drege un pic vocea, bate darabana pe revistă cu unghiile ei lungi.

— „La început, psihopatul e fermecător, dar devine repede manipulativ şi egocentric. Lipsit de empatie, acesta nu arată nicio consideraţie faţă de sentimentele şi nevoile tale. Înşală şi amăgeşte fără ezitare. Fură şi minte fără să simtă remuşcare sau vină."

Mă şi întreb. Faţă de mine, Jesper e afectuos, iubitor şi empatic. Dar dacă într-adevăr m-a părăsit; dacă el e cel care mi-a furat tabloul; dacă n-are de gând să-mi dea înapoi banii... atunci s-ar putea ca Olga să aibă dreptate.

— Spune cumva ce e de făcut?

Olga dă din cap şi i se mişcă buzele în timp ce citeşte ultimul paragraf.

— „Trebuie să pleci cât mai departe de el, pentru că nu se va schimba." Psihopații nu se schimbă, aşa zice aici.

Se apleacă spre mine, îmi aşază o mână pe braț fără să spună nimic, doar privindu-mă cu ochii ei mari, deschişi la culoare, plini de îngrijorare. Simt că mi se adună lacrimile. Dar mai există ceva, mai puternic decât disperarea mea — nevoia de a afla.

— Nu înțeleg, bâigui. Are atât de mulți bani. Şi e... faimos. De ce-ar risca totul ca să mă înşele cu o sută de mii?

— Poate că nu e vorba de bani, spune Olga ezitând.

— Ce vrei să spui?

— Poate că vrea să te umilească. Să se pişe pe tine. Cine ştie?

Stau în fața oglinzii din baie, acasă la mine. Părul meu lung, castaniu, îmi atârnă pe umeri în şuvițe umede. Sânii mei, aceste ugere detestabile, sunt foarte moi şi mai mari ca niciodată.

Mă aplec încet în față, şterg aburii pe o mică porțiune şi-mi cercetez reflexia. Acum că n-am machiaj, pistruii îmi ies şi mai mult în evidență în lumina rece, fluorescentă.

Mă înfăşor strâns într-un prosop verde şi ies pe hol. Pe podeaua de sub uşa din față au apărut alte trei scrisori.

Una e de la bancă, una de la compania de carduri de credit, iar pe una nu e trecută adresa expeditorului. Duc scrisorile în bucătărie şi le pun în coşul de pâine fără să le deschid. E atât de plin, încât aproape că nu se mai poate închide.

Evident că realizez că situația e nerealistă. Într-o bună zi, facturile vor trebui plătite. Dar nu ştiu cum să procedez. Nu am bani în bancă, nu am acțiuni sau fonduri mutuale pe care să le vând. Niciunul dintre prietenii mei nu are bani să mă împrumute.

Şi nu mai am familie.

Cred că Jesper e familia mea. Sună ciudat, dar e persoana cea mai apropiată de mine.

Îmi aduc aminte de ultima noastră seară petrecută împreună. Ne-am certat ca descreieraţii. Motivul a fost cel dintotdeauna: cât va mai dura până să se schimbe situaţia? Voiam să ies printre oameni, să merg la cinema, la restaurant. El era stresat şi iritat, din câte se pare, avusese o zi naşpa la muncă. Ne plimbam prin ploaie şi-mi aduc aminte cu claritate că mă gândeam, m-am săturat, acum chiar că m-am săturat.

Peste Stockholm cădea o burniţă fină, transformând Götgatan într-o oglindă neagră şi strălucitoare, pe suprafaţa căreia reflexiile felinarelor şi vitrinelor străluceau ca nestematele. Aveam o umbrelă, dar n-o împărţeam cu el. Lui Jesper nu părea să-i pese. Mergea lângă mine gesticulând şi vorbind cu indignare în voce.

— ...n-aş zice că e chiar vina mea. Nu? Ţi-am spus acum mai bine de o lună că trebuie să-ţi găseşti o altă slujbă. Ţi-ai găsit? Nu. De ce dracului e aşa de greu? De ce trebuie să fiu eu mereu cel care să aibă grijă de toate?

Am cotit spre Högbergsgatan. Îmi dădeam seama după limbajul corporal, după întreaga lui fiinţă că e supărat. Până să ajungem în faţa intrării în clădirea de pe Kapellgränd, unde stătea, niciunul dintre noi n-a mai spus nimic.

— Vreau o dată, am spus, şi mi-am pus mâna pe clanţa de bronz a uşii. Mă simt ca şi cum aş fi cu cineva care e căsătorit. Vreau o dată. Vreau să ştiu când mă vei recunoaşte.

Jesper și-a scos cheile, a dibuit yala.

— Cum adică să te recunosc? Tu nu ești vreo nenorocită de țară africană care trebuie recunoscută de către Națiunile Unite. Și nu există nimeni altcineva, știi asta. Singura întrebare e cât trebuie să mai așteptăm înainte de a face publică relația noastră.

Holul era întunecat, dar niciunul dintre noi nu era atât de deranjat de asta încât să aprindă lumina. Mi-am scos cizmele. Mi-am aruncat geaca într-un colț, pe podea.

— Și atunci când ai de gând să faci asta? Te eschivezi de la toate. Minți și te eschivezi.

— Ți-ar pierdut complet mințile ? Nu te-am mințit niciodată. Niciodată.

Acum țipa. Și-a izbit geaca de perete. A aterizat pe micul bufet, a răsturnat o vază, pe care știam că o făcuse mama lui, cândva în anii șaptezeci. A căzut pe podea cu un bubuit.

— Da, mă minți și profiți de mine.

— „Profit“ de tine? Cum?

Deodată, tonul vocii a sunat rece și condescendent.

— Facem totul în termenii stabiliți de tine. Ai impresia că poți să vii și să iei ce vrei de la mine, atunci când vrei tu. Trupul meu, sentimentele mele. Ai impresia că le stăpânești.

Acum stătea complet nemișcat. Privirea îi era întoarsă spre fereastră. Lumina care venea de la o reclamă luminoasă de neon de pe casa de vizavi îi desena dungi albastre și roz în părul întunecat. Puteam să disting picăturile de ploaie de pe fruntea lui.

— Și nu e adevărat? a spus calm, ca și cum ar fi fost lucrul cel mai evident din lume.

Răspunsul lui m-a prins cu garda jos. La început n-am ştiut ce să-i răspund.

— Ce vrei să spui? am întrebat până la urmă, cu o voce atât de slabă, încât abia mi-am auzit propria voce.

S-a întors spre mine şi, dintr-odată, faţa lui părea la fel de lipsită de viaţă ca a unei fantome. Ca şi cum ar fi fost doar un înveliş. Un înveliş nelocuit, lipsit de emoţii.

— Vreau să spun că eşti a mea, Emma.

A venit spre mine până când am ajuns să stăm unul în faţa celuilalt în camera întunecată. Din depărtare, se auzeau sirene care se apropiau. În rest, totul era cufundat în linişte. M-a tras spre el, dar îmbrăţişarea lui avea ceva ciudat: o apropiere nenaturală, pompoasă, fără căldură reală. Vrea să-mi arate că sunt a lui, m-am gândit. Aici nu e vorba de dragoste, aici e vorba despre altceva. Despre putere, poate.

— Îmi pare rău, mi-a şoptit la ureche. Bineînţeles că ai dreptate. Nu putem să continuăm aşa.

Am simţit că îşi slăbeşte strânsoarea şi se caută în buzunar.

— Te iubesc, Emma. Să nu uiţi niciodată asta, indiferent ce s-ar întâmpla. Poţi să-mi promiţi?

Dintr-odată, m-am simţit inconfortabil.

— Ce vrei să spui? Ce-ar putea să se întâmple?

El mi-a ignorat întrebarea.

— Vreau să-ţi dau asta.

A întins mâna şi am văzut că ceva îi strălucea în palmă. M-am întins încet şi mi-am închis pumnul într-o doară în jurul micului obiect rece de metal.

Era un inel.

Acum îl ridic în lumină. Un inel subţire din aur alb cu o nestemată impresionantă — un diamant mare şi splendid. Strălucește și scânteiază în lumină ca și cum nu s-ar fi întâmplat nimic.

Iar mă apucă greața. Mă așez pe pat. Camera pare ciudat de goală fără tabloul de pe perete. Totul pare să se rotească; proporțiile par distorsionate. Fereastra se transformă într-o fâșie înaltă, îngustă. Plafonul se înclină periculos.

Sigge pare să-și dea seama că nu mă simt bine, pentru că e brusc lângă mine, frecându-și trupul mic și moale de picioarele mele. Îmi îngrop fața în mâini, dar sânii mă dor atât de tare atunci când mă aplec în față, încât sunt nevoită să revin imediat în poziția inițială.

Și dintr-odată înțeleg.

E ca și cum te-ai urca pe vârful unui munte foarte înalt, aflat în mijlocul unei păduri adânci, după ce ai mers zile în șir prin umbra deasă a copacilor. Dintr-odată, lumina e puternică, priveliștea se deschide. Revelația mă lovește asemenea unui pumn în stomac și îmi vine greu chiar și să respir.

Cu frica pulsând în mine, scot mobilul, răsfoiesc calendarul și încep să număr zilele. Număr o dată, de două ori. Apoi mai număr încă o dată. În continuare, nu reușesc să admit; e prea bizar.

Dar altă explicație nu există.

Sunt însărcinată.

Hanne

Manfred, poliţistul gras şi roşcovan, iniţiază şedinţa. Se ridică în picioare, se îndreaptă agale spre panou şi-şi împinge cu degetul arătător ochelarii de modă veche cu ramă de baga şi mai sus pe şaua nasului. În jurul mesei stă şeful anchetei preliminare — un procuror tânăr şi blond pe nume Björn Hansson — şi şeful poliţiei criminale, Greger Sävstam. Sánchez se află şi ea aici, la fel şi Peter, care stă în spatele meu. Sunt recunoscătoare că astăzi s-a aşezat acolo şi nu în faţa mea. Nu ştiu dacă aş fi fost în stare să-i înfrunt privirea.

În micul meu caiet, scriu cu migală numele tuturor celor prezenţi, titlurile lor şi felul în care arată. Doar o măsură suplimentară de precauţie. Îmi este deosebit de dificil să reţin numele.

Am fost de acord să particip la anchetă, cu condiţia ca volumul de muncă să nu devină prea mare pentru mine. Poate că e o naivitate să cred că voi fi în stare să fac faţă muncii, în ciuda bolii mele, dar continui să-mi spun că mă voi descurca. Adevărul e că nu sunt atât de confuză. Nu încă. Memoria de scurtă durată e cea mai afectată şi unele cuvinte au tendinţa să dispară pur şi simplu (cum ar fi numele prim-ministrului şi al regelui, de care m-a întrebat medicul la ultima vizită).

Îmi place să-mi imaginez memoria ca pe o țesătură, iar țesătura mea are găuri în ea ici şi colo. Găuri mici, urâte, care cu timpul vor creşte şi se vor înmulți. Ca şi cum cineva ar fi folosit o țigară ca să facă găuri la întâmplare în țesătura mea. Deocamdată pot să le compensez, să le ascund față de oamenii din jurul meu. Dar până la urmă boala va devora țesătura, până când puținele piese rămase vor fi susținute doar de câteva fire subțiri.

Câteodată mă întreb cu ce voi mai rămâne atunci. Vreau să spun că o persoană e formată din experiențele acumulate, din gânduri şi amintiri. Dacă acestea dispar — eu cine mai sunt? Altcineva? Altceva?

Manfred Olsson îşi drege vocea şi se sprijină de perete.

— M-am gândit să încep cu noile informații care s-au ivit în legătură cu cazul. Am interogat deja nouă dintre colegii lui Jesper, cinci prieteni, pe mama şi pe tatăl lui şi două foste prietene. De vineri, niciunul dintre ei n-a mai luat legătura cu Jesper. Nimeni nu ştia unde a plecat să-şi petreacă zilele libere sau unde ar putea fi acum. Portretul care începe să se contureze este acela al unui bărbat extrem de ambițios şi de motivat cu puține interese în afara serviciului, în afară de sport şi de femei. S-a vorbit în media despre legăturile criminale ale lui Orre, dar nu am găsit nicio dovadă care să susțină asta, cu toate că are o cunoştință îndepărtată care a fost condamnată pentru o acuzație minoră legată de droguri. Apoi am vorbit cu vecinii. Nimeni nu a văzut nimic ieşit din comun în seara cu pricina. Niciunul dintre ponturile pe care le-am primit de când dispariția lui Orre a fost făcută publică nu au condus la vreun rezultat. I-am cercetat de asemenea adresa de mail şi mesajele telefonice fără să găsim ceva remarcabil, dar asta nu înseamnă neapărat ceva — ar putea să aibă un număr privat despre care să nu avem cunoştinţă. În momentul de faţă investigăm această posibilitate. Ieri a fost pus sub urmărire, aşa că nu avea cum să părăsească între timp ţara. Toate punctele de control de la graniţă au fost informate. Şi dacă încearcă să retragă nişte bani, vom observa imediat. Din păcate, asta e tot ce avem despre Jesper Orre în momentul ăsta. A... am vorbit cu Laboratorul Naţional de Medicină Legală şi ei ne-au spus că maceta găsită în holul lui Orre e o panga, o ustensilă folosită în Africa de Est, care are o lamă mai lată şi un vârf mai ascuţit decât cel al unei macete obişnuite.

Manfred atârnă o fotografie a macetei pe panou, arată în direcţia armei şi spune:

— Mânerul e sculptat din ebonită. Au spus că e un obiect destul de neobişnuit şi probabil destul de vechi. Poţi găsi exemplare asemănătoare la licitaţiile speciale. Pe mâner nu s-au găsit amprente, ceea ce indică faptul că ucigaşul le-a şters după înfăptuirea crimei. Cu toate astea, pe lamă a fost găsită amprenta lui Jesper Orre.

Sánchez scoate un uşor fluierat.

— L-am prins, spune ea.

— Nu chiar. Nu putem să demonstrăm decât că a atins maceta, nimic altceva. Laboratorul Naţional şi experţii legişti lucrează la compararea loviturilor primite de victima noastră cu cele primite de Miguel Calderón în urmă cu zece ani şi au promis să ne dea un raport până mâine sau cel târziu până poimâine. Sângele găsit pe hol aparţine victimei. Însă urina provine de la un bărbat. Laboratorul Naţional nu a reuşit încă să obţină un profil

ADN complet, dar se lucrează la asta. După cum știți, e mult mai greu să obții ADN din urină decât din sânge sau țesut.

— Deci urina provenea de la un bărbat. Ce înseamnă asta? întreabă Sánchez.

— Că un bărbat s-a pișat pe hol, răspunde Manfred.

În încăpere se aud chicote înăbușite.

— Da, am înțeles asta. Dar de ce?

— Va trebui să ne dăm seama singuri de asta, răspunde Manfred.

— S-a găsit urină și la locul crimei Calderón? întreb.

Manfred clatină din cap și continuă:

— Nu. Am vorbit de asemenea cu experții care au verificat restul casei lui Orre.

Nu a fost găsit nimic ieșit din comun, cu excepția unui coș cu lenjerie intimă feminină folosită, ascuns într-un dulap din spălătoria aflată în pivniță. Luând în considerare interogatoriul pe care eu și cu Peter i l-am luat Anjei Staaf, despre care v-am spus mai devreme, putem să tragem concluzia că Orre colecționează lenjerie folosită. Cred că îl face să se excite.

Râsete răzlețe. Care se sting imediat ce șeful poliției criminale, Greger Sävstam, îi măsoară cu severitate pe cei de la masă.

— S-a mai găsit și altceva, continuă Manfred. O pereche de chiloți folosiți, plini de sânge, care fuseseră ascunși sub patul lui Orre de la etaj.

— Acea perioadă a lunii? sugerează Sánchez.

Manfred clatină din cap.

— Petele de sânge sunt vechi și, ținând cont de dispunerea lor, experții sunt de părere că cineva a folosit chiloții ca să oprească sângerarea unei răni. De exemplu, prin înfăşurarea acestora în jurul unui braţ sau al unei mâini. Încă nu ştim dacă asta are sau nu vreo relevanţă pentru ancheta noastră.

Manfred răsfoieşte carnetul legat în piele şi continuă:

— A, şi încă un lucru. Peter a vorbit cu compania de asigurări care investighează focul din garajul lui Orre. Mi-au spus că cel mai probabil e vorba de incendiere premeditată. În urma analizei chimice a cenuşii au găsit urme de vopsea. Poliţia locală e de asemenea implicată şi am luat legătura cu ei. Până acum nu există niciun suspect. Cei de la compania de asigurări au sugerat că ei ar băga mâna în foc că a fost Orre.

— Care este situaţia lui financiară? întreabă Greger Sävstam cu un limpede accent din sud.

— E bună, răspunde Peter din spatele meu.

Nu mă întorc, şi-mi trece din nou prin minte că poate n-a fost o idee atât de bună să vin aici. Dar îmi spun că sunt suficient de puternică să rezist la câteva şedinţe alături de omul care mi-a distrus viaţa în urmă cu zece ani. Dacă m-aş abţine să fac ce-mi face plăcere din teama de a mă confrunta cu trecutul meu, ar însemna să-l las să câştige. Şi e important să-mi pun viitorul pe primul loc, pentru că mi-a mai rămas foarte puţin din el.

— Are un venit anual de patru milioane, continuă Peter. În plus, deţine acţiuni a căror valoare se ridică undeva la circa trei milioane. Şi, din câte ştim noi, nu are datorii.

Greger Sävstam se foieşte pe scaun.

— Cum poate un tip ca Jesper Orre să dispară fără să lase nicio urmă?

Manfred îşi drege vocea.

— Toată poliţia îl caută.

— Am o senzație proastă în legătură cu asta, spune Greger Sävstam, apoi se ridică în picioare şi-şi vâră mâinile în buzunarele pantalonilor de stofă şifonați. Nu avem nimic. O macetă veche cu mâner de ebonită şi o pereche de chiloți plini de sânge nu vor duce la rezolvarea cazului. Au trecut trei zile, jurnaliştii sună non-stop şi nici măcar nu ştim cine e victima ori unde se află Jesper Orre. Nu am de gând să pic de prost la întâlnirea cu comisarul doar pentru că voi nu ați reuşit să avansați.

— Mâine ne întâlnim cu auditorul intern de la Clothes&More, spune Manfred. Se pare că au pornit un fel de anchetă în legătură cu Orre. Se zvoneşte că a lăsat compania să suporte cheltuielile pentru petrecerea organizată cu ocazia împlinirii vârstei de patruzeci de ani. Poate vom reuşi să aflăm ceva de la ei.

Greger Sävstam pare sumbru şi obosit. Îşi dă ochii peste cap, ca şi cum răspunsul lui Manfred i s-ar părea enervant.

— Chiar dacă a delapidat banii companiei, asta nu ne va ajuta în legătură cu ancheta. Putem să recurgem la altceva? Ceva mai radical? Să ne adresăm mass-mediei şi să le cerem ajutorul?

— Faptul că Jesper Orre a dispărut şi că o femeie a fost găsită moartă în casa lui a fost deja făcut public, începe Manfred.

Greger Sävstam îşi flutură iritat mâinile.

— Da, ştiu. Nu la asta mă refeream. Am putea să publicăm o fotografie a victimei? Ca măcar să putem s-o identificăm?

— A suferit răni grave... De obicei nu..., începe Manfred.

— Mă doare în cur de ce facem de obicei! Trebuie să înaintăm în cazul ăsta la următorul nivel. Nu putem să stăm aici şi să tăiem frunză la câini, scobindu-ne în buric, întrebându-ne de ce îi plăcea să miroasă lenjerie intimă purtată.

— Am putea să-l rugăm pe unul dintre artiştii noştri să facă o reconstrucţie, o imagine a feţei, sugerează Sánchez. Nu e la fel de şocantă ca publicarea unui... cap tăiat, mutilat.

Greger îi aruncă o privire obosită.

— De mult timp n-ai mai avut o idee atât de bună, Sánchez. Dă-i bătaie!

Stau într-un fotoliu mare de piele în faţa şemineului, citind rapoartele investigaţiei preliminare pentru cazul Calderón. Focul trosneşte, iar pe masa de cafea joasă din marmură de lângă mine arde o lumânare. E o senzaţie ciudată să văd vechile rapoarte la care am contribuit şi eu. Mă gândesc că au trecut atât de mulţi ani şi totuşi s-au întâmplat atât de puţine lucruri. Trăiesc în acelaşi apartament, alături de acelaşi bărbat. Doar câinele e altul.

Mă uit la Frida, încovrigată la picioarele mele pe covor. Trupul ei negru tremură şi lăbuţele ei tresar în aer, ca şi cum ar visa vreo vânătoare sângeroasă.

Îmi reiau lectura. Îmi aduc aminte că la data respectivă am observat că pleoapele victimei fuseseră lipite ca să rămână deschise. Închid ochii, simt căldura care radiază dinspre foc spre trupul meu şi mă gândesc. De ce să lipeşti cu bandă adezivă pleoapele victimei tale lipsite deja de viaţă — aşa cum a dedus medicul legist că s-a procedat cel mai probabil. Pleoapele fuseseră lipite post-mortem. Teoria era susţinută de prezenţa petelor de sânge de sub banda adezivă.

Aşadar, ucigaşul lipeşte cu bandă adezivă pleoapele victimei şi plasează capul în aşa fel încât următoarea persoană care intră în apartament să întâlnească privirea mortului. De ce? Ştia ucigaşul cine avea să-l găsească pe Calderón? Era un mesaj pentru acea persoană? Sau voia doar să umilească victima? Asemenea celților, care atârnau capetele duşmanilor de caii lor şi se întorceau cu ele acasă pe post de trofee.

Nu apuc să-mi duc firul gândurilor mai departe, că aud cheia în încuietoare. Frida îngheață, apoi sare şi aleargă în hol, fluturându-şi coada. Ştiu că ar trebui să ascund rapoartele de investigație — Owe se va înfuria dacă le va vedea —, dar nu pot. În schimb, rămân aşezată, cu hârtiile în poală.

S-a oprit în prag, părul gri îi e răvăşit, obrajii de un roşu întunecat din cauza frigului. Puloverul lui roşu de Burgundia i se întinde peste burtă, iar postura îi dă de gol iritarea. Se întâmplă uneori să fie aşa, morocănos încă de când ajunge acasă. De obicei e din cauză că s-a certat cu cineva la birou. După un timp, frustrarea pricinuită de vreun coleg incompetent sau de un pacient incomod tinde să se disipeze.

— Bună, spune el.

— Bună.

Rămâne în pragul uşii, lăsându-şi greutatea când pe un picior, când pe altul, ca şi cum n-ar şti prea bine ce să facă.

— Ce faci?

— Bine, îi spun. Tu?

Dă din umeri.

— Păi, ce pot să spun? Spitalul districtual nu atrage neapărat cele mai strălucite minți. Sunt atât de al naibii de obosit să-i tot învăț pe medicii ăştia străini, care nu-s în stare să facă diferența între un pacient schizofrenic şi unul bipolar! Şi care nu sunt în stare să întocmească un raport decent, pentru că suedeza lor e de căcat.

— Sună rău!

Mormăie ceva, dar nu reuşesc să înțeleg ce. E unul dintre acele sunete guturale pe care le scoate uneori. Poate că după atâta timp ar trebui să fiu în stare să le înțeleg, la fel ca părinții care înțeleg în mod instinctiv ce vor bebeluşii lor atunci când țipă.

— Apropo, ai cumpărat vin pentru mâine? mă întreabă.

— Nu, eu... Au fost alte...

Vocea mi se stinge. Nu am uitat să cumpăr vin; doar că am fost foarte ocupată la secția de poliție. Dar nu prea pot să-i explic asta.

Oftează şi se pregăteşte să se întoarcă, dar se opreşte la jumătatea gestului.

— Totuşi, ce citeşti acolo?

Acopăr hârtiile cu mâinile, dar e prea târziu. Mi-a observat deja ezitarea, a văzut gestul instinctiv de a ascunde ce am în poală.

— Nimic deosebit, îi răspund, dar el se îndreaptă deja spre mine.

Se opreşte chiar în fața mea, o siluetă neagră uriaşă proiectată pe şemineu. Se apleacă şi-mi ridică mâinile cu o mişcare fermă.

— Ce naiba e asta?

Mirosul lui mă copleşeşte, amestecul acela stătut de fum şi sudoare şi încă ceva pe care nu pot să-l numesc, ceva ce-mi aduce aminte de varza călită.

— E un... raport de investigație preliminară.

— Văd şi eu asta, îmi răspunde cu o voce cu o octavă mai ridicată decât de obicei. Mă întreb ce naiba caută la noi în casă. Mi-ai spus că nu vei mai accepta alte sarcini din partea poliției.

— Nu, n-am spus asta. Tu ai spus asta.

Cu o singură mișcare, înșfacă hârtiile și le aruncă prin cameră. Cu coada ochiului, o văd pe Frida fugind în hol cu coada între picioare.

— La dracu', Hanne. Am discutat deja despre asta și am hotărât că nu e cazul. Nu te simți suficient de bine ca să lucrezi. Și acum mă contrazici și decizi să o faci indiferent ce-ar fi.

Când spune asta, cu toată solemnitatea lui condescendentă, în timp ce eu sunt înconjurată de duhoarea lui, ceva plesnește în mine. Se rupe, ca atunci când un zid de rezistență cedează și toată casa se prăbușește. Simt o mie de mici explozii în interior și toată furia pe care am adunat-o se umflă, căutând o cale de a ieși la suprafață.

Sar din fotoliu și încep să-i lovesc trupul enorm cu pumnii. Loviturile nu au niciun efect — nu au scop, țâșnind dintr-o disperare și deznădejde pe care nu prea pot s-o pun în cuvinte — cel mult îi provoacă surprindere.

— Nenorocitule! strig. Nu am hotărât nimic de felul ăsta. Ai spus că nu pot lucra. Tu ai decis. Ca de obicei. Tu, tu, tu! M-am săturat până peste cap să-mi spui ce să fac!

Îmi prinde brațele în aer, blocându-le într-o strânsoare puternică.

— Calmează-te! Ți-ai pierdut dracului complet mințile? Asta e o manifestare a bolii tale, nu înțelegi? Agresivitatea, depresia. E o boală.

Nu e ceva nou pentru Owe să asocieze toanele mele cu depresia. Mi-a spus de mai multe ori să încep să iau antidepresive — a căror îmbrățișare primitoare, prescrisă, mă îngrozește mai tare decât boala în sine.

— Nu mai da vina pe nenorocita mea de boală. Aici nu e vorba despre boală. Aici e vorba despre mine. Despre cât de tare m-am săturat de neobositele tale intimidări şi nevoia ta de a mă controla.

Nu mai spun nimic şi stăm amândoi acolo, în faţa focului. Totul e nemişcat. Singurul zgomot e trosnetul focului şi respiraţia mea gâfâită. Strânsoarea lui e dureroasă.

— Dă-mi drumul! îi spun.

Se conformează şi rămâne nemişcat în mijlocul încăperii, în timp ce eu strâng foile de pe jos şi mă retrag în grabă în dormitor.

— Hanne, dragă. Ce s-a întâmplat?

— L-am părăsit, spun şi depun valiza grea lângă mine pe podeaua de piatră a casei scărilor.

— O, dulceaţa mea. Haide, intră! Gunilla îmi ia valiza. Isuse, ce ai aici?

— Ai grijă cu spatele. Sunt cărţi. Despre Groenlanda. Doar cele mai importante.

Gunilla dă încet din cap.

Frida mi-o ia înainte, alergând pe holul luminos al Gunillei, iar eu o urmez. Îmi scutur încălţările de zăpadă şi-mi scot paltonul, îl agăţ în cuierul plin de culoare, mă duc în living şi mă cufund pe canapeaua albă a Gunillei.

— Spune-mi totul! îmi zice, iar eu mă conformez.

Îi povestesc despre întâlnirea cu poliţia. Despre Peter. Despre cazul de acum zece ani care a devenit din nou relevant şi despre nevoia de a face ceva semnificativ cu timpul care mi-a mai rămas. Să pot folosi toate cunoştinţele pe care le-am acumulat de-a lungul unei întregi cariere. Şi apoi îi povestesc despre Owe, explicându-i ce dezgust îmi provoacă atitudinea lui limitativă, egocentrismul lui şi chiar şi mirosul lui. Cum clocotesc de furie de luni de zile, până când totul izbucneşte asemenea unui incendiu în pădure, lăsându-mă secată şi epuizată. Despre faptul că nu mai pot să fac față acestei pârjoliri emoționale.

— Păi, atunci era şi timpul să te muți, e tot ce-mi spune când termin de povestit.

Întrebarea pe care o aşteptam nu apare decât mult mai târziu, după ce am băut mai multe pahare de vin şi am mâncat din brânza mucegăită oferită de Gunilla.

— Crezi că e o decizie înțeleaptă să-l părăseşti tocmai acum, când nu ştii cum te vei simți peste o lună sau peste un an?

Înainte de a-i întâlni privirea şi de a-i răspunde e o scurtă pauză.

— Tocmai de-asta e atât de important. Nu vreau să-mi petrec alături de el timpul care mi-a mai rămas.

A doua zi dimineață, când mă trezesc, soarele strălucește pentru prima oară în ultimele săptămâni şi picături grele de zăpadă topită cad pe glaful ferestrei. Mi se pare un semn, şi atât senzația de jubilare, cât şi cea de eliberare cresc în mine. În mijlocul întregii nefericiri, e aproape ca un drog, un val pe care să-l călăreşti cu placa de surf şi să te laşi dus de el.

Mă gândesc că, de-acum încolo, lucrurile nu pot lua decât o turnură pozitivă şi iau în mână cartea scrisă de Louis-Jacques Dorais, despre limbajul şi cultura inuiților. O răsfoiesc la întâmplare.

Zăpada cade de pe acoperiş şi aterizează cu un bufnet surd pe glaful ferestrei.

Chestia asta cum că inuiții au atât de multe cuvinte pentru zăpadă e un mit, născut din pasiunea romantică a civilizației vestice pentru popoarele primitive şi relația lor simbolică cu elementele. Cu siguranță, inuiții au mai multe cuvinte pentru zăpadă — dar la fel avem şi noi. Mai mult, nu există o „singură" limbă inuită. Mai exact, pe teritoriul arctic şi în anumite părți ale Alaskăi, Canadei, Siberiei şi Groenlandei, există mai multe limbi şi dialecte.

Dar, ca de obicei, noi, oamenii, simțim nevoia să simplificăm, ca să facem față mai uşor realității. De fapt, la secția de poliție facem acelaşi lucru. Simplificăm, încercăm să înțelegem, facem asocieri şi identificăm scheme în materialele complexe supuse investigației. Şi poate că şi noi facem aceeaşi greşeală: atribuim caracteristici oamenilor şi aplicăm scheme ca să explicăm evenimente pentru că acestea corespund vederii noastre asupra lumii.

Mă gândesc din nou la cazul Calderón. E posibil să ne fi scăpat ceva? E posibil ca preconcepțiile noastre să fi dat o anumită coloratură evenimentelor?

Ciocănitul timid al Gunillei la uşă îmi întrerupe gândurile.

— Micul dejun? mă întreabă ea.

— Da, te rog. Sunt lihnită, îi spun, dându-mi seama că vorbesc serios.

Pentru prima oară în ultimele luni, simt că mi-e cu adevărat foame.

Emma

Cu o lună în urmă

Stau în metrou în drum spre muncă, încercând să înțeleg ce s-a întâmplat. În interiorul meu crește copilul lui Jesper, copilul nostru. Într-un loc întunecat și secret, un mic mormoloc cu coadă și branhii e pe punctul de a căpăta o formă umană.

E inimaginabil!

Nu prea reușesc să conștientizez faptul că sunt însărcinată; aici nu mai e vorba doar de mine și de relația mea cu Jesper. Acum ar trebui să hotărăsc dacă păstrez sau nu copilul. Acum nu mai am posibilitatea de a-l lăsa pur și simplu în urmă pe Jesper și de a merge mai departe. Ecuația s-a schimbat, iar el are dreptul să știe că aștept un copil, indiferent dacă e sau nu nemernicul secolului.

Trebuie să dau de el și să-i spun în față ce s-a întâmplat.

Când ajung la muncă, Mahnoor și Olga stau amândouă în camera angajaților bând câte o cană de cafea. Mai sunt douăzeci de minte până deschidem magazinul şi Björne încă n-a apărut, aşa că putem să profităm de situaţie şi să bem cafea.

— Cafea? întreabă Mahnoor.

— Da, te rog.

Îmi dau jos geaca şi mă aşez pe unul dintre scaunele albe din jurul mesei. Mahnoor aşază cu grijă în faţa mea o cană. În timp ce se apleacă în faţă, părul ei cade pe masă şi observ cât e de frumos, genul de păr pe care mulţi îl invidiază.

— Unde e Björne? întreb.

— Habar n-am, spune Olga. Poate că întârzie.

— Întârzie? Dar de obicei e foarte matinal. Poate că e bolnav, sugerez eu.

— Nu cred, bâiguie Mahnoor. Nu a mai lipsit de şase luni.

Pentru o clipă e linişte. Sorb cafeaua fierbinte şi încerc să-mi ignor greaţa. Încerc din răsputeri să nu mă gândesc la pasagerul clandestin aflat undeva adânc în trupul meu.

— Tu ai zece absenţe luna asta, spune Olga şi-şi întoarce privirea către mine.

Nici urmă de tact sau de compasiune în vocea ei. Menţionează acest lucru ca şi cum i-ar spune unui client preţul unei perechi de pantaloni.

— Sunt sigură că nu va fi o problemă, spune Mahnoor şi îmi atinge uşor mâna.

— Sigur că e o problemă. Dacă lipseşti de prea multe ori, te concediază, spune Olga.

— Am fost bolnavă, spun.

— Nu contează, continuă Olga, ca şi cum ar explica cel mai evident lucru de pe lume unui copil foarte mic, ori poate prost.

Bate darabana cu unghiile în masă, ca şi cum acestea ar vrea să decoleze singure. Sunt atât de lungi, încât mâinile ei mă fac să mă gândesc la nişte arme letale.

— Trebuie să ai grijă cu toate relațiile. Câteodată faci lucruri pe care nu vrei să le faci, de dragul de a cădea la o învoială. De exemplu, dacă eu vreau ca Alexej să fie fericit, când vine acasă îi fac sex oral.

— Hai, lasă-mă, protestează Mahnoor. Nu e chiar acelaşi lucru.

— Ba este. Trebuie să faci un efort, atât acasă, cât şi la muncă.

Se vede că Mahnoor s-a enervat. Se ridică de la masă şi aproape că-şi aruncă în chiuvetă cana. Țâşneşte lichid maroniu.

— Eşti bolnavă, ştii asta? Aici nu suntem în Rusia, spune ea şi părăseşte ofensată chicineta.

Mirosul puternic al parfumului ei stăruie în încăpere.

— De ce e supărată? murmură Olga.

— Nu ştiu.

— Poate din cauză că e musulmană.

— Poate.

Meditâm preț de un moment la asta. Sună telefonul, dar Mahnoor ajunge înaintea noastră; probabil că a răspuns la telefonul de la casă, pentru că o aud vorbind cu cineva în magazin.

— Ai de gând să-i ceri iertare? o întreb.

— Să-i cer iertare? Pentru ce? Ea a fost luată de mine.

— Cred că voiai să spui „s-a luat".

— În fine! Crede că e specială pentru că studiază la universitate.

Olga îşi țuguie buzele şi-şi încrucişează brațele la piept.

De-afară se aud zgomote de paşi. Mahnoor apare din nou la uşă şi-mi dau seama, uitându-mă la postura ei, chiar înainte să înceapă să spună vreun cuvânt, că s-a întâmplat ceva.

— E Björne, spune ea şi aproape că nu mai poate să respire. A fost lovit de autobuz. Nu o să moară sau ceva de genul ăsta, dar va lipsi o perioadă. Cel puțin o lună.

Nici Olga, nici eu nu spunem nimic. Björne ne displace tuturor, dar nimeni nu-şi doreşte să pățească ceva. Imaginea trupului său subțire sub un autobuz mare mă face să-mi fie din nou rău.

— Bietul Björne, şopteşte Olga.

— Da, săracul Björne, spune Mahnoor.

— Şi acum ce facem? întreb.

— Trebuie să ne ocupăm singure de magazin, spune Mahnoor şi îşi îndreaptă un pic spatele. Mi-au spus să preiau conducerea până la noi dispoziții.

Mă întreb dacă au decis s-o facă pe Mahnoor responsabilă de magazin sau au rugat-o pe ea doar pentru că s-a întâmplat ca ea să răspundă la telefon.

— A, şi a mai fost ceva, spune Mahnoor. Au apărut din nou nişte articole despre dragul nostru director general. Dacă vreun jurnalist încearcă să ne contacteze, trebuie să ne abținem de la orice comentarii. Toate întrebările trebuie adresate conducerii.

— Iar n-a fost băiat cuminte? zâmbeşte Olga cu viclenie.

Mahnoor dă din umeri.

— N-am idee.

Însă Olga nu renunță.

— Prietena ta, cea de la departamentul de resurse umane. Ea-l investighează, nu-i aşa?

— Nu lucrează în departamentul de resurse umane, lucrează la departamentul financiar, dar da, era ceva în legătură cu felul în care Jesper Orre s-a folosit de companie ca să plătească petrecerea de ziua ei de naştere. Dar nu ştiu nimic despre asta.

Mai târziu, prânzul meu constă într-o salată ambalată în plastic. Creveții sunt atât de lipsiți de gust şi de moi, încât mi-e greu să-mi imaginez că provin din mare. Par mai degrabă să fi fost modelați din făină şi supă concentrată de peşte.

Stau în fața computerului de pe micul birou aflat în spațiul angajaților. La stânga e chicineta. Masa e acoperită cu reviste, iar pe tejghea e o cutie de plastic cu câțiva creveți singuratici.

Îmi şterg mâinile cu un şervețel, trag tastatura mai aproape de mine şi îl caut pe Jesper Orre. După doar câteva secunde, descopăr acest articol: „Jesper Orre acuzat de hărțuire sexuală". Accesez pagina revistei şi dau *scroll* în jos. O femeie care a „colaborat îndeaproape cu Jesper" timp de câțiva ani l-a acuzat de hărțuire sexuală. Articolul nu specifică cine este sau ce post deține, dar deduc că e cineva din conducere, pentru că au lucrat împreună. Poate că e o secretară sau cineva din departamentul de marketing. Nici Jesper, nici compania nu sunt dispuşi să facă vreo declarație în legătură cu subiectul, dar „surse de încredere" susțin că s-a demarat o anchetă internă.

Mă mir. Dintr-un motiv sau altul, articolul nu mă deranjează. Jesper a vorbit adesea despre cât e de vulnerabil, despre cum oamenii din jurul lui pot fi împărțiți în două categorii: lingăii care încearcă din răsputeri să fie întotdeauna în preajma lui şi cei care fac tot posibilul să-l saboteze ori de câte ori se iveşte ocazia. Şi de multe ori, când lingăii nu primeau ceea ce-şi doreau, se transformau încetul cu încetul în sabotori.

Bănuiesc că femeia asta e o sabotoare. Jesper este o ţintă uşoară acum; procesul e deja în desfăşurare. Asta e o modalitate simplă de a atrage atenţia şi poate de a răzbuna o veche nedreptate. Jesper avea dreptate: e greu să fii în vârful ierarhiei. Acolo sus eşti expus şi nu poţi avea încredere în nimeni.

Şi totuşi. Există întotdeauna posibilitatea să mă înşel. Până la urmă, cât de bine îl cunosc pe Jesper?

Mă uit din nou la articol, la numele autorului. Anders Jönsson. Numele îmi sună cunoscut. Oare unde l-am mai auzit?

Apoi îmi aduc aminte. Jurnalistul care a trecut pe la magazin, care voia să vorbească cu mine despre condiţiile de la locul de muncă şi care mi-a lăsat cartea lui de vizită. Acum e în coşul de pâine ticsit, lângă toate facturile mele.

Mahnoor intră în încăpere, se aşază pe scaunul din faţa mea.

— Ce faci?

Închid repede calculatorul.

— Nimic deosebit. Internetul de-acasă nu funcţionează.

Încuviinţează încet din cap.

— Apropo, te simţi bine? o întreb. Mi s-a părut că mai devreme erai un pic supărată.

Mahnoor oftează şi-şi dă ochii peste cap.

— Nimic, doar că Olga are nişte idei îngrozitor de nenorocite despre femei. Mă deranjează. Ai crede că vine direct din secolul nouăşpe. Nu-i aşa?

Mă gândesc la asta. Olga e diferită. Nu m-am gândit niciodată cu adevărat la atitudinea ei față de femei — mai degrabă la insensibilitatea ei, la felul în care observațiile ei, probabil în mod neintenționat, ustură asemenea unor palme.

— Nu m-am gândit niciodată la asta, spun.

— Ei bine, eu m-am gândit, declară Mahnoor.

— Apropo, e în regulă dacă plec ceva mai devreme astăzi? o întreb.

Se uită la mine cu o privire cercetătoare şi-şi încrucişează picioarele.

— Sigur. E-n regulă. Oricum, cred că ar trebui să închid. Acum că sunt... responsabilă sau mă rog.

Adoptă o uitătură încruntată care e enervantă şi comică în acelaşi timp.

— Mulțumesc, spun. Trebuie să rezolv ceva.

În timp ce Mahnoor şi cu mine închidem magazinul, o femeie corpolentă cu părul blond şi un palton mult prea mic pentru ea trece pe lângă noi şi, fără să fiu în stare să mă abțin, gândul îmi fuge din nou la mama. Îmi aduc aminte de o zi când stăteam întinse pe pat, doar ea şi cu mine. A fost unul dintre acele momente rare şi prețioase de intimitate şi iubire care de obicei se iveau după o lungă perioadă de timp în care mama şi tata fuseseră obosiți şi furioşi. Mama îmi mângâia părul. Fața ei avea o expresie serioasă.

— Draga, iubita mea Emma.

Nu i-am răspuns, doar am închis ochii şi m-am lăsat învăluită de căldura plăpumii şi a afecțiunii ei.

— Îmi pare rău pentru... pentru... că sunt atât de morocănoasă şi răutăcioasă uneori, a spus ea deodată.

Am deschis ochii şi i-am întâlnit privirea. Părea îndurerată, ca şi cum ar fi durut-o stomacul şi ar fi avut nevoie de una dintre acele mici pastile albe pe care le ține pe raftul de sus al dulapului.

— Nu contează, i-am răspuns.

Încordarea ei s-a risipit.

— Doar că... uneori e atât de stresant... şi sunt atât de obosită! Şi atunci... îmi sare țandăra.

Cred că unei persoane îi poate sări țandăra la fel cum o geantă sau o sticlă îți poate scăpa pe jos. Dar dacă tot ai scăpat-o, de ce n-o ridici? Dar nu i-am spus asta, pentru că nu voiam să stric acel moment perfect şi delicat. Mi-am dat seama că e responsabilitatea mea să gestionez momentul.

— E-n regulă!

— Nu, scumpete, de fapt nu e-n regulă. Voiam doar ca tu să ştii asta. E vina mea când devin atât de furioasă. E greşit şi e stupid şi, ca adult, ar trebui să-mi pot controla mai bine toanele.

Vocea a început să-i tremure, dar eu voiam să previn cu orice preț momentul când va izbucni în plâns. Dintr-odată, mi s-a părut că cea mai importantă misiune de pe lume e s-o apăr de tristețe. Pentru că dacă ar fi început să plângă, nu ar mai fi fost în stare să se oprească, ziua ar fi fost distrusă şi totul ar fi fost doar din vina mea.

— Nu cred că eşti furioasă. Cred că eşti drăguță.

— O, tu eşti îngeraşul lui mama, a bâiguit ea şi m-a pupat pe gură.

Respirația ei mirosea a cafea acră şi a lapte stătut, dar nu m-am tras înapoi. În schimb, am avut grijă să rămân complet nemişcată, astfel încât să mă poată pupa ca lumea. Fix în acel moment, în hol a sunat telefonul.

— Mă întorc imediat, a murmurat. Apoi s-a ridicat şi şi-a strâns halatul roz în jurul trupului corpolent.

Afară, soarele strălucea şi copiii din clădirile din apropiere se duceau la şcoală. Tuşeam deja de câteva zile, iar mama a insistat să rămân acasă, ceea ce l-a enervat pe tata. El era de părere că nu e cazul să „mă comport ca un copil mic". Şi, dacă stăteam în pat din cauza unei tuse, fără să am temperatură, era clar că mă comportam ca un copil mic.

M-am bucurat de acele zile petrecute acasă împreună cu mama. Îmi petrecusem atât de puțin timp în preajma ei când era fericită şi plină de energie! Seara stătea mereu în bucătărie cu tata, bând bere, iar dimineața era mereu obosită şi istovită şi avea nevoie de odihnă.

— Nu, nu ținem animale de companie în casă. De ce?

Din hol, vocea mamei se auzea cu claritate. Avea vocea asta mică şi ascuțită, cea care însemna că cineva începe să o enerveze. Era vocea pe care de obicei o avea seara, chiar înainte de a se înfuria de-adevăratelea, iar dozele de bere şi farfuriile să înceapă să zboare prin bucătărie, țintite spre tata.

— Nu înțeleg. Cum adică nu poate să stabilească o relație cu ceilalți copii? Pe fiica mea nu o opreşte nimic să se joace cu ceilalți copii. Are mulți prieteni aici în zonă.

S-a făcut din nou linişte.

— Nu cred. O s-o întreb, dar am impresia că şi la şcoală are mulți prieteni.

Mă ridic să închid uşa. Dintr-odată, am simțit că mi se strânge pieptul, cu toate că nu simțeam nevoia să tuşesc.

— Nevoi speciale. Cred că glumiți. Şi cu ce-ar ajuta-o să petreacă timp împreună cu animalele? Mie asta îmi sună complet aiurea. Cum te poate ajuta perierea unui cal sau răsfăţarea unui căţeluş să fii mai puţin timid? Şi da, cred că e vorba de timiditate, nimic altceva, pentru că...

Am închis uşa şi m-am dus înapoi în pat.

Afară, dincolo de fereastră, explodase vara timpurie. Copacii şi tufele te orbeau cu tonurile lor de verde. Plantele perene din răsadul de flori aveau inflorescenţe înalte şi elegante; tufele de măceş de lângă leagăne erau stropite cu flori roz care curând aveau să se transforme în fructe tari, pline de praf de scărpinat de cea mai bună calitate.

Stăteam întinsă pe pat, sperând că mama avea să se oprească în curând din vorbit. Că avea să se întoarcă şi să se urce în pat şi să fie calmă şi blândă.

Îmi doream ca ea să mă răsfeţe din nou.

Strânsoarea din piept era neobişnuit de intensă. Ca şi cum cineva ar fi înfăşurat strâns în jurul trupului meu o coardă pentru sărituri.

Apoi am văzut ceva. Ceva se mişca pe podea, lângă pat. Am ridicat cu grijă borcanul de sticlă. Pe una dintre acele crengi golaşe, crestate, stătea un mare fluture albastru. Corpul îi era negru şi rotund şi un pic păros. Aripile erau de un albastru cobalt intens, tivite cu negru. Îşi mişca graţios aripile în sus şi-n jos, ca şi cum ar fi învăţat din nou să se mişte după ce a petrecut atât de mult timp în micul său cocon.

E întuneric în timp ce trec prin piaţa Sergels torg, apoi în jos pe Hamngatan. Umbrela mă protejează doar parţial — picăturile de ploaie sunt împinse sub ea de rafalele de vânt. Străzile sunt ciudat de goale şi doar pietoni ocazionali trec în grabă prin întuneric. Când ajung la Regeringsgatan e deja ora cinci. Marele magazin C&M e iluminat ca un vapor de croazieră, strigându-şi mesajul, promițând o viață mai bună, mai palpitantă de partea cealaltă a vitrinei. Câteva femei cu părul ud hoinăresc fără țintă printre rafturi, căutând printre articolele de îmbrăcăminte.

O iau la stânga pe Norrlandsgatan şi continui să mai merg vreo nouăzeci de metri. Zăresc pe partea cealaltă a străzii intrarea de la sediul central al Clothes&More. Uşa de lemn e luminată discret. Aproape că pare să lumineze în întuneric.

Lângă mine e o intrare. Mă strecor în întuneric, bucuroasă să mă pot adăposti de ploaie. Aici pot aştepta fără să fiu văzută. Întrebarea e dacă o să reuşesc să-i disting pe cei care intră şi ies pe uşa aflată pe partea cealaltă a străzii. Nu e chiar atât de aproape şi e întuneric.

Îmi pun mănuşile şi mă pregătesc să aştept. După aproximativ cinci minute, uşa se deschide şi ies două femei cam de aceeaşi vârstă cu mine. Râd zgomotos şi traversează strada în timp ce-şi deschid umbrelele. Vântul întoarce una dintre ele pe dos. Râd şi mai zgomotos. Sunt destul de sigură că nu au cum să mă vadă stând cuibărită în întuneric.

De câteva ori mă surprind gândindu-mă: oare îmi pierd mințile?

Stau în ploaie, spionându-l pe Jesper. Ca un urmăritor. Dacă cineva mi-ar fi spus cu o lună în urmă că voi face asta, aş fi crezut că persoana aceea e nebună.

Totuşi. Dată fiind situația, nu prea ştiu ce altceva să fac. Trebuie să vorbesc cu el. Îmi dau seama că sunt atât de multe lucruri pe care nu le ştiu despre Jesper, goluri nesfârşite şi atât de puțin teren ferm pe care să mă pot sprijini! Încep să mă întreb dacă l-am cunoscut vreodată cu adevărat.

În următoarea oră, ploaia continuă să cadă cu aceeaşi dârzenie. Din când în când, uşa de pe cealaltă parte a drumului se deschide şi pe ea ies oameni şi dispar în întuneric. Nu se întâmplă nici măcar o dată să se uite cineva în direcția mea. E ca şi cum aş fi invizibilă, ca şi cum m-aş fi transformat într-o piatră de pe jos.

În ciuda faptului că stau sub un acoperiş, câte o picătură de ploaie reuşeşte să ajungă totuşi până la mine. Mi se opreşte în păr, pe ceafă, la încheieturi. Fac câțiva paşi să mă încălzesc. Plesnindu-mi discret brațele în întuneric.

La exact zece minute după ora şase, Jesper iese pe uşă.

Îl recunosc imediat. Are un palton negru, descheiat, îmbrăcat peste sacou, care flutură în urma lui în vânt în timp ce traversează în grabă strada. Brusc, simt că nu mă mai pot mişca; ca şi cum trupul nu mi-ar mai răspunde la comenzi, ca şi cum m-aş fi transformat într-o bucată de carne necooperantă, înghețată bocnă pe strada umedă.

Cred că a trecut cam o săptămână de când ne-am văzut ultima oară. Cu toate astea, mi se pare că au trecut luni de zile. Toate acele apeluri, mesaje şi, iată-l, omul pe care-l iubesc, o umbră care trece pe lângă mine prin ploaie.

Apoi paralizia îşi slăbeşte strânsoarea. Fac câțiva paşi, îndepărtându-mă de intrare şi mă iau după el. Ploaia îmi biciuie fața, dar nu am timp să mă opresc şi să-mi deschid umbrela, nu vreau să risc să-l pierd în întuneric.

Mersul lui e încrezător şi are o anumită grație, aproape ca şi cum ar dansa în ploaie. Apoi, dintr-odată, dispare, înghițit de asfaltul de pe Regeringsgatan. Grăbesc pasul şi, când ajung în locul în care l-am pierdut din vedere, descopăr intrarea într-o parcare.

Desigur!

De ce nu m-am gândit la asta? Bineînțeles că vine cu mașina la muncă. Cum aș putea să-l mai urmăresc acum?

Mă uit în jur. Nu văd niciun taxi sau vreo mașină prin apropiere. Văd o ușă care se deschide la vreo douăzeci de metri în fața mea. Farurile sunt vizibile din interiorul clădirii. Conduce un Lexus negru. Câteva secunde, îi văd silueta proiectată pe luminile parcării. Apoi iese din garaj și dispare în întuneric în direcția pieței Stureplan.

Nu-mi mai pasă de ploaie, nici n-o mai simt. Parcurg Hamngatan în direcția Nybroplan. Dacă mă grăbesc, voi ajunge acasă în cincisprezece minute, dar ce mai contează? Acolo nu mă așteaptă nimeni și nu am nimic de făcut.

Kungsträdgården e tăcut și pustiu și simt dintr-odată impulsul de a traversa strada, de a intra în parc și de a găsi un loc în care să mă întind, poate sub un copac uriaș. Să las iarba umedă să mă accepte, să amorțesc complet. Să devin una cu plantele, pietrișul și frunzele umede ale sfârșitului de toamnă. Să dispar. Să uit. Poate chiar să mor.

Apoi mă gândesc la Woody.

Mi-e greu să nu mă gândesc la el acum, când totul a luat întorsătura pe care a luat-o.

La prima vedere, înfățișarea lui era mai degrabă neremarcabilă. Păr întunecat lung până la umeri, blugi purtați care erau întotdeauna un pic cam mari. Cămăși în carouri. Și era mai în vârstă, normal.

Avea cel puțin douăzeci și cinci.

În semestrul acela s-a vorbit mult despre Woody. Toate fetele din clasă îl bârfeau. Nu prea simțeam că fac parte dintre ele. Eram mai degrabă un outsider, observând jocurile sociale, fără să iau cu adevărat parte la ele. Poate eram un pic timidă sau poate că pur şi simplu nu eram interesată.

Poate că nu-mi aduc aminte cum trebuie.

În toamna aceea am confecţionat cuţite pentru unt şi boluri şi alte obiecte nefolositoare care aveau să fie date membrilor familiei şi prietenilor. Nu eram în stare să fac un cuţit pentru unt mai de doamne-ajută. La început avea o formă ciudată şi era prea mare, iar când am încercat să corectez proporţiile a devenit din ce în ce mai mic, transformându-se în ceva ce semăna cu o scobitoare groasă.

— Ai grijă să nu dispară cu totul, mi-a spus Woody într-o zi şi mi-a făcut cu ochiul.

N-am ştiut ce să spun, dar am simţit că roşesc. Crezi că e chipeş? mă întrebase Ellin mai devreme în decursul zilei. Nu ştiu, îi răspunsesem cu sinceritate, pentru că înainte de asta nu mă gândisem niciodată în felul acela la el. Era doar unul dintre profesorii mei, cu toate că ceva mai tânăr şi mai puţin indiferent decât ceilalţi.

Dar oricum. Super în vârstă.

— Dacă vrei, te ajut eu mai târziu, a spus Woody şi şi-a trecut degetul mare peste suprafaţa abrazivă a lemnului, împingând bucăţi de rumeguş pe masă.

Am simţit că mă priveşte, dar n-am îndrăznit să-i întâlnesc privirea, am dat doar din cap fără o vorbă.

În acelaşi an în care tata a căzut în groapa aceea întunecată. Una pe care doar el putea s-o vadă şi care dintr-un motiv sau altul era atât de adâncă, încât nu putea să iasă din ea. Captiv în deznădejde şi frică, îşi petrecea zilele într-o izolare autoimpusă în apartamentul nostru de pe Kapellgränd. Au spus că e depresie. Tata zăcea în pat, devenind din ce în ce mai obosit, holbându-se la posterul cu alge, ca şi cum acele frunze lungi i-ar fi putut da vreun răspuns. Mama a încercat să stea de vorbă cu el. Aveau conversații lungi, în şoaptă, în dormitorul lor. Am încercat să înțeleg ce-şi spuneau, dar n-am reuşit niciodată. În orice caz, trebuie să fi fost ceva îngrozitor dacă erau nevoiți să vorbească în şoaptă.

Dozele şi sticlele de bere au dispărut din bucătărie cam în acelaşi ritm cu înrăutățirea situației lui tata. Acum mama era cea care mă aştepta cu cina când ajungeam acasă: chifteluțe sau cârnați cu felii de roşii sau de ceapă aşezate lângă ele. Nu eram obişnuită ca ea să facă lucrurile casnice şi asta mă făcea să fiu nervoasă. Micile proiecte ale mamei se terminau adesea cu un dezastru. Ca atunci când a încercat să coasă perdelele. Deoarece perdelele nu i-au ieşit simetrice, a rupt în fâşii lungi materialul şi l-a aruncat pe fereastră. Fâşiile au atârnat cu lunile prin tufe, o aluzie la perdelele care nu au devenit niciodată şi la temperamentul periculos de exploziv al mamei. L-a lovit pe tata cu maşina de cusut în fluierul piciorului, iar el s-a ales cu o vânătaie mare, albastru-închis.

M-am uitat din nou la cuțitul meu pentru unt. Am suspinat.

— Ce s-a întâmplat? m-a întrebat Elin când mi-a observat privirea dezaprobatoare.

— E urât.

Elin nu a spus nimic. În schimb, şi-a reluat lucrul la cutia mică şi atrăgătoare din lemn la care lucra. Lui Elin îi ieşea bine tot ce făcea la atelierul de tâmplărie. Era ca şi cum mâinile ei ar fi posedat un fel de cunoaştere mistică, ca şi cum ar fi ştiut în mod intuitiv ce au de făcut când intrau în contact cu lemnul ori materialul textil, ori hârtia. Nu erau ca mâinile mele. Ele refuzau să facă ceea ce le comandam; distrugeau tot ce atingeau. Sau cel puțin aşa simțeam.

Elin trecea cu grijă şmirghelul peste capacul deja perfect ca să netezească vreo iregularitate invizibilă, făcând în acelaşi timp un balon mare de gumă Hubba Bubba. Marie, care stătea la masa din fața noastră, s-a lăsat pe spate şi s-a întors spre Elin.

— Te duci la petrecerea lui Micke?

Elin a dat din umeri.

— Nu m-am decis încă. Petra organizează o petrecere în aceeaşi seară.

— Petra e o ciudată.

Elin i-a aruncat un zâmbet strâmb.

— Micke e un patetic.

Marie a râs satisfăcută de analiza făcută de Elin evenimentelor de vineri seara, şi-a dat părul lung peste umeri şi s-a întors. Între timp, eu continuam să mă uit la cuțitul meu deformat. Nimeni nu m-a întrebat vreodată dacă vreau să mă duc la o petrecere. Dar nici n-am fost hărțuită. Niciunul dintre colegii mei nu arătase răutate față de mine. Per total, era ca şi cum eu n-aş fi existat pentru ei. Aş fi putut la fel de bine să fiu una dintre mobilele din încăpere.

Nu prea ştiam ce să simt în legătură cu asta. Poate că ar fi fost cazul să mă simt tristă, ostracizată, insultată. Dar adevărul este că eram de părere că e un lucru fain că nu sunt nevoită să particip la acel joc. Nu simțeam nevoia să mă duc la petrecerea lui Micke şi să mă îmbăt şi să vomit pe patul de flori sau să leşin în baie. Nu voiam să ascult la nesfârşit ce nu-i convine lui Marie la prietenul ei sau să frec menta cu Elin pe lângă chioşc. Eu preferam să stau acasă şi să mă uit la televizor.

A sunat clopoțelul.

Încăperea a început să se golească, dar Woody mi-a făcut semn să rămân.

— Nu prea îți place să vorbeşti, a spus el.

Nu ştiam ce să-i răspund. Am strâns mai tare cuțitul pentru unt şi am simțit cum mâna îmi devine umedă de transpirație. Obrajii mi-au luat foc.

— Eşti frumoasă, ştii asta?

Woody şi-a tras un scaun şi s-a aşezat lângă mine. S-a aplecat în față astfel încât fețele noastre erau acum aproape.

— Mulțumesc, am spus.

I-am întâlnit privirea pentru prima dată. Ochii lui erau apropiați, un căprui care emana căldură, tiviți cu gene lungi şi negre. În părul lui negru, des, se iveau ici şi colo câteva fire cenuşii ca nişte copaci morți într-o pădure de altfel bogată.

— Îmi pare rău, nu vreau să fiu insistent, dar vreau să te întreb ceva.

A tăcut, a chicotit şi a dat încet din cap, ca şi cum i-ar fi fost ruşine. Afară pe coridor, zgomotului de râsete şi paşi le-a luat locul linştea.

— Da?

Şi-a închis ochii.

— Ai un iubit, Emma?

Când ajung acasă, mirosul familiar de mâncare şi de fum stătut de țigară mi se pare neobişnuit de liniştitor. Îmi studiez mâinile. Sunt umede şi palide, dar tremurul a încetat. Undeva în întunericul de afară, Jesper Orre şi-a parcat Lexusul mare şi negru şi a ajuns acasă, indiferent ce-ar numi el astfel. Încerc să nu mă gândesc la asta, dar ideea că probabil stă undeva pe o canapea, ţinând poate un pahar de vin alb în mână mă răneşte.

Pe măsură ce urc scările, ghetele mele lasă urme umede pe scările uzate de piatră. Începe să-mi devină clar faptul că Jesper îmi ascunde ceva. De ce se întâlnea cu mine doar în locuinţa lui temporară sau la mine acasă? De ce era de o importanţă vitală pentru el să nu fim văzuţi împreună? Nu putea fi vorba doar de slujba lui. Nu-i aşa?

Stau în faţa camerei mele, cu respiraţia tăiată de efortul de a urca cinci rânduri de scări. Trupul a început să se relaxeze, să se încălzească în sfârşit.

Imediat ce bag cheia în zăvor, îmi dau seama că ceva nu e în regulă. Uşa e descuiată şi, când o deschid, din interiorul apartamentului se aude o bubuitură. Întotdeauna încui uşa când plec şi nimeni altcineva nu are cheile de la apartamentul meu, nici măcar Jesper.

Mă uit în jur. În spatele meu, casa scărilor e cufundată în întuneric şi tăcere. Dacă cineva se ascunde jos în beznă, nu-l pot vedea. Gândul mă face să simt un nod în stomac.

Întredeschid cu grijă uşa de la intrare. Holul e tăcut şi gol. Nu există niciun indiciu care să arate că cineva a fost aici. Întind mâna, bâjbâi după întrerupător. Câteva secunde mai târziu, holul e inundat de lumină, iar eu păşesc cu precauţie înăuntru.

Nimic nu pare să fi fost atins, dar simt ceva. Un curent de aer rece traversează apartamentul, strecurându-se pe lângă gleznele mele. Închid uşa în spatele meu şi aerul devine din nou nemişcat, dar continuă să fie frig, prea frig şi mă întreb dacă nu cumva e deschisă vreo fereastră. Fără să-mi scot pantofii, mă duc în living şi aprind lumina din tavan. Totul pare neschimbat: fotoliile Malmsten, zvelte, verzi, măsuța cu cărțile de fizică îngrămădite pe ea. În ultima săptămână nici măcar n-am avut timp să mă gândesc la şcoală. Pentru o clipă mă întreb dacă n-ar trebui oare să-mi pun şi cărțile de fizică în coşul de pâine, ca să nu le mai văd.

În timp ce mă îndrept spre bucătărie, îmi dau seama că ceva nu e în regulă. Zgomotul ploii şi al oraşului se aude prea clar, aproape ca şi cum aş fi ieşit din nou afară în furtună. Aprind lumina şi mă opresc în pragul uşii.

Fereastra e deschisă.

N-o deschid aproape niciodată şi acum iat-o, larg deschisă, invitând noaptea în apartament. Mă duc să o închid, dar în timp ce fac asta, mă trăsneşte.

Sigge.

Îl chem pe nume şi-l caut prin toate camerele. Sub pat şi canapea, în dulapuri, pe etajera pentru pălării, în baie. Sigge nu e de găsit. Nu are obiceiul să se ascundă, aşa că devin din ce în ce mai convinsă că a sărit pe fereastră şi a dispărut.

În timp ce mă întorc în bucătărie, încerc să-mi aduc aminte dacă am încuiat uşa, dar dimineața e o lacună şi nu reuşesc să-mi aduc aminte nici măcar o imagine. Au trecut doar câteva ore şi totuşi e atât de departe!

Mă aplec pe fereastra de la bucătărie, cât îndrăznesc de mult, şi-l strig pe Sigge. Ploaia îmi biciuie ceafa. Cinci etaje mai jos, curtea e doar un dreptunghi întunecat. Copacii şi tufele se leagănă în vânt, dar nici urmă de Sigge. Trag repede haina pe mine, deschid uşa din față, cobor scările aproape alergând şi ies în curte.

Mirosul de frunze în putrefacție şi de pământ umed e copleşitor. Merg pe pietrele de pavaj până într-un loc care estimez că e chiar sub fereastra mea de la bucătărie, îmi întorc capul în sus şi mijesc ochii în ploaie. Undeva sus, departe, zăresc fereastra deschisă. E o distanță de circa zece metri, dacă nu mai mult.

Oare pisica mea putea să supraviețuiască la o cădere ca asta?

Pe pietrele de pavaj nu e nimic. Mă las pe vine. Aproape de zid, în locul în care piatra e aproape uscată, e o pată întunecată. O ating uşor şi apoi îmi examinez degetele.

E sânge.

Descopăr urme şterse de sânge orientate spre stradă. Le urmez fără să mă ridic în picioare ca să văd unde duc, dar ploaia le-a dizolvat.

Între zid şi clădire e o deschizătură îngustă, suficient de mare ca o pisică să se poată strecura pe strada Valhallavägen. Mă aplec în față şi mă zgâiesc prin ploaie; nu văd nimic altceva decât maşini indiferente trecând prin întuneric.

Peter

Ultimele zile au fost al naibii de grele. Pe de-o parte, din cauza anchetei care a ajuns într-o fundătură şi, pe de alta, din cauză că prezenţa lui Hanne la şedinţe îmi dă o stare de nervozitate. Stă acolo fără să scoată o vorbă, şi e şi normal să fie aşa; studiază cazul. Dar mă deranjează. Şi are ceva acuzator în privire.

Câteodată am senzaţia nedefinită că aşteaptă ca eu să iau iniţiativa în vreun fel. Să vorbesc cu ea. Poate chiar să-i explic de ce am făcut ce-am făcut. Sau să fie doar conştiinţa mea încărcată, care-mi joacă feste?

Cred că aşa e viaţa. Te mănâncă şi te înţeapă ca un furuncul pe fund şi singura modalitate de a pune capăt suferinţei tale e să-i pui capăt vieţii.

Dar încă nu sunt pregătit.

Maşina se opreşte şi vocea lui Morrissey se întrerupe.

— Ăăă… Lindgren. Ai adormit?

Mă întorc spre Manfred, zâmbesc a părere de rău şi sar din maşina pe care tocmai a parcat-o în garajul magazinului universal NK.

— Voiam doar să mă asigur că eşti încă aici.

— Sigur, sunt în regulă.

Coborâm scările garajului şi ajungem pe Hamngatan.

Cumpărăturile de Crăciun sunt în plin avânt şi trotuarul e plin de oameni. Apa picură de pe fiecare acoperiş şi pervaz; zăpada s-a topit aproape complet, mai sunt doar câteva grămezi mici şi murdare, lipite de faţadele clădirilor. Cerul e albastru, iar aerul e umed, curat şi înviorător, asemenea hainelor puse de curând la uscat. Razele soarelui se varsă printre clădirile înalte, jucându-se pe drumul din faţa noastră în timp ce traversăm strada. Mijesc ochii în lumina puternică şi caut intrarea în sediul central Clothes&More.

Agnieszka Lindén ne întâmpină la recepţie. Are în jur de patruzeci de ani şi poartă un costum albastru-închis, foarte potrivit. Părul blond, cam subţire, e aranjat într-o tunsoare bob simplă, dar elegantă, iar obrajii ei sunt moi şi îmbujoraţi. Are o înfăţişare sănătoasă şi-mi aminteşte vag de una dintre profesoarele mele din liceu, Sirkka, care obişnuia să ne recomande un duş rece ca gheaţa pe stomacul gol în fiecare dimineaţă (după alergare, sarcină care trebuia îndeplinită tot înainte de micul dejun).

— Bine aţi venit, spune ea şi ne strânge pe rând mâinile, mă priveşte câteva clipe, apoi face un gest în direcţia coridorului, ai cărui pereţi sunt tapetaţi cu gigantice postere de modă.

— Colecţia de primăvară, bâiguie ea şi ne invită într-o mică încăpere cu ferestre ce dau în Regeringsgatan.

Ne aşezăm pe scaunele negre din faţa biroului ei, destinate vizitatorilor, şi ne scoatem carneţelele. Biroul Agnieszkăi e complet gol, stilourile ei sunt aranjate frumos într-un mic organizator de birou din plastic gri. Bate din palme şi zâmbeşte.

— Așadar, cu ce vă pot fi de ajutor? Bănuiesc că are legătură cu Jesper, nu-i așa? După câte se pare, jurnaliștii ne sună încontinuu.

Manfred dă din cap.

— Investigăm crima care a avut loc în casa lui Jesper Orre. Iar unii dintre colegii dumneavoastră ne-au spus că și dumneavoastră îl investigați. Ați putea să ne spuneți mai multe despre asta?

— Desigur. În iunie, Jesper a organizat o petrecere. Era o combinație între aniversarea vârstei de patruzeci de ani și o cină oficială pentru membrii selecționați din managementul superior și pentru detailiști. Jumătate din costuri au fost suportate de companie și jumătate de către Jesper. În septembrie, am primit o plângere anonimă de la o persoană care susținea că Jesper a abuzat de poziția lui și a permis companiei să plătească pentru petrecerea privată organizată cu ocazia zilei de naștere a acestuia. Eu lucrez aici în calitate de auditor intern, iar una dintre sarcinile mele este cercetarea evenimentelor de acest fel și informarea conducerii, așa că am examinat problema.

— Și la ce concluzie ați ajuns? o întreb.

— Dacă doriți, pot să vă dau o copie a memorandumului. Pe scurt, concluzia la care am ajuns a fost aceea că era echitabil pentru companie să susțină o parte din costuri, pentru că mulți dintre cei invitați erau implicați în mod direct sau indirect în afacere.

— Deci nu a făcut nimic greșit? întreabă Manfred.

Agnieszka Lindén zâmbește precaut și-și trece mâna peste biroul ei curat.

— Da și nu. Ar fi fost mai bine să-i lase pe cei de la departamentul nostru financiar să se ocupe de asta înainte de petrecere. În plus, a autorizat el însuşi nota de plată, ceea ce e fără îndoială inacceptabil şi e împotriva regulamentului.

— Şi ce părere a avut conducerea despre asta? întreabă Manfred.

— Nu ştiu. Nu iau parte la şedinţele lor. Dar am auzit că s-au enervat. În ultimul an, Jesper a stârnit multe controverse — sunt convinsă că aţi urmărit ziarele. Şi acum asta... Aş zice că atârnă de un fir de păr, dar rămâne între noi.

Manfred dă din cap şi spune:

— Aţi menţionat că au existat controverse. Au mai fost şi alte probleme în afară de petrecere?

Agnieszka se întinde şi oftează.

— Da. Păi, cred că o să aflaţi oricum despre asta. Unul dintre managerii noştri de proiect din departamentul de marketing l-a acuzat pe Jesper de un fel de hărţuire sexuală. Nu prea ştiu detalii, dar am auzit tot felul de zvonuri.

— Aţi putea să ne daţi un nume? întreb eu.

— Desigur. Numele ei e Denise Sjöholm şi e în concediu medical. Pot să vă dau datele ei de contact.

Până să ajungem înapoi pe Regeringsgatan, soarele a dispărut în spatele norilor şi cerul s-a întunecat.

— Căcat, spune Manfred, chiar am crezut că o să ne alegem cu o pistă de pe urma vizitei ăsteia.

— Păi, o să vorbim cu tipa asta, Denise. Mă întreb de ce n-a pomenit de ea niciunul dintre colegii lui Orre.

Manfred dă din umeri şi ţine uşa parcării deschisă ca să mă pot strecura înăuntru pe lângă trupul lui mătăhălos.

— Poate că n-au avut curajul. Orre e şeful lor, până la urmă, îmi răspund singur la întrebare.

Manfred îmi ţine isonul fredonând.

O vreme, stăm în maşină fără să spunem nimic. Pe drumul înapoi spre secţia de poliţie traficul este aglomerat și observ că Manfred mă privește un pic ciudat în timp ce ne târâm spre viaductul Klarabergs. În ochii lui citesc îngrijorarea, iar asta mă indispune.

— Totul e-n regulă? mă întreabă într-un final.

— Bineînțeles, îi răspund.

Nu mai spune nimic. În schimb, pornește din nou muzica. Încă un lucru pe care-l apreciez la Manfred: nu simte nevoia să sape ca disperatul în emoțiile tale (în afară de cele care au legătură cu munca, desigur). Spre deosebire de femei, care te întreabă mereu la ce te gândești și nu sunt niciodată mulțumite cu un răspuns direct de genul „nu la mare lucru". Chiar și Sánchez e așa, cu toate că e ofițer de poliție. Mă întreabă mereu cum mă simt, cu toate că i-am spus de o mie de ori că sunt în regulă.

Mă întreb dacă nu cumva e genetic.

După ce ajungem la secția de poliție, stau în mica sală de conferințe, parcurgând din nou cazul Calderón. Pagină de anchetă după pagină de anchetă, extrase din raportul tehnic, analize ale petelor de sânge, fibrelor, urmelor de pantofi și fotografii de la locul crimei.

Afară începe să se întunece și aud vântul care se intețește. Fulgi mici și tari se lovesc de fereastră.

Încă nu am găsit nicio legătură între cele două victime. Cu toate că un fir invizibil pare să traverseze timpul și spațiul care-l desparte pe Calderón de femeia neidentificată. Când așez fotografia capului lui Calderón lângă fotografia capului femeii, nu pot să ignor asemănarea. Oare chiar este posibil ca doi ucigași diferiți să comită crime atât de asemănătoare? Câte șanse sunt, totuși?

Se aude un ciocănit la ușă și când ridic privirea o văd pe Hanne în cadrul ușii.

— O, îmi pare rău, spune ea și se întoarce.

Reacția mea e impuls pur, o invit să intre, poate pentru că arată ca un cățeluş trist. Se conformează, închizând cu grijă uşa după ea şi lăsându-se pe unul dintre scaunele aflate vizavi de mine.

— Ce faci? mă întreabă.

Mă uit la hârtiile împrăştiate pe jumătate din masa rotundă. La fotografiile morții violente, la rapoartele care spun atât de mult, dar explică atât de puțin.

— Studiam cazul.

— A!

Pare uşor confuză. Îşi duce mâna la păr de parcă ar vrea să se asigure că îi stă drept. (Nu îi stă. Părul ei des, un amestec de gri şi castaniu, se revarsă în toate părțile, asemenea unei plante cu țepi ascuțiți.)

— M-am gândit, începe ea.

— Da?

— Că poate ar trebui să stăm de vorbă. Dacă tot lucrăm împreună.

— Bine. Despre ce?

Îmi întâlneşte privirea şi frumoşii ei ochi cenuşii, pe care-i ştiu atât de bine, se umplu dintr-odată de suferință. Şi ştiu că sunt pe punctul de a o face din nou: de a răni din nou, cu toate că nu-mi doresc asta.

— Ascultă, îmi pare rău, îi spun. Nu voiam să sune aşa. Bineînțeles că putem să vorbim.

Se relaxează, expiră şi-şi odihneşte mâinile gingaşe în poală.

— Eşti un ticălos şi jumătate, Peter. Ştii asta?

Dau din cap.

— Intenția mea n-a fost niciodată asta. Nu am vrut să te rănesc, Hanne. Crede-mă! Eşti ultima persoană de pe pământ pe care aş vrea s-o rănesc.

— Şi cu toate astea ai făcut-o. Şi continui să faci asta prefăcându-te că nu s-a întâmplat nimic. Înțelegi?

Îmi cobor privirea înspre masă. În zadar încerc să fac ordine printre gândurile şi cuvintele care mi se rotesc prin cap. În zadar caut o modalitate de a-i explica. Dar niciodată nu m-am priceput la cuvinte. E ca şi cum între capul şi gura mea ar exista o discontinuitate — cuvintele sfârşesc în dezordine, le rostesc într-un cu totul alt fel decât mi-am imaginat.

— E atât de greu de... explicat. Asta e tot ce pot spune. Am crezut că fac ce-i mai bine pentru tine.

Mi s-a făcut imediat ruşine. Ce prostie am zis! Ce explicație îngrozitor de jenantă i-am dat unei femei care a fost părăsită în pragul unei noi vieți! Dar Hanne nu pare să reacționeze; în schimb, se uită pe fereastră la apusul care se lasă peste oraş şi la amestecul apos de zăpadă şi ploaie care se scurge pe geam.

Simt nevoia de a-i atinge fața, de a-mi trece mâna prin părul ei des şi dezordonat. Gândul e atât de tentant, încât aproape că trebuie să mă țin în frâu. Să mă forțez să rămân nemişcat pe un scaun inconfortabil.

— Ți se întâmplă să regreți? întreabă cu o voce atât de subțire, încât abia aud ce spune.

— În fiecare zi, îi răspund fără să gândesc şi-mi dau imediat seama că e adevărat.

După plecarea lui Hanne, rămân acolo, singur în încăpere. Mă întreb cum a început, când s-a întâmplat prima oară să trădez pe cineva. Dar ştiam deja răspunsul.

Annika. Sora mea. În acea vară petrecută pe insula Rönnskär.

Vara a început ca oricare altă vară, dar s-a terminat cu un dezastru care a schimbat viața familiei mele pentru totdeauna.

Coboram scările ce duceau la docul din fața casei noastre de vacanță din apropiere de Dalarö. Din câte știu, căutam mici comori pe stânci. Țineam în mână o insignă „Partidul de stânga" pe care o găsisem pe lângă casă. Speram poate să-l găsesc pe mal pe unul dintre copiii din vecini ca să ne putem juca Baader-Meinhof[1] pe doc.

Valurile se spărgeau de stânci; briza mării îmi sufla părul din față, iar pe brațe îmi făcea pielea de găină. Îmi aduc aminte că am simțit un ușor miros de fum de țigară și pentru o clipă am fost surprins: tata venise înapoi la casă. Și apoi am văzut-o: sora mea Annika, cu trei ani mai mare decât mine, stând pe o stâncă aflată în dreapta docului în costum de plajă.

Ea era cea care fuma.

Își întinsese leneș un picior în față, iar pe celălalt îl ținea în sus, astfel încât mâna în care ținea țigara se odihnea pe el. Pielea ei arsă de soare strălucea, iar părul blond era strâns într-un coc în creștetul capului. Sânii ei ascuțiți erau acoperiți de un bikini minuscul în formă de triunghi.

Chiar în acel moment, și-a întors fața spre mine, mi-a întâlnit privirea și a lăsat să-i scape un sunet. Nu erau cuvinte; mai degrabă un mic scâncet.

Stăteam complet nemișcat. Descoperisem ceva exploziv: Annika fuma în secret pe stânci. Era o informație senzațională și, ca toate informațiile, era valoroasă. Putea fi folosită pentru obținerea unor beneficii și confidențe

[1] Organizație teroristă de extremă stângă din Germania de Vest. (*N. t.*)

detaliate ori poate insinuate bucățică cu bucățică, în momente sensibile.

Țin minte că puteam să-i citesc în ochi, în ciuda distanței: groaza.

— N-ai tupeu.

Vocea ei era joasă. În aparență controlată, dar simțeam panica ascunsă dedesubt. Ce privilegiu: să o domin. Nu se întâmpla des.

S-a ridicat, și-a înfășurat un prosop în jurul umerilor. Acum eram mai aproape, puteam să disting faptul că i se încrețise pielea și sfârcurile care împungeau prin sutienul minimalist.

— N-ai tupeu, a repetat ea. Ăsta e secretul nostru, bine? Și un secret înseamnă responsabilitate. Poți să-ți asumi responsabilitatea?

Dar tot ce puteam să fac era să zâmbesc. Și mă simțeam cu atât mai puternic, cu cât zâmbeam mai mult. Era ca și cum situația m-ar fi umplut de o neliniște amețitoare, o senzație de putere copleșitoare ca un drog. Și, cu toate că nu ăsta fusese planul meu, am început să urc iar în fugă scările ce duceau de la doc spre casă. La început încet, dar apoi din ce în ce mai repede.

Annika era în spatele meu, ținând în continuare țigara în gură. Îi auzeam pașii pe scările șubrede de lemn.

— Mucosule mic și prost, vino înapoi!

Dar am continuat să alerg. Și dacă era ceva la care mă pricepeam, acel ceva era să alerg repede. Picioarele săreau în ritmul bețelor de tobe peste stânci și scări. Peste iarba neagră și acele de brad care îmi străpungeau pielea subțire și delicată dintre degetele de la picioare.

Annika alerga după mine gâfâind. Fără speranță.

Nu voiam neapărat să o pârăsc, dar din cine ştie ce motiv, am găsit-o pe mama pe verandă când am ajuns sus la casă. Îşi odihnea şoldurile largi pe balustradă şi privea în direcția mării cu o expresie insondabilă. Şi-a înlăturat de pe față o şuviță întunecată, uşor grasă, de păr şi şi-a aranjat-o după ureche.

— Annika a fumat pe stânci! am îngăimat.

Mama m-a privit absentă, fără să mă creadă.

— Ce-ai spus?

— Annika a fumat. Pe stânci.

Apoi ea a sărit pe mine. Brațele ei viguroase îmi căutau capul, încercând să mă facă să tac. Împingându-mi fața spre iarba neagră uscată, de culoare roz, spre acele care acopereau pământul.

— Tacă-ți gura. Mucosule!

Era puternică pentru o fată. Mă ținea strâns, atât de strâns, încât îmi era imposibil să mă mişc. Era atât de aproape, încât îi simțea mirosul de transpirație.

— Annika a... fumat...

— Încetați imediat!

Vocea mamei era ascuțită. I-a luat două secunde să ajungă lângă noi. A tras-o pe Annika de braț şi a forțat-o să se ridice, despărțind-o de mine. Apoi a tras adânc aer în piept şi a lovit-o pe Annika peste obraz.

Reacția mamei m-a şocat. Faptul că ea, care era mereu atât de blândă şi de empatică, se putea enerva suficient de tare, încât să ne lovească pe unul dintre noi, pentru mine era ceva de neînțeles.

Annika a rămas ca trăsnită, cu privirea în pământ şi o mână pe obraz, în locul în care o plesnise mama.

— Să nu cumva să îndrăzneşti! a şuierat vocea mamei când privirea ei a întâlnit-o pe cea a Annikăi. Ştii cât de prost mă faci să mă simt când... te comporți în felul ăsta.

— Îmi distrugi viața!

Vocea Annikăi era subțire şi fragilă; îi apăruse o pată roşie pe obraz.

— Nu fi atât de dramatică! a spus mama mea şi a râs zgomotos.

Annika a început să plângă. A plâns cu sughițuri până când trupul a început să-i tremure şi prosopul i-a alunecat de pe umeri şi a căzut pe jos.

— Tăceți! Tăceți, amândoi, a țipat. E vina voastră. Totul e din vina voastră. Toți sunteți nebuni. Vă urăsc!

Şi dintr-odată l-am văzut pe tata stând acolo, soarele îl lumina din spate, părul îi strălucea ca un halou în jurul capului.

— Annika, vino încoace! Ai auzit ce-am spus?

Vocea lui era înşelător de calmă, aşa cum era mereu atunci când era cu adevărat furios.

Iar mama şi-a strâns pieptul, aşa cum făcea de fiecare dată când era supărată.

Annika tremura, apoi a scos un singur răget scurt, s-a ridicat, s-a întors şi a alergat înapoi spre doc.

Tata a dat din umeri.

— O să se calmeze ea, a oftat şi s-a întors la radio. L-am urmat pe tata sus pe terasă în timp ce o căutam cu privirea pe Annika lângă doc. Apoi am zărit-o. Ieşind până la capătul docului, aplecându-se în față şi... Ce? Îşi scotea costumul de baie? De ce?

Annika şi-a aruncat costumul de baie pe scândurile putrede ale docului şi s-a aruncat în apă fără să privească înapoi.

A fost un plonjeu superb. Dintre cele care nu stârnesc niciun val la suprafața apei. Cu toate că nu aveam cum să văd bine de la distanța aceea.

Apoi a ieşit din nou la suprafață, departe de doc. Înota cu hotărâre spre larg. Departe de doc. Departe de Rönnskär. Şi, brusc, e greu de spus cu exactitate când, am fost cuprins de senzația sufocantă că ceva nu era în regulă. Poate din cauză că a înotat dincolo de barcă, poate din cauza hotărârii ei sau a forței cu care înainta. Poate din cauză că, dintr-odată, aerul mi s-a părut mai rece.

— Tată!

Dar tata mi-a făcut semn cu mâna să tac şi a dat radioul mai tare.

— Tată!

S-a uitat la mine cu o expresie obosită şi şi-a şters transpirația de pe fruntea încrețită, cu mâna lui mare.

— Ce e?

Nu i-am răspuns, ci doar am arătat spre Annika, care înota direct înspre golf şi canal.

Tata s-a ridicat încet şi şi-a dus mâna streaşină la ochi.

— Ce naiba!?

În câteva secunde, a azvârlit radioul pe terasa de lemn şi a coborât scările în fugă. Structura şubredă de lemn se îndoia sub greutatea lui.

Apoi, tata era pe doc.

L-am auzit strigându-i ceva Annikăi, dar chiar dacă l-a auzit nu a reacționat, a continuat să înoate spre apele reci din larg. Capul ei apărea şi dispărea printre valuri.

Dintr-odată, am văzut cu coada ochiului ceva care se apropia. Era un feribot, care lega Utö de Ornö şi de Dalarö. Parcurgea în fiecare după-amiază aceeaşi rută.

Tata obişnuia să laude noul vas şi să se refere la el ca la „robustul nostru cal de povară". Era echipat cu camere frigorifice pentru a aduce produse proaspete pentru micile magazine din arhipelag.

Țin minte că m-am întrebat dacă tata înțelegea pericolul. Stătea în continuare pe doc, strigând după Annika. Apoi a luat o decizie: a dezlegat barca prevăzută cu vâsle şi a sărit în ea.

Totul s-a întâmplat foarte încet. Annika înota încet. Tata părea să vâslească şi mai încet. Feribotul, pe de altă parte, înainta rapid de-a lungul golfului. Dintr-odată, am simțit o mână apucându-mă de umăr şi m-am întors. Era mama.

— O, Doamne! S-o ia naiba de fată. Acum ce mai are de gând să facă?

Tata se apropia de Annika, dar distanța care îl separa de ea continua să fie mai mare de treizeci de metri. Şi, din nou, am avut acea senzație sufocantă a pericolului iminent. Ca o greață moderată, o senzație de îngheț.

— De ce face asta? a întrebat mama, ca şi cum, în acel moment, cel mai important lucru ar fi fost să desluşească relația cauzală care a determinat-o pe Annika să plonjeze cu grație de pe doc şi să înoate în direcția canalului.

— Nu înoți direct înspre...

Acum tata stătea în picioare în barcă. Flutura cele două vâsle în aer, semnalizând pericolul în direcția vasului care se apropia. După câteva secunde, am auzit mugetul prelung al sirenei de pe vas.

Cel puțin, îl văzuseră.

Dar feribotul îşi continua neabătut drumul, fără să reducă viteza şi ceea ce până atunci părea să se întâmple foarte încet, a început dintr-odată să se deruleze foarte repede. Tata continua să stea în picioare în mica barcă cu vâsle, ținându-şi capul în pământ şi vâslele atârnând pe lângă corp. Feribotul tăia apa.

Timpul s-a oprit.

Acele momente finale sunt gravate chinuitor în memoria mea, pentru totdeauna. Feribotul scoțând un nou muget. Capul Annikăi dispărând undeva în spatele sau sub siajul alb. Siluetele întunecate ale pasagerilor care se adunau pe punte, aplecându-se peste balustradă pentru a fi martori la tragedie. Soarele dispărând în spatele unui nor. Mama scăpându-şi paharul cu apă pe stâncă. Acul de siguranță al Partidului de Stânga pătrunzându-mi din ce în ce mai adânc în palmă.

Apoi, linişte. O linişte ca şi cum timpul în sine s-ar fi oprit în loc. Şi, într-un fel, ştiam deja. Ştiam că nu mai e.

Emma

Cu o lună în urmă

Stau trează în pat, ascultând furtuna de afară. Indiferent câte pături aş pune pe mine, nu reuşesc să mă încălzesc. Frigul m-a luat în posesie, mă gândesc. Ca un boschetar care s-a mutat în corpul meu şi nu mai vrea să plece.

Am căutat multă vreme, gândindu-mă că Sigge ar putea fi rănit şi se ascunde pe undeva. Animalele au acest obicei, nu-i aşa? Dar nu era de găsit nicăieri. E ca şi cum ar fi fost şters, ca şi cum s-ar fi evaporat, înghițit de pământul negru şi gras de sub tufele din curte. Sau şi mai rău — s-a aruncat, ieşit din minți, în traficul de pe Valhallavägen, ca o pisică proastă de apartament, ceea ce şi este.

Oare Jesper e cel care se află în spatele celor întâmplate? Mi-a luat banii, tabloul şi acum şi pe Sigge, singurul lucru care-mi mai rămăsese şi care mai însemna ceva pentru mine. Acum nu mai e nimic de luat, nu-mi mai poate răpi nimic, mă gândesc.

Tremur de frig. Degetele-mi sunt încă amorțite. Mâinile îmi sunt acoperite de mici răni, urmele tufelor țepoase în care m-am zgâriat în timp ce căutam prin curte. În gură am gust de fier şi lacrimile îmi ard ochii. Între timp, un calm straniu a prins rădăcini în mine. Aşa se simte cel care nu mai are nimic de pierdut? În centrul acestor emoții — ochiul uraganului, ca să zic aşa — e un fel de linişte. O încredere ieşită din comun care vine din faptul că ceea ce e mai rău s-a întâmplat deja. Cred că recunosc sentimentul, de fapt l-am mai trăit şi altă dată, pentru că ceea ce tocmai s-a întâmplat e o reminiscență inconfortabilă a celor întâmplate cu Woody. Jesper a deschis din nou abisul trecutului meu, un abis pe care m-am luptat să-l evit din răsputeri în toți aceşti ani.

Până la urmă îmi dau seama că nu voi reuşi să adorm. Mă ridic din pat, îmi pun cei mai groşi pantaloni de trening şi şosete şi mă aşez la birou. Împing cu grijă manualele la o parte, iau câteva foi de hârtie din sertarul de sus şi încep să scriu.

Explic felul în care mă simt: încă-l mai iubesc, cu toate că a dispărut fără nicio explicație, dar s-a întâmplat ceva şi trebuie să ne întâlnim.

Stau să mă gândesc pentru o clipă, apoi continui. Îi spun despre copil, îi spun că nu m-am hotărât încă dacă să-l păstrez sau nu. Îi scriu că nu mă aştept să-şi asume în vreun fel rolul de tată, dar că am multă nevoie de cineva capabil să mă asculte şi că trebuie să-şi asume o parte din responsabilitate pentru ceea ce s-a întâmplat.

Scriu adresa biroului, dar adaug atât numele lui, cât şi cuvântul „PERSONAL".

Apoi mă întorc în pat. Îmi trag păturile peste cap.

Dar amintirile legate de Woody au scăpat din nou din lesă.

S-a întâmplat la zece zile după moartea tatei. Înainte de a mă întoarce la şcoală, am petrecut zece zile singură cu mama în micul nostru apartament prăfos şi neamenajat. Încă nu prea înțelegeam cum mă simt. Era ca şi cum toate emoțiile care se învârtejeau în mine nu s-ar fi aşezat încă, asemenea unor cocori de hârtie în vântul de toamnă.

Am încercat să mă gândesc la asta, să înțeleg cu adevărat şi să accept faptul că tata nu se va mai întoarce niciodată, dar nu am putut. Gândul era prea copleşitor pentru a-l putea cuprinde. Bineînțeles că ştiam că nu mai era, dar trăiam cu senzația că, într-o bună zi, s-ar putea întoarce. Poate la iarnă. Sau de ziua mea.

Mort. Îngropat. Plecat. Pentru totdeauna.

Nu puteam să-mi imaginez şi poate că era mai bine aşa.

Mama îşi petrecea majoritatea timpului pe podeaua din baie. Mă duceam la ea cu mâncare, iar ea mânca obedientă, fără o vorbă. Ca un animal de la grădina zoologică.

Mătuşa Agneta îmi făcea câte o vizită scurtă aproape în fiecare zi. Când mă întreba dacă sunt bine, mă îmbrățişa tare, atât de tare încât capul meu ajungea în menghina sânilor ei enormi. Întotdeauna îi spuneam că da — mătuşa Agneta avea tendința de a-şi face prea multe griji. Sau cel puțin aşa obişnuia să spună mama. Agneta împărțea în porții individuale mâncarea bogată pe care o pregătea la ea acasă şi o aducea la noi ca s-o depoziteze în micul congelator, apoi se ducea în baie să o vadă pe mama. Stăteau acolo pe podeaua rece de gresie, fumând şi vorbind ore întregi. Am auzit-o de mai multe ori pe mătuşa Agneta întrebând-o pe mama dacă aş putea să mă duc să stau la ea pentru câteva săptămâni, până când se mai aşezau lucrurile, dar mama era neclintită. Spunea că schimbarea mediului m-ar afecta. Spunea că Agneta ştia foarte bine cât de „sensibilă" eram.

Nu am înţeles niciodată cu adevărat ce voia mama să spună cu asta. Întotdeauna m-am considerat exact opusul. Nu eram sensibilă; de fapt, aveam o anumită obtuzitate. Nu prea mă deranja ce credeau ceilalţi despre mine şi nu simţeam nevoia să stau cu fetele de la mine din clasă, cum de altfel nici cu băieţii.

Insensibilă. Poate chiar neinteresată. Probabil că ăsta era portretul pe care mi l-aş fi făcut.

— Emma, poţi să vii cu mine până în depozit?

Întrebarea a sunat suficient de inocentă şi nimeni din clasă nu a reacţionat. Steffe şi Rob erau absorbiţi de un fel de machetă sau de o ghilotină. Un alt lucru inutil care trebuia construit la atelierul de tâmplărie. Lângă ei era un tub de lipici pentru lemn pe care bănuiam că aveau intenţia să-l fure la sfârşitul orei. Fetele stăteau în jurul bancului de tâmplărie, chicotind forţat. Elin a fost singura care m-a văzut. Când m-am ridicat, mi-a aruncat o privire lungă, enigmatică.

— Sigur, am spus. Cum să nu?

Woody mi-a atins braţul şi a luat-o înainte, îndreptându-se spre uşa depozitului. Am simţit o slăbiciune în picioare când m-am ridicat şi l-am urmat. Avea un fel special de a merge, cumva legănat.

— Ce-i? m-a întrebat Elin mimând cuintele, dar am dat din umeri ca să-i dau de înţeles că habar n-aveam de ce are Woody nevoie de mine în depozit.

Zdrăngănitul cheilor se amesteca cu fluieratul lui. Părea să aibă o dispoziție bună în acea zi. Uşa a scârțâit când a crăpat-o. Şi-a întins brațul şi mi-a făcut semn să intru înaintea lui. În gestul lui exista o anumită nerăbdare, ca şi cum şi-ar fi dorit să ajung cât mai grabnic în depozit. Ca şi cum înăuntru ne-ar fi aşteptat ceva important.

Am ezitat pentru un moment.

La un anumit nivel, ştiam că dacă intram în spațiul aglomerat de depozitare împreună cu Woody, nimic nu mai avea să fie la fel ca înainte. Că aveam să ies de-acolo fiind o persoană diferită. Lumea avea să fie alta, Emma va rămâne în urmă. Poate că ar fi trebuit să mă opresc acolo, să mă rotesc pe călcâie şi să mă întorc la cuțitul meu de unt din ce în ce mai mic, însă curiozitatea mea era prea puternică. Frica a fost învinsă de faptul că tânjeam după un alt loc, după o nouă Emma.

Uşa s-a închis cu un bufnet. Woody a închis-o cu cheia şi a venit încet spre mine. Stăteam acolo, neştiind prea bine ce să fac, uitându-mă în jur la scânduri şi scule atârnate frumos pe cârlige de-a lungul peretelui. Simțeam mirosul lemnului proaspăt. Mi-am încrucişat brațele la piept.

Woody m-a privit cu atenție şi, pentru o clipă, am fost cuprinsă de o frică paralizantă. Nu din cauza a ceea ce ar fi putut să se întâmple, ci din cauza inabilității mele de a face față situației. Mi-ar fi plăcut să am mai multă experiență. Să fiu mai relaxată.

Şi-a pus mâinile pe umerii mei, m-a tras încet, cu grijă înspre el.

N-am protestat când m-a sărutat şi când m-a îmbrățişat mai strâns. Să-l sărut nu semăna cu nimic din ce făcusem până atunci. Limba lui era alunecoasă şi un pic aspră şi se mişca asemenea unui peşte agitat în interiorul gurii mele. Şi-n tot acest timp m-am simțit extrem de nesigură în legătură cu ce aştepta el de la mine. Ar trebui oare să-i răspund la sărut, să mă lupt cu limba lui? Ar trebui să mă lipesc de el cu aceeaşi putere cu care el se lipea de mine?

— Emma, a murmurat.

Dar asta a fost tot ce spus. Mi-a bâjbâit pe sub cămaşă. Pe spate, pe sâni. I-a strâns cu brutalitate şi i-a frământat. Apoi mi-a ridicat fusta, şi-a făcut loc pe sub chiloții mei, cercetându-mi trupul. Pipăindu-mi coapsele. Şi-a introdus un deget, apoi două. M-am retras, neştiind prea sigur unde ar trebui să impun limita sau dacă trebuie să impun o limită. Dar rezistența mea era deja înfrântă. Ştiam că încălcaserăm deja orice tabu. Că acum era imposibil să dăm înapoi.

M-a împins în fața mea. Am dat înapoi, sucombând, lăsându-l să mă conducă, până când am dat peste o mică bancă în spate. Prinzându-mă bine de spate, m-a ridicat pe ea şi a început să bâjbâie la cureaua lui, şi-a descheiat pantalonii şi s-a lipit de mine.

— Dacă vine cineva...

— Şş, a spus în timp ce şi-a pus mâna peste gura mea.

Apoi m-a sărutat din nou. Limba lui a alunecat în gura mea, agitându-se de parcă ar fi căutat ceva.

Mi-am tras capul înapoi.

— Nu ştiu...

— Emma, a spus.

Apoi a intrat în mine.

Jesper. Woody. Jesper. Woody. Numele şi fețele lor par să se întrepătrundă. Locuri, trupuri, cuvinte şi promisiuni aruncate laolaltă ca un amestec din mai multe sortimente de bomboane. Fața lui Jesper atașată la corpul lui Woody. Rumegușul din atelierul de tâmplărie pe podeaua apartamentului din Kapellgränd. Privirile colegilor mei, arzându-mi până în ziua de azi spatele.

E două și jumătate, iar eu m-am răzgândit. Mâine voi afla unde locuiește Jesper. Trebuie să mă confrunt cu el, nu mai pot să aștept. Mă întind după telefonul mobil lăsat pe noptieră, caut numărul Olgăi.

Pot să-mi împrumuți și mie mâine, după program, mașina? îi scriu.

În dimineața asta, ceva nu e în regulă cu metroul. Se deplasează incredibil de încet între stații și iritarea crescândă din garnitură e inconfundabilă. Navetiști plouați se plimbă înainte și înapoi nerăbdători, pasagerii scot mobilele ca să le trimită mesaje colegilor cum că astăzi vor întârzia, că s-a întâmplat ceva și nu, habar n-au ce-ar putea fi.

Într-un târziu, conductorul ne informează că motivul întârzierii este o eroare tehnică și că va dura o vreme, multă vreme, până când metroul va ajunge la stația finală.

Sunt norocoasă. Am prins un loc și, dacă n-ar fi fost mirosul de transpirație și de lână umedă care îmi declanșează din nou senzația de greață, n-aș avea nimic împotrivă să nu fac nimic altceva decât să stau degeaba pentru o vreme. Dincolo de fereastră, peretele negru al tunelului trece încet. Dincolo de propria mea reflexie obosită se deslușesc contururile pietrei sparte. Părul îmi cade pe obrazul pistruiat, iar ochii mei sunt găuri întunecate care-mi întorc privirea.

Două adolescente vorbesc între ele în șoaptă. Chicotesc și șușotesc și chicotesc din nou. Par total indiferente față de întârziere. Mirosul de fum de țigară e pregnant, cu toate că sunt la câțiva metri de mine. Îmi dau seama dintr-odată că de propria mea adolescență pare să mă despartă o distanță infinită. În realitate nu au trecut atât de mulți ani de când eram de vârsta lor, dar mi se pare o eternitate.

Acei ani formatori de la liceu. Acea ierarhie strictă şi luptele de putere dintre fetele de la mine din clasă, de care am reuşit cumva să mă țin departe, probabil pentru că toată lumea ştia că sunt diferită, nu am luat parte la acel joc. Acele lungi coridoare cu pereții lor din bolțari. Locul din spate unde fumau puştii. Un rând de motorete parcate afară.

Woody.

N-am înțeles niciodată de ce m-a ales pe mine. Erau atâtea fete la mine în clasă care erau mai frumoase, mai mişto. Care aveau suficientă încredere în ele pentru a se comporta în mod provocator față de el. Îşi dădeau părul pe spate şi-şi scoteau pieptul în față când el le ajuta la strung. De cele mai multe ori stăteam tăcută într-un colț. Mulți profesori considerau că sunt plină de furie şi sfidătoare. Alți oameni, cum ar fi mama mea, deciseseră că sunt timidă.

Mi-a luat ceva timp să înțeleg că Woody nu voia o fată drăguță, plină de viață care să-şi scoată în evidență sânii în timpul orelor. Că m-a ales tocmai pentru că eram diferită şi cam distrusă. Cred că m-a mirosit cu aceeaşi eficiență cu care un prădător descoperă prada rănită. Cu siguranță, nu era o coincidență faptul că m-a abordat imediat după moartea tatălui meu. Trebuie să-mi fi simțit suferința, vulnerabilitatea. A hotărât să se folosească de ele pentru a obține ceea ce voia.

Jesper, Woody. Woody, Jesper.

Simt din nou greața. De data asta, mai puternică. Trupul meu îmi reamintește de ceea ce se întâmplă în interior. Jesper și cu mine n-am vorbit niciodată despre copii, dar dintr-un motiv anume, am presupus că e ceva de la sine înțeles. Că din viitorul nostru comun, pe care-l plănuiserăm, făceau parte și câțiva copii și o casă într-o suburbie bună.

Cât de mult greșisem!

Îmi aduc aminte de acea noapte de august, când am fost la picnic în parcul Djurgården.

Jesper avusese o zi grea. Un ziarist deosebit de răuvoitor de la o revistă de afaceri apăruse la recepția sediului central solicitând să i se dea neîntârziat un interviu.

— Și, ce-ai făcut? l-am întrebat.

M-a privit surprins, ca și cum n-ar fi putut să înțeleagă motivul pentru care îi puneam o astfel de întrebare, și mi-a mai turnat niște vin în cupa de plastic. În ciuda pielii bronzate, părea mai obosit decât de obicei. Pielea lui subțire părea întinsă peste osul obrazului și peste bărbie, iar ridurile din jurul ochilor păreau niște crestături adânci făcute cu un cuțit ascuțit.

— I-am dat nenorocitul ăla de interviu.

— Dar de ce, dacă el s-a comportat... în felul ăla?

— Nu poți să-i învingi. Ești complet lipsit de putere, la dracu! Dacă n-aș fi vorbit cu el, ar fi făcut scandal. M-ar fi pedepsit. Despre asta e vorba până la urmă, știi. De-asta nu vreau să fim văzuți împreună. Le-ar plăcea să mă măcelărească în media pentru că am o relație cu o angajată.

A scos un pachet de țigări, l-a scuturat până a scos una și și-a băgat-o în gură — un indiciu sigur că era mai stresat și mai frustrat decât de obicei.

Stăteam pe o pătură întinsă pe iarbă sub un stejar gros, lângă aleea care duce în grădina Rosendal. În ciuda vremii frumoase, eram aproape singuri. Din când în când mai trecea câte un biciclist sau cineva care îşi plimba câinele. La est, deasupra coroanei copacilor, cerul începea să se întunece.

Jesper a aprins ţigara, a tras adânc în piept şi a tuşit.

— N-ar trebui să faci asta, am bâiguit.

— Lasă-mă.

— Îmi pare rău. Doar că nu vreau...

Şi-a ridicat mâna.

— Nu. E vina mea. Tu îmi voiai binele, iar eu mi-am descărcat nervii pe tine. Îmi pare rău, Emma.

Am tăcut amândoi. În depărtare, păsările cântau. Umezeala din pământ s-a îmbibat în pătura noastră subţire şi dintr-odată am simţit că mă ia cu frig.

— E-n regulă, am spus eu.

Mi-a luat mâna, a strâns-o cu putere, m-a fixat cu privirea:

— Eşti sigură?

— Că ce?

— Că mă ierţi.

Strânsoarea din jurul încheieturii a devenit şi mai puternică şi Jesper mi-a răsucit un pic mâna. Durerea a venit pe neaşteptate, ca o lovitură de bici; mi-a cuprins umerii, iar degetele mi-au amorţit.

— Dă-mi drumul! Mă doare!

Mi-a dat drumul imediat, mi-a zâmbit aproape jenat.

— Ups, a spus ca şi cum ar fi răsturnat un pahar cu apă, când de fapt aproape că îmi dislocase braţul.

Am oftat. Mi-am frecat braţul.

— Întotdeauna trebuie să fii atât de al dracului de brutal?

— Iartă-mă! Te rog!

— Te iert. Pentru tot.

Când am spus asta, a părut să devină imediat uşurat, aproape fericit, dar am zărit şi ceva răutăcios în ochii lui. S-a ridicat în poziția ghemuit, şi-a scuturat blugii.

— Vino încoace, a şoptit.

— De ce?

Mi-a făcut semn cu mâna, şi-a întins gâtul şi s-a uitat în jur.

— Vreau să-ți arăt ceva.

M-am ridicat, înțepenisem de-atâta stat pe pătura rece. Peste tot în jurul nostru, începea să se lase întunericul. Crepusculul de august a venit fără ca noi să ne dăm seama. Mirosul de pământ umed era pregnant. Mi-a luat mâna şi m-a tras după el în pădure, în spatele unui stejar masiv.

— Ce...?

Nu a răspuns, doar s-a întors spre mine, mi-a luat fața în mâini şi m-a sărutat. Îi simțeam palmele reci ca gheața pe obraz. I-am întors sărutul şi l-am cuprins de mijloc. În timp ce m-am aplecat spre el, s-a rupt o creangă. Am tresărit amândoi şi am chicotit. Undeva în depărtare se auzea un vapor care se îndrepta spre arhipelag.

Şi-a băgat mâna rece sub bluza mea, mângâindu-mi spatele cu mişcări lente, circulare, apoi a alunecat în jos spre betelie, sub blugi, spre fund.

— Vreau să ți-o trag aici, în pădure.

— Ar putea să ne vadă cineva.

— Nu fi mironosiță!

Părea uşor enervat, aşa cum se întâmpla când nu eram la fel de entuziasmată ca el de micile pozne pe care le făcea. Şi-a lăsat mâinile pe fundul meu, ca două pungi cu gheaţă. Apoi mi-a dat drumul, a început să-mi desfacă blugii şi m-a sărutat din nou. Până şi limba îi era rece şi avea gust de vin şi de ţigară. L-am îndepărtat, înghiontindu-l uşor.

— Trebuie să ai grijă. Săptămâna asta am uitat de câteva ori să-mi iau pastila.

A dat din umeri.

— Contează?

— Bineînţeles că contează. Dacă rămân însărcinată?

S-a lăsat pe spate ca să-mi poată vedea ochii. În lumina estompată a înserării, trăsăturile lui aproape că se confundau cu coaja bătrânului stejarului.

— Asta voiam să spun, Emma. Contează?

Hanne

În dimineaţa asta s-au întâmplat două lucruri care m-au dat complet peste cap. În primul rând, m-am trezit acoperită de o sudoare rece şi cu inima bătând nebuneşte, lucru care de obicei se întâmplă doar dacă beau prea mult vin la vreunul dintre dineurile organizate de Owe şi de mine. Şi, atunci când m-am trezit, nu ştiam unde mă aflu. Era ca şi cum camera Gunillei ar fi devenit dintr-odată de nerecunoscut. Pereţii albi, pernele colorate, muşcatele neglijate, căzute într-o rână în fereastră — totul mi se părea străin. Şi, pentru un moment, am avut senzaţia că sunt în cădere liberă. Frica m-a făcut pur şi simplu să ameţesc. Am înţeles în mod limpede că m-a lăsat memoria.

Mi-a luat poate un minut sau două să-mi aduc aminte unde sunt. Dar în acel minut, frica m-a făcut să izbucnesc în plâns şi Gunilla a venit alergând din bucătărie ca să mă liniştească.

Nu i-am spus de ce plângeam. Nu voiam să se sperie. Şi poate că nu boala era cea care-şi făcea simţită prezenţa, ci doar stresul. Nici ea nu m-a întrebat ce am. A crezut probabil că sunt necăjită că l-am părăsit pe Owe.

Al doilea lucru care s-a întâmplat a fost acela că, atunci când am scos-o la plimbare pe Frida, Owe mă aştepta în faţa uşii de la intrare. Imediat ce am ieşit din casă, a sărit din spatele unei maşini parcate şi a început să ţipe la mine că trebuie să mă întorc acasă cu el, că nu pot să am grijă de mine şi că, dacă nu o să merg cu el, o să aibă el grijă să fiu luată în custodie, în acord cu legea privind asistenţa psihiatrică obligatorie. (Bineînţeles că era o absurditate, când am ajuns acasă, am studiat în detaliu problema pe net.)

Gunilla s-a oferit din nou să mă ajute. Era în drum spre muncă şi a ieşit în timp ce noi stăteam acolo şi ne certam. A ridicat din sprâncene, mimând surprinderea, în felul acela în care doar ea poate s-o facă, şi s-a pus în faţa lui Owe cu picioarele depărtate şi braţele încrucişate.

A fost o situaţie aproape comică. Gunilla era cu două capete mai scundă decât Owe, în ciuda ghetelor cu tocuri înalte, dar inspira totuşi o prezenţă autoritară şi afişa un calm care-l enerva în mod vizibil.

— Owe, ce faci aici? a întrebat cu obişnuita-i voce tărăgănată.

— Am venit s-o duc pe Hanne acasă. Nu ştie ce-i mai bine pentru ea.

— Nu ştie?

Gunilla mi-a întâlnit privirea şi a continuat:

— Ştii ce-i mai bine pentru tine, Hanne?

Eram atât de supărată, încât nu mai puteam să vorbesc, aşa că doar am dat din cap.

— Păi, atunci, a continuat Gunilla, cred că acum cel mai bine ar fi să te întorci acasă, Owe.

— Nu mă duc nicăieri.

Gunilla a oftat zgomotos.

— Păi, atunci cred că va trebui să chem poliția.

— Nu te amesteca, a mârâit Owe. Astea-s chestii private.

Gunilla și-a scos mobilul din geantă și s-a uitat la mine și la Owe cu o expresie istovită.

— Sun la poliție!

Owe a făcut doi pași spre mine, a apucat lesa Fridei și a biciuit aerul cu ea.

— Curve împuțite, a mormăit. Cel puțin pe Frida n-o vei neglija. Voi avea eu grijă. Vine cu mine.

Apoi a dispărut în josul străzii, trăgând-o pe Frida după el, câinele aruncând priviri anxioase spre mine tot drumul în jos pe deal.

Și asta a fost.

Mai multe lacrimi. Gunilla a încercat neîndemânatică să mă consoleze pentru a doua oară în acea dimineață.

— Hanne, vei ști tu ce să faci, a spus. Bucură-te că nu ai un copil — atunci chiar că ar fi fost complicat.

Și apoi, desigur, m-am gândit la copiii care n-au apărut niciodată și asta m-a făcut să plâng și mai tare.

Dar nu puteam să-i spun asta Gunillei. În schimb, am urcat înapoi în apartamentul ei, am făcut un duș și m-am machiat cu grijă. Fața îmi era roșie și umflată, iar sub bărbie, pe brațe și în toate celelalte locuri în care timpul făcuse ravagii, pielea părea să atârne mai tare decât de obicei. Am remarcat cu detașare că era respingător — că trupul meu devenise de fapt urât. Femeia coaptă (sau orice alt termen folosit; nu sunt prea încântată de termenul „coaptă" pentru că îmi amintește de un fruct în descompunere) nu e atractivă. Adevărul e că este teribil de neatractivă maturitatea și cel mai bine e s-o ascunzi sub machiaj și sub cât mai multe straturi de haine.

Aşadar. Iată-mă, am cincizeci şi nouă de ani şi o demenţă precoce, sunt proaspăt despărţită de soţ şi, colac peste pupăză, am carnea flască şi grăsimea îmi atârnă pe braţe. Descoperirea începea să-şi facă efectul şi m-am întrebat dacă chiar am luat decizia corectă făcându-mi bagajele şi părăsind siguranţa relativă a apartamentului nostru. În acelaşi timp, ştiam cu o convingere de nezdruncinat că viaţa alături de Owe nu era o opţiune. Pentru că, în ciuda faptului că viitorul pe care-l alesesem era imprevizibil şi intimidant, simţeam că îmi e imposibil să mă întorc la Owe.

Mi-ar fi fost uşor să mă întind pur şi simplu pe canapea şi să-mi trag pătura peste cap, dar n-am făcut asta. Mai ales ca să-i fac în ciudă lui Owe. Eram hotărâtă să demonstrez că sunt în stare să mă descurc şi singură, fără ajutorul lui. Mi-am adus aminte încă o dată de toate motivele pentru care nu puteam să-l sufăr:

E făţarnic. Egocentric. Narcisic. Dominator. Miroase urât.

Apoi m-am apucat de treabă.

Prima persoană pe care o văd când ajung în incinta secţiei de poliţie e Peter. E aşezat în faţa computerului său. Trupul lui lung stă încovoiat într-o postură inconfortabilă şi pare să se holbeze la ceva de pe ecran. Când mă vede sare în sus, vine la mine şi mă prinde de braţ de parcă am fi cei mai buni prieteni, ca şi cum mica noastră conversaţie din seara de dinainte ar fi făcut să dispară faptul că el e bărbatul care mi-a ruinat viaţa.

Mâna lui e caldă şi uscată. Şi e ciudat de bine să o simt acolo — pe antebraţul meu.

Pare cel mai firesc lucru din lume.

— Vino, spune el. Urmează să stau de vorbă cu una dintre angajatele lui Jesper Orre. Cea care l-a acuzat de hărțuire sexuală. Vino cu mine!

— Bine, îi spun, pentru că nu am nimic altceva de făcut.

Denise Sjöholm are douăzeci şi opt de ani şi are o diplomă de masterat. Mă surprind gândindu-mă că arată prea tânără pentru a cumpăra băutură fără să-şi arate cartea de identitate. Dar acesta e doar un semn al vârstei mele — încă un exemplu care arată că până şi cadrele mele de referință s-au modificat lent de-a lungul anilor, fără ca eu să observ. Trebuie să-mi reamintesc că atunci când eram de vârsta ei, eu şi cu Owe eram deja căsătoriți de câțiva ani.

Eram aşadar doar un copil pe atunci.

Pare un pic dezorientată în camera de interogatoriu, expusă cumva. Poartă un pulover voluminos, blugi tăiați şi e nemachiată. Ochii ei mari şi căprui sunt plini de teamă, ceea ce nu e chiar aşa de ciudat. Îmi închipui că a însemnat destul de multă bătaie de cap pentru ea să-l acuze pe superiorul ei cel mai înalt în rang de hărțuire sexuală.

Peter pare la rândul lui să-i fi observat teama, pentru că-i dă de înțeles că nu e acuzată de nimic şi că vrem doar s-o interogăm în legătură cu crima care a avut loc în casa lui Orre şi-n legătură cu dispariția care a urmat.

Ea încuviințează fără o vorbă şi se joacă cu un franj care-i iese din blugi.

— Cât timp ați lucrat la Clothes&More? întreabă Peter.

— Un an.

— Şi care era fişa postului?

— Era... um... de manager de proiect în cadrul departamentului de marketing. Conduceam diverse campanii de publicitate. De exemplu, eram responsabilă pentru reclama de Crăciun care se dă acum la televizor. Adică până când am plecat în concediu medical.

Privirea ei rătăceşte de la Peter la mine şi înapoi, parcă e o pasăre agitată care nu îndrăzneşte să aterizeze nicăieri.

— Şi când l-aţi cunoscut pe Jesper Orre?

— Aproape imediat după ce am început să lucrez. La sediul central nu suntem chiar atât de mulţi. Şi trecea întotdeauna pe la departamentul de marketing să vadă ce punem la cale. Îmi aduc aminte că mi se părea grozav. Relaxat, ştiţi. Cu toate că existau multe bârfe despre cât de neplăcut putea să fie. Despre felul în care concedia oamenii în stânga şi-n dreapta.

— Şi apoi ce s-a întâmplat?

Denise se uită în podea şi părul ei castaniu şi subţire îi acoperă faţa.

— M-a întrebat dacă am chef să-l însoţesc la o petrecere. Asta s-a întâmplat în primăvară.

— Bun. Ce fel de petrecere?

— Păi. Nu a dat detalii legate de petrecere, dar am hotărât ca el să vină să mă ia sâmbătă seara din piaţa Stureplan. Şi aşa a făcut. Dar apoi m-a dus la el acasă, în loc să mă ducă la petrecere. Şi acolo nu mai era nimeni altcineva. Doar el şi cu mine. În fine... am luat cina — cumpărase homar şi şampanie. Eram foarte impresionată de faptul că voia să ia cina doar cu mine. Vreau să spun, Jesper Orre poate să iasă cu oricine vrea el...

Vocea ei se frânge şi îşi scutură încet capul.

— Eram atât de al naibii de naivă, continuă ea. Imediat ce am terminat de mâncat, a vrut să se culce cu mine. Normal.

— Şi dumneavoastră ce ați făcut atunci?

Denise pare un pic confuză, ca şi cum n-ar înțelege prea bine întrebarea.

— Am făcut sex. Apoi am continuat să ne vedem din când în când. Mi-am dat seama destul de repede că nu voia o relație cu mine. Aşa că, după aproximativ două luni, am rupt relația cu el sau, mă rog, ce o fi fost. Nu am fost niciodată împreună cu adevărat.

— Cum a reacționat?

— Era furios. A spus că el avea să decidă când se termină. Şi că o să regret dacă nu înțelegeam asta.

Denise trage atât de tare de franjul blugilor, încât acesta se rupe cu un mic pocnet.

— Şi apoi ce ați făcut?

Ea dă din cap şi râde încet.

— Ar fi trebuit să ştiu că n-aveam cum să înving împotriva lui. Ar fi trebuit să mă prefac cooperantă, dar în loc de asta m-am enervat, i-am spus să se ducă dracului, că eu eram cea care decideam cu cine şi când mă culc. A plecat fără să spună nimic. Apoi, la muncă, a început să se comporte urât cu mine. Îmi punea întrebări imposibile la şedințe. Îmi discredita toate sugestiile. Se asigura să nu primesc niciun proiect interesant. Cred că voia să mă pedepsească. Dar adevăratul circ a început abia după ce m-am dus la departamentul de Resurse Umane să mă plâng. Am fost chestionată în prezența lui de cei de la Resurse Umane. Aşa cum vă puteți imagina, nu era prea distractiv să stau acolo şi să vorbesc despre... relația noastră, în timp ce el asculta. În final, m-am simțit atât de îngrozitor, încât mi-am luat concediu medical.

— Când s-a întâmplat asta?

— Am fost în concediu medical timp de... Denise numără pe degete. Opt săptămâni. Nu, timp de nouă săptămâni.

Peter dă din cap şi scrie ceva în carnet, apoi spune:

— Ştiu că asta ar putea să sune un pic cam ciudat, dar era brutal în pat?

Denise pare stânjenită, îşi încrucişează braţele la piept.

— Nu. Nu în mod deosebit.

— V-a furat vreodată lenjeria intimă?

— Să fure lenjerie intimă?

— Da, v-a luat vreodată lenjeria de corp?

— Din câte ştiu eu, nu.

— Aţi mai vorbit ceva cu el de când aţi plecat în concediu medical?

Ea clatină din cap.

— Nici măcar un cuvânt.

— Ştiţi cumva dacă a mai făcut asta şi cu alte femei de la dumneavoastră din birou?

— Nu. Dar nu m-ar surprinde. E un psihopat nenorocit.

— Ştiţi cumva dacă în acest timp s-a mai întâlnit şi cu alte femei?

— Nu. Dar, aşa cum am spus, e un psihopat nenorocit.

În timp ce o conducem pe Denise spre ieşire, nu mă pot abţine. Îmi pun mâna pe braţul ei şi o privesc în ochi.

— Presupun că ştiţi că nu aţi făcut nimic greşit? îi spun. S-a folosit de dumneavoastră doar pentru că a putut, pentru că poziţia lui îi permitea acest lucru.

Ea se uită la mine îndelung, apoi dă din umeri.

— Poate. Dar regret în continuare că m-am dus la Resurse Umane. Până la urmă, s-ar fi săturat de mine.

Iese din secţie cu capul în pământ.

— Ce tâmpit sinistru, îi spun lui Peter în timp ce ea dispare în ceață.

Peter dă ușor din umeri, se uită la mine, iar eu nu pot decât să mă gândesc: ca tine, Peter. Un tâmpit și jumătate, ca tine.

E aproape ca și cum ar putea să simtă ce gândesc, pentru că dintr-odată pare să devină conștient de sine. Se uită în altă parte și se îndreaptă spre lifturi, mormăind:

— Ultima oară când am verificat, chestia asta nu era ilegală.

Trei ore mai târziu, când mă îndrept spre apartamentul Gunillei, deja se întunecă. Un vânt rece îmi pătrunde pe sub haine și temperatura a scăzut. Pe drumul umed s-a format un strat tare și alunecos de gheață și sunt nevoită să merg încet ca să nu alunec.

Deja mi-e dor de Frida, dar nu știu cum aș putea s-o recuperez. Nu pot să fac o plângere la poliție. Frida e câinele lui Owe și nu poți fura ceva ce e deja al tău. Corect?

Lui Owe nu i-a plăcut niciodată prea mult de Frida. În general, era de părere că latră prea mult și că miroase urât (de parcă el n-ar mirosi). Nu mi-a luat-o pe Frida ca să o protejeze de mine; a luat-o ca să-mi facă rău. Așa cum Jesper a pedepsit-o pe săraca fată pentru că ea n-a vrut să fie sclava lui sexuală.

Puterea, mă gândesc. Întotdeauna e vorba de putere.

De fiecare dată când trec pe lângă un chioșc de ziare, mă opresc și citesc titlurile. Portretul-robot al femeii care a fost omorâtă în casa lui Orre e pe prima pagină a tuturor ziarelor din oraș, însoțit de titlul de o șchioapă: „Cine e autorul crimei de la Regele Modei?"

Dacă nu aflăm acum cine e, nu ştiu dacă o să aflăm vreodată.

Când ajung la Slussen, începe din nou să ningă. Fulgi mici şi compacţi îmi biciuie şi-mi înţeapă obrajii. Îmi sună mobilul şi mă întorc în mod instinctiv cu spatele la vânt, scot telefonul ca să răspund.

E Peter.

— Hanne, spune el. Tocmai am vorbit cu cei de la Laboratorul Naţional. Maceta folosită în casa lui Orre este identică cu cea folosită în cazul Calderón. Pe vertebrele ambelor victime au găsit urme care pot fi puse în legătură cu arma. Urmele se potrivesc perfect cu lama macetei. Ştii ce înseamnă asta, nu-i aşa?

Emma

Cu o lună în urmă

— Dar de ce să-ți omoare pisica? Nu înțeleg.

Olga se încruntă și-și răsucește brățările grele bătute cu diamante false. Mă uit afară în magazinul gol și reflectez la asta pentru o clipă. Muzica se revarsă din difuzoare. Mahnoor nu e de văzut nicăieri. Probabil că e ocupată cu una dintre noile ei sarcini administrative cruciale.

— Dacă e așa cum ai spus mai demult și e un psihopat, atunci poate că vrea să-mi facă rău, într-un fel sau altul. Poate că îi face plăcere să-mi distrugă viața.

Olga nu pare să fie de acord. Așa cum era de așteptat, îi e mai ușor să creadă că Jesper are nevoie de bani sau de sex decât că e un sadic. Și, la un anumit nivel, sunt de acord cu ea; și mie mi-e greu să cred că ar face orice ca să-mi distrugă viața. Dar nu găsesc nicio altă explicație pentru comportamentul lui.

— Dar o pisică — ce legătură au pisicile cu toată treaba asta?

— Sigge e important pentru mine. Dacă îi face ceva rău lui Sigge, atunci îmi face rău şi mie, nu-i aşa?

— Dacă aşa stau lucrurile, începe Olga, dându-mi o nouă rolă de hârtie pentru casa de marcat ca să o înlocuiesc pe cea veche, atunci chiar că e dus cu pluta.

— Aşa zic şi eu.

— Ai făcut cercetări? Poate că a mai făcut asta şi altă dată. Poate că a fost la închisoare sau la ospiciu.

Ideea pare aproape ridicolă, şi în mintea mea apar imediat imaginile. Jesper Orre, directorul executiv al companiei la care lucrăm amândouă, purtând cămaşă de forță, închis într-un spital de boli mintale. Sau îmbrăcat într-o salopetă cu dungi, ca un personaj din desene animate, stând în spatele unor gratii solide de fier.

— Poate că a omorât pe cineva, şopteşte Olga, ca şi cum i-ar fi teamă că cineva ar putea s-o audă în încăperea goală.

Mă uit în ochii ei fără să spun nimic. Pare să regrete ce-a spus.

— Îmi pare rău, scumpo. Bineînțeles că n-a omorât pe nimeni. Tot ce spun e că uneori nu-i cunoşti pe oameni, chiar şi atunci când crezi că-i cunoşti.

— Probabil că-i adevărat, spun, gândindu-mă că nici nu ştie câtă dreptate are.

— Ce ai de gând să faci? Să-l raportezi poliției?

Mă întorc, închid sertarul casei de marcat şi scot un pic de hârtie pentru bonuri.

— Mai întâi vreau să vorbesc cu el.

— Vei încerca să dai de el?

Dau din cap şi mă uit prin magazin. Câțiva adolescenți pierd vremea lângă masa cu blugi din colț; îmi aruncă o privire lungă şi am senzația că ar putea încerca să fure ceva. De obicei se vede clar, mai ales când e vorba de puşti care n-au învățat încă să-şi controleze mimica şi care aproape întotdeauna acționează în grup, ca şi cum furtul din magazine ar fi un sport de echipă.

— Ştiu ce trebuie să faci, spune Olga şi dintr-odată pare entuziastă şi un pic vicleană în acelaşi timp. Te răzbuni. Iei înapoi puterea. Eu sunt bună la asta. Obțin supremația. Nu vreau să umflu penele, dar e adevărat.

— „Să te umfli în pene", vrei să spui. Ce anume?

Olga pare confuză.

— Se spune „să te umfli în pene".

— Cui îi pasă — exersăm mai încolo limba. Vino-ți în fire şi răzbună-te pe ticălosul ăla! Află unde este, du-te la el şi cere-i socoteală. Nu-l lăsa să scape! Arată-i cine e mai puternic!

Băieții de lângă tejgheaua cu blugi au început să se deplaseze spre ieşire. Unul dintre ei cară o geantă sport suspect de mare. Olga îi vede la rândul ei, dar nu pare să aibă de gând să reacționeze în vreun fel.

— Deci crezi că ar trebui să mă răzbun?

Ea dă din cap. Chiar în acel moment, un bărbat intră pe uşă şi se îndreaptă spre casă. Pare hotărât, ca şi cum ar şti exact ce vrea. Asta pare să fie tendința printre bărbații mai în vârstă. Rar se întâmplă să rătăcească prin magazin răscolind printre haine. În loc de asta, vin direct la noi şi cer şosete sau cămăşi sau lenjerie de corp. Apoi cumpără câte cinci pachete din fiecare, plătesc şi părăsesc magazinul cât ai clipi.

— Bine ați venit! Cu ce vă putem ajuta? întreabă Olga în conformitate cu regulamentul şi zâmbeşte mecanic în timp ce-şi roteşte încă o dată brățările cu diamante false.

— O caut pe Emma Bohman, spune omul fără să-i întoarcă zâmbetul.

*

Când îi spun că eu sunt Emma Bohman, se prezintă ca fiind Sven Ohlsson, şeful departamentului de Resurse Umane pentru Regiunea de Est, apoi mă ia deoparte şi spune:

— Putem sta de vorbă în zona angajaţilor?

Faţa lui e lipsită de expresie. Are păr foarte scurt, roşcat-blonziu, şi obraji rotunzi, cu toate că trupul îi zvelt, aproape slab. Îşi ridică geanta, o servietă veche din piele cu pete de grăsime pe ea, din care scoate un teanc de hârtii.

Imediat ce îşi spune numele, ştiu despre ce este vorba.

— Lucrezi la noi de trei ani, Emma.

Dau din cap, nefiind prea sigură dacă e o întrebare sau dacă enunţă un fapt, citind cu voce tare din teancul de hârtii. Apoi îşi găseşte ochelarii cu ramă de baga. Scoate o mică batistă albastră şi îşi şterge cu grijă ochelarii, în tăcere.

— Doriţi o cafea? îl întreb.

Mai ales pentru că nu ştiu ce altceva să spun.

— Mulţumesc, da, spune el fără să-şi ia privirea de la ochelari.

Ticăitul ceasului aflat în colţ pare să devină brusc asurzitor, iar mirosul cafelei copleşitor şi nu pot să fac nimic să mă feresc de el. Îi aşez o cană în faţă, mă las pe scaunul de vizavi, doborâtă de lipsa mea de vlagă.

Niciodată n-aş fi crezut că avea să mi se întâmple un asemenea lucru; asta li se întâmplă altor oameni, nu mie. Eu am fost întotdeauna bună, am respectat regulile. Mai puţin în ultima vreme, de când scrisorile de la agenţiile de recuperare a creditelor au început să se adune şi absenţele de la muncă au început să umple foaia de prezenţă de pe perete.

— Suntem supuşi unor serioase provocări economice, spune şi îşi pune ochelarii.

Pentru prima oară, mă priveşte în ochi. Ochii lui sunt gri-deschis şi complet lipsiți de emoție. E un birocrat politicos, însărcinat cu o misiune mortală, trimis al sediului central. Îşi pune încet cârpa de curățat ochelarii în servietă şi continuă:

— Profiturile sunt minime. În lunile următoare, vom fi forțați să închidem două magazine.

În continuare, nu ştiu ce să spun. Doar încuviințez. El devine tăcut. Dintr-odată, pare obosit. Poate chiar e obosit. Poate că în viața reală e o persoană cumsecade.

— Profituri mici? spun eu, ca şi cum aş vrea să-l ajut să continue.

Se uită din nou în ochii mei. Continuă să nu arate nicio urmă de emoție.

— Profituri mici, da. Mulțumesc. Potrivit celor spuse de Björne Franzén, ți-ai făcut treaba cu brio, Emma, dar din nefericire conducerea a decis să reducă cheltuielile cu personalul pentru a asigura supraviețuirea noastră pe termen lung.

— Înțeleg.

— Nu e nimic personal, Emma. Suntem însă pur şi simplu nevoiți să luăm în considerare noile realități economice.

Vreau să nu-mi mai rostească numele. Nu-l cunosc, nu vreau să fiu „Emma" pentru el.

— Sigur, îi răspund.

— Are de-a face doar cu economia.

— Înțeleg. Deci nu are nicio legătură cu... arăt spre raportul de absențe care atârnă pe perete.

Abțibildurile roşii, furioase strălucesc asemenea unor coşuri urâte pe un ten palid.

Zâmbeşte pentru prima dată de când a venit. E un zâmbet slab, aproape trist.

— Toată lumea are dreptul să fie bolnavă, spune el. Sau să stea acasă cu copilul bolnav. Acesta nu este un motiv pentru desfacerea contractului. Astea-s doar zvonuri răutăcioase. Ştii ce spune media despre noi.

Îşi soarbe cafeaua şi mă trezesc că-mi doresc să se ardă. Dar e o dorinţă care nu se împlineşte. Cafeaua de la automat e în cel mai bun caz călduţă. E aşa de un an deja, de când Björne a lovit odată automatul când şi-a ieşit din pepeni.

Bărbatul aşază teancul de hârtii pe masă, îl împinge încet spre mine cu un deget.

— Emma, acum trebuie să discutăm un pic despre lucrurile practice.

— Cine a fost? întreabă Mahnoor în timp ce el pleacă, uitându-se lung după bărbatul cu părul roşcat, scurt şi ochelari cu ramă de baga care arată ca o versiune matură a lui Tintin, căutând să scape din lumea benzilor desenate.

— Era de la Resurse Umane. Unde e Olga totuşi?

Nu am niciun chef să vorbesc despre discuţia pe care tocmai am avut-o, despre teancul de hârtii care rezumă termenii concedierii mele: faptul că sunt concediată imediat, că primesc un salariu compensatoriu pe două luni şi că trebuie trimis înapoi la sediul central cardul meu de acces în clădire, într-un plic ştampilat.

— Olga? spune Mahnoor absentă.

— Da, unde e?

— Habar n-am. Dă din umeri. Probabil caută pe net articole de machiaj sau lenjerie intimă, micuţa misogină.

— Poftim?

Mahnoor îmi alungă întrebarea cu un gest al mâinii.

— Nimic.

— Ultima oară când am văzut-o, citea de fapt o carte, spun, aducându-mi aminte cum stătea Olga la masa din chicinetă cu o carte broşată în mână, la puțin timp după plecarea omului de la Resurse Umane.

Mahnoor ridică din sprâncenele ei bine definite.

— Probabil vreo porcărie pe care a găsit-o la supermarket.

Mulțumirea prost mascată a lui Mahnoor mă tulbură.

— Poate că era o carte bună, absolut normală, sugerez.

— Glumeşti? Cred că n-ar şti să recunoască o carte bună nici dacă i s-ar aşeza deschisă peste față.

Mahnoor îşi face de treabă printre agrafele de păr şi colierele expuse lângă sertarul cu bani. Le aranjează pe cele care atârnă strâmb şi apoi mă întreabă pe un ton neutru:

— Şi, ce voia tipul de la sediul central?

Ezit pentru o clipă.

— Nimic special. Voia doar să ştie cum merg lucrurile pe-aici, acum că Björne e bolnav.

— Şi tu ce i-ai spus?

— I-am spus adevărul. Că ne descurcăm foarte bine fără el.

Stau în maşina Olgăi. Ploaia bate darabana pe capotă, iar în maşina înghesuită e umezeală. Din când în când trebuie să şterg parbrizul ca să văd prin el.

Abia e şase şi ceva şi a trecut mai mult de o oră de când am parcat aici. Dacă nu am noroc, astăzi nu va fi la birou. Poate e plecat într-o călătorie de afaceri sau are o întâlnire pe undeva.

Sorb din apa minerală cu aromă de lămâie care are gust de detergent şi mă gândesc la bărbatul roşcat de la sediul central. La ochelarii lui demodaţi şi servieta uzată. N-aş fi ghicit niciodată că e angajatul unei companii de modă.

Să fi fost şi asta o manevră de-a lui Jesper? O altă piesă de puzzle din planul său diabolic? Dacă e adevărat, atunci a fost genială, pentru că a reuşit să mă lipsească de un alt lucru care e important pentru mine: locul meu de muncă. Mai devreme, când îmi plângeam de milă, nu m-am gândit la asta; am crezut că îmi luase deja toate lucrurile la care ţineam. Poate că-mi mai poate lua şi altceva, alte lucruri la care nu m-am gândit, pe care le iau de bune. Casa? Sănătatea?

Viaţa?

Gândul mă face să tresar.

Mă gândesc la apartamentul de pe Kapellgränd. La covorul din cârpe de pe hol şi scaunele roşii de lemn, aranjate frumos lângă perete, precum caii de la şcoala spaniolă de echitaţie. Mi-l închipui pe Jesper întins gol pe covorul colorat. Florile galbene ale covorului îi înconjoară trupul în aşa fel încât aproape că pare să stea întins pe un câmp de floarea-soarelui. Trupul lui e relaxat, faţa senină ca a unui copil. Are gura uşor întredeschisă, iar pieptul lui urcă şi coboară. Stau într-o maşină în ploaie, dar în acelaşi timp sunt în apartamentul de pe Kapellgränd, uitându-mă la Jesper. Încercând să înţeleg de ce bărbatul ăsta, băiatul ăsta, fiinţa asta umană care stă întinsă acolo cu atâta inocenţă ar vrea să-mi facă rău.

Un om traversează în grabă strada la doar câţiva paşi de maşină. Mă aplec în faţă, şterg umezeala de pe parbriz ca să văd mai bine. Nu e Jesper. Bărbatul e prea scund și are părul blond. Dispare cu pași repezi în întuneric.

Dacă aș fi în stare să mă văd acum, în același fel în care l-am văzut pe Jesper, oare ce aș vedea? O țicnită care-și pândește iubitul în întuneric, în fața biroului lui? Îmi pierd oare mințile?

Asta să fie scopul ultim, de a mă depriva de sănătatea mea mintală? Violul suprem: să împingi o persoană la nebunie.

Greața revine din nou și mai iau o înghițitură din dezgustătoarea apă minerală.

Dacă ăsta e un joc regizat cu grijă de el, atunci e posibil să știe că sunt aici? Și-a elaborat deja și următorul pas? Dacă-l urmăresc, voi descoperi oare adevărul sau doar ceea ce vrea să-mi arate?

Întrebările vin fără oprire; fiecare răspuns naște una nouă. E ca și cum te-ai uita într-o oglindă reflectată într-o oglindă. Reflectată într-o altă oglindă. Mă ia cu amețeală doar gândindu-mă la ce se întâmplă și de ce. Și nici măcar n-am început să mă gândesc cum să-mi rezolv cele mai arzătoare probleme: copilul, facturile, slujba pe care am pierdut-o, gonită de bărbatul roșcat de la sediul central.

Poate că Olga are dreptate. Ar trebui poate să mă răzbun?

Poate că exact asta își dorește?

Sunt copleșită de o senzație de irealitate. E ca și cum aș fi într-un film, ca și cum aș avea impresia că sunt stăpână pe propriul comportament, dar de fapt îl controlează altcineva. Mă simt ca și cum aș fi în cădere liberă și n-aș avea nicio influență asupra vieții mele. Mă uit la inelul care-mi strălucește pe deget. Mă gândesc că e real, dovadă că nu sunt nebună cu adevărat.

Apoi îl zăresc.

Merge cocoşat prin ploaie, paltonul flutură în jurul lui ca o velă stricată, la fel ca atunci când l-am pândit ultima oară din întuneric. Păşeşte ferm, cu hotărâre. Simt impulsul de a sări din maşină, de a alerga la el şi de a-l întreba ce naiba are de gând, dar ceva mă opreşte. Vreau să ştiu ce are de ascuns, să văd unde locuieşte.

Vreau să ştiu mai multe înainte de a mă arăta complet vulnerabilă în fața lui.

Câteva minute mai târziu, din parcare iese o maşină mare şi neagră de teren. Pornesc maşina şi-l urmăresc, având grijă să nu fiu prea aproape de el. La fiecare al doilea stop, îmi moare motorul; nu sunt obişnuită să folosesc schimbătorul de viteze. Înjur şi pornesc din nou maşina, îngrozită la gândul că aş putea să-l pierd acum, că l-am găsit până la urmă.

La Roslagstull, traficul se aglomerează considerabil. Trag chiar în spatele lui Jesper în marea de maşini care se îndreaptă spre casă prin întuneric. El se îndreaptă spre nord pe E18 şi iese de pe autostradă la Djursholm. Când încetineşte, fac şi eu acelaşi lucru, lăsând să crească distanța dintre noi. Nicio altă maşină nu se zăreşte la orizont. Trecem pe lângă vile mari cu peluze luminate ce seamănă cu nişte parcuri. Trecem prin micul centru. Un magazin alimentar, o librărie, o mică piață cu câțiva copaci desfrunziți. Din nou am acea senzația: sunt într-un film, trec prin peisaje dezolate în drum spre un fel de deznodământ. Dar ce fel de film este? O dramă, un thriller? O tragedie?

Ajungem la apă, neagră şi strălucitoare ca o bucată de mătase întinsă în fața mea în întuneric. Jesper coteşte la dreapta, iar eu îl urmez. Curiozitatea mea e trează, iar senzația că ne apropiem de un fel de deznodământ devine mai puternică. Pentru o vreme, continuăm drumul pe lângă apă. Aici vilele sunt şi mai mari, aproape de mărimea unor castele, şi mă întreb dacă aici chiar locuiesc oameni obişnuiți sau dacă vilele deservesc doar companii sau poate ambasade.

Nu observ când încetineşte şi aproape că mă lovesc de spatele maşinii lui negre. O ia la dreapta pe o străduță şi aştept câteva secunde înainte să-l urmez. Pe marginea micului drum sunt semănate plante perene: buxus, tisă şi tuia. Pe pavajul îngust sunt grămezi de frunze umede. Casele de-aici sunt mai mici, arată mai degrabă ca nişte case oarecare. Sting farurile, mă furişez încet în spatele lui. El virează din nou şi eu îl urmez. Micul nostru joc aproape că începe să mă amuze. N-am mai urmărit pe nimeni până acum.

Se opreşte în fața unei case albe, moderne. Ferestrele revarsă o lumină caldă, vopsind în auriu peluza şi frunzele umede de toamnă. Opresc motorul. Aştept. Îl urmăresc în timp ce-şi scoate servieta neagră, se apropie de poarta din fier forjat şi-şi ridică mâna să o deschidă. Dar apoi se opreşte, face un pas înapoi şi vine spre mine câțiva paşi pe pavaj.

La început mi-e teamă că o să mă descopere, dar apoi văd care îi este intenția.

Lângă gard zac grămezi de lemne ude. Una dintre grămezi e acoperită cu o prelată verde. Jesper o înconjoară şi se îndreaptă spre o clădire construită de curând, probabil un garaj, aflat în dreapta porții.

Nu a fost încă vopsită şi, acolo unde ar trebui să fie uşa, o folie de plastic e fluturată de vânt. Se lasă pe vine, inspectând ceva la peretele lateral. Apoi se ridică, se întoarce şi se îndreaptă înapoi spre casă.

Îmi trece imediat prin minte — oare acum mă uit la banii pe care i-am pierdut? Am plătit pentru clădirea din fața mea? Toate economiile mele au fost transformate în garajul maşinii lui mari şi negre?

Apoi îl văd stând în fața uşii de la intrare. Când apasă pe sonerie în loc să deschidă chiar el uşa, dintr-odată nu mai sunt aşa de sigură. Locuieşte aici sau a venit doar în vizită? Apoi scoate o cheie, o bagă în yală şi, în acelaşi timp, cineva deschide uşa. În pragul uşii stă o femeie. Are părul închis la culoare, e înaltă şi frumoasă. Pot să disting asta cu claritate, cu toate că sunt la o distanță considerabilă. Are acea carismă plină de încredere pe care doar femeile frumoase o au, ca şi cum postura ei ar vorbi despre valoarea pe care o are.

Femeia se apleacă, iar Jesper o sărută. Nu e un sărut scurt, dat pe obraz, rezervat prietenilor şi membrilor familiei, ci un sărut apăsat şi intim.

Apoi nu mai văd nimic. Casa se estompează, ploaia nu se mai aude pe capotă. Totul e cuprins de un întuneric şi o tăcere binecuvântată.

Alerg prin întuneric. Cineva țipă. Este un răcnet lung care îți strânge inima şi, după câteva secunde, îmi dau seama că persoana care țipă sunt eu. Crengile îmi lovesc fața. Pe ceafă mi se prelinge o apă rece ca gheața. De nicăieri, în față apare un scaun de grădină. Fac un pas în lateral, dar tot mă lovesc de el, iar acesta cade cu un bufnet. Măresc viteza, mă simt ca un animal hăituit. Nu țin minte de ce mă aflu aici în întuneric, ştiu doar că fug ca să-mi salvez viața. Fug de ceva îngrozitor, ceva care îmi amenință întreaga existență.

Ghetele mi se afundă în noroi şi alunec, dar îmi recapăt echilibrul, alerg înainte, cu mâinile întinse în fața mea ca o oarbă.

Din întuneric răsare un gard. Nu e foarte înalt, doar de un metru, un metru şi douăzeci. Îl escaladez fără să stau pe gânduri, mă arunc pe partea cealaltă. Dar mă agăț de ceva: geaca mi s-a prins de gard. Cad cu capul înainte şi mă lovesc urât pe o parte. Durerea este de neînchipuit. Îmi trece prin cap că nu pot să respir şi totul se întunecă.

Ceva îmi atinge obrazul. Deschid ochii. Încerc să mă gândesc. Să-mi aduc aminte.

E întuneric. Zac pe jos, pe peluza cuiva. La doar câțiva metri în fața mea e o groapă cu nisip. Găleți şi săbii, şi camioane mici galbene sunt împrăştiate pe nisip şi pe iarbă ca ciupercile în pădure.

De cât timp mă aflu aici? Dau să mă ridic în capul oaselor, dar mă opresc la jumătate. Stomacul mi se strânge într-o crampă dureroasă. Mă aplec în față, mă fac covrig, dar durerea din stomac nu încetează. Abia a trecut de nouă, aşa că probabil sunt aici de o oră.

Tremur de frig, în timp ce mă ridic pe vine. Îmi pipăi fața cu mâinile, ştergând noroiul şi crenguțele de pe obraji. Încerc să înțeleg.

Încet, dar inexorabil, memoria începe să-mi revină. Sunt în Djursholm, undeva în apropiere de casa lui Jesper Orre — casa pe care pare s-o împartă cu o frumoasă femeie cu părul închis la culoare. Am fost înşelată mai mult decât mi-aş fi putut imagina vreodată. Am fost trasă pe sfoară şi necinstită de două ori. Jefuită atât de bani, cât şi de dragoste. De către persoana pe care o iubeam.

Jesper are pe altcineva şi probabil să fi avut şi atunci când ieşeam împreună. E clar că de-asta a vrut ca relația noastră să rămână secretă. De asta era atât de important să ne întâlnim doar în micul apartament de pe Kapellgränd sau la mine acasă.

Dar refuz în continuare să înțeleg. Dacă tot ce voia era doar o mică aventură, nişte sex, atunci de ce m-a cerut în căsătorie?

De ce să-l ia pe Sigge, banii şi tabloul? Şi de ce am fost concediată? Şi mai e ceva ce mă roade. Îmi aduc aminte cuvintele Olgăi: *E clar că tipul tău e un psihopat.*

Vrea să mă umilească? Să mă distrugă? Oare şi asta făcea parte din plan, faptul că aveam să văd cât de fericit e cu cealaltă iubită?

Găsesc o deschizătură în gard şi mă strecor prin ea. Din fericire, pentru că nu sunt convinsă că aş fi în stare să-l escaladez din nou. Durerea din stomac mă obligă să mă ghemuiesc, să traversez încovoiată următoarea grădină. În întunericul din fața mea zăresc şezlongul răsturnat şi acum mă îndrept în direcția cea bună.

Chiar înainte de a ajunge la stradă, trec pe lângă o casă galbenă. Văd pe fereastră un cuplu şi doi copii stând pe o canapea superbă în fața unui televizor cu ecran plat. Mănâncă floricele. Par fericiți. Fericiți şi prosperi.

Tot ceea ce eu nu sunt.

Portiera de la maşină e deschisă, cheia a rămas în contact. Mă prăbuşesc pe scaunul şoferului şi închid uşa. Vederea feței mele mânjite de noroi şi umflate mă sperie. Par nebună. Periculoasă. Îmi şterg fața cu o eşarfă, dar nu fac decât să mă mânjesc şi mai tare.

Conduc încet înapoi spre oraş. Evit orice frână sau accelerare bruscă, de frică să nu se intensifice durerea din stomac. Parchez maşina şi mă îndrept prin ploaie spre uşa de la intrare, rugându-mă la Dumnezeu să nu dau peste vreunul dintre vecinii mei. Nu am suficientă energie să explic de ce arăt aşa. Dar nu întâlnesc pe nimeni. Mirosul searbăd al clădirii în care locuiesc e neschimbat. Casa scărilor e întunecată şi tăcută. Casa ar putea la fel de bine să fie nelocuită, o casă bântuită.

Liftul se opreşte la etajul patru cu un scâncet, iar eu cobor. Descui uşa şi păşesc în căldura apartamentului. Bâjbâi cu nasturii de la geacă, o scutur de pe mine, o las să cadă pe podea. Mă uit în jur în căutarea lui Sigge înainte de a-mi aduce aminte că nu mai e. Îmi scot ghetele şi mă târăsc până în baie. Am blugii uzi şi plini de noroi, dar când îi dau jos, atenția mea e atrasă de altceva. O pată mare între picioare. Mă aplec în față ca să văd mai bine, dar ştiu deja ce s-a întâmplat.

E sânge.

Am pierdut copilul.

Peter

Ancheta se îndreaptă într-o altă direcție, schimbându-și prioritățile de pe o zi pe alta, așa cum se întâmplă uneori cu anchetele. Știrea că Laboratorul Național a stabilit că maceta a fost folosită în ambele omucideri — victima necunoscută din casa lui Jesper Orre și Miguel Calderón — a avut efectul unei bombe la secția de poliție. Activitatea este în continuare la fel de frenetică, dar resemnarea a dispărut parțial și a fost înlocuită de o stare de expectativă. Tabloului mare cu dovezi din sala de conferințe, tapetat cu fotografii făcute în casa lui Orre, hărți și fotografii ale colegilor și cunoștințelor lui Orre, i s-a adăugat acum un nou tablou cu dovezi cu imagini similare, aparținând vechiului caz.

Se pare că Sánchez și-a petrecut o jumătate de noapte parcurgând cazul Calderón și caută deja puncte de legătură între Calderón și Orre. Am bănuiala că va fi dificil; la suprafață, viețile lor par să nu aibă nimic în comun.

Calderón avea douăzeci și cinci de ani când a fost găsit mort cu zece ani în urmă, în septembrie, în apartamentul său închiriat de pe Södermalm. Lucrase în mai multe locuri ca muncitor necalificat. A fost bucătar, asistent la domiciliu, distribuitor de ziare şi infirmier suplinitor la spital. În timpul său liber, făcea karate şi cânta la contrabas într-o formație de jazz. Nu avea prietenă, iar sora lui a dat de înțeles că bănuia că era homosexual. Cu cinci ani înainte de a fi omorât, a fost condamnat pentru ultraj şi furt, dar, potrivit anchetei preliminare, nu exista nimic care să sugereze că ar fi avut legături criminale. De asemenea, nimic nu atestă faptul că ar fi frecventat aceleaşi locuri ca Orre: Sandham, Verbier, Marbella sau cluburile de noapte din jurul pieței Stureplan.

Faptul că Orre lipseşte în continuare sugerează din ce în ce mai mult că el a omorât-o pe femeia neidentificată — şi că deci tot el a pus capăt şi vieții lui Calderón. Însă câțiva chiloței furați şi cruzimea în afaceri nu prea sunt dovezi suficiente. Trebuie să găsim o legătură între toate — iar dacă există una, o vom găsi. Chiar dacă va trebui să trecem prin sită fiecare detaliu nenorocit al vieții lor.

În acest punct, sentimentele familiare de plictiseală şi de resemnare încep să-şi facă simțite prezența. M-am săturat de anchetele astea criminale greoaie. Dacă cineva m-ar fi întrebat în urmă cu zece ani, i-aş fi spus că asta e cea mai palpitantă şi mai provocatoare sarcină în care un detectiv talentat îşi poate înfige dinții, dar tot ce simt acum e o extenuare paralizantă. Îmi doresc mai mult decât orice să-mi cumpăr şase doze de bere, să mă duc acasă, să mă prăbuşesc în fotoliu şi să mă uit la sport. Cred că nimeni în afară de ofițerii de poliție n-ar putea înțelege de câtă muncă e nevoie pentru a pune pe tapet viața unei persoane. Câte sute de ore de interogatorii, de cercetare şi muncă de birou trebuie parcurse înainte ca imaginea de ansamblu să devină mai clară şi ca lucrurile esenţiale să înceapă să iasă la suprafaţă.

Şi apoi mai e şi Hanne.

Într-un fel, e bine că am avut şansa de a sta de vorbă, cu toate că nu prea ne-am spus mare lucru. Dar de-atunci, între noi nu s-a schimbat nimic. Simt limpede asta, cu toate că nu prea pot să spun exact de ce. E ca un ton adânc, vibrant, care e întotdeauna prezent când ea e în preajmă. Aproape ca un ţiuit. Şi n-am, fir-ar să fie, nici cea mai mică idee cum să scap de el.

Câteodată mă surprind uitându-mă la ea, atunci când stă la birou, în cămaşa ei boţită, cu părul încărunţit prins într-o coadă de cal neglijentă. Câteodată, gândurile mele evadează în acel loc interzis în care noi doi suntem din nou împreună. Ieri, când mi-am pus mâna pe antebraţul ei, m-am surprins gândindu-mă că e în continuare cea mai frumoasă femeie pe care am cunoscut-o vreodată. Şi singura cu care puteam să vorbesc cu adevărat.

Nu ştiu de ce, dar mi se pare atât de al naibii de greu să vorbesc despre lucruri importante cu cineva, mai ales cu femeile! Poate că sunt prea speriat ca să mă deschid în faţa cuiva, aşa cum a susţinut dintotdeauna Janet. Sau poate că nu prea am mare lucru de spus pentru că, în esenţă, sunt neinteresant.

Dar cu Hanne întotdeauna am avut ce să discut. Pe vremea când eram împreună. Uneori zăceam cu orele în pat vorbind despre politică sau dragoste, sau lucruri prosteşti, ca, de exemplu, de ce un anumit tip de cuţit pentru brânză se găseşte doar în Suedia. Şi uneori ea îmi povestea despre Groenlanda sau despre inuiţii care au trăit mii de ani acolo în armonie perfectă cu natura.

Visa să călătorească acolo, să vâslească într-un caiac printre ghețurile în derivă și focile ieșite la vânătoare.

Se pare că inuiții nu aveau niciun ritual special de căsătorie. Se cuplau și asta era totul. Obișnuiam să glumim despre faptul că inuiții ne-ar fi considerat căsătoriți.

Îmi aduc aminte cât de pozitivă și de, ei bine, neastâmpărată era, dacă e să țin cont de vârsta pe care o avea.

Cu zece ani mai în vârstă decât mine.

Nu m-a deranjat niciodată, dar nu părea să mă creadă atunci când i-o spuneam. În schimb, mi-a zis că ar trebui să mă gândesc la faptul că nu vom putea să avem niciodată un copil împreună, că ea va îmbătrâni cu mult înaintea mea. Chiar îmi doream să fiu cu o doamnă bătrână?

Da, îmi doream. Și am și spus-o.

Și totuși, n-am reușit să merg până la capăt. În seara aceea am lăsat-o să mă aștepte în stradă. Am stat în pat paralizat, strângând cheile de la mașină în mână și o sticlă de votcă între genunchi. Pietrificat și acoperit de o sudoare rece. Iar când m-a sunat, nici măcar n-am fost în stare să răspund. Nu am fost în stare să ridic nenorocitul ăla de receptor și să-i spun ce se petrece. Să-i spun că nu sunt pregătit pentru acel angajament.

Nu sunt pregătit să-mi asum.

Ce expresie de rahat, apropo! Ce scuză indescriptibil de penibilă pentru ceea ce mă rodea și se răsucea și pulsa înlăuntrul meu. Monstrul și teama care nu puteau fi numite.

Îmi era frică. Îmi era, efectiv, frică.

Îmi doresc să fi fost în stare s-o spun. Să explic în cuvinte simple și fără eufemisme ce mă mistuia.

Și-atunci poate că viața mea ar fi diferită acum.

Manfred intră la mine în birou şi mă priveşte încruntat.

— Arăţi ca dracu', Lindgren.

— Mulţumesc, mulţumesc foarte mult. Iar tu te duci la vânătoare de vulpi, din câte văd.

El rânjeşte şi-şi aranjează vesta în carouri. Ca de obicei, e îmbrăcat impecabil — un anacronism în carne şi oase la etajul doi al secţiei de poliţie, într-un costum de tweed din trei piese şi o eşarfă de mătase în buzunarul de la piept.

— Fac şi eu ce pot.

— Ceva nou? îl întreb.

— Am primit o tonă de ponturi de când a fost făcut portretul-robot — echipa lui Bergdahl ne ajută să le sortăm. Dar în continuare nici urmă de Orre. A, încă ceva. Ne-a sunat un tip care lucrează ca geamgiu în centrul comercial Mörby. Se pare că a reparat recent o fereastră la pivniţa casei lui Orre. Potrivit lui Orre, cineva intrase prin efracţie, dar nu se furase nimic. Probabil că de-asta n-a raportat niciodată incidentul.

— Va trebui să cercetăm asta în amănunt. Roag-o pe Sánchez să se întâlnească cu el, spun.

— Doamne, ce ne-am face fără Sánchez?

Manfred îi cântă numele într-un vibrato înalt, ca un cântăreţ de operă, şi-şi ridică teatral braţul drept deasupra capului.

Sánchez ne aruncă o privire ursuză de la biroul ei, dar se abţine să spună ceva.

Părăsesc secţia de poliţie pe la ora opt. Există limite în privinţa orelor suplimentare pe care sunt dispus să le fac, cu toate că suntem în mijlocul unei anchete majore.

Nimeni nu-i mulțumește unui ofițer de poliție că-și sacrifică viața pentru slujbă.

Când parchez alături de clădirea cu apartamente unde locuiesc, mă cuprinde un ciudat sentiment că ceva nu e în regulă. Luminile din casa scărilor sunt aprinse și ușa e ușor întredeschisă, ca și cum cineva ar fi uitat s-o închidă ca lumea. Iau pizza pe care am cumpărat-o în drum spre casă, intru în clădire și încep să urc scările.

Clădirea a fost construită în anii cincizeci și are pereți strălucitori, verde-fistic, și o podea cu aspect granular. Arată ca și cum cineva ar fi împrăștiat la întâmplare pietricele albe și negre pe ciment. La fiecare etaj sunt trei apartamente și ghena obligatorie. Locuiesc la ultimul etaj, ceea ce păruse a fi un avantaj până când, în urmă cu trei ani, mi-am rupt piciorul și am fost nevoit să țopăi până sus cu cârjele.

Albin stă în fața ușii mele, ținându-și skateboard-ul în mână. Poartă un hanorac mult prea subțire și blugi cu talie foarte joasă. În mână ține o pungă de plastic ruptă. Părul lui blond și subțire îi acoperă fața, iar urechile, pe care le-a moștenit de la Janet, îi ies un pic în afară.

— Bună, spune el.

— Bună, îi răspund. Ce faci aici?

— M-am certat cu mama. Pot să rămân la tine peste noapte?

Sunt dezorientat. Albin nu a dormit niciodată la mine până acum.

— Nu știu. Poate ar fi mai bine s-o sun pe mama ta, spun în timp ce-mi scot cheile și descui ușa. Pe podeaua din hol e o grămadă de rufe nespălate: lenjerie intimă și tricouri pe care plănuiam să le spăl în seara asta. Închid din nou ușa.

— N-ai de gând să mă lași să intru?

Albin se ridică în picioare și mă privește în ochi. Pare confuz și anxios. Justificat de nesigur dacă poate sau nu avea încredere în tatăl lui.

— Ba da. Sigur. Doar că... e murdar.

— Ce-mi pasă?

— Nu, sigur că nu-ți pasă.

Deschid ușa și intrăm. Silueta subțire al lui Albin alunecă pe lângă mine în camera de zi, ca o umbră, și se lasă pe canapea.

— Albin, îi spun. Mă bucur să te văd, dar nu știu dacă e o idee prea de bună să rămâi peste noapte.

— De ce nu?

— Pentru că...

— Ce e?

— Nu am un pat pentru tine.

— Pot să dorm aici, spune Albin, bătând cu palma în canapea.

Apoi se întinde, își dă jos pantofii sport și-și pune picioarele pe brațul canapelei. Observ cât e de slab și mă întreb dacă ar trebui să-l întreb dacă mănâncă suficient. Nu așa fac părinții?

— Mâine trebuie să mă trezesc devreme, așa că nu prea o să ne sincronizăm, spun în schimb.

— Și ce dacă? Pot să rămân aici după ce pleci. Mama a luat-o razna complet — nu pot să mă întorc acasă.

— Pe lângă asta, am de lucru deseară.

— N-o să te deranjez.

Mă plimb încolo și încoace prin cameră, neștiind ce să fac. Apoi pun pizza pe măsuța de cafea.

— Şi Janet? Ea ştie că eşti aici?

Albin îşi acoperă ochii cu brațul, ca şi cum n-ar mai putea să facă față întrebărilor.

— Neah.

— Atunci pun pariu că e bolnavă de îngrijorare. Am s-o sun.

O oră mai târziu, apare Janet. De mult n-am mai văzut-o într-o dispoziție atât de bună, e veselă chiar. Se pare că adoră cursurile de manichiuristă. Îmi arată noile ei unghii lungi, ciclam, şi-i spun că arată bine, cu toate că nu cred asta.

Pentru o vreme, Janet şi Albin vorbesc unul cu celălalt în şoaptă. Apoi ea îl îmbrățişează strâns, de unde trag concluzia că s-au împăcat.

Nu a fost greu s-o conving să vină până aici. Tot ce a trebuit să fac a fost să-i explic că nu am loc pentru Albin, nu în seara asta. Nu părea să fie nici surprinsă, nici supărată. De ce-ar fi? Până acum, niciodată n-am avut loc pentru Albin în viața mea.

Stau la fereastră şi îi privesc în timp ce se îndreaptă spre micul ei VW Golf roşu. Chiar înainte ca Albin să urce în maşină, se întoarce şi-mi întâlneşte privirea. Fără să înțeleg cu adevărat de ce, fac un pas înapoi, în spatele perdelei. Îmi țin ochii strâns închişi până când aud maşina îndepărtându-se.

Uneori, când Albin era mai mic, am curtat ideea de a petrece mai mult timp cu el. Să-l duc poate într-un parc de distracții sau la un meci de fotbal. Dar imediat ce începeam să mă închipui pe mine şi pe el împreună, simțeam cum ceva în mine se strânge. Nu știam cum să mă comport când eram cu el.

Mi-am spus că probabil e mai bine să aștept până când crește mai mare și înțelege mai multe. Cel puțin, cu adulții știu cum să vorbesc.

Dar, cu fiecare an care trecea, devenea din ce în ce mai dificil. Cum să începi să petreci timpul după atâția ani cu propriul tău copil pe care nici măcar nu-l cunoști? Ce naiba să-i spui unui străin care se întâmplă să fie sânge din sângele tău și care s-ar putea să te urască pentru că n-ai fost niciodată prezent? Nici măcar fotbalul nu mai părea o idee bună. Urma să stăm acolo cu un sentiment forțat de solidaritate, cu o bere în mână, prefăcându-ne că suntem prieteni buni sau ce? Sau se aștepta de la mine să izbucnesc în lacrimi și să-i explic de ce nu am vrut niciodată să facă parte din viața mea?

Bineînțeles că nu m-am dus niciodată la meci cu el.

În dimineața următoare, mă duc cu mașina împreună cu Manfred până acasă la Jesper Orre. E în continuare sigilată cu cordoanele poliției, care flutură și foșnesc în vântul puternic, în timp ce parcurgem distanța scurtă de la poartă până la ușa de la intrare. Manfred găsește cheia potrivită în maldărul pe care l-a primit de la experții legiști, descuie ușa și aprinde lumina din hol.

Sângele a dispărut; pare un hol oarecare. Doar dacă te uiți cu atenție poți să distingi urmele abia vizibile, ruginii, din spațiile dintre plăcile de piatră de pe podea și dintre cornișe și pereți. Moartea are tendința de a se îmbiba în lucruri, mă gândesc. Ca și cum n-ar vrea să renunțe la locurile pe care le-a atins. Își sapă drumul în ziduri și podele, lăsând în urmă izul distinct al efemerității care nu poate fi eliminat. După ce a avut loc ceva de genul ăsta, majoritatea oamenilor aleg să renoveze casa.

— Ce căutăm? întreb.

— La dracu' dacă știu. Orice ar fi putut să le scape experților legiști.

Începem să cercetăm casa în amănunt. Mergem din încăpere în încăpere, facem fotografii, cotrobăind printre haine și porțelanuri, și medicamente vechi. Facem fotografii pentru uzul personal — experții legiști s-au ocupat deja de fotografiile oficiale de la locul crimei.

E o casă curată și ordonată, aproape sterilă, și conține foarte puține obiecte personale. Singura fotografie pe care o găsim — cu Orre și câteva femei pe o plajă — e așezată pe un raft din camera de zi.

Manfred face un gest spre ea cu capul:

— Au pus deja asta în raport. Nu trebuie să o fotografiezi.

— De ce are sticla spartă? îl întreb și îmi trec degetul peste cele câteva cioburi care au rămas fixate în ramă.

Manfred dă din umeri.

— Dracu' știe!

— Poate că victima e una dintre femeile din fotografie.

— Poate. E imposibil de spus — fotografia e prea neclară.

Așa cum se întâmplă de obicei în timpul percheziției, nu mă simt deloc în largul meu. Ca și cum aș fi un intrus. Cu toate că știu că e un lucru necesar, nimic altceva nu te face într-o măsură mai mare să te simți ca un vultur, decât să cotrobăi prin lenjeria folosită și cumpărăturile cuiva.

Manfred cercetează biblioteca, care conține doar câteva cărți, câteva decorațiuni și o grămadă de reviste de afaceri. Scoate o stivă de cărți și întinde mâna în adâncul raftului.

— Ia uite ce am găsit în spatele cărților, Lindgren!

Mă duc la el. În mână are un DVD. Pe copertă e o femeie goală, legată fedeleş, care zace întinsă pe spate într-o parcare, cu picioarele desfăcute. Lângă ea stă un bărbat cu un bici în mână, cu spatele la fotograf.

— La naiba...

— Ți-am spus că e dereglat mintal, mormăie Manfred.

— O să iei ăsta acasă cu tine?

Îmi zâmbeşte strâmb.

— Ca să-ți spun adevărul, Afsaneh m-ar castra dacă ar găsi asta printre lucrurile mele. Poate-ar fi mai bine să-l iei tu? Pari să ai nevoie de ceva care să te înveselească.

— Sigur. Pornografia violentă îmi provoacă întotdeauna bună dispoziție.

Punem filmul la locul lui şi mergem în bucătărie. Dulapurile de un negru strălucitor şi bufetele din inox îmi aduc aminte de camerele de autopsie de la Solna. Până şi chiuveta şi robinetul cu duza ca o rozetă de duş au ceva instituțional.

— Nu e tocmai comodă, spune Manfred şi se încruntă.

Sunt de acord cu el, dar îi sunt recunoscător pentru că, după toți aceşti ani de când lucrăm împreună, încă nu mi-a văzut apartamentul. Îmi dau seama cât de deprimantă i s-ar părea casa mea. Manfred şi Afsaneh locuiesc într-un frumos apartament de la începutul secolului douăzeci cu sobe din teracotă şi artă pe pereți. Au perdele, perne, covoare colorate, cărți şi toate acele lucruri pe care eu nu am reuşit niciodată să le achiziționez. În dulapurile din bucătărie sunt înghesuite tăvi pentru plăcinte, biberoane, aparate de făcut îngheţată şi storcătoare de fructe. Pe oglinda din hol sunt prinse invitații la diverse evenimente, dovedindu-le imensa popularitate.

— Mergem să verificăm pivnița? întreabă Manfred și se îndreaptă spre hol fără să aștepte un răspuns.

Îl urmez pe scările care scârțâie sub greutatea noastră. Un ușor miros de mucegai și de detergent. Un zgomot de fond venind dinspre centrala termică. Dintr-un motiv sau altul, încep să amețesc și să mă simt fără vlagă, simt brusc nevoia să mă așez. Dar îl urmez supus pe Manfred în spălătorie. Aprinde lumina și cercetează dulapurile. Prosoape și cearșafuri sunt împăturite cu grijă lângă coșul cu lenjerie feminină pe care au găsit-o ascunsă în dulap experții legiști. Golește cu grijă articolele de îmbrăcăminte pe bufetul de lângă mașina de spălat. Dantelă neagră și mătase roșie, trandafiri și sclipitoare diamante false. Iată-le — trofeele de vânătoare ale lui Jesper.

— Uite, spune Manfred ținând în aer o pereche minusculă de chiloței cu perle cusute între picioare. Să înțeleg că acest... colier de perle vine... băgat în fund? Între fese sau cum?

Nu răspund. Mă gândesc că nu am văzut-o niciodată pe Hanne în ceva de genul ăsta și că probabil n-o voi vedea niciodată.

Punem înapoi lenjeria și ne concentrăm atenția asupra coșului cu lenjerie folosită a lui Jesper. Tricouri albe identice și pantaloni zac înghesuiți printre prosoape și echipament de sală. Scot o pereche de blugi și-i țin în fața mea. Par să fie normali ca mărime, fără a fi deterioriorați în mod ciudat sau având pete suspicioase. Chiar când sunt pe punctul de a-i pune înapoi, simt ceva în buzunarul de la spate. O mică proeminență, ca și cum cineva ar fi uitat acolo niște bani sau o rețetă.

Scot un bilețel scris de mână și îl despăturesc. E cam jumătate dintr-o pagină normală, iar scrisul de mână e delicat şi înclinat un pic spre stânga. Pare aproape copilăresc.

Jesper,

Îţi scriu pentru că sunt de părere că îmi datorezi o explicaţie. Înţeleg că dragostea se poate termina, chiar înţeleg. Dar faptul că m-ai abandonat în seara cinei noastre de logodnă, fără nicio explicaţie, nu e în regulă. Şi apoi, când încerc să dau de tine, să te prefaci că nu exist — cum crezi că mă face asta să mă simt? Dacă ai vrut să mă răneşti, să ştii că ai reuşit.

Ceea ce nu ştii este că sunt însărcinată cu copilul tău. Şi, indiferent ce simţi pentru mine, trebuie să vorbim despre copil. Nu mă aştept să vrei să fii tată, dar trebuie să discut cu tine despre situaţie. Cred că îmi eşti dator măcar atâta lucru.

Emma

Emma

Cu o lună în urmă

Stau întinsă în pat, mă doare burta şi mă gândesc la Woody. La ziua în care Elin ne-a surprins.

Eram amândoi în depozit când l-am întrebat pe Woody:

— Ai avut vreodată senzaţia că nimic din toate astea nu e real? Că viaţa ta e doar un film?

— Ce întrebare ciudată! Ce vrei să spui?

Şi-a agăţat ciocanul de un cârlig de pe perete. Holul de afară era gol; era douăsprezece şi jumătate şi toţi ceilalţi elevi erau fie la cantină, fie în curtea şcolii.

— Vreau doar să spun că uneori viaţa pare într-un fel ireală. Tu nu simţi niciodată asta?

— Nu.

Mi-a aruncat o privire lungă, cercetătoare.

— Poate e din cauză că ţi-ai pierdut de curând tatăl, a spus mai domol.

Nu i-am răspuns. Nu voiam să mă gândesc la tata. La bărbații care au venit și l-au scos sau la mama, care dormea pe podeaua din baie de când el a dispărut.

Woody a scos mătura, a început să măture în tăcere podeaua. În timp ce se apleca în față, legătura lui de chei zornăia ușor. Am făcut câțiva pași în spate până când am atins peretele, străduindu-mă să ocup cât mai puțin spațiu posibil, simțind betonul rece pe omoplați. Apoi a sprijinit mătura de perete, s-a lăsat pe spătarul băncii, s-a uitat la mine și a dat ușor din umeri.

— Cu timpul îți va fi mai ușor.

— De unde știi? Toată lumea spune asta, dar ei de unde știu?

Woody și-a scuturat un pic de rumeguș de pe blugi.

— Știu. Tatăl meu a murit când aveam vârsta ta. A supraviețuit unei dictaturi, dar a murit de infarct când am ajuns în Suedia. Stupid, nu-i așa?

Nu știam ce să spun.

— Credeam că sunt atât de puternic, a continuat el. Credeam că pot să fac față situației, dar am ajuns într-o situație foarte proastă. Mi-ar fi plăcut să am pe cineva cu care să vorbesc. Cineva care să mă asculte și care să mă înțeleagă.

— Ce s-a întâmplat?

Woody și-a privit mâinile. Le inspecta ca și cum ar fi vrut să se asigure că sunt curate. Pe degetul mare de la una dintre mâini avea o tăietură urâtă care începuse să se vindece. Pe degetul mic de la cealaltă mână avea un leucoplast murdar.

— Am dat-o-n bară.

— Cum?

— Îmi petreceam timpul cu oameni nepotriviți. Şi asta aproape că mi-a distrus viitorul. Mi-a luat mult timp să... repar stricăciunile pe care le-am făcut în acei ani.

— Ai făcut rău cuiva?

A râs scurt, ca şi cum aş fi spus o prostie. Şi-a trecut mâna prin părul negru.

— Mai ales mie însumi. Dar ție n-o să ți se întâmple aşa ceva, Emma. Tu eşti... o fată bună. Înțelegi? Locuieşti într-o zonă bună şi ai o familie şi prieteni cărora le pasă de tine. O să fie bine.

Dezamăgirea m-a inundat asemenea unui val. Nu voiam să fiu o „fată bună". Voiam să fiu mai importantă, voiam un destin mai măreț, poate chiar mai periculos de-atât. Voiam să fiu cineva. Voiam să fie ca ultima dată în depozit. Numele meu pe buzele lui, mâinile lui pe pielea mea.

Am păşit precaut spre el.

— Emma?

Părea confuz.

Am mai făcut un pas, mi-am încolăcit brațele în jurul trupului său cald. Mirosea a fum de țigară şi a sudoare: stătea complet nemişcat, apoi mi-a pus o mână pe umăr, m-a bătut uşor, aşa cum ai trata un câine ascultător.

— Va fi în regulă, Emma. Îți promit!

Cuvintele lui m-au provocat. Cine a spus că voiam să fie în regulă? M-am lăsat pe spate, dar numai atât cât să-l pot privi, cât să-i văd ochii. Nu eram sigură, dar aproape că mi s-a părut înfricoşat şi am zărit ceva în acei ochi, o întrebare sau poate îngrijorare.

Aşa că m-am ridicat în vârful picioarelor, m-am aplecat în față şi l-am sărutat. Buzele lui erau tari şi mici, nu erau deloc ca data trecută. A sărit înapoi ca ars, tremura din tot trupul şi m-a îndepărtat cu forţa.

— Emma. Ce...?

De-afară s-a auzit zgâriind şi o mică bufnitură. M-am întors şi am văzut o umbră în dreptul uşii.

Era Elin. Stătea aplecată în faţă ca şi cum şi-ar ţine echilibrul la marginea unei piscine, pregătită pentru săritură. Avea gura întredeschisă, iar în mână ţinea o doză de suc carbogazos.

— Elin, a strigat Woody. Intră. Vreau să vorbesc cu tine.

Elin nu s-a mişcat, dar doza i-a alunecat încet dintre degete. A părut să dureze o veşnicie până să lovească podeaua şi lichidul să se împrăştie peste tot pe linoleum.

— Elin, a implorat-o din nou, dar ea se întorsese deja cu spatele şi se retrăsese în fugă din încăpere.

Geaca ei uzată de piele şi căciula roşie croşetată au dispărut pe uşă, în timp ce zgomotul paşilor s-a estompat.

La ora trei o să iau un calmant. Mă doare burta şi sângerez. Până la urmă alunec într-un fel de apatie. Nu ştiu dacă visez sau dacă zac acolo până când vine vremea să mă ridic din pat.

Nu mă mai doare burta, mă simt mult mai bine. Poate că sunt pe cale să amorţesc. Mă simt de parcă m-aş preschimba încetul cu încetul în piatră: rece, tare, indiferentă faţă de felul în care mă tratează lumea. Ferestrele sunt negre şi în cameră e foarte frig. Sunt tentată să stau în pat, dar ştiu că trebuie să mă ridic şi să fac ceva în legătură cu situaţia în care mă aflu. Nu pot rămâne în continuare un pion în jocul lui Jesper.

Când mă hotărăsc să mă duc la muncă, deşi nu mai am ce căuta acolo, îmi spun că trebuie să o fac pentru a-i înapoia Olgăi maşina.

*

— Bună!

Ea mă salută fără să ridice privirea din ziarul de scandal pe care-l citeşte.

— Bună!

Mă las pe scaunul de vizavi de ea, în timp ce Olga dă încet paginile, netezind cu o mână hârtia. În cealaltă mână ţine o ţigară neaprinsă. Scot cheile de la maşină, le pun în mijlocul ziarului.

— Mersi că mi-ai împrumutat maşina.

— Eurovisionul de anul ăsta e o nebunie.

Nu-i răspund.

— Vrei să vii cu mine?

Ridică ţigara în aer.

Dau din umeri.

— Sigur.

Mergem în holul din spatele bucătăriei, cel care duce spre zona de returnare a produselor. În mod normal n-avem voie să fumăm acolo, dar toată lumea o face. De-a lungul peretelui sunt stivuite cutii de carton legate împreună.

— Vrei o ţigară?

Olga scoate un pachet de ţigări din buzunar.

Clatin din cap.

— Nu, mersi.

În timp ce-şi aprinde ţigara, se uită la mine cu ochii mari şi strălucitori ca mărgelele. Apoi se apleacă înainte, îşi trece degetele peste faţa mea.

— Isuse Cristoase, Emma, ce s-a întâmplat?

— Am căzut într-o tufă.

Pare neîncrezătoare.

— El a făcut-o? Tipul tău? Te-a lovit? Dacă a făcut-o, trebuie să-l reclami la poliție.

— Nu m-a lovit nimeni. Dar ieri l-am urmărit. Acum ştiu unde locuieşte. Eu...

Ezit, lacrimile mi se adună în ochi. Olga mă strânge cu blândețe de braț şi-i simt unghiile lungi prin pulover.

— Ce s-a întâmplat, Emma? Spune-mi! Lucrurile par mai puțin negre atunci când le povesteşti.

— El... locuieşte într-o casă mare în Djursholm, şi are acolo o altă femeie. M-a păcălit de la bun început. Mi-a spus că nu putem să spunem la nimeni despre relația noastră din cauza slujbei şi că de-asta nu trebuia să fim văzuți niciodată împreună. Dar în realitate nu era vorba despre asta. Avea deja o prietenă. Îți vine să crezi? E atât de... grețos. Apoi m-am gândit la ce mi-ai spus tu, că poate intenționa să-mi facă rău. Poate chiar e un psihopat. Dar acum nu ştiu ce să mă fac. Mi-a distrus viața şi nu ştiu ce să fac.

Olga oftează şi se sprijină de zidul de beton. Se zgâieşte la becul fără abajur de pe tavan. Se aude huruitul estompat al unui metrou care trece mult sub nivelul străzii. Mirosul de beton umed şi de mucegai îmi stăruie în nări.

— Emma, spune ea, suflând încet fumul.

Un fuior lung se ridică spre tavan înainte de a se disipa.

— Trebuie să-l laşi în pace. Eşti... obsedată. Dacă asta a urmărit, înseamnă că a reuşit.

— Să-l las în pace?

— Da. Ştii tu. Mergi înainte. Să nu te împingi cu totul singură la zid?

— Să nu „mă pun“ singură la zid.

Olga îmi ignoră observația.

— Uită de el! Ieși cu altcineva. Trebuie să mergi mai departe.

— Nu pot face asta.

Vocea mea e subțire și fragilă. Aud un bufnet, și un curent de aer rece îmi învăluie gleznele. Vine cineva. Olga își stinge țigara de zid, adăugând încă o pată neagră sutelor de pete negre care sunt deja acolo.

— De ce nu?

Vocea ei sună acuzator.

— Pentru că... nu e vorba doar despre faptul că m-a părăsit. Mi-a luat banii și pisica, și...

— Ești sigură că ți-a luat pisica?

— Nu, dar...

— Când l-ai împrumutat, ați semnat vreun contract?

— Sigur că nu. Nu semnezi contracte cu iubitul tău.

— Atunci nu vei putea dovedi niciodată. Deci singura vinovată ești tu.

Brusc, simt că mă enervez. Olga poate fi uneori atât de bătută în cap, atât de lipsită de compasiune! Nu pare să-mi observe enervarea, e adâncită în schimb în gândurile ei. De pe coridorul exterior se aude zgomot de pași. Cu toate astea, ea își mai aprinde o țigară.

— Poate că ar fi bine să-l dai în urmărire.

— În urmărire?

— Da, la tribunal.

— Vrei să spui să-l dau „în judecată“? Pentru ce?

— Găsești tu ceva.

Ușa se deschide și Mahnoor aruncă o privire înăuntru. Părul ei închis la culoare e aranjat într-un coc în creştetul capului, iar ochii îi sunt evidenţiaţi cu linii groase de tuş. Îmi aduce aminte de o gheişă.

— Ştiţi că nu aveţi voie să fumaţi aici?

— O să ne pârăşti? mormăie Olga.

— Haideţi! Nu mă puteţi lăsa singură în magazin.

Se întoarce fără să aştepte un răspuns, iar uşa grea de metal se închide în urma ei cu un scârţâit.

— E la fel ca Björne, spune Olga cu un fornăit.

Mă plimbam împreună cu Jesper pe malul apei la sud de parcul Tantolunden. A fost una dintre puţinele ocazii când am ieşit împreună. Căldura era atât de copleşitoare şi soarele atât de puternic, încât în acea după-amiază nu ne venea deloc să stăm în micul apartament de pe Kapellgränd.

— Deci, ce s-a întâmplat cu tatăl tău?

— A murit.

— Da, am înţeles asta, dar ce s-a întâmplat? Tu câţi ani aveai?

— Cincisprezece.

— O vârstă sensibilă.

M-am gândit la ceea ce îmi spusese. Chiar era mai dificil să ai cincisprezece ani decât doisprezece sau optsprezece? Sau pur şi simplu a spus-o aşa, din politeţe, ca să arate că-i pasă?

— Poate.

— Era bolnav?

Jesper s-a oprit în dreptul uneia dintre cabanele de lemn de pe marginea drumului. Mica grădină era plină de muşcate în variate culori şi animale de porţelan. A apărut un căţeluş, a alergat spre noi şi a început să latre zgomotos.

— S-a spânzurat.

— Doamne Dumnezeule, Emma. De ce nu mi-ai spus până acum?

— Nu m-ai întrebat niciodată.

— Ar fi trebuit să spui ceva.

M-a tras aproape şi m-a strâns în brațe.

— Ar fi făcut vreo diferență? am bâiguit în ceafa lui.

— Nu, sigur că nu. Dar aş fi putut să te ajut. Să-ți ofer sprijin.

— Sprijin?

Nu voiam să sune ironic, dar aşa a sunat. Gândul că el — care nici măcar nu voia să fim văzuți împreună — ar fi devenit dintr-odată atât de nerăbdător să-mi acorde sprijinul mi s-a părut absurd. Jesper nu părea să perceapă ironia. În schimb, m-a sărutat uşor şi a întins mâna.

— Vino!

Ne-am plimbat în linişte pe malul apei. Peste tot erau locuitori ai Stockholmului, îmbrăcați sumar: pe jos, cu bicicleta, în canoe. În apropiere de noi, doi bărbați asiatici pescuiau. Plutele lor, care apăreau şi dispăreau încet în apa calmă din apropierea docului erau o dovadă a dezinteresului lor — poate că şi ei erau în vacanță.

Jesper şi-a împletit degetele cu ale mele. Mi-a strâns mâna atât de tare, încât mă dureau monturile. Dar nu am spus nimic, gândindu-mă în schimb la familia mea dispărută. La mama şi tata, şi la apartament, şi la toate lucrurile pe care le aveam acolo: mobilă stricată, bucăți de prosoape şi de covoare aruncate, sticle goale, borcane de sticlă de diferite mărimi, cu sau fără capac. Până la urmă, de ce aveam atât de multe lucruri? Cine le-a adunat? Trebuie să fi fost mama, pentru că nu-mi aduc aminte ca lucrurile să se fi îmbunătățit după moartea tatei. M-am gândit de asemenea la toate lucrurile neînsemnate din cauza cărora ne-am certat: spălatul vaselor, dacă am voie să stau în oraş până după unsprezece noaptea, cum se feliază corect o bucată de brânză şi de ce avea mama nevoie de câteva beri ca să se relaxeze şi să se simtă din nou ca o fiinţă umană.

Acum n-a mai rămas nimic. Doar amintiri fragmentare dintr-un timp care a trecut, despre oameni care au murit şi s-au împrăştiat care încotro. Despre locuri şi obiecte. Visuri, promisiuni, planuri, dragoste şi suferinţă.

— De ce s-a sinucis?

— Nu prea ştiu. Bea mult — la fel ca şi mama —, dar nu ştiu dacă de-asta. E atât de ciudat! E ca şi cum n-aş putea să-mi amintesc cu adevărat, ca şi cum aş avea goluri în memorie. Câţiva ani s-au risipit în ceaţă.

— Nu aşa stau oare lucrurile? Uităm.

— Oare?

Nu mi-a răspuns. Am ajuns la un mic doc. Ca şi cum am fi avut o înţelegere tacită, ne-am dus până la marginea docului, ne-am aşezat pe lemnul putred care mirosea uşor a smoală. La doar câţiva centimetri sub noi, soarele dansa pe apa vălurită de o briză uşoară. Pe celălalt mal al canalului, din vegetaţia bogată se iveau clădirile de apartamente din Årsta, ca nişte copii care se jucau de-a v-aţi ascunselea.

— Nu trebuie să-mi răspunzi dacă nu vrei, dar cine l-a găsit?

M-am lăsat pe spate, sprijinindu-mi coatele de lemnul aspru al docului. Stăteam holbându-mă direct înspre cer. Nori mici, decupaţi parcă din cărţile poştale, pluteau încet deasupra noastră. Pescăruşii se roteau deasupra apei, ţipând în felul lor caracteristic.

— Mama l-a găsit. S-a spânzurat în camera de zi. Ea a luat un cuțit de bucătărie şi a tăiat frânghia. Când am ajuns acasă, zăcea încă pe podea cu frânghia în jurul gâtului.

— L-ai văzut?

— Da.

— Doamne sfinte! Ar fi trebuit să-mi spui, Emma.

Nu am răspuns, dar când am închis ochii l-am văzut pe tata în fața mea — întins pe o parte, pe covorul cu flori galbene de floarea-soarelui, cel făcut de mătuşa mea. Frânghia albastră de plastic era înfăşurată ca o lesă în jurul gâtului. Fața lui avea o culoare stranie, iar limba îi atârna afară din gura întredeschisă. Mama stătea pe vine lângă el, legănându-se înainte şi înapoi, bâiguind incoerent.

Jesper s-a culcat lângă mine, închizând ochii din cauza soarelui, şi şi-a pus o mână pe unul dintre sânii mei.

— Biata, micuța Emma, a bâiguit. Voi avea eu grijă de tine.

Şi, în acel moment, cu fața luminată de soare, înconjurată de frumusețea perfectă, fermecătoare a Stockholmului, l-am crezut.

Am crezut cu tot sufletul în ceea ce a spus.

— Nu uita de pălării şi eşarfe!

Mahnoor arată cu degetul spre etajera de lângă casa de marcat. Dau din cap, dar nu-i răspund. Am aşteptat toată ziua ca Mahnoor sau Olga să-mi spună să mă duc acasă, să-mi aducă aminte că am fost concediată.

Dar nimeni nu spune nimic şi, pe măsură ce se scurg orele, devin din ce în ce mai convinsă că ele nici măcar nu ştiu că am fost concediată, că e posibil ca între angajații noştri şi cei de la Resurse Umane să nu existe comunicare. În mod ciudat, am senzația că aş putea sta aici în bula mea oricât vreau eu, că eu sunt cea care decide cât timp voi rămâne angajată.

Încep să trag încet dulapul cu pălării şi mănuşi dinspre casa de marcat spre intrare. Această constantă rearanjare a mărfii şi a mobilei e epuizantă. Sigur, ştiu că se procedează astfel pentru a vinde mai mult, dar sunt câteva lucruri care sunt la fel de inutile ca mutatul munților de blugi dintr-un capăt în celălalt al încăperii.

Olga mă ajută. Apucă eşarfele, le pune lângă pălării şi mănuşi. Mă uit la instrucțiunile primite de la sediul central şi apoi la magazin.

— Cred că acum sunt în locul potrivit.

Olga întinde o mână după diagramă.

— Ia să văd!

Se uită când la hârtie, când la ce e în fața ei, apoi dă din cap.

— Aşa trebuie să fie, spune ea şi mută un pic pălăriile.

Câteodată cei de la sediul central vin neanunțați în inspecție. Verifică totul — de la felul în care avem prinse ecusoanele şi până la curățenia din baia angajaților. Dacă nu sunt mulțumiți, magazinul primeşte o notă proastă şi asta afectează bonusurile angajaților. Iar angajații suntem noi. Indiferent ce crezi despre conducere, trebuie să recunoşti că metodele lor de control sunt destul de eficiente.

— Olga, chestia aia pe care ai spus-o despre răzbunare. Ce crezi că ar trebui să fac?

Olga îşi încrucişează brațele la piept şi se încruntă.

— Nu ştiu. Întâlneşte-te cu el! Ceartă-l!

— Şi dacă nu mă ascultă?

Olga ridică de pe podea câteva mănuşi. Când mă priveşte din nou, îi observ iritarea.

— Dar eu de unde să știu?

Stridența vocii ei mă surprinde.

— Nu, așa e. Dar tu ai fost cea care mi-a sugerat asta. Mă gândeam că poate ai niște idei.

Ea nu răspunde. Se preface că are treabă, agață o pereche de mănuși de piele. Dinspre casa de marcat se aude râsul catifelat al lui Mahnoor care vorbește cu un client. Ezit pentru o clipă, dar până la urmă tot o întreb.

— Îmi datorează o sută de mii. Asta înseamnă că am dreptul... să fur de la el ceea ce mi-a luat?

Olga pare să se agite, dar îmi evită privirea.

— De ce nu?

Blochez roțile etajerei și rearanjez o parte din haine și pălării. Mă asigur că atârnă frumos pe barele de metal.

— Să presupunem că are un câine, spun. Pot să i-l iau? Pot să-l las undeva departe, într-o pădure?

Olga îngheață și în sfârșit se uită la mine. Ochii ei sunt plini de dezgust.

— De ce vrei să-i iei câinele? Ești bolnavă?

— Dar mi-a luat pisica.

— N-ai de unde să știi că a fost el. Poate că pisica a fugit pur și simplu.

Nu, știu că el a fost, mă gândesc. Dar nu am tăria de a mă certa cu Olga în legătură cu asta. Poate să creadă ce dorește.

Simt un iz de parfum și Mahnoor răsare pe neașteptate lângă mine. Își așază ușor o mână pe umărul meu.

— Despre ce discutați?

— O, nimic special, minte Olga și-i întinde planul primit de la sediul central. E în regulă?

Mahnoor compară în liniște diagrama cu aranjamentul făcut de noi.

— Foarte bine, spune ea, şi Olga se întoarce şi se îndreaptă cu paşi mărunţi spre chicinetă cu tocurile ei înalte până la cer.

Mă gândesc că indiferent ce înseamnă o răzbunare mulţumitoare, trebuie să fac ceva. Ştiu că, dacă nu acţionez, mă voi nărui. Simt asta cu toată fiinţa.

Dar ce i-aş putea face unui bărbat ca Jesper Orre? Un om care are totul: succes, bani, femei. Logic ar fi să-i plătesc cu aceeaşi monedă — ochi pentru ochi, dinte pentru dinte. A pătruns la mine în casă, mi-a furat lucrurile, animalul de companie. Mi-a luat locul de muncă, banii, copilul. Dar poate că Olga are dreptate şi nu pot să-i fac exact acelaşi lucru.

Sau?

În timp ce aranjez o altă pălărie, zăresc inelul care îmi străluceşte pe deget şi, dintr-odată, ştiu exact ce trebuie să fac.

Magazinul e plin de ceasuri, bijuterii şi obiecte de argint din podea până-n tavan. Camera e luminată discret, însă câteva lumini puternice sunt dispuse pe tejgheaua din faţa mea. În spatele meu e o canapea din piele de culoarea vinului. O femeie cu părul închis la culoare e aşezată în mijlocul canapelei, cu poşeta în poală. Când mă întorc, se uită în altă parte.

Mă întorc din nou spre femeia din spatele tejghelei. Are în jur de şaizeci de ani, părul ei e blond, tăiat scurt şi poartă jachetă şi pulover de aceeaşi culoare şi o fustă de lână plisată. Arată ca o prezentatoare de ştiri din anii cincizeci sau ca o Doris Day îmbătrânită care şi-a luat o a doua slujbă la un amanet. Ia inelul şi-l examinează prin ceea ce seamănă cu un mic telescop.

— Foarte drăguț, spune ea. O piatră încântătoare.

— Ne-am despărțit, îi spun.

Ea coboară lupa din dreptul ochilor și-și ridică mâna aproape imperceptibil, ca și cum ar vrea să-mi bage cuvintele înapoi în gură, dându-mi de înțeles că nu am de ce să-i spun de ce vând inelul, că această informație nu e relevantă aici.

— Primim multe inele de logodnă, bâiguie ea și privește din nou prin lupă.

Se apleacă în față, capul ei e atât de aproape, încât zăresc firele albe care țâșnesc ca buruienile de-a lungul liniei părului. Continuă, fără să ridice privirea de la inel:

— Pot să vă dau douăzeci de mii pentru asta.

— Nu mai mult? Valorează mult mai mult de-atât.

Arată dintr-odată obosită, pune lupa pe tejghea. Apoi așază inelul pe o mică pernă de catifea albastră.

— Nu vă putem oferi mai mult de-atât. Îmi pare rău.

Pentru un moment, e liniște. Privesc încă o dată în jur prin magazin. Pe unul dintre pereți e agățată o chitară Gibson. Mă întreb dacă e de vânzare. Pe un raft aflat la dreapta mea sunt mai multe inele de aur; par a fi inele de logodnă. Sute de visuri năruite, etalate într-o casetă de sticlă. Femeia stă în continuare pe canapeaua de piele. Se uită iarăși în altă parte.

— Bine.

Doris Day încuviințează precaut din cap și-și aranjează cu o mână părul.

— Atunci vă vom elibera un bon de amanet. Voi avea nevoie de câteva informații personale. Scoate un formular și-l pune în fața mea. Bifează câteva dintre căsuțe. Va trebui să completați aici, aici și aici cu informațiile personale. Și am nevoie de cartea dumneavoastră de identitate.

I-o dau şi mă gândesc: nu, nu mi-e ruşine că mă aflu aici. Nu e vina mea că am ajuns în situația asta de căcat şi nu mi-e ruşine să fac în sfârşit ceva ca să ies din ea. Dintr-odată, mi se pare important să subliniez acest aspect — nu are de ce să-mi fie ruşine.

— Minunat, atunci îmi voi plăti facturile. Pot să-mi rebranşez telefonul. Şi cablul, bineînțeles. Şi chiria, aproape că am uitat de ea. Ce s-ar fi întâmplat dacă m-ar fi evacuat? Ar fi fost groaznic.

Doris Day nu răspunde, doar încuviințează, cu capul plecat. Bănuiesc că a auzit tot ce i-am spus. Femeia de pe canapea roşeşte, arată de parcă ar vrea să dispară cu poşeta ei de plastic cu tot.

— La revedere, îi spun. Sper să primiți mulți bani pentru aia.

Îşi strânge poşeta în poală fără să-mi răspundă.

Hanne

Gunilla mă duce cu maşina până în Skeppargatan. E deja întuneric, cu toate că e abia patru după-amiaza şi drumul e perfid de alunecos. Parchează pe Kaptensgatan, opreşte motorul şi se întoarce spre mine. Sub lumina felinarelor, părul ei blond străluceşte ca un halou în jurul capului.

— Vrei să vin cu tine?

Reflectez la asta.

— Da, te rog. Dacă n-ai nimic împotrivă. De obicei nu e acasă la ora asta, dar nu se ştie niciodată...

— Sigur. Hai să mergem s-o luăm pe Frida!

Parcurgem distanța scurtă care ne desparte de uşă.

Ciudat! Au trecut doar câteva zile de când am plecat, dar clădirea mi se pare deja schimbată într-un fel. Mai întunecată, mai puțin primitoare, ca şi cum n-ar mai vrea să fie casa mea. Ca şi cum contractul nostru ar fi expirat şi ea m-ar fi dat afară. Dar mă gândesc că totuşi e exact invers. Eu sunt cea care pleacă de pe Skeppargatan.

Introduc codul şi uşa se deschide cu un bâzâit fin.

În timp ce urcăm cu liftul, cotrobăi prin geantă în căutarea cheilor. Când într-un final le găsesc, simt că îmi tremură mâinile, iar când Gunilla deschide uşa liftului, le scap pe jos. Le ridică şi-şi trece într-o doară mâna peste obrazul meu, ca şi cum s-ar întreba dacă am febră.

— O, draga mea! Tremuri!

— E doar...

Dă grăbită din cap, mă apucă de braț şi mă conduce în apartament. Îmi ia cheile şi descuie uşa. Frida vine imediat în întâmpinarea noastră şi începe să sară în jurul picioarelor mele. Mă las pe vine. Îmi îngrop fața în blana ei neagră şi las lacrimile să curgă în voie. Frida îmi linge fața şi scânceşte un pic.

Toată dragostea asta canină necondiționată, mă gândesc. Ce-am făcut ca s-o merit? Şi de ce oare iubirea oamenilor necesită o continuă cedare şi adaptare din partea noastră? De ce nu putem să ne iubim unii pe alții fără să simțim nevoia de a pune stăpânire pe celălalt?

Intrăm pe hol şi aprindem lumina. Arată exact la fel. Hainele şi încălțările mele atârnă agățate în ordine pe suportul din hol. Corespondența zace într-o mică stivă pe masa de sub oglindă. Gunilla se apucă de treabă, prădând stiva şi alegând câteva scrisori care bănuiesc că îmi sunt adresate.

Mă uit în bucătărie. Bilețelele mele galbene sunt în continuare lipite pe dulapuri. Fluturate uşor de curentul de aer care intră pe fereastră.

Mementouri.

Sunetul ceasului care ticăie în bucătărie e enervant de sonor, spărgându-mi urechile. Mă întorc şi mă îndrept spre camera de zi. Cercetez cu privirea biblioteca. Mă gândesc câteva secunde, apoi iau memoriile lui Halvorsen despre mutarea lui în Groenlandaa la începutul secolului trecut şi o colecție de eseuri despre inuiți pe care mi-a dăruit-o tata când am intrat la facultate. Apoi mă uit la toate obiectele: la măști, la statui și la toate celelalte. Dar, când mă gândesc de ce le-am primit, singurul lucru pe care-l simt e dezgustul, un fel de greață aproape. Nu mă pot hotărî să iau nici măcar una cu mine la Gunilla.

— Nu ai destule cărți? N-ar fi mai bine să iei niște haine cu tine? mă întreabă Gunilla.

Dau din cap.

— Oricum trebuie să-mi cumpăr unele noi.

Tăcem amândouă și ticăitul ceasului din bucătărie mi se insinuează din nou în cap, ricoșând dintr-o tâmplă în alta, forându-mi găurele distincte, dureroase în conștiință. Brusc, simt cum toată camera începe să se strângă de parcă s-ar legăna, și mi se face rău. Fac câțiva pași spre Gunilla și o iau de mână.

Pare îngrijorată. Între sprâncene i-a apărut o cută adâncă și mă strânge de mână.

— Articole de toaletă? Mai ai nevoie de ceva?

Clatin din cap.

— Nimic, spun. Nu am nevoie de nimic din ce e aici.

Când ajungem înapoi la apartamentul Gunillei, ea-mi pregătește un ceai în timp ce-și face bagajele. Pleacă într-o croazieră de douăzeci și patru de ore cu noul ei iubit. Bărbatul care o face să se simtă din nou tânără.

Randy. Așa cum fostul ei soț nu se întâmpla s-o facă cu anii.

Frida stă întinsă pe canapea, pe o pătură, dormind. În dulce nepăsare față de problemele oamenilor. Gunilla cântă încetișor; nu reușesc să-mi dau seama ce anume, dar e ceva liniștitor. Îmi aduce aminte de ceva de demult —

o perioadă pe care am uitat-o sau poate am îngropat-o pentru că îmi provoacă o durere prea mare să mă gândesc la ea.

Imaginează-ți cum e să fii din nou atât de ridicol de fericită. Îndrăgostită şi lascivă, şi pasională, cu toate că eşti aproape de vârsta pensionării şi copiii tăi sunt deja mari. Să pleci într-o croazieră, să mănânci mâncare bună şi să faci sex cu cineva cu care chiar vrei să faci dragoste. Mai degrabă datorită dorinței, decât din obişnuință sau loialitate sau poate doar din supunere.

A fost vreodată aşa pentru Owe şi pentru mine? Pe vremea când eram amândoi tineri?

Cu toate că, de fapt, doar eu eram tânără când ne-am cunoscut. Nouăsprezece ani. El avea aproape treizeci, fusese deja căsătorit o dată, şi îşi terminase stagiul de specializare. Nu are cum să-ți scape faptul că practic am trecut de la un părinte la un alt părinte, de la un fel de supunere la un alt fel de supunere.

Dar oare chiar am fost pasionali?

Încerc să-mi aduc aminte. Dar, ca de obicei când mă gândesc la relația mea cu Owe, sunt multe lucruri care lipsesc, atât de multe goluri în țesătura fragilă a memoriei mele, încât nu reuşesc să evoc cu adevărat cum am trăit lucrurile. Poate din cauza a tot ce a intervenit în relația noastră: ruşinea de pe fața lui Owe atunci când se uită la bilețelele mele lipite pe uşa bucătăriei, mirosul slab, totuşi palpabil al verzei fierte în jurul trupului său, puloverul urât pe care insistă să-l poarte chiar şi atunci când avem invitați la cină. Şi felul lui de a le închide gura invitaților cu aiurelile lui arogante despre filosofie şi teatru, pe care le emite chiar şi atunci când nu stăpâneşte prea bine subiectul.

— O să te descurci? mă întreabă Gunilla în timp ce-şi pune geanta de voiaj în hol şi-şi îmbracă haina de blană.

— Absolut!

— Şi mă suni dacă ai nevoie de mine?

Ies în hol şi o îmbrățişez lung. Inhalez mirosul parfumului ei şi-mi odihnesc pentru o clipă obrazul pe reverul moale al hainei.

— Petrecere minunată, îi spun şi sper să sune sincer.

Îmi dă drumul, ezitând uşor. Îşi ridică mâna şi o flutură scurt, zâmbeşte cu sfială, ia geanta în mână şi pleacă.

Îmi torn apă într-un pahar şi-mi iau medicamentul, o pilulă galbenă şi două albe. Iată-mă aici, mă gândesc, mă apropii de sfârşitul vieții. În bucătăria Gunillei, departe de Owe, care e în celălalt capăt al oraşului.

Viața e ciudată şi, pe măsură ce îmbătrâneşti, nu devine mai puțin ciudată. Dar te obişnuieşti cu această stranietate, înveți s-o accepți. Trucul e să te împaci cu gândul că viața nu ia niciodată turnura pe care te-ai aştepta s-o ia.

E nouă şi douăzeci seara, iar furtuna zgâlțâie geamul de la bucătărie şi fluieră în jurul clădirii. Dar înăuntru e cald şi comod. Perne cu flori, perdele colorate cu volănaşe — tot ce-i displăcea soțului Gunillei — înghesuite în cameră. Jörn era constructor, dar se considera un fel de arhitect. Casa lor era toată numai alb şi diverse nuanțe de gri, la fel de minimalist şi de asexuat ca un laborator medical. Şi orice încercare a Gunillei de a înveseli casa lor strictă, cu perne colorate sau porțelanuri pictat de mână, era respinsă fără milă.

Mă uit afară pe fereastra întunecată, mă întreb ce face Gunilla pe Marea Baltică în furtuna asta.

Owe mi-a trimis azi trei mesaje. În primul şi-a cerut scuze pentru felul în care s-a comportat ieri în faţa apartamentului Gunillei. Mi-a explicat că mă iubeşte, că Frida primeşte toată îngrijirea de care are nevoie şi că le e dor amândurora de mine. Al doilea mesaj avea un ton mai urgent. A descoperit că Frida dispăruse şi mi-a scris că „aş fi putut cel puţin să-l avertizez". Frustrarea lui pentru faptul că şi-a pierdut controlul asupra mea se simţea printre rândurile mesajului scurt, asemenea unui subton dur, ameninţător, într-o piesă muzicală.

Al treilea mesaj l-am primit cu o oră în urmă şi era infuzat de o furie abia mascată:

Propun să ne întâlnim la 20:00 la KB ca să discutăm ce opţiuni avem. Presupun că vei fi acolo. Owe

Aproape că-l pot vedea la bar cu un pahar de Chablis în mână. Furios din cauză că nu m-am arătat, cu părul măciucă.

Îmi vibrează telefonul, îl ridic de pe masă. Nu simt decât oboseală când citesc mesajul de la el:

Să nu aştepţi NICIUN fel de sprijin din partea mea. E ULTIMA oară când mai accept aşa ceva de la tine. Comportamentul tău e de NEIERTAT. De acum eşti pe cont propriu.

Îmi cobor privirea spre masa din bucătărie care e plină de hârtii. Răsfoiesc fără scop rapoartele privind cazul Calderón. Mă uit încă o dată la capul tăiat şi la ochii lipiţi cu bandă adezivă. Îmi citesc propriile cuvinte:

Capul a fost plasat dinadins în aşa fel încât să fie vizibil de la intrare, pleoapele au fost lipite cu bandă adezivă ca să rămână deschise. Probabil pentru ca eventualii vizitatori să fie nevoiți să se confrunte cu privirea victimei. Posibile motive pentru asta sunt...

Undeva în adâncul minții mele se formează un gând, atât de vag încât aproape că-mi scapă. Mă întind după raportul întocmit de experții legişti despre casa lui Jesper Orre şi încep să caut prin el. Privirea mi se opreşte asupra listei de obiecte găsite pe podeaua din hol şi iată-le: două chibrituri rupte, aflate lângă capul femeii moarte.

Pun mâna pe mobil şi-l sun pe Peter. Răspunde aproape imediat ca şi cum ar fi aşteptat apelul meu acolo, afară, în furtună.

— Hanne? spune el.

— Am găsit ceva.

— Ai găsit ceva?

— Da, în raportul legiştilor despre casa lui Orre.

Pauză. Pe fundal se aude muzică.

— A, bun. Ce zici, aruncăm mâine dimineață o privire? Sunt în drum spre casă.

— Cred că e important.

O altă pauză.

— Unde eşti?

Cincisprezece minute mai târziu se aude soneria de la uşă. Peter are fulgi în păr şi pe nasul coroiat, şi-mi vine să mă aplec spre el şi să îndepărtez zăpada. Mă abțin în ultimul moment.

— Intră.

Îşi scutură pantofii şi-şi agaţă geaca în cuier, lângă a mea. Priveşte în jur prin holul luminos. Obrajii lui subţiri sunt roşii şi în sprâncenele blonde îi licăresc picături de apă.

— Drăguţ apartament. E al tău?

Clatin din cap.

— Nu. Stau la o prietenă acum.

Îi arăt drumul spre bucătărie şi-i fac semn spre unul dintre scaune.

— Stai jos. Vrei o ceaşcă de ceai?

Dă din cap.

— Nu, mersi. Nu vreau.

Mă aşez lângă el şi răsfoiesc raportul legiştilor privind casa lui Orre.

— Vecina aceea, spun. A atins cumva victima?

Peter pare confuz.

— Bătrâna? Cea care a găsit-o?

— Da.

Peter îşi trece mâna prin păr şi se uită în tavan.

— Da. A atins-o. Dacă-mi aduc bine aminte, a spus că a verificat dacă e într-adevăr moartă. Ca şi cum ar fi putut să existe vreun dubiu în legătură cu asta.

— Deci a atins capul.

— E posibil, da.

— L-a mişcat?

Mă priveşte din nou în ochi. Ochii lui verzi sunt injectaţi, ca şi cum ar fi plâns sau ar fi petrecut toată noaptea. Înclin spre a doua variantă.

— Dacă l-a mişcat? Nu, nu cred. Poate că l-a atins.

— Atunci e posibil ca la locul crimei ceva să fi fost... dislocat.

— Absolut. Dacă e să ne gândim la felul în care şi-a târşâit peste tot picioarele.

— Pentru că aici scrie... Îmi trec degetul peste text, căutând pasajul care mi-a atras atenția şi continui: aici scrie că lângă cap, pe podea, au fost găsite două chibrituri rupte.

Peter se apleacă în față. Citeşte raportul.

— Da. Două chibrituri, o monedă de o coroană, o brichetă şi un gloss de buze Chanel. Probabil obiecte pe care victima le avea în buzunar şi care au căzut pe jos în timp ce se luptau.

— Dar dacă chibriturile nu au ajuns acolo din întâmplare? zic.

— Ce vrei să spui?

— Dacă ucigaşul le-a pus în ochii victimei ca să îi țină deschişi?

Peter examinează schița legiştilor.

— Chibriturile au fost găsite aici, spun, arătând spre schiță. Lângă cap. Dacă criminalul le-a plasat în ochii victimei, e posibil să fi căzut pe podea atunci când vecina a mutat capul.

Peter oftează şi-şi sprijină fruntea în palmă.

— Deci vrei să spui că e posibil ca ucigaşul să fi vrut să țină deschişi ochii victimei, la fel ca în cazul Calderón?

— Exact.

— Astfel încât persoana care intra pe uşă avea să întâlnească privirea victimei.

— Asta e celălalt lucru la care m-am gândit. Dacă e exact invers?

— Invers?

— Dacă victima e cea care e forțată să vadă?

— Dar victima este moartă.

— Da, aşa e. Dar gândeşte-te simbolic. Ucigaşul omoară şi mutilează victima. Dar asta nu e suficient. După săvârşirea crimei, lipeşte sau fixează ochii victimei, astfel încât să rămână deschişi. Astfel încât ea să fie nevoită să-l vadă plecând. Umilirea supremă. Îți iau viața şi apoi plec, ca şi cum nimic nu s-ar fi întâmplat. Şi te oblig să te uiți în timp ce o fac.

Peter pare neîncrezător.

— Care e diferența? spune într-un final.

— Păi, e o diferență uriaşă. Să ții ochii victimei deschişi ca să te asiguri că următorul vizitator va întâlni ochii victimei e un act agresiv direcționat împotriva lumii exterioare sau împotriva vizitatorului. Să ții ochii victimei deschişi, astfel încât aceasta să fie obligată să urmărească plecarea ucigaşului e un act care vizează victima. Răzbunarea supremă. Dintr-un motiv anume, pentru criminal era important ca victima să-l vadă în timp ce pleacă. Gândeşte-te ca la un fel de eliberare de victimă.

— Şi ce presupune asta la nivel practic?

— E posibil ca ucigaşul şi victima să fi avut o relație apropiată.

— Ce fel de relație?

— Nu ştiu. O legătură amoroasă, poate.

Câteva ore mai târziu, stăm în continuare în bucătăria Gunillei, discutând despre caz. Peter nu e convins în totalitate de teoria mea. Pare să accepte că acele chibrituri au fost plasate în mod deliberat în ochii victimei, dar cu toate că îi explic din nou şi din nou, nu pare să înțeleagă de ce este atât de important ca mai degrabă victima decât oricine altcineva să fie forțată să vadă.

După un timp, începem să vorbim despre alte lucruri. O conversație nesigură despre vreme şi despre colegii lui de la secția de poliție. Despre politică şi felul în care s-a schimbat orașul în ultimii zece ani. Întrebări precaute despre viețile noastre — niciunul nu aduce în discuție ciudățenia faptului că stăm aici, doar noi doi, într-o bucătărie, noaptea. Că după atâția ani efectiv vorbim din nou unul cu altul.

Îmi permit să simt o anumită tristețe în legătură cu ceea ce nu va deveni niciodată realitate. Viața pe care am fi putut să o avem împreună.

La zece și jumătate îmi spune că trebuie să plece. Trebuie să se trezească devreme ca să studieze toate ponturile pe care le-au primit în legătură cu identitatea femeii necunoscute. În timp ce se ridică, iese pe hol și-și îmbracă geaca, detectez ceva neliniștitor în trupul lui deșirat. Se apleacă în față, își pune pantofii sport care sunt prea subțiri pentru iarnă.

Întotdeauna s-a îmbrăcat prea subțire, mă gândesc, și-mi aduc aminte de geaca neagră de piele pe care o purta indiferent de vremea de-afară. Cu timpul, s-a uzat atât de tare, încât literalmente se destrăma. Poate că ar fi trebuit să-i cumpăr o geacă mai călduroasă, dar de obicei nu faci așa ceva, cel puțin nu pentru iubitul tău. Genul ăsta de grijă le este rezervat soților.

— Ei bine, spune el. Ne vedem mâine?

— Da, pe mâine, spun.

Stăm față în față în hol. De fapt, suntem mult prea aproape pentru a ne simți confortabil. Atât de aproape, încât îi simt mirosul — sudoare și fum de țigară — și disting ridurile care marchează trecerea timpului pe fața lui, asemenea inelelor unui copac.

Pentru o secundă, am impresia că vrea să mă sărute: se apleacă ușor în față, spre mine. Dar apoi întinde mâna.

I-o strâng rapid şi, pentru un moment, îmi revine acea senzaţie disperată de indignare şi suferinţă pe care am avut-o când m-a trădat, acea senzaţie disperată de indignare şi suferinţă pe care am avut-o când m-a trădat. Şi furie. Furie la gândul că atingerea lui îmi face trupul să-şi amintească senzaţiile de atunci.

Apoi pleacă. Şi nu mă pot gândi decât că: mi-a strâns mâna. Ce mod bizar de a-ţi lua la revedere de la cineva de care ai fost cândva apropiat. De ce nu m-a îmbrăţişat, aşa cum fac oamenii normali?

Mi-a strâns mâna.

Emma

Cu o lună în urmă

Mă gândesc la noaptea în care mama a omorât fluturele — de data asta, omorându-l cu adevărat.

De la bun început, au fost mai multe lucruri care au făcut acea seară diferită de cele mai multe. Primul era că mama trântea vesela în bucătărie. Farfurii, pahare şi tacâmuri ciocnindu-se unele de altele. Eram convinsă că sunt pahare de vin. Sunetul e diferit de cel scos de paharele pentru apă — un clinchet mai adânc, mai rotund şi mai sinistru. Mirosul puiului şi al mirodeniilor proaspete se răspândea prin apartament.

Totul sugera ceva rău. O seară oarecare era mai degrabă monotonă, dar o seară cu vin şi cu mâncăruri extravagante era complet impredictibilă. În cel mai bun caz, tata avea să adoarmă în timp ce mama stătea pe canapea şi se uita la televizor, dar era mult mai verosimil ca discuţiile tensionate să se transforme în disensiuni şi apoi, într-un fel de apoteoză, vesela avea să sfârşească izbită de podea sau de perete.

Odată, poliţia a bătut la uşă pentru că vecinii făcuseră plângere împotriva noastră. Mi-a fost atât de ruşine, încât m-am ascuns sub pat. Dar cei doi oameni cărora ar fi trebuit să le fie ruşine păreau complet neafectaţi de vizită. Şi-au venit în fire suficient de bine, încât să pară aproape lucizi şi liniştiţi, au promis cu vocile pline de remuşcare că aveau să se calmeze şi că o să fie cuminţi. Da, se certaseră, au fost un pic cam zgomotoşi, dar nu avea să se mai repete. Şi nu, nu băuseră, sau oricum nu foarte mult. Cel mult câteva pahare de vin.

— Vino la masă, Emma, m-a chemat mama din bucătărie.

Am luat borcanul cu fluturele albastru. Tata stătea deja la masă cu un pahar de vin şi o bere lângă el. Mama stătea lângă aragaz, purtând un şorţ şi amestecând într-o oală mare şi roşie. Arăta ca o adevărată mamă, una care apare la televizor. Mă neliniştea — această domesticitate fictivă s-a terminat întotdeauna prost.

— Stai jos, a mormăit mama şi a arătat spre un scaun.

M-am aşezat, uşurată de furia şi iritarea din vocea ei. Poate că până la urmă totul era în regulă? Am aşezat cu grijă borcanul lângă mine pe masă ca să mă pot uita la el în timp ce mănânc. Trecuse ceva mai mult de o zi de când eclozase, şi fluturele mare şi albastru nu făcea nimic altceva decât să stea pe un băţ şi să-şi mişte din când în când, uşor, aripile de un albastru-închis.

— Te-ai hotărât deja ce vei faci cu el? m-a întrebat tata.

Am dat din cap. Atât mama, cât şi tata au spus că trebuie să-l eliberez, ca să se întoarcă în natură şi să trăiască în libertate. Le-am înţeles raţionamentul, dar de fiecare dată când mă gândeam că n-am să mai revăd niciodată acel trup mic și negru sau acele aripi din hârtie de mătase, simțeam cum ceva se strânge în mine. Era ca și cum i-ai cere unui copil mic să renunțe la păpușa lui preferată. Pe scurt, asta era problema — eu nu mai eram un copil mic. Trebuia să fiu mai puternică decât nevoia de a păstra fluturele și să fac ceea ce-i corect, pentru că cealaltă opțiune era să-l omor sau să aștept până moare. Apoi vom putea să-l fixăm pe perete cu un ac, iar eu voi putea să mă uit la el oricât mi-aș dori. Dar ideea de a-i trece un ac lung și ascuțit prin trupul lui micuț mi se părea atât de barbară, încât mi se făcea rău.

— Nu știu ce voi face.

Tata a golit berea din pahar dintr-o singură înghițitură.

— Ai face bine să te decizi. Nu va rezista mult timp în borcan.

M-am aplecat în față și m-am uitat în borcan. Respirația mea a aburit sticla, așa că nu puteam să văd mare lucru. Fluturele s-a transformat într-un nor albastru, neclar, care plutea în borcan.

— Chiar trebuie să-l ții pe masă? a spus mama pe un ton ascuțit și ursuz, pe care-l avea când începea să se enerveze.

În același timp, a trântit tocănița de pui pe masă cu atâta putere, încât lichidul fierbinte s-a vărsat peste margine.

— Ce contează? a fornăit tata și a golit și paharul cu vin.

Mama a deschis a doua sticlă de vin. Chiar și pocnetul dopului a sunat aspru și iritant.

— E o insectă.

— E într-un borcan, a spus tata.

— Nu vreau insecte la masă.

— Hai, las-o, a spus tata.

Afară, peste Stockholm se lăsa amurgul albastru de august. Prin fereastra pe jumătate deschisă intra aerul cald al serii. Mirosea a pământ umed şi a caca de câine.

— Te rog, Emma. Du borcanul la tine în cameră, a spus mama.

M-am uitat la tata, încercând să-mi dau seama dacă trebuie sau nu să mă conformez.

— Lasă borcanul pe masă, a spus cu o voce înăbuşită, rău prevestitoare şi am avut senzaţia că i se adresează direct mamei, cu toate că se uita la mine.

Mama s-a aşezat la masă. Gura ei era o linie subţire şi îşi freca una dintre tâmple. Sub degetele ei, pielea s-a încreţit de parcă ar fi fost făcută din carton subţire. Tata mânca fără să scoată un cuvânt. Mi-am ţinut respiraţia şi am numărat. Dacă inspiram mult aer, puteam să-mi ţin respiraţia până la cincizeci. Dragan putea să-şi ţină respiraţia timp de două minute şi jumătate, iar Marie, din Special Ed, putea să-şi ţină respiraţia până când leşina, cu toate că Elin a spus că e din cauză că avea paralizie cerebrală.

— Ce faci? a întrebat mama.

Şi-a pus jos furculiţa şi m-a privit dezaprobator.

— Nimic. Doar că…

— Încetează acum! Se pare că ai un fel de… tic.

Nu ştiam ce este un tic şi nici nu îndrăzneam să întreb. Mama s-a întors spre tata, cu obrajii roşii, şi am observat că mâna ei stângă, cea pe care o ţinea în poală, se încleştase ca şi cum ar fi strâns ceva mic şi valoros.

— Ai plătit chiria azi?

Tata a amestecat tocăniţa de pui cu o furculiţă, fără să răspundă.

— Ai promis, a șoptit mama. Nu știu de ce am avut încredere în tine. Ești la fel de inconștient și de confuz ca... ca... fetița noastră.

M-am uitat în farfurie, unde câteva bucăți de pui pluteau în sos. Dacă aș fi vrut, aș fi putut s-o enervez foarte tare pe mama. Singurul lucru pe care trebuia să-l fac era să-i reamintesc că putea să plătească și singură facturile, cu toate că nu știa să citească prea bine. Dar evident că nu am spus nimic.

— N-o băga pe Emma în asta, a bâiguit tata.

— Sunteți exact la fel. La fel de irecuperabili, a clarificat ea.

— Știi ce? Te comporți ca o târfă proastă.

Vocea tatei a sunat triumfătoare și despovărată, ca și cum ar fi livrat un adevăr mult așteptat.

— Târfă, a spus din nou, apăsând fiecare consoană.

— Ai grijă ce spui, a țipat mama. Nu trebuie să suport tot căcatul ăsta. Știi asta. Sunt destui bărbați care ar fi fericiți să mă aibă. Sunt destui candidați...

— Candidați? Cred că visezi. Cine are nevoie de o curvă cu țâțe până la genunchi, care nu face nimic toată ziua decât să-i cicălească pe alții?

— Suficient, la dracu'. Dacă nu-ți place, o să plec. Și vorbesc serios.

— Așa spui mereu.

— Emma, du-te la tine în cameră, a spus mama.

M-am ridicat și am ieșit în grabă din bucătărie.

— Și ia nenorocita aia de insectă cu tine, a adăugat.

M-am întors tocmai când mama a aruncat borcanul de-a curmezișul încăperii. A zburat, descriind un arc înalt deasupra capului meu și, cu toate că am încercat să-l prind, nu am avut nicio șansă. S-a spart de peretele bucătăriei.

M-am lăsat în genunchi.

Pe podea erau împrăştiate cioburi de sticlă. Cuibul construit din crengi vechi şi uscate zăcea în apropierea peretelui, iar lângă el era fluturele. Una dintre aripi era ruptă în două bucăţi, iar corpul îi părea ciudat de plat. Am întins un deget şi l-am atins uşor.

Fluturele albastru era mort.

În drum spre casă, plouă. Copacii de pe esplanada străzii Karlavägen îşi întind crengile goale, ca şi cum ar vrea să atingă cerul. Pământul e acoperit de un strat gros de frunze ude. Mă întreb dacă Sigge o fi pe undeva pe-aici. În curte nu e, asta e sigur. Am căutat acolo de mai multe ori şi nici urmă de pisică. Nu l-am găsit nici pe Valhallavägen. A dispărut oare în labirintul îmbibat de ploaie al străzilor şi aleilor care formează Stockholmul? Zace oare undeva rănit, nefiind în stare să-şi găsească drumul spre casă? Oare l-a primit cineva în casă?

Nu cred.

Cred că Jesper l-a omorât. Mă opresc pentru un moment, închid ochii, îmi întorc faţa spre ploaie, încercând să văd scena în faţa mea: Jesper strângându-l de gât pe Sigge, cu mâinile lui mari. Aruncându-l pe fereastră.

Dar nu pot.

Nu reuşesc să invoc o astfel de imagine. Singurul lucru pe care îl văd e Jesper dormind liniştit pe un covor colorat. Câmpul de floarea-soarelui. Pieptul lui urcă şi coboară în timp ce respiră. Are gura întredeschisă.

Îmi continui drumul spre casă. Karlaplan se întinde pustie în faţa mea. Frunzele au umplut fundul fântânii goale. O parte din mine vrea să mă aşez pe margine şi să-mi apăs obrazul de frunzele acelea ude. Dar ceva mă oprește. În mine a luat ființă ceva curajos, eficient și implacabil. Poate pentru că am dus inelul la amanet, câștigând astfel timp. Poate pentru că durerea din pântece a dispărut.

Sau poate că m-am săturat.

Când trec pe lângă gura de metrou, aud ceva în spatele meu — o mică bufnitură, de parcă cineva ar fi scăpat o carte sau un pachet de făină pe jos. Mă întorc, dar nu reușesc să disting nimic în umbra deasă a copacilor. Dintr-un motiv sau altul, întâmplarea nu mă sperie, doar mă înfurie. Sunt convinsă că stă în întuneric, așteptându-mă. Și asta nu face decât să mă enerveze.

— Hei! strig eu, dar nu vine niciun răspuns.

Singurul lucru pe care-l aud e sunetul ploii neîntrerupte și al unei mașini care dispare în depărtare. Una dintre clădirile de pe scurta străduță laterală are o fereastră deschisă, în întuneric se revarsă muzică și voci.

Mă întorc și mă îndrept spre umbre. Lumina unui felinar aproape că mă orbește și mă uit în pământ, holbându-mă la pavajul îmbibat de ploaie.

— Arată-te, lașule! Știu că ești acolo!

Apoi, din întuneric se separă o umbră și alunecă de-a lungul străzii laterale înspre Valhallavägen. Zgomotul pașilor cuiva care aleargă reverberează între zidurile clădirilor cu apartamente și apoi se stinge.

Dintr-odată, îmi simt picioarele slăbite și amorțite. Mă uit la ghetele mele cu tocuri, îmi dau seama că am puține șanse să prind din urmă umbra care s-a făcut deja nevăzută.

— Laș nenorocit! Te prind eu! zbier.

Tocmai când decid s-o las baltă, simt o mână pe umăr. Mă întorc. O doamnă bătrână cu pelerină de ploaie mă priveşte speriată. Cei doi tekeli ai ei se holbează la mine cu mutrele lor insondabile de câine.

— Ai fost jefuită, dragă?

— Nu, a fost doar...

— Să sun la poliție?

Are ochii cât cepele şi realizez că de multă vreme nu i s-a mai întâmplat ceva atât de palpitant, poate de ani de zile. Unul dintre tekeli mârâie în surdină.

— Nu, îi spun. Nu e nimic grav. O să rezolv singură.

Peter

În timp ce parcurg Brännkyrkagatan, mă simt ruşinat. De ce doamne iartă-mă i-am strâns mâna, de parcă abia ne-am cunoaşte? Dar Hanne are ceva care mă face să mă simt incredibil de nesigur. Mă întreb dacă ea o ştie şi, dacă-i aşa, oare foloseşte asta în avantajul ei, la fel cum făcea Janet?

Nu poţi să ai încredere în femei.

Nu sunt mai inteligente decât bărbaţii, dar investesc mai multă energie în efortul de a ne descifra. Aşa că noi, bărbaţii, ne găsim mereu într-un dezavantaj autoindus.

Maşina e parcată ilegal pe Hornsgatan şi, când bag cheia în contact, simt o anumită incertitudine. Poate că ar trebui să mă întorc şi să-i cer iertare. Dar pentru ce aş putea să-mi cer iertare? Pentru faptul că i-am strâns mâna, când de fapt voiam să fac cu totul altceva? Pentru faptul că nu m-am prezentat în seara aceea, acum zece ani, sau pentru faptul că nu am contactat-o niciodată de-a lungul anilor care au trecut de-atunci?

Prea multe lucruri de iertat dintr-odată.

Stau în maşină, pornesc motorul şi cad pe gânduri. Îmi scot telefonul şi tastez numărul lui Manfred până să apuc să mă răzgândesc.

Sună de şapte ori înainte să răspundă.

— Isuse Cristoase, Lindgren! E aproape miezul nopții. Sper că e ceva important.

— Bună seara şi dumneavoastră, domnule.

Manfred nu e chiar atât de furios, nu are cum să fie. Dar cu tații care au copii mici nu poți să ştii niciodată. Îşi apără somnul cu aceeaşi înverşunare cu care alți bărbați îşi apără coaiele. Dar ce ştiu eu? Nu am schimbat niciodată un scutec.

— Ai raportul medicului legist în față?

— Care dintre ele?

— Autopsia femeii din casa lui Orre.

El oftează zgomotos.

— Da. La mine pe computer. Aşteaptă un minut.

Revine după câteva minute. Pe fundal aud un copil care plânge, un țipăt ascuțit care creşte şi descreşte ritmic ca o alarmă de incendiu stricată.

— Îmi cer scuze dacă te-am trezit, îi spun.

— Ar fi trebuit să te gândeşti la asta înainte să suni, bâiguie el. Ce vrei să ştii?

— Dacă victima avea urme sau răni la ochi sau în jurul ochilor. De exemplu, pe pleoape?

La celălalt capăt al liniei e linişte şi mă uit afară la strada Hornsgatan. Câțiva hoinari în noapte dispar la capătul străzii, în direcția pieței Södermalmstorg. În piața Mariatorget, un bărbat se luptă cu vântul, trăgând un câine după el. O maşină singuratică trece în viteză în direcția Hornstull.

— La ochi, zici? Da, se pare că da. Mulțumeşte stelei tale norocoase că Fatima Ali a fost cea care a făcut autopsia şi nu căscatul ăla tâmpit din Borås. A găsit două răni mici sub formă de înțepături pe interiorul fiecăreia dintre pleoapele superioare şi o mică rană la optsprezece milimetri sub ochiul drept. Rănile aveau diametrul de unu până la doi milimetri şi nu au străpuns pielea. Cu alte cuvinte, superficiale. A refuzat să speculeze ce le-a cauzat. De ce? Şi totuşi, despre ce-i vorba?

Lui Hanne îi ia ceva timp să deschidă uşa. E îmbrăcată în pantaloni de trening şi un tricou decolorat şi ține o periuță în mână. Are o privire nedumerită şi uşor speriată, lucru care nu e de mirare. E normal să fii suspicioasă în privința bărbaților străini care vin să-ți bată la uşă în toiul nopții.

Şi e şi mai suspicios dacă nu sunt străini.

— Ai avut dreptate, îi spun.

Nu-mi răspunde, doar se retrage încet un pas. Mă lasă să intru în apartamentul călduros.

Mă trezesc la şapte. Singurul zgomot e respirația egală a lui Hanne în întuneric şi zumzetul radiatorului de lângă pat. Mă apropii de ea cât pot eu de încet, până când trupul meu îi atinge pielea şi căldura ei îmi aparține. Îmi aşez mâna pe şoldul ei slab şi-i inspir mirosul: scorțişoară şi transpirație. E un moment atât de perfect, atât de pur! Ca apa de izvor sau aerul rece al toamnei pe o stâncă de la malul mării, după furtună. Un moment strălucitor care merită salvat pentru totdeauna, după toate rahaturile care s-au adunat pe căile sinuoase ale memoriei mele. Şi pentru că mă cunosc bine, mă tem cu disperare să nu-l murdăresc. Să-l întinez aşa cum întinez şi distrug tot ce e frumos şi curat.

Dragostea şi frumuseţea sunt trecătoare.

Căcatul e etern.

Dar câteodată apar aceste momente de fericire scurte, clare şi tot ce poţi face atunci când se întâmplă asta e să nu faci nimic.

Aşa că zac complet nemişcat sub pătura caldă, respirând cât pot eu de silenţios. Ating pielea fină a pântecului ei, la limita părului pubian cârlionţat.

Pe vremea când era a mea cu adevărat, când aveam atât trupul, cât şi încrederea ei, nu am fost niciodată atât de delicat. Bănuiesc că asta e una dintre lecţiile vieţii — ajungi să apreciezi ceea ce ai abia după ce acel ceva nu mai este. E un clişeu, ştiu, dar e adevărat. Dorul e un instrument excelent de măsurare a valorii lucrului pe care l-ai pierdut — o valută la fel de demnă de încredere ca oricare alta.

La şapte şi jumătate mă scol din pat, mă îmbrac, scriu un bileţel şi-l las pe masa din bucătărie. Îi explic că trebuie să fiu la secţia de poliţie la opt şi-i spun că ne vedem mai târziu. Mă gândesc o clipă dacă s-o semnez cu „xo“ sau să scriu „Mulţumesc pentru ieri“, dar fără să ştiu exact de ce, mă hotărăsc să n-o fac.

Sánchez şi Manfred sunt deja la muncă. Îi găsesc pe amândoi stând în faţa peretelui cu dovezi, fiecare cu o cană de cafea în mână. Manfred pare obosit, mă întreb dacă a apucat să doarmă după ce am vorbit. După un minut ni se alătură şi Bergdahl, anchetatorul care ne ajută să sortăm ponturile publice. Într-o mână ţine un teanc de hârtii, şi un pachet de ţigări în cealaltă.

Manfred se ridică greoi de pe scaun şi pufăie.

— Poate-ar fi bine să începi tu, spune el şi face un gest către mine. Aseară ai descoperit ceva, nu-i aşa?

Dau din cap şi le spun despre chibrituri, micile răni din jurul ochilor victimei şi teoria lui Hanne, potrivit căreia criminalul a vrut să oblige victima să vadă, şi nu invers.

— Interesant, spune Sánchez şi chiar pare să vorbească serios.

Obişnuita ei ironie s-a topit.

— Ți-am spus eu că vrăjitoarea îşi face treaba, mormăie Manfred.

— Dacă înțeleg corect ce-a spus, asta înseamnă că motivul crimei e un fel de răzbunare? întreabă Sánchez.

— Eu aşa am înțeles, spun. Dar probabil că cel mai bine ar fi să ne explice chiar ea cum vede lucrurile.

— Ştii cumva când vine? întreabă Sánchez.

Dau din umeri.

— Habar n-am.

— În regulă, spune Bergdahl, care are în jur de cincizeci de ani şi căruia pare să-i fie jenă de propria chelie; insistă să poarte fie o beretă, fie o pălărie, chiar şi-n interior — astăzi e vorba de o căciulă croşetată, neagră. Şi continuă: M-am gândit să cercetez unele dintre ponturile pe care le-am primit de când portretul-robot a apărut în toate ziarele şi pe toate posturile de televiziune. Am primit sute de apeluri — pe majoritatea dintre ele, în jur de optzeci, am putut să le respingem prin depistarea şi contactarea persoanelor la care se făcea referire în pont. Astfel, ne mai rămân optsprezece persoane. I-am împărțit pe cei optsprezece în două grupuri — interesanți şi mai puțin interesanți, în special în ceea ce priveşte asemănarea lor fizică cu victima. Vom continua să-i cercetăm în următoarele câteva zile.

Se aude zgomot de paşi venind dinspre coridor şi apoi apare Hanne, îşi scoate paltonul şi se aşază pe un scaun lângă Sánchez fără să mă privească în ochi. Nu mă pot abţine să nu mă holbez la ea. Faţa ei cu trăsături fine, părul care i se revarsă umed peste umeri, ca şi cum ar fi venit aici direct de la duş, şi puloverul scămoşat, supradimensionat. Simt că mi se strânge stomacul.

— Deci câţi candidaţi interesanţi avem? întreabă Sánchez.

— Trei, spune Bergdahl şi pune trei fotografii neclare pe tabloul cu dovezi, apoi arată către prima. Wilhelmina Andrén, douăzeci şi doi de ani, din Stockholm. A fugit din Departamentul 140 al spitalului Danderyd în urmă cu două săptămâni şi de atunci nu s-a mai auzit nimic despre ea. Suferă de schizofrenie şi necesită îngrijire medicală obligatorie. Dar, potrivit rudelor ei, nu a fost niciodată violentă. Are halucinaţii. Pare să creadă că poate vorbi cu păsările. A mai dispărut şi cu alte ocazii şi, de cele mai multe ori, a fost găsită în parc, unde-şi petrecea timpul cu prietenii ei.

— Păsările? întreabă Manfred.

— Exact. Problema cu ea este că nu prea are cum să fie victima noastră, dar vom continua să anchetăm această pistă. Apoi mai e Angelica Wennerlind, o educatoare în vârstă de douăzeci şi şase de ani din Bromma. În ziua crimei pleca în vacanţă împreună cu fiica ei de cinci ani şi de-atunci nu se mai ştie nimic de ea. Părinţii ei spun că a închiriat o cabană pe undeva, dar nu ştiu unde. E posibil ca în locul în care se află să nu aibă semnal la telefon şi să nu se fi prezentat la cabană. Dar seamănă destul de mult la înfăţişare cu victima. Din păcate, starea cadavrului e mult prea proastă pentru ca părinții să o poată identifica, așa că va trebui să așteptăm pentru amprenta dentară.

— Și al treilea? întreabă Sánchez.

Bergdahl își aranjează pălăria caraghioasă și arată spre ultima fotografie.

— Emma Bohman, douăzeci și cinci de ani. Până acum câteva săptămâni a lucrat ca vânzătoare la Clothes&More, compania al cărei director executiv este Jesper Orre. Mai au alte mii de angajați, așa că asta nu înseamnă neapărat ceva. Trăiește singură pe strada Värtavägen, în centrul Stockholmului. Mama și tatăl ei nu mai trăiesc. O mătușă de-a ei a raportat poliției că a dispărut și ne-a contactat din nou când a văzut în ziare portretul-robot. Mătușa încearcă să o contacteze de o săptămână, fără rezultat, dar spune că nu prea seamănă cu femeia din imagine. De exemplu, are părul mult mai lung. Dar e posibil să-și fi tăiat părul, așa că vom continua să anchetăm și pista asta. Am cerut amprente dentare pentru toate cele trei femei și sper să le avem în decursul zilei de astăzi. Pornind de la ele, odontologul ar trebui să determine destul de repede dacă vreuna dintre ele este la fel cu cea a victimei.

— Emma, spune Manfred.

— O cheamă ca pe femeia care a scris acea scrisoare, spun și mă uit la biletul scris de mână care acum atârnă pe tabloul cu dovezi alături de celelalte fotografii și documente.

— Ce? întreabă Bergdahl și pare dezorientat.

— Am găsit o scrisoare acasă la Orre, îi spun, de la cineva pe nume Emma, care se pare că avusese o relație cu Orre și a rămas însărcinată.

Bergdahl dă încet din cap.

— În regulă. A fost scrisă recent?

— Nu ştim. Nu am găsit plicul, doar scrisoarea. O avea în buzunarul de la blugi.

— Putem să comparăm scrisul de mână din scrisoare cu cel al Emmei Bohman, femeia dispărută? întreabă Manfred.

— Sigur, îi răspund. Dar probabil că amprentele dentare vor sosi mai repede.

Sánchez îşi pune caietul cu notițe pe masă şi zice:

— Fatima a spus că victima fie născuse, fie fusese însărcinată. Angelica Wennerlind a născut un copil, dar care e situația celorlalte femei?

— Angelica e singura care are copii, spune Manfred. Dar evident că nu ştim dacă vreuna dintre cele două a fost sau nu gravidă. Dacă Emma Bohman e autoarea scrisorii, atunci ea e cea însărcinată.

Pentru o clipă se lasă liniştea, apoi Manfred continuă.

— Ei bine, am vorbit cu geamgiul. A înlocuit geamul în urmă cu două săptămâni la una dintre ferestrele de la subsol de pe latura vestică a casei lui Jesper Orre. Orre îi spusese că fusese o spargere, dar că nu i se furase nimic. În afară de asta, geamgiul n-a mai avut de spus nimic interesant. I s-a părut că Orre era un pic cam încrezut şi cam stresat, dar asta nu prea e ceva ilegal.

Cu coada ochiului, o văd pe Hanne scriind în carnețelul pe care-l poartă tot timpul la ea. Pare să fi devenit mai harnică de-a lungul anilor; ia notițe constant, de parcă s-ar teme să nu-i scape nici măcar un singur cuvânt din ceea ce se spune. E cam ciudat — în urmă cu zece ani, când ieşeam cu ea, am perceput-o ca fiind mult mai nepăsătoare şi nestructurată. Aproape boemă. Nu îşi nota niciodată nimic, dar părea oricum să țină minte totul.

Sánchez se ridică. Îşi trage în jos bluza albastră de mătase.

— Am primit de asemenea un apel de la poliția landului. Ei anchetează incendiul din garajul lui Orre. Din moment ce clădirea era situată într-o zonă rezidențială, crima intră în categoria incendiilor premeditate de gradul doi. Au confirmat evaluarea companiei de asigurări, care susținea că e vorba de un incendiu premeditat. Laboratorul Național a găsit urme de benzină la locul faptei, iar în garaj s-au găsit mai multe canistre arse de benzină. Din câte se pare, în acea seară Orre era plecat. Era în Riga să se întâlnească cu niște manageri de magazin. Aşa că cel care a provocat incendiul nu avea cum să fie el, dacă presupunem că voia să încaseze banii de asigurare.

— Putea să angajeze pe cineva, sugerez eu.

Sánchez dă din cap şi se întinde, aşa că bluza de mătase îi alunecă din nou în sus, expunând vederii un pântec gras şi tatuat.

— Sigur. Dar nu există nimic care să indice faptul că Orre avea nevoie de bani. Plus că avem o nouă mărturie de la un vecin care spune că a văzut o femeie pe stradă, privind focul. N-a putut să o descrie pe femeie, dar era sigură că a fost o femeie şi că a plecat în timp ce garajul încă mai ardea.

— O trecătoare? întreabă Manfred.

— E posibil. Sau e posibil să fie persoana care a dat foc garajului. E imposibil de spus în acest moment. Singurul lucru pe care-l ştim e că o femeie a stat acolo o vreme, uitându-se la garajul incendiat. Ca şi cum ar fi fost un nenorocit de foc de tabără. Aşa s-a exprimat vecina.

Emma

Cu trei săptămâni în urmă

— Am o programare la medic. La patru trebuie să plec. Îmi pare rău, dar nu am cum să modific programarea, spun şi fac un efort să par îngrijorată.

Mahnoor ridică din sprâncenele ei subţiri şi dă încet din cap ca şi cum ar cântări ceea ce am spus.

— Sigur. Dar vei primi o notă proastă, arată ea din cap spre calendar.

— Ştiu, dar chiar trebuie să merg.

Olga, care stă la masă cu o cană de ceai în mână, îşi dă ochii peste cap.

Mahnoor se întoarce imediat spre ea.

— Te-am văzut.

— Ce-ai văzut? ripostează Olga şi se uită la ea cu o expresie inocentă: ochii ei albastru-deschis se fac mari şi ea îşi înclină capul într-o parte astfel încât părul oxigenat îi cade peste unul dintre umeri.

— Încetează! Nu sunt proastă. Dacă aş fi în locul tău, aş fi ceva mai cooperantă. Ai... Mahnoor se întoarce spre calendar, trecându-şi uşor degetul peste rândul pe care e trecut numele Olgăi, socotind. Ai cinci note proaste săptămâna asta, spune ea satisfăcută, se întoarce şi iese din încăperea angajaților fără să mai spună nimic.

Zgomotul paşilor ei se stinge, amestecându-se cu binecunoscuta muzică ce se revarsă din boxe.

— Ce-o fi mâncat la micul dejun? mormăie Olga, muşcându-şi unghiile.

— Ai grijă, spun. Nu e cea mai distractivă slujbă din lume. Dar e o slujbă.

Ea dă din umeri.

— Şi ce dacă? Aş putea oricând să lucrez pentru firma de curățat a lui Alexei. Are tot timpul nevoie de ajutor.

— Vrei să faci curat pe vase?

Olga se foieşte pe scaun.

— E mai bine decât să trebuiască să mănânc în fiecare zi căcatul ei cu lingurița.

— Fii serioasă! Asta e o slujbă în regulă. Ai vreo diplomă? Altă experiență de muncă în afară de asta? Chiar crezi că, dacă ai fi dată afară de aici, mâine ai putea să-ți găseşti o altă slujbă?

Olga alunecă pe scaunul de vizavi de mine, părând dintr-odată îmbătrânită.

— Păi, nu eşti tu o cicălitoare mică?

— Ei, haide! Nu sunt cicălitoare. Încerc doar să te ajut. Nu vreau să-ți pierzi locul de muncă doar pentru că Mahnoor a făcut pact cu forțele răului. Nu merită. Încearcă mai bine să gândeşti un pic tactic. Ignor-o când spune chestii de genul ăsta. Mergi mai departe, dă uitării ce-a spus. Nu mai fi aşa de mândră!

— Ca tine?

Vocea ei e o şoaptă, dar îi percep asprimea.

— Ce treabă am eu cu toate astea?

— Ca tine şi ca tipul ăla. Cel despre care o tot dai înainte. Câteodată, nu e uşor să mergi mai departe. Dar ştii ce? Nu mai vreau să aud despre tine şi despre tipul ăla. Nu mai e amuzant. Du-te şi bate pe altcineva la cap cu viaţa ta plictisitoare!

Sunt mută de uimire. Jesper mi-a răpit viaţa. Cu doar câteva zile în urmă, am pierdut copilul şi acum târfa asta est-europeană îmi spune că nu mai e amuzant. Ea cum crede că mă simt?

— Nu e acelaşi lucru, spun.

— Eşti obsedată de el. Altceva nu faci decât să vorbeşti despre el. Dragostea se sfârşeşte — trebuie să accepţi asta. Găseşte-ţi un hobby! Ieşi cu prietenii! Vezi-ţi de viaţă!

Olga se ridică în picioare. Se întinde ca o pisică.

— Mă duc să fumez.

Apoi dispare pe coridor fără să se uite în urmă.

E ora patru când ajung la firma de închiriat maşini. Toţi angajaţii par să fie băieţi sub optsprezece ani şi membri ai aceleiaşi echipe de baschet. Sunt înalţi, deşiraţi şi imberbi.

— Vreau să închiriez o maşină pentru o zi, îi explic unui asistent pe care-l cheamă Sean, potrivit numelui de pe ecuson, nu am nevoie de o maşină mare, doar de un portbagaj mare.

— Poate un combi, îmi sugerează el şi-şi trece mâna peste bărbia plină de coşuri.

— E-n regulă.

Îi dau cardul şi permisul de conducere în timp ce el îmi expune condiţiile. Maşina trebuie înapoiată cel târziu până la ora şase a doua zi. Rezervorul trebuie să fie plin, iar cheile trebuie lăsate în cutia poştală. Am întrebări?

Clatin din cap.

— Atunci vă doresc călătorie plăcută.

— Cine a spus că plec într-o călătorie?

— A, bine. Păi, atunci, să conduceți cu grijă.

— Aşa voi face, îi spun şi încerc să zâmbesc. Parcă era numărul şase, nu?

Dă din cap fără să mai spună ceva şi, când părăsesc magazinul, el a început deja să-l asiste pe următorul client.

Magazinul de vopsele e plin de lume.

— Avem parte de o vreme groaznică, spune o femeie grasă care poartă un parpalac şi ține în lesă un teckel.

Mă izbeşte faptul că seamănă foarte mult cu femeia pe care am întâlnit-o în seara aceea când Jesper mă urmărea pe străzile întunecate din apropiere de piața Karlaplan. Sau poate că toate bătrânele din zona asta au teckeli. Parpalace, teckeli şi pălării de tweed. Toate arată de parcă ar locui pe o proprietate de la țară, cele mai multe dintre ele.

Pun cutiile cu vopsea pe tejghea. Palmele mă înțeapă, iar muşchii îmi tremură din cauza efortului. Omul de la casă se uită neîncrezător la cutii. Apoi se uită din nou la mine, ca şi cum ar vrea să se asigure că nu sunt nebună.

— Există şi cutii mai mici, spune ezitant. Avem cutii de un litru.

— Le vreau pe acestea. Mulțumesc.

Dă din umeri, decide că e problema mea dacă îmi cumpăr prea multă. Uşa magazinului se deschide din nou şi teckelul latră.

— Bine, atunci.

Înclină cutia pe o parte ca să scaneze codul de bare şi încuviinţează.

— Câte cumpăraţi?

Mă uit în jos spre podea, la cele două cutii dintre picioarele mele.

— Patru în total, spun.

Conduc cu grijă. Temperatura a scăzut puţin sub zero grade şi mi-e teamă că drumul negru şi strălucitor a devenit înşelător de alunecos. În mod ciudat, nu mi-e greu să găsesc din nou drumul spre casă. E ca şi cum trupul meu şi-ar aduce aminte, ca şi cum fiecare cotitură a drumului din această suburbie exclusivistă mi-ar fi imprimată în măduva spinării. Nici măcar nu trebuie să mă gândesc, merg pe unde îmi spune trupul meu.

Maşini mari sunt parcate pe alei îngrijite. Case somptuoase tronează deasupra peluzelor proaspăt tunse. Apoi casele încep să devină din nou mai mici şi ştiu că aproape am ajuns.

Văd casa în faţa mea, în întuneric. Nicio lumină nu e aprinsă înăuntru şi nicio maşină parcată în faţă. Stivele de lemne sunt în continuare pe pavaj, lângă garajul construit de curând.

Parchez la mică distanţă de casă, având grijă să nu fiu prea aproape.

Cutiile sunt grele şi dificil de transportat. Trebuie să fac două drumuri. Înainte de a ajunge la poarta lui Jesper privesc în jur, dar nu detectez niciun semn de viaţă. Cu toate că luminile din casele din apropiere sunt aprinse, nu văd niciun om.

Cercetez noua clădire aflată lângă poartă. Gaura largă, care era acoperită cu o folie de plastic când am fost ultima oară aici, a fost înlocuită între timp cu o uşă adevărată, dar mica fereastră dispusă în stânga intrării e deschisă. Mă ridic pe vârfuri, mă aplec şi mă uit înăuntru. După câteva secunde, ochii mi se obişnuiesc cu întunericul. În garaj sunt două maşini — o maşină sport mică şi roşie şi un Porsche mai vechi. Deci îți plac maşinile de colecție, mă gândesc. Un alt secret pe care nu l-ai împărtăşit niciodată cu mine.

Mă retrag de la fereastră, deschid capacul primei cutii şi vărs conținutul pe perete. După puțin timp, cutia devine mai uşoară şi mai uşor de manevrat. Încerc să împrăştii lichidul cât mai sus pe zid. Apoi repet procedura cu celelalte trei cutii. De câtă vopsea e nevoie? Nu prea puteam să-i cer sfatul tipului de la magazin.

Munca e grea şi, sub geaca groasă, transpir. A început să plouă încet, picături mici, silențioase, aproape imperceptibile. Dar curând, umezeala începe să-mi acopere fața şi mâinile.

Când sunt gata, împing cutiile goale, una câte una, prin mica fereastră. Cad pe podeaua garajului cu un sunet dogit. Fac un pas în spate, verific dacă am cheile de la maşină la îndemână. Ultimul lucru care vreau să mi se întâmple e să rămân blocată aici sau să fiu forțată să o iau la sănătoasa fără maşină.

Apoi scot chibriturile, mă aplec în față să le protejez de ploaie şi de vânt şi aprind un băț.

Flacăra pâlpâie în întuneric.

Asta-i pentru banii pe care mi i-ai furat, ticălosule!

În noaptea aceea, dorm cum n-am mai dormit de multă vreme, cu toate că mirosul de fum mi-a intrat în piele şi în păr şi nu vrea să iasă, nici măcar după două duşuri. Când mă trezesc, imaginea acelor flăcări mi-e imprimată pe retină. Îmi amintesc cum au luminat noaptea de toamnă târzie, cum fierbinţeala mi-a pârlit pielea, chiar şi de la distanţă. Într-un fel, am simţit-o ca pe o purificare. Nu ştiu dacă a fost focul sau faptul că luam înapoi ceva ce era al meu, ceva ce el îmi furase.

Mă ridic, fac din nou duş, mă îmbrac şi mănânc nişte fulgi de porumb în timp ce-mi aranjez părul şi mă machiez. Poate că îmi imaginez doar, dar mi se pare că arăt mai alertă cumva. Mai puternică. Şi poate că e adevărat; poate că femeia care se uită la mine din oglindă e altcineva. Poate că ziua de ieri m-a schimbat în mod fundamental.

Înainte să plec, pescuiesc cartea de vizită a jurnalistului din teancul de facturi adunate în coşul de pâine şi o pun în buzunar. Hotărăsc că e timpul să-l sun.

În drum spre metrou, îmi dau seama că mai e ceva ce pare diferit. La început nu pot să definesc ce anume este, dar apoi înţeleg. Prima oară după mai multe săptămâni, a ieşit soarele. Mă opresc, închid ochii şi-mi întorc faţa spre cer. Absorb căldură şi lumină. Rămân aşa până când pielea mi se înfierbântă şi pleoapele-mi radiază. Mă gândesc că s-ar putea ca până la urmă viaţa să nu fie aşa de rea.

Dintr-un motiv sau altul, îmi răsare în minte imaginea tatălui meu din noaptea de dinainte să moară. Cum zăcea nemişcat pe pat în camera lui întunecată.

Afară, mama se plimba agitată înainte şi înapoi. Nu reuşeam să înţeleg de ce ea, care părea să-l urască pe tata atât de tare, era, acum când el se îmbolnăvise, atât de îngrijorată. Era ca şi cum ar fi avut doar două stări mentale, supărată sau îngrijorată, şi că acum era foarte îngrijorată.

Își petrecuse o mare parte a dimineții vorbind la telefon cu tot felul de mătuși. Eu lucrasem la tema pentru acasă la fizică, ascultându-i conversațiile lungi, șoptite despre sănătatea tatei. Cuvinte precum „complet pasiv" și „și-a pierdut dorința de a trăi" se împleteau cu smiorcăieli teatrale și discuțiile obișnuite despre lipsa de bani și slujba ei plictisitoare și șeful ei egocentric. Totul a culminat cu afirmația că merita mai mult, lucru cu care mătușile păreau să fie de acord, pentru că niciodată nu se certau după ce spunea asta.

M-am gândit la ce voia să spună cu „merita mai mult". Oare mama era nemulțumită cu viața ei? Voia să o schimbe? Un alt apartament, un alt soț? Un alt copil, poate? Și oare asta era ceva ce meritai, ceva la care erai îndreptățit dacă erai o persoană mai bună? Oare mama chiar era mai bună decât tata și decât mine? Dar dacă eu eram atât de rea, oare ce meritam?

M-am așezat ușor pe pat lângă tata. Încăperea slab luminată mirosea a transpirație, fum de țigară și încă ceva, ceva ce-mi aducea aminte de mătreața râncedă și mi-am dat seama că nu aveam de ce să-mi fac griji că se va prinde că mai devreme furasem țigări împreună cu Elin.

Nu puteam să înțeleg de ce a insistat ca jaluzelele să rămână lăsate, de ce voia să stea toată ziua în întuneric. Patul s-a îndoit când m-am așezat pe el, cu toate că am încercat să fiu grijulie și să nu mă las prea tare pe el.

— Micuță Emma, a murmurat și s-a întors spre mine.

Apoi mi-a luat mâna într-a lui. Asta a fost tot. N-a mai spus nimic altceva, zăcea nemișcat, respirând cu greutate, ca și cum fiecare respirație ar fi fost dureroasă. M-am gândit pentru o clipă la ce ar putea să-l facă pe tata mai fericit. În mod normal, i-aş fi sugerat să facem ceva împreună, de exemplu, să mergem la plimbare sau să gătim ceva. Dar am priceput că de data asta nu avea să funcționeze.

— Te simți mai bine acum? l-am întrebat.

— Da, a spus după o pauză îngrijorător de lungă.

Până şi vocea lui suna diferit. Sec, inexpresiv. Ca şi cum s-ar fi auzit din interiorul unei canistre.

— Micuță Emma, a repetat şi mi-a strâns mai tare mâna. Vreau doar să ştii cât de mult te iubesc. Eşti o fată minunată.

Nu ştiam ce să spun. Situația mă făcea să mă simt inconfortabil. Nu eram obişnuită să-l văd pe tata atât de lipsit de putere. Se întâmpla să fie obosit sau indiferent, sau supărat, sau turbulent, sau chiar beat şi nesăbuit. Dar nu slab. Bărbatul care fusese idolul meu încă de pe vremea când învățasem să merg nu era slab. Era cât se poate de simplu.

— Te rog, tati...

— Emma, m-a întrerupt el, ții minte omida aia pe care ai ținut-o într-un borcan când erai mică?

— Da?

Mă întrebam unde vrea să ajungă cu asta.

— Îmi pare atât de rău că am lăsat-o pe mama să spargă borcanul! Ştiam cum o să se termine seara aceea şi nu am făcut nimic ca s-o opresc.

— Încetează — era doar o insectă proastă. Şi oricum, asta a fost cu mult timp în urmă.

— Da, o „insectă", aşa îi spunea ea. Dar era mai mult decât un simplu fluture. Era proiectul tău special la care lucraseşi toată vara. Era singurul lucru de care-ți păsa la momentul respectiv şi, în ciuda acestui lucru sau poate tocmai de asta, ea l-a distrus. Iar eu nu am oprit-o, aşa că sunt la fel de vinovat.

Mi s-a părut că am auzit un suspin în întuneric, dar nu eram sigură.

— Ții minte cât de frumos era? a continuat. Ții minte cum s-a metamorfozat dintr-o omidă oarecare într-un splendid fluture? Era atât de albastru că aproape radia! Ții minte?

Am dat din cap, cu toate că nu avea cum să mă vadă în întuneric. Conversația aceea mă făcea să simt un nod în gât şi mă temeam că o să mi se frângă vocea.

— Vreau doar să ştii... eşti la fel ca acea mică omidă, Emma. Într-o bună zi, te vei transforma şi tu într-un splendid fluture. Nu uita asta niciodată! Trebuie să-mi promiți asta, indiferent ce-ar spune lumea despre tine.

— Of, tată! Am chicotit, situația mi s-a părut dintr-odată absurdă. Ca şi cum aş fi jucat într-o melodramă. Nu mai vorbi aşa. Mă sperii. Înțelegi?

Nu a spus nimic. Singurul zgomot din cameră era respirația lui căznită.

— Dacă cineva spune că eşti diferită, vreau să te gândeşti la acel fluture. Diferit nu înseamnă mai prost. Diferit poate să însemne la fel de bine mai bun. Promite-mi că nu vei uita niciodată asta.

— Sigur că nu, dar...

Nodul din gât creştea. Nu-l auzisem niciodată pe tata vorbind aşa. Asta era ceva pentru care nu eram pregătită. Nicio cină surpriză, nicio plimbare improvizată de-a lungul țărmului nu avea să rezolve această problemă.

— Vreau să fii... ca înainte, i-am şoptit, încercând să evit cuvântul „sănătos", pentru că asta ar fi însemnat că e bolnav, iar noi nu vorbeam cu tata despre asta, nici eu, nici mama. Spuneam asta despre el, dar niciodată nu i-o spuneam lui.

— Pentru mine, totul s-a dus naibii, a spus cu o voce neaşteptat de veselă, ca şi cum ar fi făcut o glumă. Cu totul!

Şi astea au fost ultimele cuvinte pe care tatăl meu le-a spus înainte ca mama să-l găsească a doua zi spânzurat în apartament.

Hanne

Cu mult înainte de a deveni interesată de ştiinţele comportamentale, am studiat antropologie socială. Am răzbit prin lucrările lui Franz Boas şi Bonislaw Malinowski şi visam să întreprind un studiu de teren pe o perioadă de un an despre inuiţii din nordul Groenlandei, poate din cauză că în copilărie m-am uitat la documentarul acela vechi, *Nanook al Nordului*. Dar asta s-a întâmplat în anii şaptezeci, aşadar, ca urmare a cererilor din ce în ce mai zgomotoase privind apariţia unei antropologii mai implicate politic, interesul faţă de populaţiile indigene pitoreşti lipsite de importanţă geopolitică a scăzut.

Eschimoşii nu mai făceau parte din „schemă".

Cu toate astea, am continuat să fiu interesată de antropologie. Şi poate că de asta se întâmpla ca uneori Owe să se întoarcă din călătoriile sale cu mici cadouri provenind de la populaţiile indigene.

Sau cel puţin aşa am crezut.

După o conferinţă medicală ţinută la Miami în anii optzeci, mi-a dat o mască împletită făcută de populaţia huichol din vestul Mexicului. Altă dată, când a fost la o conferinţă de psihiatrie în Africa de Sud, mi-a adus o pungă antică pentru tutun, aparținând populației xhosa. Şi aşa mai departe. Până la urmă, aproape toată biblioteca era plină de suvenirurile de la Owe.

Cred că mi-a luat zece ani să realizez că acele daruri erau o compensație pentru cu totul altceva. Nu prea mai țin minte cum l-am prins. Poate că din când în când, telefonul suna în mijlocul nopții şi, când răspundeam, la celălalt capăt al firului era doar tăcere. Poate că a sosit o scrisoare cu cuvântul „Personal“ scris pe ea. Dar s-a întâmplat mai ales din pricina lui Evelyn.

Evelyn, o americancă având în jur de patruzeci de ani, era psihologul lui Owe, ceea ce în sine nu era mare lucru. În cercurile sociale în care ne învârteam, toată lumea avea cel puțin un psiholog. Era considerat ceva perfect normal să-ți vizitezi de câteva ori pe săptămână psihanalistul. Cred că era şi un fel de simbol al statutului. Aşa că Owe îşi petrecea o parte considerabilă a timpului liber întins pe şezlongul lui Evelyn, vorbind despre copilăria lui.

Țin minte că de multe ori părea epuizat când se întorcea acasă. Transpirat, cu mintea aiurea şi cu o privire împăienjenită se scufunda pe canapeaua din camera de zi şi cerea să fie lăsat în pace. Cu acele ocazii, arătam şi mai multă dragoste față de el, presupunând că avea să discute cu mine vreun subiect dificil. Poate despre boala tatălui său, ori despre predilecția mamei lui pentru calmante şi tranchilizante. Dar, într-o seară de decembrie, când eram deja căsătoriți de aproximativ zece ani, l-am prins. Țin minte că mă trezisem pentru că îmi era frig. Pe vremea aceea, caloriferele nu funcționau prea bine, iar pilota alunecase pe jos. Mi-am dat seama că Owe nu e lângă mine şi am ieşit pe hol ca să văd ce face. Auzeam dinspre bucătărie că vorbeşte în şoaptă. Am rămas tăcută şi m-am furişat mai aproape, fără să mă dau de gol.

Vorbea în engleză. Şi nu era vorba despre muncă. Nu mi-a luat mult timp să-mi dau seama că la celălalt capăt al firului era Evelyn şi că relația lor nu era deloc ceea ce eram eu făcută să cred.

Aveam intenția de a da buzna în bucătărie şi să-i smulg telefonul de la ureche, să-l pălmuiesc sau poate să izbesc ceva de podea, dar m-am rotit pe călcâie şi m-am întors în dormitor şi mi-am tras pilota peste cap, umplută de o satisfacție intensă, inexprimabilă. Căci satisfacție a fost ceea ce am simțit, nu tristețe ori furie, ori gelozie. Nu puteam să-i respect ipocrizia dezgustătoare — faptul că nu mi-a spus niciodată despre Evelyn sau despre celelalte, dar îmi reproşa în mod constant indiscreția.

Pentru că da, şi eu fusesem necredincioasă. Mai mult decât o dată. Şi mai ales la începutul relației noastre. Dar acelea erau alte vremuri — oamenii aveau relații „deschise" şi practicau poligamia şi Dumnezeu ştie mai ce, iar eu nu am mințit niciodată şi nici nu mi-am ținut secrete aventurile. Din când în când, după o petrecere cu multă băutură, mă trezeam în patul câte unui tip, iar reacția lui Owe era mereu aceeaşi: mă lua acasă — cu forța, dacă era necesar — şi îmi băga mințile în cap. Mă trata ca şi cum aş fi fost un copil care a uitat că s-a dat stingerea sau care a fost prins furând dintr-un magazin. Şi asta mă punea într-un dezavantaj moral — pe care-l folosea, abia atunci am înțeles, ca să se culce cu Evelyn de trei ori pe săptămână pe canapeaua psihologului.

Cred că atunci am început să-l urăsc.

Când l-am cunoscut pe Peter, am simțit că nu are sens să-mi refuz dragostea adevărată. De ce aş face-o?

Owe îşi permisese să se îndrăgostească de curva aia americană.

Într-un fel, iniţierea unei relaţii cu Peter a fost un fel de revoltă. El nu era un intelectual; trăia într-un mic apartament din suburbie şi îi plăcea să urmărească evenimente sportive la televizor. Pe scurt, era genul de bărbat despre care prietenii noştri ar fi spus, cu o uşoară condescendenţă, că e un tip mediocru. Cineva ale cărui visuri nu treceau dincolo de următoarea vacanţă sau o maşină nouă şi care credea că Cehov e un sortiment de votcă.

Nu am aflat niciodată prea multe despre mediul din care provenea Peter. Mi-a povestit că mama lui a fost activă din punct de vedere politic şi că a luat parte la protestele antirăzboi, că, pe vremea când era copil, obişnuia să meargă împreună cu ea la întâlniri şi demonstraţii. Cu acele ocazii îmi trecea prin minte că e foarte posibil să fi crescut printre prietenii mei. Dar, în ciuda mediului din care provenea, nu era deloc interesat de politică. Bănuiesc că asta se întâmplă des — ne alegem în mod deliberat o viaţă diferită de cea pe care au trăit-o părinţii noştri.

În orice caz, stima de sine exagerată a lui Owe a fost puternic zdruncinată când a aflat că luam serios în considerare varianta de a-l părăsi — chiar şi după ce Peter m-a lăsat în plata domnului pe pavaj, în noaptea aceea pe Skeppargatan.

Dar toate frustrările mele legate de Owe, care au ajuns în acea noapte în punctul culminant, s-au transformat până la urmă în renunţare şi un fel de pasivitate. Ideea de a mă îndrăgosti din nou, să ajung să am încredere într-un alt bărbat în felul în care am ajuns să am în

Peter — doar ca să fiu din nou dezamăgită — părea de neconceput.

Aşa că am rămas, din lipsă de variante mai bune. Aşa funcționează viața. Şi acum a reapărut în viața mea.

Peter.

Singurul bărbat care a însemnat ceva pentru mine în ultimii cincisprezece ani. Un polițist tras la față, cu stimă de sine scăzută şi o teamă patologică față de angajamente. Cu doar câteva ore în urmă stătea întins în pat lângă mine. Pe mine. În mine. Şi singurul lucru la care pot să mă gândesc este când îl voi revedea?

Poate că încep să mă transform în Gunilla, mă gândesc şi-mi aduc aminte de cuvintele ei.

Suntem atât de incredibil de... atraşi unul de altul. Excitați, ca să mă exprim vulgar. Oare aşa ceva e permis la vârsta noastră?

Reînceperea relației este, bineînțeles, imposibilă. Nu doar pentru că mi-e teamă să nu fiu din nou părăsită, dar şi pentru că mă afund într-o boală incurabilă. Un tunel întunecat al uitării şi decăderii. Mă simt ca un explorator care e pe punctul de a pătrunde într-un munte printr-o deschizătură şi ştiu că va deveni din ce în ce mai îngustă, până când o să rămân înțepenită în stâncă fără posibilitatea de a mă elibera.

Iar odată ajunsă acolo, nici măcar Peter nu m-ar putea ajuta.

Când ajung la secția de poliție, colegii lui sortează ponturile primite în legătură cu portretul-robot al femeii moarte. Mă uit la fotografiile fetelor, sperând ca niciuna să nu fie identică cu victima din casa lui Orre. Dar indiferent dacă una dintre aceste fotografii se potriveşte sau nu, până la urmă una tot se va potrivi, fără îndoială. Nu există cale de întoarcere. Cineva zace într-un compartiment refrigerat, aşteptând să-şi recupereze numele şi istoria personală. Chiar dacă postum.

Evit să-l privesc pe Peter. Nu pentru că aş regreta ce s-a întâmplat noaptea trecută, ci doar pentru că nu prea ştiu ce să spun sau ce să fac. A trecut multă vreme de când n-am mai fost într-o situaţie de genul ăsta. Ca o adolescentă. *Deci, am făcut sex, ieri, dar nu prea ştiu dacă „mă place" sau dacă o s-o facem din nou sau... în fine.*

De fapt, e hilar. Poate cel mai amuzant lucru care mi s-a întâmplat în ultima vreme.

Dar cât timp a trecut de când n-am mai făcut sex? Nu ştiu exact — vreo cinci ani?

Ţin minte că obişnuiam să-i spun lui Owe că mă doare capul. Nu pentru că era o scuză bună, ci pentru că era o scuză atât de proastă, încât avea să-l facă să înţeleagă că nu mai vreau să mă culc cu el.

Şi a funcţionat.

Până la urmă a încetat să mă mai atingă în felul acela. Se ducea cuminte la culcare în fiecare seară şi stingea lumina fără măcar să mă sărute. Ştiu că astfel voia să mă pedepsească. Dar îmi convenea de minune. Mă săturasem de el, cu toate că niciodată nu m-am mai gândit în mod serios să-l părăsesc.

Şi apoi a venit boala. A început cu uitarea numelor. Putea fi numele unui prieten cu care socializasem ani de zile. Sau — un lucru şi mai comun — numele unui loc.

Sundsvall, Soderhamn, Sollefteå. Örebro, Örkelljunga, Örgryte, Arboga, Abisko, Arvika.

Cine naiba poate să ţină minte toate astea? Dacă asta ar fi fost tot, mă îndoiesc că Owe ar fi observat ceva. Dar apoi am început să nu ajung la programări, să uit să sun un prieten, aşa cum promisesem, şi să-mi pierd cardul şi telefonul mobil.

Într-o zi am uitat-o pe Frida în fața supermarketului şi, când am ajuns acasă, nu reuşeam să-mi aduc aminte unde o lăsasem. L-am sunat panicată pe Owe. O săptămână mai târziu m-a forțat să mă duc la medic, care mi-a dat o trimitere la o clinică.

Clinica memoriei.

Întârzii asupra cuvintelor. Sună atât de poetic şi de absurd în acelaşi timp! Ca o piesă de teatru de Kristina Lugn sau o carte de Kurt Vonnegut.

Asta nu înseamnă că la clinică era deosebit de poetic sau de absurd. Au fost mai ales o mulțime de teste şi întrebări şi, după câteva luni, medicul a ajuns la concluzia că am o demență incipientă, dar nu putea să spună ce formă. Nici cât de repede avea să evolueze sau dacă medicația ar putea sau nu să mă ajute.

Mă uit la colegii mei care stau la mesele lor. Mă întreb ce părere ar avea dacă ar şti că au un coleg cu „deficit cognitiv minor". Că behavioristul care cere nouă sute de coroane pentru o consultație alunecă în marea uitare. În câteva luni, s-ar putea să nu fiu în stare să fac diferența dintre o banană şi un baston.

Manfred vine la masa mea. Stilat ca de obicei, ca un păun, şi se lasă pe vine lângă scaunul meu.

— Al naibii de bună treabă cu chibriturile alea, spune el.

— Mersi.

— Deci crezi că criminalul şi victima se cunoşteau?

— Ținând cont de metoda utilizată de criminal, da. Cred că aveau un fel de relație şi că ucigaşul voia să se răzbune pe victime. Să le pedepsească.

— Şi dacă ai fi nevoită să ghiceşti, ce fel de relaţie ai spune că au avut?

— Trebuie să fi fost implicate emoţii puternice. De partea cealaltă a acelei uri trebuie să fi fost altceva. Ceva la fel de puternic. Ura nu se dezvoltă din nimic.

— Ca, de exemplu?

Mă gândesc un moment.

— Dragoste, de exemplu.

La masa de prânz, primesc un mesaj scris de la Owe. Îmi spune că vrea să-şi ceară scuze pentru comportamentul şi ameninţările sale. Că îi merge bine, că mă iubeşte şi crede că nu poate trăi fără mine.

Asta cu siguranţă aşa e. Dar nu-i răspund. În schimb, îmi cumpăr o salată şi mă aşez în sala de şedinţe, alături de Sánchez şi Manfred, care sunt pe punctul de a le da instrucţiuni anchetatorilor în privinţa sortării ponturilor. Nu cred că e atât de important să fiu prezentă. Aş putea la fel de bine să mă duc acasă în apartamentul Gunillei şi să citesc o carte, dar nu vreau să fac asta.

Simone, un anchetator mai tânăr, care are dread-uri până la şolduri, îşi dă capul pe o parte şi spune:

— Putem să renunţăm la Wilhelmina Andrén, femeia care a fugit din secţia de psihiatrie a spitalului Danderyd. Un proprietar de câini a găsit-o îngheţată azi-dimineaţă lângă malul braţului de mare, în Solna. Părinţii ei i-au confirmat identitatea, aşa că nu există niciun dubiu că e ea.

— Biata fiinţă, mormăie Manfred şi îşi mângâie barba roşcată.

Simone dă din cap şi continuă:

— Aşadar, mai rămân Angelica Wennerlind şi Emma Bohman. Amprentele dentare au fost trimise la Solna şi până cel târziu mâine vom primi rezultatele.

— Credeam că le vom primi în seara asta, spune Manfred.

— Stomatologul medico-legal e în Skövde şi are nevoie de câteva ore să ajungă aici, spune Simone.

În acel moment, uşa se deschide şi Peter intră în sală. Are obrajii rumeni şi zăpadă pe geaca de piele. Nu-şi mai bate capul să şi-o dea jos sau să se aşeze. În schimb, arată spre Manfred şi spre mine.

— Veniți cu mine! Ne aşteaptă o colegă care spune că s-a întâlnit cu Emma Bohman în urmă cu două săptămâni. Se pare că ea şi Jesper Orre au avut într-adevăr o relație.

Emma

Cu trei săptămâni în urmă

— Trebuie să plătesc nişte facturi. Pot să folosesc computerul din birou?

Mahnoor dă din umeri, ia un pic de gloss de buze pe degetul arătător. Astăzi s-a îmbrăcat cu pantaloni largi. Blugii îi atârnă periculos de jos pe şolduri, expunând marginea chiloţeilor cu dantelă.

— Sigur.

Mă mir că nu are obiecţii. Am pregătite alte câteva scuze care să justifice nevoia mea de a face tocmai acum acest lucru, când mai avem puţin şi deschidem magazinul. Dar Mahnoor nu face decât să-mi zâmbească dulce şi dispare în magazin. O aud vorbind cu Olga undeva, departe; mi se pare că râd, iar asta mă face să mă opresc şi să cad pe gânduri.

Pare diferit. Totul pare diferit. Magazinul pare mai luminos. Olga şi Mahnoor sunt mai binedispuse. Afară e soare. Dar în realitate nimic nu s-a schimbat, cu excepţia faptului că sunt din nou stăpână pe viaţa mea.

Poate că ăsta e singurul lucru de care aveam nevoie?

Găsesc mai uşor decât aş fi crezut ceea ce caut pe net, îmi ia totuşi ceva timp. Habar nu am care e cel mai bun model sau de câți volți am nevoie. După douăzeci de minute, comand micul dispozitiv, care arată ca un telefon mobil. Pagina de web îmi promite că produsul va fi livrat în decurs de douăzeci şi patru de ore, dar atâta timp cât ajunge în termen de trei zile, mie îmi convine. Apoi scot cartea de vizită din buzunarul de la blugi.

Anders Jönsson, jurnalist liber-profesionist.

Înainte de a suna, mă duc până la uşă, o întredeschid şi arunc o privire în magazin. Olga ajută un client la tejghea, iar Mahnoor împătureşte blugi, legănându-se uşor în ritmul muzicii.

Anders Jönsson răspunde după ce telefonul sună de trei ori. La început nu pare să-şi aducă aminte de mine, aşa că-i explic: m-a găsit în magazin, că atunci nu am vrut să vorbesc cu el, dar că acum aş fi dispusă. Pentru un moment, nu spune nimic. Apoi îmi zice entuziasmat că i-ar face plăcere să ne întâlnim. Cât mai repede. Poate chiar azi?

Ce simplu, mă gândesc. Ce simplu a fost!

Vara exploda în nuanțe de verde dincolo de ferestrele coridorului pe care-l traversam. Ecoul paşilor noştri se auzea asemenea unor mingi de ping-pong care ricoşau de zidurile de beton. Făceam tot posibilul să țin pasul cu el, dar el mergea foarte repede. Se grăbea spre intrare, unde soarele se revărsa pe uşile mari de sticlă, făcând să strălucească podelele de culoarea pământului.

— Ştii că nu putem să ieşim împreună, Emma. Înțelegi asta, nu-i aşa?

S-a întors spre mine şi am stat acolo, în faţa laboratorului de fizică. Zidurile cenuşii păreau să se apropie, ca şi cum coridorul s-ar fi îngustat şi îmi venea din ce în ce mai greu să respir. Tavanul se înclina ameninţător. Era alb, cu pete negre din loc în loc.

Woody m-a atins pe braţ şi m-a mângâiat uşor, ceea ce m-a făcut încă o dată să mă simt ca un copil mic. Chiar nu înţelegea cum percepeam gestul lui, cât de degradant şi de distructiv era?

Mi s-au aprins obrajii. Din cauza ruşinii, dar mai era ceva. Furie. Profitase de mine. Am fost o jucărie pentru el. M-a supt şi m-a lins, şi m-a penetrat, şi sărutat, şi mângâiat, şi tot restul. Iar apoi nu m-a mai vrut. Apoi a terminat-o cu mine. Luase ceea ce voise şi asta îi era de ajuns.

Şi uite unde am ajuns.

— Ce vrei să spui că „nu putem" să ieşim împreună? am spus şi am regretat imediat, pentru că ultimul lucru pe care-l voiam era ca el să mă perceapă ca pe o copilă lipicioasă.

M-a privit absent, a făcut un pas în spate ca şi cum ar fi descoperit brusc că miros urât.

— Până acum nu ai avut o problemă cu asta, am adăugat.

— Nu înţeleg, a spus în timp ce clopoţelul a sunat şi toate uşile s-au deschis spre coridor.

Şi chiar părea realmente îngrijorat.

Elevii se revărsau din sălile de clasă, trecând în grabă pe lângă noi, un râu de fete adolescente, dar privirea lui, fixată asupra mea, nici nu s-a clintit.

— Vreau să te ajut, Emma, dar nu în felul ăsta.

Şi-n acel moment m-am năruit.

Coridorul s-a prăbuşit în jurul meu, iar tavanul pătat s-a crăpat. Am murit. Într-un nor de praf de ciment, existența mea a încetat. Atomii mei s-au dezmembrat, au fost anihilați, au dispărut. Singurele lucruri care au mai rămas au fost durerea și rușinea care pulsau.

Avansez pe Lützengatan, târșâindu-mi picioarele prin grămezi de frunze galbene de arțar. Am impresia că merg prin zăpadă adâncă. Mirosul vegetației în descompunere îmi gâdilă nările. O pală de vânt ia pe sus câteva frunze, care se învârt deasupra mea ca niște rândunele. Mă opresc în mijlocul drumului, uitându-mă la frunze, ca hipnotizată de scenă.

Uitasem că viața poate fi atât de frumoasă. Atât de perfectă.

El mă așteaptă în fața brutăriei de pe Valhallavägen, exact așa cum a promis. Îl recunosc imediat. Poartă aceeași parka veche. Vântul îi ridică părul subțire și blond într-un mod atât de comic, încât trebuie să-mi impun să nu mă holbez. Ne salutăm unul pe celălalt și intrăm la căldură. E la fel de înghesuit și de prost luminat ca de obicei. De-a lungul peretelui sunt câteva scaune și ne așezăm acolo, cu câte o cafea și o chiflă cu cardamom.

— Și, cum merg lucrurile la muncă?

Rostește întrebarea în așa fel încât să pară inocentă. Ca și cum am fi doi prieteni care au ieșit la o cafea împreună ca să vorbească despre lucrurile pe care le-au făcut în ultimele luni.

— E-n regulă.

— Serios?

Ridică din sprâncenele palide. Pare surprins. Dar eu m-am hotărât să nu-i spun că am fost concediată. Toată treaba ar avea iz de răzbunare — ceea ce-i adevărat.

Slujba ta pentru slujba mea, Jesper.

— Păi, ştii ce condiţii avem.

El dă din cap, înghiţind jumătate din chifla cu cardamom dintr-o singură muşcătură.

— Oribile.

Apasă fiecare silabă, ca şi cum ar vrea să sublinieze cât de îngrozitoare crede că e situaţia noastră.

— Aham.

— Cum te descurci?

— E o slujbă. Şi am nevoie de bani.

— Capitalismul să trăiască! mormăie el, adoptând brusc o expresie amară.

— N-am nicio şansă.

Dă încet din cap.

— Înţeleg. De asta mi se pare un lucru atât de curajos că ai venit astăzi aici. Ce anume voiai să-mi spui?

Dintr-odată pare foarte curios. Expresia preocupată i-a dispărut de pe faţă. Îmi cobor vocea şi mă aplec peste masă, astfel încât femeia de după tejghea să nu mă audă.

— Jesper Orre. Am informaţii despre el.

— Te ascult, spune şi se apleacă mai aproape, atât de aproape încât îi văd granulele de zahăr din colţul gurii şi-i simt mirosul de cafea în respiraţie.

Încerc să par îngrijorată, mă fac mai mică pe scaun.

— Dar nu prea mi se pare în regulă să-ţi spun toate astea.

Ochii lui spălăciţi se lărgesc, mă atinge uşor pe braţ.

— Loialitatea ta e admirabilă, dar trebuie să te gândeşti şi la colegii tăi. Trebuie să te gândeşti, pentru că el n-o va face. Singurul lucru de care îi pasă lui Jesper Orre sunt banii. Nu-i pasă nici cât negru sub unghie de voi. Să nu uiţi niciodată asta. Pe Jesper Orre îl doare în cur de tine, Emma.

Suspin. Dau încet din cap. Nici nu știe câtă dreptate are.

— În regulă. O să-ți povestesc. Oricum, toată lumea vorbește despre asta. Ieri i-a ars casa sau poate a fost vorba de garaj. Și se pare că poliția crede că el i-a dat foc.

Când se apleacă mai aproape de mine, are o zvâcnire în colțul ochiului. Ceva a prins viață în ochii lui. Acum e foarte animat, pare să fi uitat de chiflă. A pus-o înapoi pe farfurie și a împins-o mai încolo. Mâna lui se odihnește în continuare pe antebrațul meu și mă eliberez delicat din strânsoarea lui.

— Îmi pare rău, bâiguie el, când își dă seama că mă ținea de braț. Știi de ce a făcut-o?

Dau din umeri și mă uit la el, sperând ca expresia mea să pară inocentă.

— Habar n-am. Dar se pare că garajul era plin de mașini scumpe.

— Să înțeleg că nu e vorba de o chestie cu asigurările?

Scutur încet din cap.

— Nu știu. E un pic ciudat să susții că el a făcut-o. Mai ales dacă mașinile erau înăuntru.

Zâmbește îngăduitor și-mi dau seama că, făcând pe naiva, am reușit să-l conving — cârligul, firul și plumbul.

— Știi cumva dacă cineva ar putea să confirme asta?

— Nu, dar cu siguranță poliția știe de incendiu.

Încuviințează tăcut din cap.

— Emma, asta e o chestiune importantă. Dacă mai știi și altceva despre Jesper, ar trebui să-mi zici.

— Ce vrei să spui?

— Dacă, de exemplu, are alte probleme.

Încerc să par concentrată, că îmi răscolesc toate colțurile memoriei. Apoi dau din cap.

— Păi, poate ancheta.

— Ancheta?

— Da, departamentul financiar al C&M îl anchetează.

— Ştii cumva de ce?

Înclin capul într-o parte. Fac ochii mari şi-mi răsucesc o şuviţă lungă de păr între degete.

— Ei spun că a pus compania să plătească pentru petrecerea privată organizată de ziua lui. Dar cel mai probabil e o prostie. Vreau să spun că îşi putea cu siguranţă permite petrecerea din banii proprii.

În seara asta mă răsfăţ cu vin şi pizza la pachet. Aprind lumânările — aceleaşi lumânări pe care le-am aprins pentru cina din seara logodnei. Pun şi muzică şi, dintr-odată, totul mi se pare mai uşor. Mai uşor de realizat, poate. Acum am o misiune clară: vreau să-mi fac dreptate. Ca şi cum aş fi devenit un fel de instrument. Există ceva eliberator în asta. Să te laşi în voia a ceva mai mare şi mai important decât tine are un efect eliberator. Să trăieşti pentru un singur lucru înseamnă să nu mai trebuiască să iei decizii — drumul din faţa ta a fost deja trasat.

Mă gândesc că n-ar trebui să beau prea mult. Nu pot risca să fiu mahmură, înceată şi proastă. Nu acum. Fiecare oră, fiecare minut, ba chiar fiecare secundă e importantă dacă îmi doresc să fiu capabilă să duc la bun sfârşit ceea ce am de făcut.

Disciplină. Moderaţie. Autocontrol.

Dreptate.

După al doilea pahar, împing dopul de plută înapoi în sticlă. Mă aplec peste chiuveta din bucătărie şi beau apă rece de la robinet. Părul îmi atârnă în chiuvetă.

Luceşte în lumina lămpii fixate în tavan. Ce păr minunat am, mă gândesc.

Mă duc în baie. Îmi văd reflexia în oglindă şi aproape că mi se opreşte respirația. Părul meu străluceşte; pielea e atât de palidă, încât aproape că luceşte. Şi văd clar: sunt frumoasă. Sunt cu adevărat frumoasă. De ce am avut mereu impresia când mă uitam în oglindă că sunt bucălată şi plictisitoare şi copilăroasă? De ce n-am reuşit niciodată să mă văd cu claritate? De câte ori mi-a spus-o Jesper, nu a contat, nu l-am crezut niciodată. Dar acum văd cu propriii mei ochi.

Sunt puternică. Frumoasă. Şi nu am nevoie de nimeni. Nici măcar de Jesper. Mai ales de el.

Metroul întârzie, dar abia dacă observ. În schimb, aştept pe platformă cu nasul îngropat în ziar, urmărind textul cu degetul arătător, ca şi cum mi-ar fi teamă să nu ratez vreun cuvânt. „Director executiv controversat, suspectat de incendiere premeditată şi abuz de încredere" scrie în ziar. Articolul descrie o serie de abuzuri despre care jurnalistul crede că ar fi fost comise de Orre şi constatate de către companie. „Controversa din jurul regelui modei se intensifică", scrie el, întrebându-se în încheierea articolului cât timp îl vor mai lăsa acționarii şi consiliul pe Orre la conducere. Lângă text e o diagramă care arată cum s-au prăbuşit prețurile acțiunilor firmei în ultimele luni. În partea de jos a articolului e o mică fotografie a bărbatului cu care m-am întâlnit ieri — jurnalistul cu firimituri pe buze care mi-a ascultat cu atâta atenție povestea.

Aproape că a fost prea uşor, mă gândesc. A devorat povestea, vrând cu disperare să creadă fiecare cuvânt pe care-l spuneam. Sau?

Echilibru cosmic?

S-ar putea ca până la urmă să existe o putere mai mare care acționează.

În timp ce traversez piața, pașii îmi devin mai ușori. O briză călduță îmi mângâie părul. Deasupra capului meu, norii se aleargă pe cer și printre ei se întrezărește cerul albastru. Boschetarii și-au ocupat deja locul în fața magazinului, împărțind prima sticlă de tărie. Când mă uit la ei, văd oameni care nu au preluat niciodată frâiele propriilor vieți, care s-au lăsat în voia sorții în loc să se ridice și să riposteze. Dacă nu m-aș fi răzbunat pe Jesper, aș fi putut să devin unul dintre ei: asuprită, zdrobită. O epavă umană lipsită de un sens și de un scop în viață, rătăcind fără țintă, ca o frunză în vânt.

Olga stă în fața magazinului și fumează. Postura ei are ceva ciudat, felul în care își duce și își îndepărtează țigara de la gură. Ceva tremurat și bățos. Pare nervoasă. Pe deasupra, aproape niciodată nu fumează în fața intrării; se duce întotdeauna în camera din spate. Potrivit registrului de ordine interioară primit de la sediul central, nu avem voie să fumăm în fața magazinului. Se pare că strică imaginea firmei.

Când mă vede, își flutură brațul deasupra capului, de parcă m-ar fi așteptat. Își aruncă țigara, iar vântul o interceptează imediat, purtând-o dincolo de bărbații care beau votcă în gecile lor cenușii, spre fântâna stricată din mijlocul pieței.

— Bună, îi spun.

— A venit poliția, îmi șoptește teatral în timp ce ochii ei albastru-deschis se măresc. O pală de vânt îi suflă părul subțire, expunând rădăcinile întunecate.

— Poliția?
— Vor să vorbească cu tine.
— Cu mine?
— Da. Cu tine.
— Despre ce?
— Habar n-am. Credeam că știi.

Dau din umeri, încercând să par indiferentă, dar imediat ce trec pragul magazinului, pulsul mi se accelerează și sudoarea începe să-mi alunece printre omoplați. Nu nervozitatea a împins-o să mă aștepte afară, acum îmi dau seama, ci o curiozitate nestăpânită.

Polițiștii sunt împreună cu Mahnoor la casa de marcat. Un bărbat și o femeie în jur de patruzeci de ani, purtând haine normale. Ies atât de puțin în evidență, încât ar putea fi clienți. Bărbatul e scund, îndesat, cu păr scurt și blond care începe să încărunțească. E neîngrijit într-un mod atrăgător. Ca un răufăcător dintr-un film de acțiune. Femeia e înaltă, subțire și cocoșată. Părul ei e blond-cenușiu, neîngrijit și lung. I se ridică de pe umeri, în timp ce se întoarce și mă examinează cu o privire critică.

— Emma Bohman? spune ea și-mi întinde o mână osoasă și o strânge pe a mea cu o forță surprinzătoare. Numele meu e Helena Berg și sunt din partea poliției. Vrem să stăm de vorbă cu tine.

Colegul ei a ajuns în stânga mea fără ca eu să observ.

— Johnny Lappalainen, spune el. Apoi tace. Nu mai adaugă nimic. Niciun grad, nicio explicație.

În spatele lui Johnny o zăresc pe Mahnoor. Ochii ei sunt mari și negri și observ că e curioasă să vadă despre ce e vorba. Îmi scutur încet capul în direcția ei: nu, nu știu ce vor.

— Am vrea să vii cu noi la secția de poliție pentru a-ți pune câteva întrebări, spune femeia slabă, uitându-se la mine cu o față lipsită de expresie. I-am şi uitat numele. Numele ei nu are loc în conştiința mea în acest moment; fiecare ungher şi crăpătură sunt ocupate. Încerc disperată să fac ordine în evenimentele din ultima săptămână. Să analizez fiecare moment critic. Oare m-a văzut cineva în seara aceea în fața garajului lui Jesper? E posibil ca bărbatul de la magazinul de vopseluri să fi contactat poliția? Oare le-a spus Olga ceva? Dar ea nu ştie ce am făcut. Ea ştie doar ce mi-a făcut Jesper. Nici măcar asta nu ştie, pentru că nu i-am spus totul.

— Chiar trebuie? întreb.

— Da, spune bărbatul cu o voce tăioasă, dar nu va dura mult.

Mă uit din nou la Mahnoor. Nu spune nimic, dar dă din cap spre mine ca şi cum ar fi nerăbdătoare să mă conformez.

Polițista cu părul ciufulit stă vizavi de mine într-o încăpere albă cu mobilă albă. Pe masa dintre noi se află un laptop, dar nimic altceva. De aproape, pare mai bătrână. Cute adânci îi pleacă din colțul gurii spre bărbie, şi la rădăcina părului se vede că are şuvițe de păr cenuşiu.

Bărbatul stă lângă ea fără să scoată o vorbă. Îşi mângâie părul scurt ca şi cum ar vrea să se asigure că fiecare fir e la locul lui şi se holbează pe fereastră. Îi urmăresc privirea. Un soare palid de sfârşit de toamnă luminează piața şi fântâna goală. Frunzele moarte sunt suflate de vânt în mici vârtejuri deasupra pavajului.

— Recunoşti asta? întreabă polițista, deschizând un plic maroniu.

Ceva cade pe masa albă cu un bufnet: o pungă mică de plastic care conține un mic obiect ce pare să fie un nasture de metal. Iau punga, o cântăresc în mână și o deschid.

E inelul.

Inelul meu de logodnă.

— Da, spun eu. E inelul meu de logodnă.

— Ești sigură? întreabă bărbatul.

Dau din cap.

— Sunt sigură. Am hotărât să nu-l gravăm, totuși pare să fie inelul meu, da.

— Când l-ai văzut ultima oară? întreabă femeia, aplecându-se deasupra mesei.

— E un inel de logodnă, cum am mai spus. Nu l-am cumpărat, mi-a fost dăruit.

— Bun, ca să ne lămurim. Când și unde l-ai primit? Și de la cine?

Oftez. Nu înțeleg unde vor să ajungă. Mă uit pe fereastră, dorindu-mi dintr-odată să stau afară pe o bancă, într-o pufoaică și cu o sticlă de alcool în mână. Ca boschetarii adunați azi-dimineață în fața magazinului. Orice ar fi mai bine decât să mă aflu aici.

— L-am primit de la prietenul meu... sau logodnic, cum vreți să-i spuneți. În urmă cu două săptămâni. Dar apoi s-a despărțit de mine. Aveam nevoie de bani, așa că l-am lăsat la amanet. Nu e ilegal, nu-i așa?

Omul dă din cap.

— Sigur că nu. Dar inelul acesta a fost furat dintr-un magazin de bijuterii de pe strada Linnégatan, cu mai bine de două săptămâni în urmă. Știi ceva despre asta?

— Furat?

— Da. A fost furat din magazin. Proprietarii de amanet confruntă fiecare obiect pe care-l achiziționează cu lista noastră de obiecte furate, aşa că inelul a fost identificat destul de repede. Iar amanetul ne-a furnizat informaţiile tale personale. Şi iată-ne acum aici!

O senzaţie de răceală începe să mi se răspândească prin corp. Îmi urcă de la picioare înspre piept şi apoi în cap, până când întregul meu corp se află în strânsoarea sa de fier. Oare Jesper a furat inelul? Şi dacă da, de ce? Doar pentru că nu voia să cheltuie bani pentru mine, sau şi acest aspect face parte dintr-un plan bolnav pe care n-am reuşit să-l prevăd?

Femeia se apleacă peste masă, fixându-mă cu privirea şi pare şi mai respingătoare decât înainte. Disting fire mici, mici pe buza ei superioară. Îmi vine să-i spun să se dea înapoi, să nu se mai apropie. Cu fiecare centimetru cu care se apropie, nodul din stomacul meu creşte. Întreaga situaţie e mult prea ofensatoare pentru mine. Am nevoie de distanţă. Spaţiu. Nu pot să fac faţă acestei apropieri intruzive.

— Noi credem că tu ai furat inelul din magazin, Emma.

Nu pot să răspund. Am gura foarte uscată, de parcă ar fi plină cu nisip. Îmi râcâi cerul gurii cu limba. Tot ce pot să fac e să scutur din cap. Bărbatul cu nume de familie finlandez oftează profund. Bănuiesc că de când lucrează în poliţie a auzit toate scuzele imaginabile. Nu mă crede, mă gândesc. Niciunul dintre ei nu mă crede.

— Emma. Uită-te la asta!

El întoarce spre mine computerul care se află între noi, pe masă, şi văd o fotografie granulată, alb-negru. La început nu-mi dau seama de unde e, dar apoi recunosc interiorul magazinului de bijuterii. În colţul din partea dreaptă, un text mic, de culoare albă, afişează data şi ora. Poliţista apasă pe butonul de derulare şi imaginea prinde viață. O asistentă vorbește cu spatele la cameră. Mișcările ei sunt tremurate în timp ce gesticulează și ridică o cutiuță. Apoi arată spre o masă cu două scaune și se așază pe unul dintre ele cu spatele la cameră. Cealaltă persoană, clienta, o urmează, se așază pe celălalt scaun și își scoate mănușile și pălăria.

Sunt eu. Clienta sunt eu.

Femeia care stă față în față cu asistenta sunt eu.

Apoi, clienta, adică eu, atinge inelele. Le încearcă unul după altul. Par că zâmbesc, de parcă aș savura situația.

— Probez inele, spun. Jesper și cu mine probăm inele.

— Vedem asta, răspunde bărbatul. Dar, din câte îmi dau seama, tu ești singurul client din magazin.

Nu înțeleg. Nu are niciun sens.

— Stați, stop!

El dă din umeri. Oprește înregistrarea.

— Ne-am uitat de mai multe ori la filmuleț.

— Dați înapoi câteva secunde.

Face ce-i cer și pornește din nou înregistrarea.

— Aici, spun. Stop!

În spatele meu e o umbră granulată care se deplasează spre centrul imaginii.

— Uite-l, spun. El e!

Ofițerii de poliție se uită unul la altul. Schimbă o privire lungă, inexpresivă între ei. Când femeia începe să vorbească, în vocea ei sesizez oboseală.

— Susții că a mai fost cineva cu tine în magazin?

— Desigur. Nu probezi inele de logodnă de una singură.

— Și această persoană era...?

— Jesper Orre. Logodnicul meu.

— Acel Jesper Orre?

— Da. Acel Jesper Orre.

Peter

Hanne şi Manfred mă urmează în mica sală de conferinţă şi salută o femeie ofiţer de poliţie. Ea se prezintă ca fiind Helena Berg şi-mi spune că lucrează la secţia de poliţie din Östermalm. Trupul ei slab, trăsăturile ascuţite şi părul subţire, castaniu-deschis, au ceva vag familiar. Mă întreb dacă ne-am mai intersectat cu alte ocazii, dar ea nu pare să mă recunoască.

Câteodată mă gândesc că oamenii nu mă observă din cauza felului în care arăt. Poate că am o înfăţişare prea comună pentru a lăsa vreo impresie asupra celor pe care-i întâlnesc. Unul dintre tipii ăia care stau în faţa ta în autobuz o săptămână la rând fără să-l ţii minte. Spre deosebire de Manfred pe care toată lumea din clădire îl ştie şi bănuiesc că tocmai ăsta e motivul pentru care se îmbracă aşa.

Hanne şi Manfred se aşază lângă Helena, iar eu de partea cealaltă a mesei. Îi arunc o privire lui Hanne. Arată ca de obicei: calmă şi stăpână pe ea, cu un carneţel în poală. Expresia ei facială e una de nepăsare. Nici urmă din intimitatea de ieri — ar putea fi un călător în autobuz, unul dintre cei care nu mă observă.

Şi Janet făcea asta câteodată — mă ignora, ca şi cum n-aş fi fost acolo. Mai ales când voia să mă pedepsească pentru ceva, cum ar fi că am uitat de ziua ei sau pentru faptul că nu voiam să-mi petrec întregul weekend vizitând case de vânzare.

Dar Hanne nu e Janet.

De fapt, Janet şi Hanne sunt atât de diferite pe cât pot fi două persoane. Nu există niciun motiv pentru care aş vrea să compar comportamentul lui Hanne cu al lui Janet. Cel puțin dacă vreau să înțeleg ce gândeşte Hanne.

Mă întorc spre Helena, care a venit să ne relateze întâlnirea ei cu Emma Bohman.

— Mulțumesc că ai venit, îi spun.

Ea dă din umeri şi zâmbeşte crispată.

— Desigur. Doar că mi-ar fi plăcut să fac mai repede socoteala. Dar ştiți cum e — întâlneşti atât de mulți oameni. Atâția nebuni...

Dau din cap. Ceilalți de la masa asta ştiu foarte bine ce înseamnă să fii ofițer de poliție — am trecut cu toții prin astfel de experiențe. În afară de Hanne.

— Dă-i drumul şi poveşteşte-le, îi spun. Hanne şi Manfred iau parte la anchetă şi nu ştiu nimic despre interogatoriul tău cu Emma Bohman.

— În regulă, începe Helena; încuviințează din cap, cu un aer meditativ, şi spune: cu două săptămâni şi ceva în urmă, am fost contactați de un amanet din centrul Stockholmului. Cineva adusese un inel cu diamant destul de valoros. Un inel de logodnă. Şi când l-au confruntat cu lista noastră de obiecte furate, au descoperit că inelul fusese luat cu câteva săptămâni în urmă dintr-un magazin de bijuterii de pe Linnégatan. Inelul fusese lăsat la amanet de către o anumită Emma Bohman, care locuieşte pe strada Värtavägen, care e chiar lângă piața Karlaplan şi magazinul de bijuterii. Colegul meu Johnny Lappalainen şi cu mine am investigat-o pe Emma Bohman în urmă cu două săptămâni şi, în timpul interogatoriului, i-am arătat şi o casetă cu o înregistrare care arată că în momentul furtului a fost prezentă în magazinul de bijuterii.

— Şi ea cum a reacționat la asta? o întreb.

— A spus că a fost în magazin, dar că nu a fost singură. Zice că a vizitat magazinul împreună cu prietenul ei, Jesper Orre, ca să-şi aleagă un inel de logodnă. Apoi a spus că nici nu a furat şi nici nu a cumpărat inelul — că acesta i-a fost dăruit mai târziu de către Orre.

— A putut să dovedească?

Helena dă uşor din umeri.

— Nu chiar. Ne-a atras atenția asupra unei apariții fugare pe înregistrarea făcută de camera de supraveghere şi a spus că ar fi Orre. Dar ne-a fost imposibil să determinăm dacă acest lucru e adevărat sau fals. Înregistrarea e de o calitate proastă, iar persoana pe care ne-a arătat-o putea fi văzută doar la marginea imaginii. Oricum, l-am contactat pe Orre la telefon ca să verificăm informațiile fetei, iar el a spus că nu a auzit niciodată de ea şi poate spune cu certitudine că nu i-a cumpărat un inel. Ne-a zis că tot felul de ciudați îl acuză mereu de lucruri aiurea şi că s-a săturat până peste cap să fie persoană publică. Aşa că... Cred că asta a fost tot. Volumul nostru de muncă e mare, aşa că ancheta n-a mai progresat. Dar când am văzut la televizor fotografiile fetei omorâte şi am aflat că Orre a dispărut, m-am gândit că ar fi bine să vă contactez. V-am trimis prin e-mail raportul anchetei şi caseta cu filmul, în caz că vreți să le vedeți.

Scot portretul femeii omorâte. Îl pun pe masă şi îl netezesc cu palma.

— Să înțeleg că ai văzut asta?

— Absolut, spune ea, încruntându-se. E greu să ignori aşa ceva. E adevărat că a fost decapitată?

Dau din cap.

— Isuse! Nişte oameni bolnavi umblă liberi. Da, am văzut portretul şi sunt de părere că nu prea seamănă. Dacă-mi aduc aminte corect, Emma Bohman avea părul mai lung. Dar, cine ştie, poate că s-a tuns.

După ce o conducem pe Helena Berg afară, ne aşezăm din nou la masă. Sánchez e entuziasmată în felul acela în care devine de fiecare dată când într-o anchetă are loc un progres major. Bate darabana cu degetele pe masă şi întreabă:

— Deci, ce părere aveți?

Manfred îşi drege glasul şi îşi scoate ochelarii.

— Concluzia logică este, desigur, că Jesper Orre a avut o relație cu Emma Bohman, pe care nu voia să o mărturisească, corect? E posibil ca ea să-i fi făcut o vizită acasă, ca să se confrunte poate cu el, iar el a omorât-o şi a fugit.

Hanne se apleacă în față şi îl priveşte pe Manfred în ochi.

— Dar ce facem cu celălalt tip?

— Care celălalt?

Hanne pare dintr-odată confuză şi obrajii îi devin roşii.

— Tipul care a fost omorât... în urmă cu zece ani. Sigur aşa s-a întâmplat? Nu țin minte... Cum ziceai că-l cheamă? Chinezul.

— Chinez? întreabă Sánchez.

— Da, ştii tu. Cel cu... celălalt fără cap.

— Te referi la Calderón? spune Sánchez.

— Exact! Calderón.

— Nu era chinez. Era chilean.

— Scuze, am pronunţat greşit. Dar pe el Jesper Orre de ce să-l fi omorât şi decapitat?

— Nu ştim, spune Manfred. Nu încă. Dar dacă o să cotrobăim suficient de adânc în trecutul lui Orre, sunt convins că vom găsi o legătură pe undeva.

Mă întorc spre Sánchez şi mă hotărăsc să profit din plin de entuziasmul ei de căţeluş. Îmi aduc aminte cu claritate de el din primii ani în care devenisem ofiţer de poliţie, cu toate că nu-l mai simţisem la ea de ani de zile.

— Ambii părinţi ai Emmei Bohman sunt morţi, spun. Mătuşa ei a raportat dispariţia fetei. Poţi să dai de ea şi să afli dacă ştie ceva despre relaţia Emmei cu Orre? Şi ia legătura şi cu colegii ei de la Clothes&More. Nu ştim cât de apropiată era de mătuşa ei.

Sánchez dă din cap şi pleacă, urmată de Manfred. Lăsându-mă singur cu Hanne.

— Vrei să facem o plimbare? o întreb.

Mergem prin zăpada din piaţă, în direcţia apei. Vântul mi se furişează prin geaca subţire, iar neaua proaspăt căzută îmi intră în încălţări pe la glezne, amintindu-mi de ghetele de iarnă pe care tot nu mi le-am cumpărat. Hanne merge în pas cu mine, o siluetă tăcută într-o geacă fără formă şi ghete greoaie. Când ajungem la apă, facem stânga spre primărie. Zăpada se învârtejeşte deasupra golfului, acoperind apa cu o ceaţă albă, ştergând contururile clădirilor de pe Södermalm.

— Eşti bine? o întreb.

Hanne întoarce capul spre mine şi îmi aruncă o privire greu de descifrat.

— De ce n-aş fi?

Vocea ei are ceva rezervat, ca şi cum ar fi dornică să delimiteze distanța dintre noi.

— Mă gândeam la ce s-a... întâmplat ieri.

Se opreşte, se întoarce cu spatele la vânt şi-şi pune gluga. Mă priveşte cu o expresie tristă. Fulgii de zăpadă i se topesc pe obraji, iar eu vreau să întind mâna şi să-i îndepărtez, dar ştiu că nu am voie să fac asta. Nu mi-a acordat permisiunea de a face aşa ceva.

— Ce s-a întâmplat ieri..., începe ea. A fost drăguț. Mi-a plăcut. Dar trebuie să fiu complet sinceră cu tine, Peter. Între noi nu mai poate fi nimic. Nu mai merge. Putem să ne mai vedem, dacă vrei, dar nu vom putea fi niciodată împreună. Înțelegi?

Dintr-un anumit motiv, cuvintele ei mă fac să mă simt îngrozitor de dezamăgit. Cu toate că nu ştiu cu adevărat de ce. Vreau să spun, la ce ar fi trebuit să mă aştept? Că după o noapte petrecută împreună o să redevenim un cuplu? Că ceea ce am făcut în urmă cu zece ani ar putea fi iertat şi uitat?

— Pot să te întreb de ce?

Ea se întoarce şi începe să meargă în direcția cheiului. Se opreşte şi se uită la apă. O urmez şi mă opresc lângă ea. Deasupra noastră se rotesc păsări mari şi negre. Poate că sunt un fel de stăncuțe sau ciori.

— Crezi că îngheață? mă întreabă.

— Pun pariu că le e frig ca naiba, îi răspund.

— Sunt bolnavă, spune ea şi se întoarce spre mine. Pe bune. Şi nu vreau ca asta să devină şi problema ta. Nu ar fi corect.

Când îmi spune că e bolnavă, mă gândesc la mama mea. Cum stătea pe terasă şi fuma pe unul dintre scaunele vechi de grădină, purtând un pulover gros în ciuda căldurii şi o eşarfă de mătase strânsă bine pe cap.

Când îmi aduc aminte de acea femeie slabă care mi-a fost mamă sau, mă rog, de ce mai rămăsese din ea, ceva în mine se înmoaie. Şi mirosurile se întorc: săpun, fum de ţigară şi celălalt miros. Mirosul bolii: dezinfectant şi răni deschise. Un miros care mi-e foarte cunoscut. Holuri de spital, cearşafuri murdare, cartofi fierţi, şi sendvişuri cu caşcaval pe care s-au format picături de apă, împachetate în plastic.

Mirosul instituţiilor.

— Ai cancer? o întreb.

Nu ştiu de ce, pur şi simplu îmi scapă.

Hanne râde.

— Nu, spune ea. De ce crezi că am cancer?

— Nu ştiu. Multă lume… se îmbolnăveşte.

Nu comentează afirmaţia mea ciudată. În schimb, se uită încurcată la mine, cu un zâmbet în colţul gurii.

Mă gândesc din nou la Janet. Cu câţiva ani în urmă fusese convinsă că are o tumoare la sân. Mă suna plângând şi implorându-mă să am grijă de Albin în cazul în care ea moare. Nu mi-am făcut griji. Ideea că mama copilului meu se luptă cu o boală care îi pune viaţa în pericol mă lăsa rece.

Mă întreb ce spune asta despre mine.

— Şi atunci ce ai? o întreb.

— Nu vreau să vorbesc despre asta, spune Hanne şi se întoarce.

Dispare în furtuna de zăpadă în direcţia secţiei de poliţie cu paşi atât de hotărâţi, încât nu îndrăznesc să o urmez.

Chiar când sunt pe punctul de a mă întoarce şi eu, sună telefonul. E Janet. Tonul ei e şi mai artificial decât de obicei şi-mi dau imediat seama că s-a întâmplat ceva.

— Trebuie să stai de vorbă cu Albin, spune dintr-o suflare.

Mă îndrept către o intrare acoperită pentru a mă adăposti de vânt.

— Despre ce?

— Despre... A început să lipsească de la şcoală. Şi iese cu gaşca aia nasoală din Skogås. Ştii, cei despre care ți-am povestit.

Păşesc în intrând, unde sunt protejat de zăpadă şi-mi pun o mână la gât ca să o încălzesc. Îmi simt degetele ca pe nişte țurțuri.

— În regulă. Îşi petrece timpul în Skogås. Şi de ce ar trebui să vorbesc cu el despre asta?

Îmi dau seama cum îmi sună vocea şi regret imediat. Nu intenționez s-o reduc la tăcere, dar mereu se întâmplă aşa. Janet mă sună imediat ce apare o problemă cu Albin. Chiar dacă am hotărât cu mult înainte să vină pe lume că o să-l crească ea. Din moment ce a rămas însărcinată fără ca eu să-mi doresc asta.

— Pentru că eşti ofițer de poliție. Ştii lucruri. Despre droguri şi chestii de genul ăsta. Şi ştii ce se întâmplă cu băieții care se droghează. Şi pentru că... tu eşti tatăl lui, adaugă repede şi aproape în şoaptă, ca şi cum ar fi rostit un cuvânt interzis.

Mă uit afară la zăpadă. Încercând să-mi dau seama cum aş putea s-o fac să înțeleagă, fără să fiu nepoliticos. Întrebându-mă ce argument ar putea s-o facă să nu mai fie cicălitoare.

— Sunt sigur că e-n regulă, spun, poate puțin cam nearticulat.

— Nu e-n regulă, strigă ea. Întotdeauna-i la fel. Nu vrei să-ți asumi niciun fel de responsabilitate pentru Albin. Nu mă ajuți niciodată. Nici măcar când te implor să o faci. Ai idee cât de-al naibii de greu îmi e să te rog ceva de genul ăsta? Ştii cât am ezitat înainte să ridic receptorul şi să formez nenorocitul tău de număr? Înțelegi?

Îmi mijesc ochii. Hotărăsc că acesta nu e cel mai bun moment ca să-i aduc aminte de înțelegerea noastră, asupra căreia am căzut de acord în urmă cu mai bine de cincisprezece ani.

— Bine, îi spun şi-mi încălzesc cealaltă mână pe gât.

— Bun. Când?

— Cum adică „când"? În niciun caz astăzi. Sunt în mijlocul unei anchete criminalistice.

— Atunci, mâine?

— Mâine... nu. Mâine nu am timp. Poate săptămâna viitoare.

— Ştii ce, Peter? E atât de al naibii de tipic! Nici măcar nu ştiu de ce te-am sunat. Poți să-ți iei nenorocita de slujbă şi să te duci dracului, pentru că Albin şi cu mine nu mai vrem să te vedem niciodată. Auzi ce-ți spun? Du-te dracului!

Rămân multă vreme acolo, privind ninsoarea. Uitându-mă la acele păsări negre care zboară deasupra mea. Gândindu-mă la mama şi sora mea, care se odihnesc în cimitirul Woodland, întrebându-mă dacă le e frig acolo, la doi metri sub pământ. Mă gândesc cât de-al dracului de nedrept e să o pierd pe Hanne acum când în sfârşit am regăsit-o. Apoi îmi spun: nu am regăsit-o. Dar, într-un fel, aşa am încă senzația.

Apoi îmi aduc aminte de tot ce-am pierdut, chiar şi de cei vii, cum ar fi Albin şi Janet. Pe toți cei pe care i-am îndepărtat de mine, pe care i-am mințit sau de care am fugit. Şi, când mă gândesc pentru o clipă la toate, îmi dau seama că asta merit. Probabil că asta e o pedeapsă justă — Hanne nu va fi niciodată a mea.

Emma

Cu două săptămâni în urmă

E absurd, n-am furat niciodată, nici măcar un baton de ciocolată, şi mă trezesc acuzată că am furat o bijuterie scumpă. Stau pe unul dintre fotoliile mele verzi, cu picioarele pe masă. Şi, dintr-odată, îmi dau seama cât de mult îmi lipseşte Sigge. E adevărat că era doar o pisică, dar era companionul meu şi, într-un fel, prezenţa lui transforma apartamentul în acasă. Fără el, spaţiul pare atât de gol şi pustiu, şi rece! Poate că ar trebui să cumpăr o altă pisică, dar într-un fel simt că nu ar fi în regulă. Simt că ar trebui să-l jelesc pe Sigge pentru o vreme înainte de a aduce în casă un alt animal de companie.

Manualele mele de fizică zac neatinse, pline de praf. Am pierdut mai multe săptămâni de studiu din cauza lui Jesper. Şi el era atât de nerăbdător să termin şcoala şi să-mi iau diploma! Şi să mă duc şi la facultate, dacă voiam să fac asta. Închid ochii. Mă las pe spate.

Încerc să-mi aduc aminte.

*

— Dar de ce ai renunțat la liceu?

— Isuse, chiar trebuie să vorbim despre asta acum?

Jesper a ieșit din mine, s-a rostogolit pe o parte și s-a culcat lângă mine în pat. Apoi și-a tras o pernă pe care să-și sprijine capul. Expresia lui era amuzată, aproape enervată. Odată eliberată de presiunea trupului său, îmi era mai ușor să respir. Am tras aer adânc în piept și i-am întâlnit privirea.

— Nu-ți place să vorbești despre asta, hm?

— Sincer, nu am nicio problemă să vorbesc despre asta. Dar nu e ceva prea romantic, nu crezi?

— Dar vreau să știu. Te iubesc și vreau să înțeleg de ce ai făcut ceea ce ai făcut.

— Chiar trebuie să știm totul unul despre altul?

— Bineînțeles că nu.

Pentru un moment, a părut atât de serios, încât aproape că m-am speriat. Ca și cum dintr-odată și-ar fi întors privirea spre interior, spre un secret întunecat pe care-l clocea în sinea lui. Apoi momentul a trecut, iar el și-a recăpătat înfățișarea obișnuită. Am oftat, fiind conștientă că nu pot ieși din situația asta fără să-i dau o explicație.

— De ce te-ai lăsat de școală? m-a întrebat din nou, apăsând fiecare silabă.

— Nu m-am lăsat. Nu am început niciodată. Când tata a murit...

Am făcut o pauză.

— Da?

S-a aplecat deasupra mea, mi-a prins cu grijă sânul în căușul palmei și m-a sărutat. Puteam să simt căldura umedă ce radia dinspre trupul lui.

— Practic, viața mea a devenit prea dezordonată. Mai întâi a murit tata, apoi s-a întâmplat chestia aia cu Woody, proful meu de design şi tehnologie, în primăvara din clasa a noua. Şi după aceea pur şi simplu nu m-am mai simțit în stare să merg la şcoală. Aşa că în vara aceea am abandonat şcoala, am luat o pauză de şase luni. Apoi am început să muncesc.

Mi-a dat brusc drumul la sân, ca şi cum s-ar fi ars.

— Deci toate astea din cauza nenorocitului de Woody?

— Nu ştiu. Cred că a fost vina amândurora.

A râs sec.

— O, te rog. Erai doar o copilă, iar el era un bărbat în toată firea. Ceea ce ți-a făcut a fost groaznic şi dezgustător şi... respingător. Pedofilul dracului!

— Dar eu l-am lăsat.

Jesper s-a ridicat în capul oaselor, părând dintr-odată furios, şi şi-a înfăşurat pătura în jurul şoldului.

— Doar nu vrei să spui că, după toți aceşti ani, te învinovățeşti în continuare pentru ceea ce s-a întâmplat?

— Nu vreau să vorbesc despre asta.

El a oftat.

— Îmi pare rău. Doar că mă enervez atât de-al naibii de tare când mă gândesc la felul în care a profitat de tine! Tu erai minoră, erai în grija lui, iar el te-a violat.

— Fii serios! Nu e ca şi cum m-ar fi atacat.

— Spune-i cum vrei. Era greşit şi el ar fi trebuit să ştie.

— Cum ai defini atunci asta?

A înghețat.

— Nu sunt sigur că înțeleg ce vrei să spui.

— Păi, eu sunt subordonata ta, nu? Tu eşti directorul executiv al companiei pentru care lucrez. Dar nu ai deloc procese de conştiință când mi-o tragi!

— Nu e nici pe departe acelaşi lucru. Suntem doi adulți care se iubesc. Niciunul dintre noi nu se foloseşte de celălalt. Asta ar putea fi... nu ştiu. Ar putea fi neprofesional din partea mea.

Cuvintele lui au sunat convingător, dar am simțit că i-am atins un punct sensibil. S-a dat câțiva centimetri mai în spate. A bâjbâit după pachetul de țigări lăsat pe noptieră.

— Fii sincer, Jesper! Crezi că asta e o relație perfect normală între doi oameni egali?

Nu mi-a răspuns.

Stau întinsă pe pat, complet îmbrăcată, holbându-mă la tavan. Într-un colț, o pânză de păianjen flutură în curentul de aer care intră pe fereastră. De-a lungul plafonului, dintr-un colț în altul, se întinde o crăpătură lungă. Îmi dau seama că, într-o bună zi, apartamentul ăsta va trebui renovat, dar din ce bani voi face asta?

E vina lui Jesper.

Toate astea sunt din vina lui Jesper. Iarăşi mă simt slăbită. Entuziasmul şi energia pe care le-am dobândit după incendierea garajului lui Jesper s-au dus. Am senzația că mă prăbuşesc din nou într-o groapă neagră şi adâncă. Iar afară, ploaia continuă să cadă peste Stockholm. Până şi cerul plânge.

Dintr-odată, mă simt cuprinsă de dorința puternică de a mă confrunta cu Jesper. Vreau să-l încolțesc şi să-l oblig să-mi spună de ce îmi face una ca asta. Dacă procedez astfel, dacă sunt suficient de puternică ca să stau de vorbă cu el de pe picior de egalitate, poate că voi reuşi să recâştig controlul asupra vieții mele şi să-mi recapăt demnitatea.

Trebuie să funcționeze, mă gândesc. Cu Woody a funcționat.

*

Biroul directorului era format din două încăperi: o cameră de aşteptare mică, dotată cu fotolii de pluş uzate, şi o altă cameră, aflată în spatele unei uşi din sticlă jivrată. Eu stăteam într-unul dintre fotoliile din camera de aşteptare, iar mama în celălalt. În fața noastră era o măsuță de cafea cu placaj de mesteacăn, plin de ziare. Le-am răsfoit: *Şcoala de astăzi, Jurnalul pedagogic.* Nimic interesant. De cealaltă parte a sticlei jivrate vedeam mişcare, dar îmi era imposibil să identific cine era acolo.

Mama se juca cu noua ei poşetă de culoarea albăstrelei şi a emis un sâsâit, semn că era nervoasă.

— Nu înțeleg de ce nu ne spun în față despre ce e vorba. Trebuie să mă duc la muncă, nu pot să stau toată ziua aici dacă nu-i ceva important — i-am spus-o şi directorului la telefon. Sper să fie ceva foarte urgent, pentru că am şi eu slujba mea şi mai trebuie să-mi bat capul şi cu înmormântarea soțului meu. Şi, pe lângă asta…

— Mamă. Te rog, opreşte-te. Poate o să te audă.

Mi-a aruncat o privire înghețată.

— Roagă-te să nu fi făcut vreo prostie. Ai făcut?

— De unde să ştiu? Habar n-am de ce suntem aici!

M-am uitat la ceasul de pe perete. Secundarul subțire şi negru arăta ca un păianjen care se deplasează pe afişajul ceasului. Când a ajuns la doisprezece, minutarul a făcut un mic pas tremurat înainte.

— Ai furat din vreun magazin?

— Hai, măi, mamă. Bineînțeles că nu.

— Ai chiulit de la școală?

— Termină! Nu am chiulit.

— Atunci poți să-mi explici ce caut aici în loc să fiu la muncă?

Mama le explica mereu tuturor celor care erau dispuși să asculte, că ea are o slujbă. Fusese șomeră timp de mai mulți ani după ce începuse să aibă probleme cu spatele, așa că slujba însemna mult pentru ea.

S-a uitat la ceasul de pe perete, care acum arăta unsprezece și zece minute.

— Am la dispoziție treizeci de minute. Niciun minut în plus.

Și-a împletit mâinile grăsune în poală. Apoi a devenit tăcută. Nu știam ce să spun. De cealaltă parte a sticlei jivrate s-a auzit sunetul scaunelor frecate de podea.

— Emma, a spus mama.

— Da?

— Nu ai fumat iarbă, nu-i așa?

Chiar în acel moment, ușa de sticlă jivrată s-a deschis și în cadrul ei a apărut capul lui Britt Henrikson, directoarea școlii. Rochia subțire de vară viu colorată atârna ca un sac pe trupul ei subțire.

— Mă bucur atât de mult că ați putut veni! Bine ați venit!

A făcut un pas în spate și a deschis ușa. Mama a pornit spre ușă, a salutat-o, iar eu am urmat-o cu pași nesiguri. Când m-a luat de mână, zâmbetul directoarei Britt era încordat.

Pe un scaun rotativ instalat în fața biroului stătea Sigmund, căruia i se spunea și dr. Freud, psihologul școlii. În ciuda poreclei, părul lui întunecat și scurt, barba deasă și proporțiile generoase îl făceau să semene mai degrabă cu tatăl lui Pippi Şoseţica decât cu rigurosul psiholog german. Lângă Sigmund stătea Elin. Obrajii ei erau roşii, şi se uita-n podea.

— Mulţumesc, Elin. Acum poţi să pleci. Te vom anunţa dacă mai apare ceva, a spus directoarea Britt.

Elin s-a ridicat în picioare şi a părăsit încăperea fără să-şi ridice privirea din podeaua acoperită cu linoleum.

— E aşa un aer închis aici, a spus Britt. Sigmund, poţi să deschizi, te rog, fereastra?

Directoarea avea dreptate. Aerul din încăpere era stătut şi mirosea a şosete transpirate. Sigmund s-a ridicat cu chiu, cu vai de pe scaun, a mers cu paşi legănaţi până la fereastră şi a deschis-o. Lăsând vara să pătrundă în mica încăpere.

— Aşa-i mai bine, a ciripit Britt. Vreţi nişte limonadă?

Eu am dat din cap că vreau, dar mama a ridicat mâna.

— Eu nu doresc, mulţumesc. Mă grăbesc să ajung înapoi la serviciu.

Britt a dat din cap, a turnat limonada într-o cană albă de plastic şi mi-a întins-o. Am observat că era la fel precum cănile din cantina şcolii. Dintr-un motiv sau altul, asta m-a surprins. Îmi imaginasem că directoarea şi profesorii folosesc veselă adevărată, că în cancelarie şi-n biroul directorului totul e mai drăguţ, mai apropiat de lumea adulţilor.

Britt şi-a aranjat rochia asemănătoare cu un sac şi s-a aşezat cu grijă pe marginea scaunului, ca şi cum i-ar fi fost teamă să nu se rupă.

— Emma. Poate că ştii deja de ce te afli astăzi aici.

Am dat din cap în semn că nu.

Britt şi-a dres vocea şi şi-a coborât privirea. În mod evident, situaţia o stânjenea. Sigmund nu spunea nimic, îşi mângâia barba şi se uita cu poftă afară pe fereastră.

— Ce-a făcut? a întrebat mama.

— Nu, nu, a început Britt. Emma nu a făcut nimic greşit. Ni s-a adus la cunoştinţă că unul dintre profesorii noştri... că un anumit profesor i-a făcut Emmei avansuri.

— Ce? a spus mama şi a scăpat din mână geanta de culoarea albăstrelei, care a căzut cu un bufnet pe podea.

— Unul dintre profesorii noştri suplinitori, de design şi tehnologie. De fapt, e un profesor destul de bun, însă... potrivit informaţiilor este şi... Emma, ai vrea să ne povesteşti? Am dreptate? Ţi-a făcut avansuri?

N-am putut să răspund. Simţeam că gura mi-e plină cu nisip şi că un ghemotoc tare îmi sufocă gâtul.

— Emma, a spus Sigmund cu accentul său nazal, nemţesc. E foarte important să ne spui ce s-a întâmplat. Atât pentru binele tău, cât şi pentru al celorlalţi copii din această şcoală. S-a apropiat vreodată de tine?

Am ezitat pentru o clipă, apoi am încuviinţat. Mama a emis un sâsâit şi şi-a ridicat geanta de pe podea.

— Ce a făcut? a întrebat Britt pe un ton mai blând şi m-a atins cu mâna ei osoasă.

Mi-am tras mâna fără să răspund. O mică buburuză cu două pete pe spate înainta încet pe masă lângă limonada mea. Cum era... Puteam oare să-mi pun o dorinţă sau buburuza trebuia să aibă mai multe pete?

— Îmi pare rău. Emma, dar trebuie să ştim. Te-a sărutat?

Buburuza se apropia de marginea mesei. Era atât de aproape, încât aş fi putut s-o ating. Am întins mâna să văd dacă ar vrea să mi se caţere pe deget.

— Emma.

Vocea lui Britt era insistentă.

— Te-a sărutat sau atins în vreun fel?

Am dat din cap fără să-mi iau privirea de la buburuză. În cameră s-a făcut linişte. Atât de linişte, încât puteam să aud maşinile care treceau pe strada aglomerată şi râsetele copiilor aflaţi în curtea şcolii.

— Aţi întreţinut... Britt a ezitat. Aţi întreţinut... raporturi sexuale?

Raporturi sexuale. M-am înfiorat. Cuvintele sunau ca o boală contagioasă. Am împins mica insectă roşie cu vârful degetului.

— Da, am spus. Da.

Buburuza şi-a schimbat direcţia şi s-a îndreptat din nou spre paharul cu limonadă.

Mama şi-a pus jacheta. Fiecare respiraţie a ei era însoţită de un sâsâit zgomotos.

Faţa ei era roşie, iar când s-a întors spre mine şi-a strâns cu putere geanta la piept.

Nu ştiu la ce mă aşteptam. Poate la un comentariu despre cât de greu mi-a fost mie să îndur toate astea. Sau să arate cât era de iritată de faptul că a trebuit să vină aici în mijlocul zilei, pierzând astfel din timpul ei preţios.

Palma a venit fără niciun avertisment şi aproape că m-a făcut să-mi pierd echilibrul. Pentru o clipă, încăperea s-a rotit şi durerea arzătoare mi s-a răspândit pe obraz.

— Curvă ce eşti! a spus mama şi a ieşit cu paşi apăsaţi din încăpere.

Hanne

Pe drumul de întoarcere spre secția de poliție mă rătăcesc. Nu știu dacă e din cauză că sunt supărată după ce am vorbit cu Peter sau dacă e din vina bolii.

Poate că e doar vremea. Ninsoarea scade vizibilitatea la doar câțiva metri și toate clădirile sunt învelite într-o ceață albă. Numele străzilor pot fi desluşite, dar se pare că nu-mi aduc aminte unde duc străzile, ca şi cum toată harta insulei Kungsholmen mi-ar fi fost ştearsă din memorie.

Zăpada se strecoară de jur-mprejurul gâtului meu, se topeşte, îmi coboară pe piept. Am mâinile înghețate, iar panica pândeşte de undeva din spatele coastelor, asemenea unui pumn. Ar fi destul de uşor să-i întreb pe oamenii pe lângă care trec: femeia tânără cu cărucior de copii, femeia cu racheta de tenis aruncată peste umăr sau chiar cuplul care se sărută fără să se simtă stingherit în fața unei clădiri cu apartamente. Dar nu pot; nu pot să recunosc nici măcar față de mine însămi că nu găsesc drumul înapoi spre secția de poliție.

Vântul îmi smulge gluga şi fulgii mici şi tari îmi biciuie fața. Totul e alb. Totul e zăpadă şi gheață. E atât de frig, încât aş putea la fel de bine să fiu în Groenlanda cu inuiţii.

Mă gândesc la oamenii care au încercat să cucerească regiunile polare, de multe ori cu rezultate dezastruoase: Amundsen, Andrée, Strindberg şi Nansen. Dar mai ales la Claus Paarss, militarul norvegiano-danez care a călătorit în Groenlanda în 1728 şi i-a descoperit acolo pe coloniştii norvegieni despre care nu mai auzise nimeni nimic de două sute de ani.

Când au planificat expediţia, s-au gândit că tinerii bărbaţi norvegieni echipaţi cu schiuri ar fi capabili să exploreze în orice direcţie continentul necunoscut, fără mari probleme.

Paarss a traversat Atlanticul de Nord cu aproximativ douăzeci de soldaţi, doisprezece deţinuţi, un grup de prostituate şi doisprezece cai. Imediat ce au ajuns, lupta lui împotriva celorlalţi — dar şi împotriva propriilor lui oameni — a început. Oamenii lui Paarss s-au răsculat şi nici n-a apucat el bine să suprime insurecţia, că membrii echipajului au început să moară de scorbut şi variolă. Le-au murit şi caii. Iar încercarea lui Paarss de a traversa continentul pe jos peste blocurile ascuţite de gheaţă a eşuat de două ori. Până la urmă, colonia a fost părăsită chiar şi de nativii din Groenlanda şi visul lui Paarss de a popula continentul cu aristocraţi danezi şi familiile lor a fost abandonat.

De unde vine nevoia omului de a îmblânzi lumea? Nevoia asta nu se reduce câtuşi de puţin la natură — noi, oamenii, vrem să stăpânim de asemenea şi peste semenii noştri, atât în societăţile noastre, cât şi în relaţiile apropiate.

Ca Owe, mă gândesc. Şi-a petrecut toată viaţa încercând să mă îmblânzească. Dar nu va reuşi. Pentru că voi proceda precum ursul polar: îl voi obosi cu nepăsarea mea încăpățânată până când va ceda și va găsi pe altcineva pe care să-l domine.

Clipesc în bătaia fulgilor. Încerc să găsesc ceva pe care să-mi fixez privirea, un reper în marea de alb. Aproape că sunt tentată să-l sun pe Owe, pentru că știu că va lăsa totul, va sări într-o mașină și va veni să mă ia. Să mă salveze, așa cum a făcut-o mereu când am dat-o în bară.

Câteva secunde mai târziu, ninsoarea se mai domolește și se deslușește conturul familiar al spitalului Sfântul Erik. Trag adânc aer în piept. Acum știu exact unde sunt și cum să mă întorc la secția de poliție, unde e cald. Dar acea senzație teribilă, paralizantă, de neajutorare a pus stăpânire pe mine. Nu vrea să-mi dea drumul nici măcar când ajung înapoi la birou și mă uit afară pe fereastră spre Kungholmsgatan. Și chiar dacă beau una după alta trei căni de ceai fierbinte, tremur în continuare de frig.

Mă uit la Peter. Stă la câțiva metri de mine, întors cu spatele, cu privirea fixată în calculator. Părul lui blond-cenușiu e umed, iar sub el, pe podea, în jurul pantalonilor de trening ridicol de subțiri s-au format mici băltoace.

Îmi doresc să fi avut cancer — atunci aș fi putut să-i spun. Dar nu poți să le spui oamenilor că ai demență precoce. Mai ales dacă e vorba de o persoană cu care te-ai culcat de curând. E de o mie de ori mai urâtă decât o boală cu transmitere sexuală. Mai rușinoasă, într-un fel. E dezgustător să-ți pierzi mințile, să te pierzi de tine însăți. Respingător. Mă transform încetul cu încetul într-o legumă și nimeni nu vrea să trăiască cu o legumă.

În afară de Owe.

Poate că asta *este* iubirea. Să fii acolo pentru celălalt, indiferent ce s-ar întâmpla. Îmi aduce aminte de acel verset din Epistola către Corinteni: dragostea „Toate le suferă, toate le crede, toate le nădăjduieşte, toate le rabdă."

Dar nu vreau ca Owe să mă „sufere" şi să mă „rabde". Vreau doar să fiu lăsată în pace.

Poate că ar trebui să mă duc în Groenlanda. Să fac călătoria pe care nu am întreprins-o niciodată. Acum, cât încă mai am timp. Dar stau aici, în secția de poliție, locul în care a început totul şi-n care s-ar putea sfârşi totul.

Gunilla îmi tot spune că n-ar trebui să renunț la speranță.

Poftim, ceva şi mai ruşinos: să renunți la speranță. Niciun om grav bolnav nu ar trebui să renunțe la speranță; e o trădare de neiertat față de familia ta şi față de medici. Da, față de întreaga societate, care crede că toate problemele pot fi rezolvate, că toate bolile pot fi tratate.

Gunilla spune că, atâta timp cât există viață, există şi speranță. Cine ştie — poate că mâine oamenii de ştiință vor găsi un remediu.

Dar dacă nu ai tăria de a spera, atunci ce?

Speranța e doar un colac de salvare supraevaluat, de care lumea se aşteaptă să se agațe cei bolnavi cu un zâmbet curajos şi plin de recunoştință. Să renunți nu e doar un gest nesăbuit, ci şi unul lipsit de credință.

Dar aşa m-am săturat să fiu credincioasă!

După masa de prânz, parcurg dosarul Emmei Bohman întocmit de poliția locală. Nu reuşesc să spun cu precizie ce anume, dar ceva din acest dosar mă deranjează — ceva care nu concordă cu teoria noastră. Să presupunem că femeia din casa lui Jesper Orre chiar este

Emma Bohman. Se pune în continuare întrebarea de ce a omorât-o. Dacă au avut o relație și voia să scape de ea, atunci nu avea cum să fie atât de implicat emoțional. Deci de ce s-o omoare în felul ăsta? Amplasarea capului, pleoapele fixate pentru a rămâne deschise — toate astea indică un ucigaș care nutrea o ură foarte intensă față de victimă. Și nu reușesc să înțeleg de ce ar fi urât-o atât de tare Orre pe Emma Bohman. Cel puțin, nu din informațiile limitate pe care le am despre cei doi.

De asemenea, dacă Orre chiar a vrut s-o omoare Emma Bohman, de ce a comis fapta în propria casă și nici măcar nu și-a dat silința să ascundă cadavrul după aceea? Trebuie să-și fi dat seama că avea să fie demascat imediat ce ea avea să fie găsită.

Și, în cele din urmă, dacă el a omorât-o — din cauza furiei sau poate a unui episod psihotic — de ce a plecat de acasă fără portofel și telefon? Unde te duci în toiul iernii fără bani și fără telefon?

Afară începe să se întunece, iar licărirul galben al lumânărilor de advent se reflectă în fereastră. În birou s-a așternut calmul. Se aud doar câteva discuții răzlețe și păcănitul tastelor dinspre biroul lui Sánchez, care scrie ceva pe computerul ei.

Continui să răsfoiesc dosarul. Citesc declarațiile colegilor și prietenilor lui Jesper. Nimic nu indică vreo problemă psihologică. Nicio mențiune privind comportamentul violent. Și asta e o problemă. Crimele de genul ăsta nu sunt comise de oameni normali, cu un istoric personal normal. O crimă cu adevărat serioasă are în spate o serie de antecedente. De obicei există semne încă din tinerețe că ceva nu e în regulă — comportament deviant, criminalitate juvenilă sau poate violență împotriva animalelor sau a copiilor mici. Preferința lui Orre pentru practicile sexuale dure și pentru șterpelirea lenjeriei intime feminine poate fi considerată destul de normală. Cei mai mulți dintre noi avem mici secrete murdare, dar foarte puțini oameni omoară sau retează capul altor oameni. Acest comportament este atât de deviant, încât necesită modele explicative complet diferite.

Și apoi mai e și Calderón. Care nu era chinez. Totuși, de unde naiba mi-a venit ideea asta? Doar una dintre prostiile pe care le spun în ultimul timp. Poate că atunci când voi fi grav bolnavă, voi ajunge în sfârșit să fiu și eu amuzantă. Unul dintre acei pacienți care-i face pe îngrijitorii săi să se îndoaie de râs, iar pe ceilalți pacienți să se înece cu mâncarea pentru bebeluși.

În fine!

Și cu toate că Sánchez a parcurs cazul Calderón cu lupa și i-a interogat din nou pe membrii familiei, nu a descoperit nicio legătură între el și Orre.

Șirul gândurilor mele e întrerupt de agitația stârnită la biroul lui Sánchez. Manfred vorbește tare, fluturându-și brațele și, câteva secunde mai târziu, li se alătură și Peter. Manfred își pune geaca. Sánchez face același lucru, își pune mobilul în buzunar și stinge cu o mișcare rapidă lumina de pe biroul ei.

Peter se întoarce și vine spre mine. Trupul lui emană un fel de energie nervoasă și înțeleg numaidecât că s-a întâmplat ceva.

— Au găsit un bărbat mort în apropiere de casa lui Orre. Vii, Hanne?

Suntem într-o mică zonă împădurită la doar patru sute de metri de casa lui Orre. Ninsoarea aproape că a încetat să cadă, în timp ce lanternele polițiștilor mătură întinderea albă, care devine albastră în lumina crepusculului. Crengile gem sub greutatea zăpezii, iar sub pașii mei neaua scârțâie. Manfred ridică banda de delimitare alb-albastră a poliției și-mi face semn să trec pe sub ea. Sánchez și Peter sunt deja în fruntea unui grup care s-a adunat la vreo zece metri distanță. Dincolo de banda de delimitare se înghesuie câțiva curioși. Unul dintre ei sare pe loc ca să se încălzească; un altul face fotografii cu telefonul mobil. Polițiști în uniformă îi țin la distanță, spunându-le că nu-i nimic de văzut și îndemnându-i să plece acasă.

Pe măsură ce mă apropii de grupul de ofițeri și de experții legiști care s-au adunat sub un copac mare, văd o cutie verde familiară pe care scrie „NISIP" ițindu-se din zăpadă, un recipient de depozitare folosit pentru nisipul care se împrăștie iarna pe drumuri.

— A fost găsit de niște puști, spune Manfred și mă privește în ochi. De ce copiii sunt aceia care găsesc mereu cadavrele? Se jucau de-a v-ați ascunselea când l-au găsit. Înghețat ca o nenorocită de înghețată pe băț.

Ajung la grupul care s-a adunat în jurul cutiei. Salut cu un gest al capului câteva fețe cunoscute și încerc să văd ce-i ascuns înăuntru. Reușesc să deslușesc conturul unui bărbat. Stă în poziție fetală și e îmbrăcat în blugi și un pulover subțire. Fața lui, acoperită cu sânge înnegrit și gheață, îmi pare ciudat de cunoscută.

Este Jesper Orre.

Emma

Două săptămâni în urmă

Cotrobăi prin trusa mea improvizată de scule. Aleg un ciocan şi o daltă şi le îndes în geantă. Temperatura e aproape de zero, îmi pun geaca groasă şi ghete de iarnă, apoi plec din apartament şi ies pe Valhallavägen să găsesc un taxi.

Mi-e frig, chiar dacă am şi căciulă, şi mănuşi. Câțiva proprietari de câini trec pe lângă mine în paltoane de blană şi geci de fâş, aplecați în față înfruntând rafalele de vânt. Nu prea sunt maşini. E clar că ar fi fost mai bine să comand un taxi, dar nu vreau să las nicio urmă în sistemul contabil al companiei de taxiuri.

După circa zece minute, reuşesc să opresc un taxi. Parbrizul e acoperit cu mici cristale de gheață. Îi dau taximetristului o adresă aflată la câteva străzi distanță de strada lui Jesper — mai bine să fiu precautã. Pe şofer îl cheamă Jorge şi e foarte vorbăreț. Îi răspund scurt la întrebări şi sper să înțeleagă aluzia şi chiar înțelege, pentru că după o vreme devine tăcut. Apoi nu se mai aude nimic în afară de zgomotul motorului şi muzica clasică de la radio.

Cum a putut? Cum a putut să trăiască luni, poate ani de zile o viață dublă? Cum a putut Jesper să fie cu mine în timp ce era şi cu o altă femeie? A fost un joc, un sport; încerca să prostească pe toată lumea — sau doar pe mine — cât mai mult timp posibil? Voia să mă rănească, să-mi distrugă viața?

Încă nu am răspunsuri, în schimb întrebările sunt nenumărate.

Şi cine ar putea să spună că sunt singura? Poate că a păcălit mai multe femei. Îmi apăs obrazul de geamul rece al maşinii şi închid ochii. Încercând să-mi imaginez altele ca mine, împrăştiate prin Stockholm în apartamente singuratice, dar nu pot. Nu pot şi nici nu vreau să cred că e cazul. Oricum, când ar fi avut timp?

Taxiul încetineşte în fața unei case roşii din lemn. Plătesc cu bani gheață şi cobor în frigul de afară. Jorge dispare în noapte şi totul rămâne tăcut şi nemişcat. Undeva în depărtare latră un câine.

Încep să parcurg strada îngustă. Aproape imediat, păşesc într-o băltoacă. Stratul subțire de gheață crapă trosnind. Pe ambele părți ale străzii se înşiră case mari de la începutul secolului douăzeci. Ferestrele lor sunt luminate şi mă gândesc că în fiecare casă e câte o familie cu propria ei poveste unică. Mă surprind presupunând despre oamenii care trăiesc în acele case mari că sunt fericiți, dar bineînțeles că e un gând ridicol. Pentru că banii şi puterea nu garantează fericirea, nu-i aşa?

Strada e atât de mică, încât aproape că o ratez. Casele de-aici sunt mai noi, poate din anii cincizeci, şi sunt ceva mai mici. Pavajul e acoperit cu grămezi de frunze pe care îngheţul le-a transformat într-o reţea înşelător de alunecoasă. Luna plină pluteşte deasupra caselor din dreapta, perfect rotundă şi licărind auriu, ca un fruct copt.

Recunosc imediat casa. În locul în care a fost cândva garajul, cioturi înnegrite ies din pământ şi mirosul slab al lemnului stă mărturie pentru ceea ce s-a întâmplat. Clădirea arsă e înconjurată cu banda de delimitare alb-albastră a poliţiei, ca o panglică în jurul unui cadou uriaş. Vântul o face să se agite un pic. Inima îmi bate puternic. Cel puţin am avut ceva impact asupra vieţii lui, l-am atins, cu toate că nu în felul în care îmi imaginasem.

Ai căutat-o cu lumânarea, mă gândesc. Nu trebuia să iasă în felul ăsta.

În geamul uşii de la intrare străluceşte o lumină, dar în rest casa zace scufundată în întuneric, pe panta împădurită. Ezit pentru o clipă înainte de a deschide poarta şi de a mă apropia de intrare. Pe marginea aleii înguste din pietriş se aliniază plante ofilite, muşcate de îngheţ, iar dincolo de ele se întinde o peluză mare. Ici-colo, pe versantul muntelui se înalţă câţiva ienuperi şi pini. Nu e o grădină prea arătoasă. Probabil că grădinăritul nu se numără printre pasiunile lui Jesper. Dar pe de altă parte, ce ştiu eu despre pasiunile lui, despre cine este el cu adevărat?

Butonul de alarmă al soneriei e rece. Pe moment am senzaţia că urmează să se întâmple ceva foarte important, ca şi cum prin apăsarea acestui buton aş lua o decizie ireversibilă. Alung acest gând pentru că e ridicol. Totul a început în urmă cu mult timp. Faptul că astăzi mă aflu aici e consecinţa firească a lucrurilor pe care mi le-a făcut Jesper.

Dar poate că exact asta îşi doreşte?

Gândul acesta mă sâcâie şi fac tot ce pot ca să evit să-l dezvolt, până la concluzia inevitabilă. În schimb, apăs soneria. Din casă se aude imediat un țârâit supărător. Inima mea o ia razna şi mi se strânge stomacul. Nu ştiu ce voi face dacă va deschide uşa şi vom sfârşi prin a sta față în față. Poate că ar fi trebuit să mă pregătesc mai temeinic, să-mi iau nişte notițe, pentru că nu sunt sigură că-mi voi aduce aminte tot ce trebuie să spun.

Rămân o vreme pe treptele de la intrare, urmărind cum respirația mi se transformă în norişori albi pe care vântul îi spulberă, dar nu se întâmplă nimic. Apăs din nou butonul soneriei. Sună. Forează o gaură adâncă şi urâtă în linişte.

Mă uit în jur.

Văd casa de peste drum care e complet scufundată în întuneric şi mai departe, în jos spre apă, alte case. Unele ferestre sunt luminate şi din hornurile lor se ridică fum, dar în afară de asta totul e nemişcat, nu se vede niciun om şi nicio maşină.

După câteva minute, cobor treptele de piatră şi înconjur casa tencuită cu ipsos pe latura mai îngustă unde sunt două ferestre care dau în subsol, aproape de nivelul solului. Mă ghemuiesc şi mă uit înăuntru. E întuneric, cu excepția unei lumini slabe care se revarsă printr-o uşă deschisă, aflată în capătul îndepărtat al subsolului.

După o vreme, din întuneric apar contururile unei maşini de spălat. Continui să înconjur clădirea, inspectând ferestrele. Casa pare goală. Iau în considerare riscul — casa ar putea fi dotată cu sistem de alarmă. Dar sigur o s-o aud dacă se declanşează? În plus, nu am văzut niciun semn sau autocolant care să mă atenționeze în privința sistemului de alarmă.

Când mă întorc la ferestrele de la subsol de pe latura îngustă a clădirii, observ că acestea sunt complet ferite de priviri. Latura asta a casei e ascunsă în spatele unui dâmb cu pini crescuți în dezordine. Luna plină luminează printre crengi. Îmi asigură suficientă lumină cât să văd ce fac. Mă uit din nou pe fereastră. Maşina de spălat e amplasată în mod convenabil sub fereastră; ar trebui să funcționeze drept spațiu de aterizare. Cu grijă, scot dalta şi ciocanul din geantă şi-mi dau seama că n-am nici cea mai vagă idee cum să forțez o fereastră. Încerc să o deschid, folosind dalta şi ciocanul.

Nu funcționează. Tot ce obțin e o crestătură urâtă în lemn.

Îmi şterg transpirația de pe frunte. Apoi iau ciocanul şi-l izbesc ezitant în mijlocul geamului. Sticla se împrăştie pe jos şi-n subsol. Ridic ciocanul din nou şi din nou. Îndepărtez fiecare ciob de sticlă din cadrul ferestrei. Apoi mă las pe vine şi-mi țin respirația, încercând să disting sunet de paşi sau voci furioase.

Nimic.

Totul e la fel de nemişcat şi de liniştit ca înainte. Luna plină se reflectă în cioburile de sticlă din fața mea, împrăştiate pe jos, ca şi cum cerul s-ar fi spart în mii de bucățele şi ar fi căzut la picioarele mele.

Stau lângă fereastră şi mă uit încordată prin încăperea întunecată. Tot ce trebuie să fac e să păşesc înăuntru şi să sar pe maşina de spălat. După câteva momente de ezitare, pun dalta şi ciocanul înapoi în geantă şi o arunc în subsol. Aterizează cu un bufnet surd pe podea. Apoi mă târăsc înăuntru, mă aşez pe pervaz ținându-mă de cadrul ferestrei, şi sar.

Merge mult mai uşor decât mi-aş fi imaginat. Stând în subsolul lui Jesper, regret că nu am venit aici mai devreme. E un miros slab de detergent şi mucegai. Lângă maşina de spălat e un uscător, şi un munte de rufe nespălate zace într-un colț.

Nu e foarte luxos.

Când deschid uşa, observ că mi-am făcut o rană la mână şi sângerez. Probabil că m-am tăiat fără să-mi dau seama când m-am cățărat pe fereastră. Nu picură, curge şi văd că am o tăietură adâncă între degetul mare şi arătător.

Mă duc la bufetul de lângă maşina de spălat, îl deschid şi înăuntru văd un coş. Pare să fie plin cu rufe murdare. Aleg un articol de îmbrăcăminte mic şi alb. Abia când mi-l înfăşor pe mână îmi dau seama ce e: o pereche de chiloți de damă. Tresar, dar hotărăsc că sunt buni şi ăştia. Apoi mă îndrept spre celelalte încăperi.

Sunt un pic surprinsă. Casa pare să nu fie într-o condiție foarte bună. Pereții albi sunt decolorați, iar podeaua din lemn de esență tare e zgâriată şi ici-colo lipseşte câte o bucată. Însă decorul îi e caracteristic lui Jesper: mobilă daneză sobră şi lămpi pe care le recunosc din revistele de amenajări interioare. Suprafețele strălucitoare, cromate sau lăcuite, reflectă lumina lunii. Pe pereți atârnă fotografii mari alb-negru reprezentând animale şi femei goale în contralumină. E ca un junghi în inimă. Acest loc ar fi putut fi casa noastră.

Dintr-odată sunt copleşită de lacrimile care mi s-au strâns în gât din momentul în care am sărit pe fereastră. Mă aşez într-un fotoliu de piele neagră şi le las să curgă în voie. Lumina palidă a lunii se revarsă pe podea. În aer pluteşte un miros jilav de fum stătut de țigară. Poate că până la urmă n-a fost o idee atât de bună să vin aici. Totul mi se pare atât de pronunțat aici, în casa lui! Trădarea lui o percep mult mai copleşitoare şi atât de imposibil de înţeles!

Arunc o privire prin încăpere. O fotografie aşezată pe raftul de cărţi: Jesper şi un grup de femei pe o plajă. Femeile, toate în bikini, sunt subţiri şi frumoase şi au sâni mici şi arătoşi — complet diferiţi de ugerele mele. O femeie cu părul închis la culoare stă foarte aproape de Jesper. Prea aproape. Atât de aproape, încât realizez că trebuie să fie mai mult decât o prietenă.

Mă uit în altă parte şi simt din nou cum mi se strânge stomacul.

Oare ea ştie — femeia cu părul închis la culoare — că el o înşală sau şi ea a fost amăgită să creadă că e singura? Ar trebui oare să-i spun? Apoi realizez: poate că ea ştie de existenţa mea; poate că Jesper m-a părăsit ca să fie cu ea. Poate că ştia foarte bine ce face atunci când s-a cuplat cu Jesper. Poate că m-a scos cu bună ştiinţă din ecuaţie.

Cealaltă femeie.

Asta ar putea să explice şi despărţirea pripită şi lipsa unei explicaţii. Dintr-odată ştiu că aşa trebuie să se fi întâmplat. Frumoasa femeie cu părul închis la culoare trebuie să fi fost cea care mi l-a luat pe Jesper; indiferent că ştie asta sau nu, din cauza ei l-am pierdut. Simt o furie neaşteptată faţă de ea. Dau jos fotografia de pe raft şi aceasta cade pe podea. În timp ce sunetul sticlei sparte reverberează în cameră, mă îndepărtez fără să privesc în urmă.

Tot ce e în bucătărie e nou şi strălucitor. Dulapurile date cu lac negru nu au mânere şi-mi ia ceva timp să-mi dau seama că pentru a le deschide trebuie să le dau un mic ghiont. Şi vesela e neagră, iar paharele zvelte de vin sunt băgate între farfurii şi boluri. Două tăvi negre cu elefanți mici și albi pe ele sunt sprijinite de robinetul cromat, care seamănă cu o rozetă de duș.

Îmi trec mâna peste tejgheaua de inox. Nicio firimitură, niciun fir de praf. Doar stratul de metal rece, aseptic. Singurul lucru prin care această bucătărie diferă de o cameră de autopsie e masa neagră de sufragerie și desenul atârnat deasupra lui pe perete. Presupun că e un om de zăpadă, dar nu sunt sigură. Nu e un desen prea reușit. Doar un părinte ar putea să aprecieze un astfel de desen. Deasupra omului de zăpadă e scrijelit, cu litere albastre răzlețe, „Pentru Jesper".

Desigur. Așa stau lucrurile. Cealaltă femeie are un copil care nu e al lui Jesper. Trebuie să se fi cunoscut mai târziu, când eu eram împreună cu Jesper. Și apoi el m-a părăsit pentru ea.

Pentru ei.

În spatele uneia dintre ușile strălucitoare se ascunde un frigider. Îi inspectez conținutul: lapte, suc, unt, ouă și o jumătate de sticlă de vin alb cu dopul pus la loc. Nimic ieșit din comun. Pe raftul cel mai de jos e o caserolă de plastic cu resturi. Ridic cu grijă capacul: chiftelușe și macaroane, cu o bucată uscată de ketchup într-un colț.

Pun caserola de plastic pe masă, mă întorc la frigider și scot sticla de vin alb. O așez lângă macaroane și cad pentru o clipă pe gânduri. În fereastră, lângă o iederă ofilită legată cu o fundă, e un mic aparat stereo cu un iPod. Îl pornesc și parcurg lista de piese, aleg la întâmplare o piesă și apăs *play*.

Frank Sinatra îmi cântă colinde în timp ce mănânc chiftelușe reci și beau vinul Chardonnay al lui Jesper. Când cântă despre „sărbători fericite" simt cum furia prinde din nou viață în mine. Sunt mai conștientă ca niciodată de diferenţa enormă dintre viaţa asta prosperă, plină de strălucire, şi viaţa mea solitară în micul meu apartament. Nu e corect şi cineva trebuie să-l facă să înţeleagă acest lucru. Şi acel cineva sunt eu.

Patul lui e lat şi moale şi pare luxos. Îl încerc şi-mi dau seama că e suficient de lat încât să încap pe el atât pe lungime cât şi de-a curmezişul. Cearşafurile miros uşor a săpun sau a parfum. Pe noptieră sunt câteva romane poliţiste şi câteva reviste de economie. Trag cu grijă de sertarul noptierei şi mă uit înăuntru: un încărcător de mobil, balsam de buze şi nişte lubrifiant.

Din nou, simt cum mi se strânge stomacul. Stomacul mi se contractează şi în gât mi se instalează binecunoscutul ghem. Am ajuns prea aproape de adevărul pe care-l căutam şi acum trebuie să plătesc preţul pentru curiozitatea mea. Cunoaşterea e mult mai dureroasă decât mi-aş fi închipuit vreodată. Sigur că voiam să ştiu unde e Jesper şi de ce nu m-a căutat. Dar nu voiam să văd fotografii cu el şi cu cealaltă femeie, nu voiam să le adulmec aşternuturile sau să cotrobăi prin rufele lor murdare.

Lacrimile îmi înţeapă ochii şi le las să vină. Îmi îngrop faţa într-o pernă şi plâng. Dau frâu liber disperării pe care am ţinut-o atâta timp în mine.

Când mă trezesc, afară e lumină. La început nu ştiu unde mă aflu, apoi îmi văd mâna. Chiloţii albi sunt îmbibaţi aproape complet cu sânge închegat.

Mă ridic în capul oaselor, desfac bandajul improvizat. Cel puţin nu mai curge sânge. Vâr chiloţii murdari în spatele rezemătoarei patului cu o vagă senzaţie de repulsie, dar și cu tristețe — îmi amintesc de copilul pe care l-am pierdut.

Când mă ridic, simt cât de înțepenită sunt. E ca și cum corpul n-ar vrea să mă asculte în totalitate când mă duc la fereastră. Habar n-am cât e ceasul sau cât am dormit, dar soarele e sus pe cer și lumea de afară e de un alb-strălucitor. Un strat subțire de zăpadă acoperă totul. În depărtare, văd o mașină care se apropie.

Stau acolo câteva secunde înainte să pricep ce urmează să se întâmple. Mașina, acum la mai puțin de o stradă distanță, e o mașină neagră de teren pe care o recunosc ca fiind al lui Jesper. Mă panichez, uitându-mă prin cameră, adunându-mi în grabă geanta și geaca și cobor în fugă scările înapoi la subsol. Nu știu cât timp am la dispoziție. Un minut? Treizeci de secunde? Fără să mă uit în urmă, îmi arunc geanta pe fereastră, apoi sar și eu afară. Poate că-mi imaginez, dar în momentul în care mă ridic, mi se pare că aud o ușă care se trântește.

Mă întorc și cobor în fugă printre pini și case, în direcția apei. După un minut, pe un mic deal zăresc o magazie cu vedere liberă asupra casei lui Jesper. Alerg la ea și mă uit înăuntru pe ferestrele murdare. Mobilă de grădină pusă claie peste grămadă. Un grătar stricat stă într-un colț, iar un fotoliu vechi stă singuratic în mijlocul podelei. Mă întorc să văd casa căreia îi aparține magazia. Pare abandonată. Ferestrele de la parter sunt bătute în cuie, iar sub zăpadă deslușesc ceea ce presupun că e un jgheab care a căzut de pe latura casei în iarba crescută peste măsură.

Lăsând în urmă casa abandonată, realizez că tocmai am făcut o descoperire importantă.

*

Am primit noi facturi. Stau la masa din bucătărie, uitându-mă la o stivă care în doar câteva zile şi-a dublat volumul. Nu ştiu ce să fac. Nu mai am bijuterii sau alte obiecte de valoare pe care să le vând. A dispărut până şi tabloul atârnat deasupra patului meu, care dintr-un motiv sau altul era valoros. Mă gândesc la acei jucători de fotbal pictaţi în manieră naivă, în culori pastelate, adunaţi în jurul mingii. Dacă ceea ce mi s-a spus când l-am moştenit era adevărat, înseamnă că valora în jur de trei sute de mii de coroane. Dar din moment ce Jesper l-a luat, nu mai contează. Realizez că ar fi trebuit să-l caut dacă tot am fost în casa lui Jesper, în loc să consum mâncare bogată în carbohidraţi şi să plâng până adorm în patul lui.

Dincolo de fereastra mea ninge. În curând va veni Crăciunul. Acesta va fi primul Crăciun fără mama şi, în continuare, n-am nicio idee cum să-l sărbătoresc. Crăciunul nu e atât de important pentru mine: din punctul meu de vedere, o pizza la pachet şi un film închiriat sunt la fel de bune ca tradiţionala celebrare. Poate chiar mai bune, pentru că există ceva anume la Crăciun care induce o uşoară, totuşi perceptibilă anxietate. Cred că am simţit-o şi pe vremea când eram copil, dar atunci anxietatea avea legătură cu alte lucruri: cum să apreciez cadourile suficient de mult, astfel încât să nu-i supăr pe mama şi pe tata şi, mai important, cum să devin invizibilă înainte ca ei să se îmbete şi să fie zgomotoşi şi imprevizibili.

Cântăresc facturile în mână, gândindu-mă un moment, apoi le pun înapoi în coşul de pâine. Capacul se închide cu un scârţâit care seamănă cu un plânset.

Mă duc la baie, îmi trec peria prin părul lung și-mi dau seama că n-o recunosc pe femeia care se uită la mine din oglindă. Pare mai bătrână decât mine. Amară. Slabă, într-un mod femeiesc, slugarnică. Ca o femeie dintr-o dramă istorică, așteptând să fie salvată și protejată. Asta mă enervează, pentru că ultimul lucru pe care mi-l doresc e să fiu slabă. Închid ochii și-mi aduc aminte de senzația de control și de putere pe care am avut-o după incendiu și știu că trebuie să o recuperez: forță, concentrare, neînfricare. Trebuie să mă schimb, atât în interior, cât poate și-n exterior.

Sub oglindă e o foarfecă pentru unghii. E veche și strâmbă și atât de tocită, încât mai mult îți îndoaie unghiile decât ți le taie. Dar o folosesc oricum, îmi apuc părul și încep să tai. Cade pe podea ca zăpada care se depune afară. Tai buclele una câte una. Părul acoperă încet podeaua și, sub ochii mei, femeia din oglindă se transformă.

La început nu-mi place. Pare să se contureze ca o tunsoare bob care cred că mă face să arăt ca o bibliotecară bătrână. Decid că trebuie să fie mai scurt. Cu grijă, avansez din nou cu foarfeca asta mică de jur împrejurul capului. Degetul mare și arătătorul mă dor din cauza efortului. Dar până la urmă sunt mulțumită.

În sfârșit, am devenit altcineva.

Peter

Întunericul se lasă repede peste Stockholm, iar traficul se înrăutăţeşte pe măsură ce mă îndepărtez de suburbia Djursholm şi mă apropii de secţia de poliţie de pe strada Kungsholmen. Mă gândesc la trupul îngheţat al lui Jesper Orre în lada verde pentru nisip. La faţa însângerată, acoperită de gheaţă. Şi, ca de fiecare dată când am de-a face cu moartea, în faţa ochilor îmi apare imaginea surorii mele Annika: tolănită la soare pe stânci, în acea vară de-acum mulţi ani. Trupul ei deşirat care începuse să capete forme, mirosul fumului de ţigară care plutea deasupra arbuştilor uscaţi de iarbă-neagră şi senzaţia provocată de acele ascuţite sub tălpile mele cu pielea subţire.

Ce s-ar fi întâmplat dacă nu i-aş fi spus mamei că Annika fumează pe ascuns lângă stânci? Oare ar mai fi astăzi în viaţă?

Cred că mama a bănuit că mă simţeam vinovat pentru moartea Annikăi, pentru că mi-a spus din nou şi din nou că a fost un accident pentru care nimeni nu putea fi învinuit. A repetat-o aproape ca pe o mantră. Cu toate că e posibil s-o fi făcut pentru că era prea dureros să admită că Annika a înotat din proprie iniţiativă spre moarte.

Annika a fost prima. Ea m-a învățat că viața nu durează o veșnicie. Au urmat alții: Petter, băiatul roşcat din clasa a 7-a B, a intrat cu motoreta într-un copac şi timp de patru săptămâni a fost în moarte clinică, până când tatăl lui a oprit aparatul respirator, şi-a făcut bagajele, a plecat în Thailanda şi nu s-a mai întors niciodată. Marie, care era colegă cu mine la academia de poliție, s-a îmbolnăvit de cancer la douăzeci şi cinci de ani. A continuat să le promită tuturor că se va întoarce în curând, chiar şi atunci când zăcea într-un pat de azil.

Şi apoi mama mea, desigur.

După ea, am încetat să-i mai număr. Mi se părea că toată lumea din jurul meu a murit — un sentiment oribil. M-a făcut să am senzația că sunt următorul pe listă. Şi ca şi cum toate lucrurile cu care-mi ocupam timpul — anchete criminale, pizza la domiciliu în fața televizorului şi pornografie jalnică de pe Internet — erau lipsite de sens. Şi că aş putea la fel de bine să sar de pe podul Västerbron, pentru că oricum nimeni nu mi-ar duce lipsa — imediat ce suprafața apei se va linişti, voi fi uitat.

E adevărat: nimeni de pe lumea asta nu depinde de mine. Nimeni n-are cu adevărat nevoie de mine. Nici colegii, nici Janet. Nici Albin.

Nu cu adevărat.

Şi totuşi. Poți să te sinucizi sau poți să bei o bere. Şi, atunci când eram nevoit să aleg între pod şi bar, alegeam întotdeauna barul.

Sánchez stă în fața tabloului cu dovezi, îşi strânge părul într-o coadă de cal şi spune:

— Puțin după ora trei, am primit un apel de la o anumită Amelie Hökberg, care locuieşte pe strada Strandvägen din

Djursholm. E mama lui Alexander Hökberg, în vârstă de zece ani care, împreună cu prietenul lui, Pontus Gerloff, a găsit cadavrul lui Orre în lada de nisip. Din câte se pare, cei doi băieți s-au jucat împreună toată după-amiaza şi Alexander voia să se ascundă în ladă când l-a găsit pe Orre.

Sánchez arată spre harta prinsă de tablou.

— Lada de nisip e la trei sute şaizeci şi cinci de metri spre vest de casa lui Orre şi se află într-o zonă împădurită. De la casa lui Orre până acolo se fac cam şapte minute pe jos.

— De când era în ladă? întreabă Manfred.

— Medicul legist nu poate încă să ne spună. Mai întâi trebuie să se facă autopsia, iar cadavrul trebuie să se dezghețe înainte de a putea face acest lucru. Va dura cel puțin o zi.

— Ce poate să ne spună?

— A suferit leziuni la cap şi frunte. A primit o lovitură sau a suferit un alt gen de traumă. Şi probabil că a murit degerat.

Mă uit la Hanne. Pare ciudat de calmă, aproape senină, stând lângă mica fereastră împodobită cu lumânări de advent. Nu pare deloc bolnavă, mă gândesc, şi-mi aduc aminte de trupul emaciat, răvăşit de cancer al mamei.

— Bun. Orre o omoară pe Emma Bohman, spune Manfred şi-şi întinde trupul enorm în aşa fel încât vesta i se întinde periculos de mult pe burtă. Deci cum naiba a ajuns în lada de nisip?

Pentru un moment, peste încăpere se lasă tăcerea.

— Poate că se ascundea? sugerează Sánchez. Încerca să fugă de la locul faptei, era rănit şi confuz. Poate că a dat peste cineva şi s-a ascuns în lada de nisip. Şi apoi...

Tace. Singurul sunet care se aude e vâjâitul sistemului de ventilație. E ora opt și majoritatea colegilor noștri au plecat deja acasă. Un detectiv singuratic stă în fața computerului său în capătul îndepărtat al încăperii, aparent absorbit de ceva. Afară, luminile de pe Kungsholmen scânteiază pe fundalul cerului negru de iarnă.

— Deci Orre o omoară pe Emma Bohman, asta e teoria noastră, continuă Manfred. Îi taie capul. Îi proptește pleoapele cu chibrituri și pleacă fără portofel, telefon ori geacă. Nu ia cu el nici măcar o pereche de chiloți de damă pe care să-i adulmece. Apoi se bagă într-o ladă de nisip și moare. Mă bucur că am clarificat desfășurarea evenimentelor. Cine vrea să-l sune pe procuror?

Sánchez oftează zgomotos.

— Trebuie să fii mereu atât de... al dracului de critic? N-am spus că așa s-a întâmplat. Încerc doar să găsesc o explicație care să se potrivească dovezilor...

— Problema e că nu avem nicio dovadă. Nici măcar nu cunoaștem identitatea femeii găsite în casa lui Orre. Cum naiba putem să stabilim ce s-a întâmplat cu adevărat? Poți să-mi răspunzi?

Sánchez își încrucișează brațele și-și mușcă buzele. Se uită-n tavan. Clipește. Pentru o clipă pare să fie pe punctul de a izbucni în plâns. Știu la câtă presiune suntem supuși cu toții și-mi pare rău pentru ea. Face tot ce poate. Întotdeauna; așa e ea. Un câine nu poate să fie altceva decât un câine. Iar Sánchez poate fi doar Sánchez. Într-o bună zi va fi un detectiv genial și poate că asta îl irită pe Manfred.

— Știi ce? Nu sunt obligată să-ți suport toate căcaturile, Manfred. Mă duc chiar acum la Institutul de Medicină Legală din Solna și-l caut pe odontolog. Sună-mă dacă ai nevoie de ceva!

Se întoarce şi dispare pe coridor. Sunetul tocurilor ei ascuţite se stinge.

— Chiar era necesar? îl întreb pe Manfred şi-l privesc în ochi.

— Isuse Cristoase, Lindgren! Să nu-mi spui că şi tu crezi în teoria asta!

— Îşi dă toată silinţa.

Manfred scutură încet din cap.

— Îmi pare rău, dar nu e suficient.

Se ridică, întinde mâna după geaca atârnată de spătarul scaunului şi spune:

— Trebuie să plec acasă pentru câteva ore şi s-o alin pe Asfaneh. Sună-mă dacă se întâmple ceva. Dacă nu, în două–trei ore sunt înapoi.

Se îndepărtează cu paşi legănaţi, lăsându-mă singur cu Hanne. Ochii ei cenuşii mă privesc cu asprime.

— Ce e? o întreb.

— Nimic, doar mă întrebam... Mereu sunteţi aşa... atât de cruzi unii cu alţii?

Dau din umeri.

— Ăsta nu e un curs de dezvoltare personală.

Pe faţa ei îngustă apare un zâmbet şters.

Pentru o clipă, în încăpere e linişte. Lămpile pâlpâie şi Hanne închide ochii, ca şi cum ar încerca să se ferească de lumina rece. Dintr-odată, pare mai bătrână. Nu e mai puţin frumoasă, doar mai bătrână şi mai obosită, odată cu trecerea anilor.

— Cum te simţi? o întreb.

Deschide ochii. Începe să chicotească. Şi seamănă din nou cu o adolescentă — ceva legat de râsul ei neastâmpărat sau poate felul în care îşi dă ochii peste cap.

— Eşti amuzant. Sunt în regulă.

— Pentru că m-am gândit la ceea ce ai zis..., îi spun repede.

— Nu-ți face griji! Voi supraviețui acestei anchete.

Nu mai pot să mă controlez. Ca şi cum m-ar izbi în sfârşit importanța pe care o are ea pentru mine. Ea e prima şi singura persoană pe care am dorit-o cu adevărat şi asta o face mai importantă decât orice altceva — doar că până acum nu mi-am dat seama de asta. Poate că e din cauză că mi-a spus că e bolnavă şi acum ştiu că timpul pe care-l putem petrece împreună nu e infinit. A fost în schimb redus la câteva momente scurte, adunate în zile şi săptămâni, care se pot sfârşi mult prea devreme.

— Te iubesc, Hanne, îi spun.

Şi în momentul în care rostesc cuvintele ştiu că vorbesc serios, poate pentru prima oară în viața mea.

Ochii lui Hanne devin lucioşi.

— O, Peter. N-ai de unde să ştii. În ultimii zece ani nici nu ne-am văzut.

— Nu. Ştiu. Şi te-am iubit şi atunci, doar că eram prea prost ca să înțeleg.

Câteva lacrimi îi alunecă pe obraz, dar ea le ignoră.

— Nu mai contează, şopteşte ea şi îşi priveşte mâinile pe care le ține cuminte în poală. Sunt bolnavă şi nu putem fi împreună.

— Dar nu-mi pasă că eşti bolnavă. Pot să am grijă de tine. Vreau să am grijă de tine.

Îmi întâlneşte privirea.

— Crede-mă! Nu vrei asta.

Păcănitul detectivului din celălalt capăt al încăperii a încetat. Omul se ridică, îşi pune geaca de piele, stinge lampa de birou şi părăseşte încăperea.

— Ba da! Vreau.

Hanne oftează şi se holbează la lumina din tavan. În lumina puternică, pielea de sub ochii ei pare subţire şi are o iridescentă albăstruie. Precum burta unui peşte.

— Isuse, Peter! Eşti ca un puşti încăpăţânat. Eu îmi... pierd memoria. În curând s-ar putea să nu-mi mai ştiu nici propriul nume. Nu poţi să ai grijă de mine — sunt convinsă că poţi să înţelegi asta.

— Îţi pierzi memoria? Cum aşa? Ca atunci când ai Alzheimer?

Hanne îşi îngroapă capul în mâini.

— Trebuie să plec, spune ea şi se ridică fără să mă privească.

— Aşteaptă! Pot să vin cu tine?

Se întoarce spre mine. Îşi pune mâna în şold şi scutură încet din cap.

— Nu. Renunţă! Ţi-am spus că nu o să funcţioneze.

Nu reuşesc să-mi dau seama dacă e supărată sau doar are impresia că sunt prea insistent.

Înainte să părăsească încăperea, se opreşte în faţa tabloului cu dovezi. Se uită multă vreme la fotografia Emmei Bohman înainte de a se întoarce într-un final spre mine şi a-mi face cu mâna semn de rămas-bun.

Întunericul de afară pare şi mai negru şi mai dens decât înainte. Stau la fereastră încercând s-o zăresc pe Hanne, dar tot ce văd e un plug de zăpadă care se apropie pe strada pustie.

Mă întreb dacă e adevărat, dacă chiar îşi pierde memoria. Dar de ce ar minţi în legătură cu un astfel de lucru?

Dintr-odată sunt copleşit de tristeţe. Mă gândesc la trupul ei subţire întins în pat, pistruii de pe umeri strălucind în lumina zorilor. La dorinţa ei lacomă când facem dragoste şi râsul ei zgomotos, incontrolabil de după, când stăm întinşi unul lângă altul pe patul îngust şi vorbim. Aproape că îi mai pot auzi sforăitul silențios — mi-a adus aminte de scârțâitul unei bărci ancorate pe marea calmă.

Un sunet liniştitor.

Dar mă gândesc mai ales la felul în care m-am simțit când am fost cu ea. Cât de incredibil de deschis, de vulnerabil şi de uşor am devenit.

Ca o pană.

Cine spune că nu mai poate fi ca atunci? Cine a decis că nu se poate?

Viața e despre pierdere, obişnuia să spună mama mea când stătea fumând sub ventilator. Pierderea inocenței cu care ne naştem cu toții, a oamenilor pe care-i iubim, a sănătății şi a abilităților noastre fizice şi în definitiv — bineînțeles — pierderea propriilor noastre vieți.

Ca de obicei, avea dreptate.

Manfred mă sună pe la ora nouă. Vocea lui e entuziasmată şi încă ceva: există o consecvență pe care o cunosc foarte bine.

— Eşti la birou? mă întreabă.

— Da. De ce? Aveam de gând să plec în curând.

— Bergdahl a vorbit cu una dintre prietenele Angelicăi Wennerlind.

Arunc o privire tabloului cu probe, unde fotografia Angelicăi Wennerlind e aşezată lângă cea a Emmei Bohman.

— Şi?

— Nu vei ghici niciodată ce i-a spus. E în drum spre secția de poliție, împreună cu un coleg. În douăzeci de minute vom putea sta de vorbă cu ea.

*

Annie Bertrand e scundă şi blondă şi poartă haine sport, ca şi cum ar fi venit direct de la sală. Ne întâlnim cu ea într-o mică sală de interogatorii de la parter; miroase a mucegai şi a produse de curăţat. Manfred a adus nişte cafea şi chifle de la 7-Eleven, dar ea le refuză pe ultimele, explicându-i că nu mănâncă pâine.

Să eviţi glutenul — sau zahărul, sau laptele — pare să fie ultima modă zilele astea. Şi Sánchez a încetat să mai mănânce, susţinând că e suficient să se uite la un produs de patiserie ca stomacul să i se umfle ca un balon.

— Mulţumim că aţi venit, spune Manfred. De obicei nu le cerem oamenilor să vină la această oră, dar ancheta privind crima din casa lui Jesper Orre a ajuns într-un stadiu critic şi nu vrem să pierdem timpul. Puteţi să ne spuneţi cum aţi cunoscut-o pe Angelica Wennerlind?

— Am fost prietene încă din şcoală. Obişnuiam să petrecem destul de mult timp împreună pe vremea aceea, dar acum ne vedem cam o dată pe lună. Ea locuieşte şi acum în Bromma, lucrează la o grădiniţă din Ålsten, iar eu locuiesc în oraş. De asemenea, o are pe Wilma, aşa că nu prea are timp...

Vocea ei se stinge.

— Wilma fiind fiica ei? întreabă Manfred.

— Da. E cea mai dulce fiinţă de pe pământ. Dar şi foarte intensă. Are doar cinci ani.

— Şi Angelica nu trăieşte cu tatăl Wilmei?

— Nu. El e american. Trăieşte la New York. Am putea spune că Wilma a apărut mai mult dintr-o greşeală. Angelica l-a întâlnit pe Chris în vacanţă şi nu se poate spune că au avut o relație. Dar când a rămas însărcinată, a hotărât s-o păstreze pe Wilma. O iubeşte pe fetiță.

Manfred scrie ceva în carnețel.

— Puteți să ne spuneți ceva despre noul iubit al Angelicăi Wennerlind?

Annie dă din cap şi ia o înghițitură de cafea.

— Da. Era strict secret, desigur — s-ar putea să fi fost singura care ştia. Se vedea cu Jesper Orre şi cred că relația lor era una destul de serioasă. I-a făcut cunoştință chiar şi cu Wilma. Dar nu voiau să atragă atenția, ținând cont de relația pe care o avea Jesper cu media. Cred că Angelica nu i-a spus nici măcar mamei şi tatălui ei despre el. Ştiți, se spune că e un mare fustangiu. Cred că nu a fost prea plăcut pentru Angelica să tot citească prin tabloide despre el. Dar cred că, de fapt, erau destul de fericiți împreună. Cel puțin aşa susținea ea. Mi-a spus că între ei e ceva serios şi că Jesper îi spusese că s-a îndrăgostit pentru prima dată în viața lui. Voia să se mute cu ea, să-şi construiască o viață împreună. S-o ia de la capăt. Avea de gând chiar să-şi dea demisia. Se săturase să fie supus la atâta presiune şi examinări. Săptămâna asta urmau să plece. Închiriaseră o cabană pe undeva, cred, dar nu mi-a spus unde. Probabil că voiau să lase totul în urmă. Voiau să fie lăsați în pace.

Manfred îmi întâlneşte privirea fără să spună ceva şi-şi închide cu zgomot carnețelul.

Emma

Cu opt zile în urmă

Îmi mătur părul de pe jos și plâng. Nu pentru că l-am tăiat, ci pentru că am dus în sfârșit până la capăt transformarea despre care am știut dintotdeauna, undeva adânc în sinea mea, că o se întâmple. Pare să fie ceva predestinat, melancolic și magnific în același timp și mă face să mă gândesc la omida pe care am ținut-o în borcan și care până la urmă s-a transformat în fluture.

L-am întrebat pe tatăl meu de ce n-a putut omida să rămână omidă, și mi-a spus că nu avea încotro: trebuia să se transforme sau să moară; așa funcționează natura. Și iată-mă, schimbată și reinventată. Nu mai sunt Emma ci altcineva, cineva mai puternic, care refuză să fie o victimă. Cineva care deține controlul asupra propriei vieți și care se va răzbuna pe cei care au trădat-o.

Arunc părul la gunoi, apoi iau toate facturile și le pun în chiuvetă. Găsesc chibrituri în sertarul de jos al dulapului din baie. Ezit pentru o clipă înainte de a da foc facturilor. Focul le cuprinde cu rapiditate și, pentru o clipă, flăcările sunt îngrijorător de înalte, apoi se domolesc şi tot ce lasă în urmă sunt rămăşițele carbonizate ale datoriilor mele. Bucățile uşoare de funingine îmi amintesc de petalele negre.

În baie e cald şi umed. Îmi pictez linii groase, negre în jurul ochilor cu fardul de ochi şi-mi cercetez noul aspect în oglindă. Emma a dispărut. A murit sau a dispărut sau doar s-a săturat să fie o fraieră. Fata din oglindă e altcineva. Dintr-odată îmi dau seama cât de hilară e situația: într-un fel, cel ce a creat persoana care sunt acum e Jesper. Trădarea lui a fost cea care m-a obligat să mă transform. El a fost natura pentru omida mea.

Şi acum iată-mă aici.

Îmi fac bagajele. Doar obiectele de strictă necesitate ajung în rucsac: colanți de lână, şosetele călduroase pe care le-am primit de la mătuşă-mea cu ocazia ultimului Crăciun când mai era în viață, binoclul care a fost cândva al tatălui meu şi cuțitul mare cu mâner sculptat pe care tata l-a primit de la bunicul lui care fusese marinar. Apoi îmi ascult mesageria vocală. E un singur mesaj. De la poliție. Vor să ne întâlnim din nou ca să vorbim mai detaliat despre inelul de logodnă. Cuvântul „a vorbi" mă enervează, pentru că sună ca şi cum am urma să stăm să flecărim despre ceva drăguț — ultima vacanță, de exemplu, sau prețurile la imobiliare în centrul oraşului. Dacă e un interogatoriu, de ce n-o pot spune direct?

Schimbă-te sau mori.

Mă duc la fereastra din bucătărie, o deschid şi mă uit în jos. Aerul rece e plin de cristale mici, scânteietoare de gheață care dau năvală în bucătărie. Zăpada mi se aşază pe piele ca o peliculă subțire şi se topeşte imediat. Mă gândesc că Sigge a dispărut undeva acolo jos. Nu — ştiu că e adevărat, cu toate că nu l-am găsit niciodată. Iau telefonul şi-l ţin în afara ferestrei.

Îi dau drumul. După câteva secunde aud un pocnet sub mine, în curte.

Nu mai am nevoie de telefon.

— Ce fel de sac de dormit? Cât de joase vor fi temperaturile? mă întreabă fata din magazin.

Nu ştiu cum să-i răspund. Nu prea mă pricep să-i explic cum intenţionez să-l folosesc. Preţ de o secundă mă gândesc că se uită la mine ciudat, poate din cauza tunsorii de acasă sau a machiajului grosier. Dar cred că e doar în imaginaţia mea — din moment ce jumătate din populaţia Suediei arată aşa. E clar că nu se uită la mine în mod diferit faţă de cum se uită la orice alt client. Îşi face meseria, atâta tot.

— Trebuie să reziste la temperaturile din perioada asta a anului, spun fără să stau prea mult pe gânduri şi îmi ciupesc un pic rana pe care am dobândit-o când am intrat pe fereastra de la subsolul lui Jesper.

— În regulă, spune fata cu coada de cal blond-deschis. Dă din cap şi se duce la un raft de lângă fereastră. Lângă rucsacuri şi pioleţi, e expusă o gamă largă de saci de dormit.

— V-aş recomanda-o pe aceasta, spune ea, arătând spre un sac galben. E din material sintetic, ceea ce-l face să reziste şi în mediu umed. Rezistă până la minimum cincisprezece grade, dar sub această valoare va trebui să purtaţi colanţi termici şi căciulă.

Dau din cap prefăcându-mă că ştiu foarte bine despre ce vorbeşte.

— Îl cumpăr.

— Altceva?

— Da, stați o clipă. Lăsați-mă să verific!

Scot lista şi citesc cu voce tare celelalte articole. Zece minute mai târziu şi cu câteva mii de coroane mai puțin în buzunar, ies din magazin. Mi-am cheltuit toți banii. Mai am doar câteva sute de coroane pentru mâncare şi închirierea maşinii.

Fulgii de zăpadă şi-au schimbat forma — locul micilor cristale înțepătoare a fost luat de fulgi mari şi pufoşi care cad fără zgomot pe pământ. Începe să se lase şi întunericul; o ceață gri-albăstruie acoperă oraşul şi se aprind felinarele.

În ciuda lipsei de fonduri, mă simt puternică şi uşoară. E aşa o uşurare să ştii exact ce ai de făcut! Mă duc la micul supermarket de la colț şi cumpăr toate lucrurile de care am nevoie. Mi se năzare că acum probabil arăt ca o boschetară: car după mine două pungi mari de plastic şi părul îmi stă aiurea. Dar nimeni nu pare să mă observe. Poate chiar am devenit invizibilă ca Frodo atunci când poartă inelul.

Astăzi nu mă salută niciunul dintre tipii plini de coşuri din spatele tejghelei de la firma de închiriat maşini. E clar că nu mă recunosc, ceea ce e un lucru bun. Foarte bun. Fără să se uite la pungile mele mari, Peter — aşa scrie pe ecuson, ca şi cum asta ne-ar face prieteni — îmi introduce numele şi adresa în computer.

— Pentru cât timp aveți nevoie de maşină?

— O zi, îi răspund, cu toate că n-am nici cea mai vagă idee.

Dar în cont am bani doar pentru a închiria maşina o zi şi ştiu că urmează să-mi verifice cardul.

Îmi înmânează cheile.

— Găsiți drumul către parcare?
— Mă descurc.

Aproape că am senzația că mă duc spre casă. Fiecare intersecție, fiecare străduță îmi e familiară. În ciuda întunericului, cunosc foarte bine drumul. Parchez la trei străzi distanță. Ar fi stupid să parchez prea aproape de casa lui Jesper. Nu doresc să atrag atenția.

Dar nu spre casa lui Jesper mă îndrept acum. În schimb, merg spre casa abandonată situată ceva mai sus pe deal, care așteaptă întunecată și sumbră în zăpadă, asemenea unei epave. Mă furișez prudentă pe covorul alb de zăpadă proaspăt căzută spre mica magazie din grădină. Las urme clare de pași în spatele meu, dar zăpada continuă să cadă. În curând, urmele mele vor dispărea de parcă n-aș fi trecut niciodată pe aici.

Pătrund cu ușurință în magazie. Îmi ia mai puțin de un minut să găsesc cheia, ascunsă sub o mușcată de plastic, pe treptele de lemn, chiar dacă nu am lanternă. Pare ciudată, o mușcată înflorită acoperită de zăpadă. Chiar dacă floarea e artificială, pur și simplu nu se potrivește. Creierul meu nu vrea să o accepte. Imaginea florilor delicate, roz, și zăpada groasă de câțiva centimetri sunt în contradicție una cu cealaltă.

Ca imaginea lui Jesper sărutând-o pe femeia cu părul întunecat.

Înăuntru, magazia e întunecată și miroase a mucegai. Trebuie să rearanjez câteva scaune din lemn de tec ca să-mi fac loc pentru bagaje. Mă dor brațele de la efortul de a le căra și transpir, cu toate că temperatura e sub zero grade.

Întind cu grijă sacul galben de dormit pe o canapea veche, ponosită, apoi mă opresc în mijlocul micului spațiu. Așez mâncarea pe masa de grădină din colț, iar restul bagajului îl îndes sub grătar. Apoi mă așez pe patul improvizat cu binoclul în mână și mă uit pe fereastră, dar ninsoarea nu-mi permite să văd nimic.

Mă las pe spate și închid ochii. Ceva pândește imediat sub pragul conștiinței mele, luptându-se să iasă la suprafață, să se facă cunoscut. Ceva important.

Apoi îmi aduc aminte.

Jesper stătea lângă mine în autobuzul aglomerat. Nu ne uitam unul la celălalt, dar vedeam cu coada ochiului că zâmbește. Era un fel de joc. Stăteam acolo ca doi străini, dar după un timp își strecura mâna și-mi mângâia delicat coapsa. Și acum partea relevantă: nu aveam voie să reacționez, nu puteam să arăt faptul că îi simt atingerea.

Apoi mâna lui își făcea drum în interiorul pantalonilor mei sau sub fustă sau pe sub pulover și-mi atingea pielea. Nu mă strângea, era doar o ușoară atingere, ca din întâmplare. Și în acel moment se întâmpla să mă întind un pic, să-mi depărtez picioarele, îi înlesneam accesul. Apoi se apăsa în mine, ca să-i simt erecția. Da. Așa trebuia să se întâmple: în mijlocul unui autobuz aglomerat, clătinându-ne încolo și încoace, rămâneam legați unul de celălalt prin dorința noastră.

Și poate îi mai aruncam câte o privire, ca din întâmplare. Ca și cum de fapt aș fi vrut să mă uit afară pe geam, să verific unde suntem. Și privirile ni se întâlneau, iar fața lui era la fel de inexpresivă și de dezinteresată ca și a mea.

Dar cu acea ocazie nu a mers conform planului. Nu și de data asta. Imediat ce i-am simțit mâna pe fund, am auzit de undeva din fața noastră în autobuz vocea cuiva.

— Jesper! Măi să fie, ce surpriză! Nu te-am mai văzut de mult.

L-am simțit cum îngheață în spatele meu. Şi-a retras imediat mâna.

— Hei! Ce mai faci?

Un bărbat în jur de patruzeci, la costum, se îndrepta spre noi. Făcându-şi loc prin marea de oameni până când a ajuns în dreptul lui Jesper.

Am simțit cum Jesper se îndepărtează şi am ştiut imediat că nu trebuie să arăt sub nicio formă că ne cunoaştem. Asta era cealaltă viață a lui. Viața lui reală — compusă din sarcini şi prieteni, prezent şi viitor.

Pentru mine şi Jesper nu exista decât prezentul.

— ...Minunat. Şi bineînțeles că dacă o compari cu Austria, e scumpă, dar să-mi bag picioarele dacă nu merită. Nu ştiu care e părerea ta, dar pe mine toată chestia asta charter mă scoate din minți. Ceea ce îți doreşti e calitate şi ceva autentic. Nu vei găsi aşa ceva în St. Anton. Asta e. Şi apoi mai e şi mâncarea. Francezii chiar ştiu să gătească...

Cunoştința lui Jesper a continuat să pălăvrăgească despre schi şi restaurante cu multe stele şi petreceri après-ski cu maseuze care circulă printre mese îmbrăcate în fustițe minuscule din blană de iepure.

— Dar tu? Voi ce-ați făcut în vacanță?

Îngheț. Picioarele încep să-mi tremure incontrolabil şi mă întind după termos, cel în care am pus un litru de cafea foarte fierbinte. Prin fereastra murdară pătrund razele lunii, dar în spațiul îngust e atât de întuneric, încât răstorn o cutie de supă în timp ce bâjbâi după termosul de metal.

A spus „voi".

Prietenul lui Jesper nu l-a întrebat ce a făcut el, ci ce-au făcut ei în vacanță. De ce nu m-am gândit la asta mai devreme? Poate pentru că nu mi-am dat seama cât de important era. „Voi" putea să însemne Jesper şi prietenii lui sau poate chiar colegii lui. „Voi" putea să se refere la oricine. Dar nu era aşa.

„Voi" se referea la femeia cu părul întunecat.

„Voi" a fost motivul pentru care Jesper m-a părăsit şi pentru care totul s-a dus naibii.

După câteva secunde de ezitare mă ridic, mă duc la fereastră şi frec ultimele două ochiuri de geam de jos cu mâneca. Ninsoarea a încetat. Grădina se întinde albă şi inocentă în lumina lunii. Zăpada s-a depus într-un strat gros de câțiva centimetri pe tufe şi copaci. Chiar sub ea se află casa lui Jesper. Lumina se revarsă îmbietoare prin ferestre. Ca o reclamă la una dintre acele excursii de schi despre care vorbeau în autobuz Jesper şi prietenul lui.

Îi zăresc imediat. Stau în bucătărie, mâncând, iar binoclul mă apropie atât de mult de idila lor familială, încât tresar. Jesper stă cu spatele la mine, iar femeia cu părul întunecat, de partea cealaltă a mesei. Ea poartă un tricou cu mânecă scurtă şi se pare că e angajată într-o discuție cu Jesper; gesticulează entuziasmată, aplecându-se spre el în timp ce înfige furculița în ceva ce pare a fi o bucată de carne.

În dreptul femeii stă o fetiță blondă care trebuie să aibă în jur de şase ani. Trebuie să fie fiica ei, mă gândesc.

Dintr-odată mi se face rău şi simt iarăşi apăsarea în piept.

Hanne

Gunilla mă înveleşte într-o pătură şi pune de ceai. Şi-n tot acest timp, îmi vorbeşte despre responsabilitatea pe care spune că trebuie să o am faţă de mine.

— Dacă el te place şi tu îl placi, nu înţeleg de ce continui să-l ţii la distanţă.

— Dar sunt bolnavă, insist eu.

— O, te rog! Încetează! S-ar putea ca starea ta să se înrăutăţească peste câţiva ani. Până atunci o să stai singură? Cu mine şi cu Frida? Mai bine faci ceva cu viaţa ta. Altfel, ai putea la fel de bine să te muţi înapoi cu Owe.

Gândul la Owe şi la apartamentul nostru jalnic de pe Skeppargatan îmi întoarce stomacul pe dos.

— Nu mă voi muta niciodată înapoi cu Owe.

Gunilla oftează şi se lasă pe scaunul de vizavi de mine, masându-şi cu o mână spatele dureros, aprinzând între timp o lumânare şi căscând.

— Exact asta îşi doreşte Owe. Eşti prizoniera propriei autocompătimiri. Nu faci nimic şi te comporţi de parcă ai fi în continuare cu el. Mai bine te-ai bucura de viaţă decât să te pedepseşti.

Îi cântăresc vorbele. Faptul că aş putea să fiu prea strictă cu mine însămi e o perspectivă cu totul nouă pentru mine. Am fost mereu cea care se revolta, cel puțin până în momentul în care Owe m-a forțat să mă supun. Owe e cel rigid, nu eu. El e tatăl adolescentei îndărătnice care sunt. Dar poate că există ceva adevăr în ceea ce spune Gunilla: nu-mi permit nimic. Îmi folosesc boala ca pe scuză să nu particip la viață — care îmi curge ca nisipul printre degete, iar eu nu pot s-o opresc.

— Voiam să spun doar că nu pot să-l împovărez cu boala mea. Nu pot să mă aştept ca el să aibă grijă de mine.

— Doamne Dumnezeule! Tu auzi ce spui? E bărbat în toată firea. Poată să hotărască şi singur dacă vrea să fie cu tine. Ai fost sinceră şi i-ai spus de boala ta.

Sorb din ceaiul fierbinte fără să răspund. Poate că are dreptate.

— Deci, ce crezi că ar trebui să fac? o întreb după un timp.

— Nu trebuie să iei chiar în clipa asta decizii care să-ți schimbe viața. Ieşiți împreună o vreme. Permite-ți să-ți dai seama ce vrei. Nu lua totul atât de în serios. Doar n-aveți de gând să vă căsătoriți şi să faceți copii, nu-i aşa? Sunteți doi oameni de vârstă mijlocie care se plac şi care vor să-şi petreacă timpul împreună. Atâta tot.

— Dar şi asta e o problemă. Sunt prea bătrână pentru el. Ar trebui să fie cu o femeie mai tânără. Să-şi întemeieze o familie. Ştii, toate chestiile astea.

— Nu pare genul de tip care să vrea o familie. Poate că nu e genul ăsta. De altfel, are deja un băiat, nu-i aşa?

Mă gândesc la Albin, băiatul pe care nu-l vede niciodată şi despre care nu vrea să vorbească niciodată. Sunt atât de multe lucruri la Peter pe care nu le înțeleg, care îmi sunt străine! Dar poate că pur şi simplu aşa e viaţa. Oamenii fac alegeri bizare şi e practic imposibil să înţelegi pe cineva până la capăt. Câteodată trebuie să-i accepţi aşa cum sunt. De fapt, acelaşi lucru e valabil şi-n cazul lui Owe. N-aş putea spune de ce e aşa cum e, cu toate că am trăit atâţia ani împreună. Singurul lucru pe care-l ştiu cu certitudine e că nu-l mai suport. Că m-am săturat.

— Poate, spun. Vedem.

— Poate că e bine, spune Gunilla şi încuviinţează încet din cap.

Gunilla pleacă să pună rufe la uscat în subsol, iar eu rămân în bucătărie. Holbându-mă la flacăra caldă, pâlpâitoare a lumânării şi gândindu-mă la copiii pe care până la urmă nu i-am avut. Copiii care nu au avut ocazia să crească în apartamentul nostru mare, care nu au început niciodată să meargă la şcoală şi n-au devenit cercetaşi. Nu s-au întors niciodată cu genunchii juliţi, nu au jucat niciodată jocuri video, n-au cerut niciodată mai mulţi bani de buzunar. Nu au absolvit şi n-au avut niciodată prieteni sau prietene, nu au plecat niciodată de-acasă.

Până să fie prea târziu, nu mi-au lipsit. Dar după aceea, când eram deja prea bătrână, am fost izbită din senin de tristeţea a ceea ce n-a fost să fie. Câteodată aveam senzaţia că tristeţea lua o formă fizică, se materializa la cină între mine şi Owe, îndepărtându-ne unul de celălalt.

Deschid caietul care se află pe masa din bucătărie. Rup o foaie şi iau un stilou. Încep o listă cu titlul „Să continui să mă întâlnesc cu Peter".

În coloana cu plusuri scriu:

Un bun tovarăş.

Sex bun (în sfârşit!). Dragoste adevărată (?).
Ceva ce-am ales pentru binele meu.

Mă gândesc pentru un moment şi continui în coloana cu minusuri:

Va fi complicat dacă/atunci când starea mea se va înrăutăți.

Va fi insuportabil dacă/ atunci când o să mă trădeze din nou.

Mă uit la listă fără ca asta să mă facă mai înțeleaptă. Apoi o duc spre lumânare şi o las să ia foc. Flacăra se întețeşte, un val de căldură îmi loveşte fața şi speranțele se transformă în cenuşă.

Sunt pe punctul de a sufla în lumânare când îmi sună mobilul. E Manfred. Pare să fi rămas fără aer, ca şi cum tocmai ar fi alergat în sus pe nişte scări. Dar când aud ce spune, îmi dau seama că altceva îl face să sufle aşa: exaltarea şi poate o urmă de stres.

— Jesper Orre a avut o relație cu Angelica Wennerlind şi nu e exclus ca şi ea să fie moartă. Echipa de investigație se întâlneşte în jumătate de oră. Poți să vii?

În drum spre secția de poliție, mă gândesc la Peter. Cât de straniu mi se pare că nu mi-a explicat niciodată de ce nu a venit în noaptea aceea de acum mai bine de zece ani! Mi-ar plăcea să-l întreb într-o zi. Nu pentru că sunt în continuare supărată, ci pentru că vreau să înțeleg ce s-a întâmplat. La ce se gândea când m-a lăsat pe verandă, singură, cu ruşinea mea şi cele două valize vechi acoperite cu abțibilduri din vacanțele copilăriei?

Întâmplarea mi-a schimbat într-atât de mult viața, m-a definit într-o asemenea măsură, iar el nu mi-a servit niciun fel de explicație. Tot ce-am primit a fost acea scrisoarea idioată, în care mi-a scris că nu putea să trăiască alături de mine pentru că până la urmă ar fi ajuns să mă rănească.

În ce fel să mă rănească? Asta vreau să-l întreb. Ca și cum trădarea lui nu m-ar fi durut suficient, mă gândesc în timp ce mă uit afară pe fereastra mașinii și taxiul se oprește în fața secției de poliției.

Cobor în întunericul atât de negru și dens, încât aproape că e palpabil. Mă gândesc la inuiți. Lor nu le e teamă de noaptea polară. Se întind pe gheață, așteptând lângă găurile de respirație ale focilor până când unul dintre animalele grase, fusiforme, iese la suprafață. Așteptând momentul potrivit ca să-și înfigă harpoanele.

Sau cel puțin au făcut asta până când au venit danezii. Din câte am auzit, acum totul se învârte în jurul filmelor și al berii, chiar și-n cele mai îndepărtate colțuri ale Groenlandei. Așteptarea alertă pe banchiză a fost înlocuită, până și-n cele mai mici sate, cu vegetarea în fața televizorului.

În urmă cu șapte ani, chiar am reușit să-l conving pe Owe că ar trebui să mergem acolo. Zborul spre Nuuk era deja rezervat, la fel ca și transportul până la Ittoqqortoormiit, via Kulusuk. Am găsit pe cineva care să aibă grijă de Charlie, câinele pe care-l aveam pe atunci, și Owe își luase două săptămâni libere. Dar apoi a avut loc incidentul Edith.

Owe era consilierul lui Edith pe chestiuni psihiatrice, iar Edith era un medic care-și făcea stagiul de specializare. Mi-am dat seama în curând că era mai mult de-atât. Era ceva în felul în care Owe vorbea despre ea, în felul în care îi menționa mereu numele şi cum întârzia pe acea primă silabă când îl pronunța.

Eeedith.

Ştiam că în curând avea să se plictisească de ea. Aşa se întâmpla mereu. Mai ales în cazul femeilor mai tinere, care nu-i ofereau suficientă stimulare mentală. Cu toate că era un libidinos bătrân, vanitatea lui avea nevoie de cineva care să-i oglindească şi să-i confirme intelectul — şi, de obicei, femeile acelea tinere nu-i puteau oferi aşa ceva.

S-a petrecut exact aşa cum am prevăzut. După câteva săptămâni, a încetat să mai vorbească despre Edith. Dar apoi, într-o noapte, cu două zile înainte să plecăm în Groenlanda, a venit la mine în dormitor şi s-a oprit în spatele meu. Făceam bagajele şi stăteam cu spatele la el, când mi-a pus uşor mâinile pe umeri:

— Nu pot să merg, Hanna.

Mi-am împăturit cu grijă lenjeria termică şi am aşezat-o în valiza deschisă, pe pat. M-am întors şi i-am întâlnit privirea.

Mi-a dat drumul şi s-a uitat afară pe fereastră.

— E vorba de Edith. A pierdut o sarcină.

Aspectul dificil în privința lui Edith nu era acela că şi-o trăgea cu soțul meu — mulți o făcuseră. Aspectul dificil era acela că rămăsese însărcinată, în timp ce eu nu puteam să rămân. Că trupul ei tânăr chiar era dispus să-i poarte copilul.

Dar Edith nu a schimbat cu adevărat nimic între mine şi Owe. Relația noastră era aşa cum era. Nu am mai plecat în Groenlanda. Iar după acel episod nu am mai avut chef să merg nicăieri cu el. Acum încep să am bănuiala că obsesia mea privind Groenlanda e de fapt altceva. Că Groenlanda e un fel de simbol pentru toate lucrurile care nu mi-au reuşit în viaţă. Că acea ţară întrupează toate speranţele şi dorinţele pe care le-am avut cândva.

Biroul e luminat până afară pe coridor ca un pom de Crăciun, iar atmosfera e animată, dar şi tensionată, ca şi cum toată lumea ar fi conştientă că s-a întâmplat ceva crucial. Manfred discută cu Peter, iar Bergdahl, anchetatorul care a ajutat la sortarea ponturilor, se învârte prin încăpere cu paşi mari, cu mâinile în buzunare.

Peter îmi face semn cu mâna şi eu dau din cap. Încerc să evit să mă uit prea mult la el. Poate că mi-e teamă că o să-şi dea seama ce simt.

Owe a susţinut mereu că era în stare să citească ce gândeam şi ce simţeam doar uitându-se la mine. Şi, pe măsură ce anii au trecut, am început să cred că era adevărat, pentru că el avea dreptate aproape întotdeauna. Cu toate că, privind în urmă, mă gândesc că probabil a fost doar o altă modalitate de a-şi exercita puterea asupra mea. Era atât de obsedat să mă controleze — voia ca eu să cred că nu eram în stare să am un gând al meu fără aprobarea lui.

— Atât Angelica Wennerlind, cât şi Emma Bohman au avut relaţii cu Jesper Orre, spune Manfred, turnând cafea proaspătă în pahare subţiri de hârtie. Trebuie să luăm în considerare faptul că ar putea să mai existe cel puţin o victimă pe care încă nu am găsit-o. Mâine dimineaţă, zona din jurul casei lui Orre va fi cercetată din nou, pe o rază mai extinsă. De asta se va ocupa Bergdahl. Să sperăm că nu o să mai găsim şi alte cadavre în vecinătate; nu vom reuşi să ne-o iertăm. Sánchez încearcă să găsească o legătură între Orre şi cazul Calderón şi, în afară de asta, aşteptăm confirmarea odontologului cu privire la identitatea femeii din casa lui Orre. Ar trebui să aflăm în următoarele ore.

— Ce nenorocitul dracului de psihopat! mormăie Bergdahl.

Manfred îmi agață privirea.

— Tu ce părere ai, Hanne? Orre era un psihopat?

Dau din umeri. Sunt flatată şi îngrijorată în acelaşi timp de faptul că Manfred pare să creadă despre mine că aş putea să determin aşa ceva fără să-l fi cunoscut pe Jesper Orre. Profanii fac adesea greşeala asta — ei cred că psihologii şi behavioriştii pot diagnostica oamenii prin simpla citire a unor rapoarte despre ei. Ca şi cum evaluarea sănătății mintale a unei persoane e ceva ce poți învăța printr-un curs la distanță.

— Psihopat e un cuvânt folosit greşit. În zilele noastre, spunem oricui psihopat.

— La dracu' cu subtilitățile astea psihologice! spune Manfred.

— Subtilitățile psihologice sunt profesia mea, îi spun. Şi n-am să fiu de altă părere doar pentru că vrei de la mine o declarație prematură. Ținând cont de ceea ce ştim până acum despre el, nu e nimic care să sugereze că era psihopat. Faptul că te culci cu femei pe unde apuci şi că îți plac perversitățile sexuale nu înseamnă că-ți place şi să omori oameni. Şi nici faptul că eşti un nemernic la locul de muncă nu e ceva condamnabil în sensul ăsta. Sigur, e posibil să le fi omorât pe acele fete, dar în trecutul lui nu prea există indicii care să sugereze că ar fi capabil de aşa ceva. Asta e tot ce pot să spun.

— În regulă, spune Manfred. Dar care e părerea ta?

Mă gândesc pentru o clipă, mă duc la tabloul cu probe şi mă zgâiesc la informaţiile despre Orre, Calderón şi femeia dispărută, expuse acolo. E ceva ce mă deranjează, ceva ce pândeşte sub suprafaţă şi nu vrea să se arate, iar asta mă frustrează.

— Ceva nu e în regulă, spun.

— Nu mai spune, îmi răspunde Manfred cu aciditate.

Îl ignor. Îmi trec degetele peste hârtii. Mă opresc în faţa documentului privitor la trecutul Emmei Bohman. A crescut pe strada Kapellgränd, în districtul Södermalm. A urmat şcoala primară la şcoala Katarina Norra. A început să lucreze la Clothes&More în urmă cu trei ani. Mama ei a murit în septembrie anul curent, tatăl ei în mai, în urmă cu exact zece ani.

— Aici, spun. Aici este!

Dar exact în timp ce-mi formulez gândurile, sunt întreruptă de ţârâitul unui telefon mobil.

Manfred mă opreşte cu un gest al mâinii şi răspunde.

— Da, spune el. Bine. Şi e sigur? Mersi. Ne vedem curând.

Închide şi pune telefonul pe masă, îşi prinde mâinile la ceafă.

— Am vorbit cu Sánchez. Femeia omorâtă a fost identificată ca fiind Angelica Wennerlind.

Emma

Cu o săptămână în urmă

Prima noapte petrecută în magazie. Închid ochii şi sper ca sacul de dormit să fie într-adevăr atât de bun pe cât au susținut că ar fi. Până acum e-n regulă, dar mi-am pus atât căciula, cât şi geaca şi acum stau nemişcată în coconul meu de poliester galben.

Sunt exact ca fluturele, mă gândesc. Aştept răbdătoare ca transformarea să aibă loc, pentru a face ceea ce trebuie să fac. Mă joc cu smocurile scurte de păr, gândindu-mă la Olga şi Mahnoor, plimbându-se încolo şi-ncoace prin magazin, ascultând zi de zi acea listă de piese care se repetă în mod deprimant. Îmi pare rău pentru ele. Nu sunt decât nişte animale în cuşcă. Eu sunt de o mie de ori mai liberă. Sunt falită şi am fost părăsită, dar sunt liberă. Şi în curând, foarte curând, voi duce la bun sfârşit ceea ce am început.

Planul e simplu. Aştept până când femeia cu păr închis la culoare şi copilul părăsesc casa şi apoi mă voi duce să vorbesc cu Jesper. Îl voi obliga să mă asculte, chiar dacă va trebui să-l ameninţ. Şi de data asta nu va scăpa. Merit să aflu adevărul.

Ce se va întâmpla după aceea nu prea ştiu. Dar nu vreau să-i fac rău, pentru că nu sunt un monstru.

Un monstru e o persoană care minte şi induce în eroare. Cineva care sparge şi distruge lucruri de dragul de a se amuza. Care lasă în ruină viaţa unei alte persoane, ca pe un oraş bombardat sau o pădure devastată de incendiu.

Un monstru e cel care găseşte plăcere în toate astea.

Ca Jesper.

Mama a spus că ar trebui să fiu precaută în privinţa bărbaţilor, pentru că ei întotdeauna urmăresc ceva. A făcut-o să sune de parcă ar avea de gând să fure ceva de la mine: demnitatea sau poate independenţa. Aş fi preferat să-mi spună adevărul. E tocmai invers. De bărbaţii pe care-i laşi să se apropie nu scapi niciodată. E ca şi cum ar fi lipiţi de viaţa ta cu superadeziv.

Jesper. Woody.

Îi duc cu mine peste tot pe unde umblu. Sunt prezenţi în gândurile şi în visele mele. Până şi trupul meu îşi aduce aminte de ei: mirosul lor, senzaţia atingerii pielii lor fine şi calde, sunetul gemetelor lor înăbuşite şi răsuflarea lor întretăiată lângă urechea mea.

Mi-ar plăcea să scap de ei, aşa cum apa te scapă de noroi. Mi-ar plăcea ca săpunul şi apa să spele ceea ce nu pot să-mi şterg din minte. Mi-ar plăcea să pot fi transportată înapoi în timp, în chip misterios, la momentul de dinainte să-i fi cunoscut. Înapoi la vremea când încă eram plină de speranţă şi aveam o viziune clară şi naivă despre felul în care avea să arate viaţa mea.

*

Mă trezesc cu senzația că ceva îmi gâdilă obrazul. Lumina cenușie se filtrează prin ferestrele murdare, peste care în timpul nopții s-a întins promoroaca. Nu mi-e frig, cu toate că e posibil să fie zero grade în magazie. Dar, după o noapte petrecută pe canapeaua asta tare și prea scurtă, mă dor ceafa și spatele.

Mă ridic frântă în capul oaselor, mă întind după termos și torn lichidul fierbinte într-o ceașcă de tinichea. Podeaua e rece ca gheața și-mi pun imediat o pereche de pantaloni de schi. Apoi mă duc la fereastră cu binoclul în mână. Abia acum observ că promoroaca s-a depus pe interiorul ferestrei. Șterg cu mâneca o mică porțiune. Cerul e de un cenușiu cețos, oțelit ca și cum ar urma să mai ningă. Panta ce duce spre casa lui Jesper e neatinsă sub un strat gros de zăpadă proaspăt căzută. Nimeni — niciun copil cu sania, nici măcar un câine — nu s-a apropiat de ascunzătoarea mea în timpul nopții.

Constatarea aproape că mă amuză.

Ei stau la masa din bucătărie și iau micul dejun, ocupând exact aceleași locuri ca și ieri. Ca și cum ar fi stat acolo toată noaptea, locul cărnii fiind luat acum de cereale. Fetița blondă e și ea acolo. Poartă pijamale cu dungi, iar femeia poartă un halat alb gros, asemănător cu cele din reclamele pentru spa. Jesper continuă să stea cu spatele la mine, ca și cum ar ști unde sunt și ar vrea să-mi demonstreze, prin indiferența lui, cât de puțin îi pasă de mine.

Poți să-mi întorci spatele, dar nu poți scăpa, mă gândesc. Acum sunt aproape. Aproape că aș putea să întind mâna şi să te ating, pe tine şi viaţa ta perfectă. Să-i dau un bobârnac şi să-l dărâm ca pe un castel fragil din cărţi de joc.

Gândul acesta mă face să mă simt mai bine şi scot pâinea şi şunca din rucsacul îndesat sub grătarul vechi şi ruginit şi acum luăm cu toţii împreună micul dejun sau ce o mai fi şi asta, eu mâncând şi uitându-mă cum mănâncă şi ei. Un moment mai târziu, Jesper părăseşte bucătăria. Femeia şi copilul rămân. Cinci minute mai târziu se întoarce, îmbrăcat într-un fel de echipament de sport. Femeia cu părul închis la culoare, care încă nu s-a ridicat de la masă, se lasă pe spate în aşa fel încât halatul i se desface, iar Jesper se apleacă şi o sărută în timp ce îşi bagă mâna în halatul ei şi-i apasă sânul.

Îmi pun binoclul în poală, închid strâns ochii. Îmi ciupesc atât de tare crusta formată pe rană, încât aceasta se desprinde şi sângele cald începe să picure pe podea. E ciudat că de fiecare dată doare la fel de mult. Ştiu că m-a înşelat. Nu e nicio noutate în asta. Am fost în casa lor, i-am văzut împreună. Şi atunci de ce mă doare atât de-al naibii de tare? De ce nu am învăţat să mă feresc de durere?

Duc din nou binoclul la ochi şi-l zăresc pe Jesper îndepărtându-se în pas alergător de casă în direcţia apei. Apoi dispare din raza mea vizuală. Şi acum bucătăria e goală. Pe masă a mai rămas doar o ceaşcă solitară.

Urmăresc latura casei cu binoclul şi apoi ferestrele de la etaj. Perdelele de la dormitorul lui Jesper sunt trase, iar în fereastra de alături o văd din nou pe fetiţă. E imposibil de spus ce face, dar căpşorul ei blond se mişcă în sus şi-n jos, de parcă ar sări sau ar alerga prin cameră. Apoi dispare şi ea. Casa pare goală, abandonată, dar ştiu că ele sunt acolo, undeva.

Mă hotărăsc să fac o pauză. Fac pipi în găleata veche şi roşie de plastic din colț, mă spăl pe dinți şi-mi trec degetele prin părul scurt. Apoi mă aşez din nou pe canapea şi aştept, uitându-mă afară pe mica fereastră. După aproximativ o jumătate de oră, Jesper se întoarce. Îl văd alergând cu prudență, de parcă pavajul ar fi alunecos şi i-ar fi frică să nu cadă. Înainte să se îndrepte spre intrare, se opreşte şi se întinde un pic, sprijinindu-se de un copac.

E duminică. Ce face duminica o mică familie fericită dintr-o suburbie drăguță? Se duce la muzeu? Invită nişte prieteni de succes la o gustare ambițioasă la care se servesc omletă, smoothie-uri şi pâine cu maia proaspăt coaptă? Face un om de zăpadă în stratul proaspăt, căzut peste noapte?

Eu trebuia să fiu aceea.

Eu ar fi trebuit să stau acolo în locul femeii cu părul închis la culoare. Abia acum conştientizez cât de mult o urăsc.

Ziua trece fără să se întâmple nimic. Îmi mănânc sendvişurile şi încerc să mă plimb prin magazie ca să nu-mi fie frig. Cafeaua s-a terminat şi am trecut la băutura carbogazoasă, care din fericire n-a înghețat în timpul nopții.

Dintr-odată, în minte îmi apare imaginea mamei, ca una dintre acele marionete demodate. Nu prea pot să-mi explic de ce, dar mă gândesc că ar putea fi din cauză că şi ea a trăit într-o minciună, la fel ca Jesper.

Țin minte că, într-o dimineață, când mă pregăteam să plec la serviciu, m-au sunat de la spital. La început nu eram prea sigură dacă să răspund sau nu, pentru că eram deja în întârziere şi dacă ajungeam târziu primeam un punct negru. Sau cel puțin asta se întâmpla dacă Björne era într-o pasă proastă.

Femeia s-a prezentat ca fiind doctoriță şi mi-a spus că mama e bolnavă. Venise cu o seară în urmă la urgențe şi fusese spitalizată pentru a-i fi făcute mai multe analize.

— Cum se simte? am întrebat-o, ținând mobilul prins între umăr şi ureche, în timp ce deschideam uşa şi coboram scările.

— Încă nu putem şti cu siguranță ce are, dar starea ei este stabilă. Viața ei nu e în pericol, dar e foarte îngrijorată şi tot întreabă de dumneavoastră.

— Întreabă de mine?

Trecuseră mai multe luni de când mama nu mă mai sunase şi-mi venea greu să cred că îi era dor de mine. Nici măcar atunci când era bolnavă şi singură.

— Da, i-ar plăcea să veniți să o vizitați.

N-am spus nimic.

— Orele de vizită sunt între două şi şase, a continuat doctorița. Să-i spun că o să veniți?

— Da, o să vin, m-am auzit spunând, în timp ce ieşeam pe stradă.

Am încheiat conversația şi m-am grăbit să ajung la metrou. Trecând pe lângă porțiuni cu gheață şi mijind ochii în soarele vesel de primăvară. Inspirând mirosul pământului umed şi al frunzelor putrede de anul trecut.

E foarte îngrijorată şi tot întreabă de dumneavoastră.

Eram confuză. Ştiam că mai devreme sau mai târziu va trebui să mă duc la spital. Măcar pentru a afla de ce a devenit dintr-odată atât de nerăbdătoare să mă vadă.

Salonul ei era în capătul coridorului puternic luminat. Arăta ca toate celelalte saloane de spital pe care le văzusem până atunci: un pat cu o mică măsuță mobilă și un scăunel cromat așezat alături, un televizor montat pe perete, câteva dulapuri și lângă ele o chiuvetă. Recipientele obligatorii cu săpun lichid și dezinfectant erau montate pe perete lângă robinet.

Am găsit-o stând în capul oaselor și citind. Nu prea știu la ce mă așteptam, dar îmi închipuiam că era grav bolnavă. Nu credeam că o s-o găsesc îmbrăcată într-un trening, citind un ziar de scandal.

— Ema, draga mea!

Și-a scos ochelarii de citit și și-a îndepărtat părul oxigenat de pe frunte. De pe coridor se simțea miros de cafea. Urma să fie servit ceaiul de după-amiază.

— Bună. Cum te simți?

M-am eliberat de geantă și de geacă și m-am așezat pe scaunul de lângă pat. Mama a lăsat ziarul de scandal pe pătura galbenă a spitalului care îi acoperea picioarele și și-a întors spre mine ochii afundați în orbite.

— E oribil ce ești nevoită să suporți în locul ăsta.

Am observat că s-a ferit să răspundă la întrebarea pe care i-am adresat-o.

— Serios?

A tușit și și-a pus mâna pe burtă, probabil că o durea.

— Ne trezesc dimineața la șase. Șase. Îți închipui? Și e un du-te-vino constant. E ca și cum ai încerca să dormi într-o gară. Și toți sunt imigranți. Nu e vina lor, dar nu știu o boabă de suedeză, mă înțelegi? Cum poți să ai grijă de cineva dacă nu poți să comunici cu el? Iar noaptea trecută au mai adus o femeie în salon. A sforăit atât de tare, că n-am reușit să pun geană pe geană. Le-am spus celor din tura de noapte, explicându-le cât de sensibilă sunt la zgomote, dar au susținut că nu mai au alte locuri libere.

Până la urmă am fost nevoită să le cer un somnifer, dar nu au vrut să-mi dea. M-au tratat ca pe o drogată care le cere heroină. Ce tâmpenie! Munceşti şi plăteşti taxe toată viaţa şi apoi, când ai nevoie de ajutor, ajungi să fii tratată în halul ăsta.

Nu i-am reamintit mamei că până de curând nu a lucrat şi că în cea mai mare parte a vieţii ei de adult a beneficiat de pensie de invalid. Îşi duce mâna butucănoasă la ochi, îşi şterge o lacrimă invizibilă.

— Of, Emma! Nu e deloc distractiv să îmbătrâneşti şi să te îmbolnăveşti. Ascultă-mă pe mine!

M-a privit de parcă ar fi aşteptat ceva de la mine, să o susţin poate, dar nu am spus nimic. Nu ştiam ce să spun.

În salon a intrat o soră cu o tavă. Uniforma ei era uimitor de albă în comparaţie cu pielea ei neagră.

— Ce ţi-am spus? a şoptit mama şi a făcut un gest cu capul spre femeie.

— Astăzi aveţi o dietă bazată pe lichide, a spus asistenta, zâmbind în timp ce aşeza tava pe masa de lângă pat. Apoi a plecat.

Mama nu a răspuns. Doar s-a uitat dezgustată la supa maro-deschis.

— Asta nu e potrivită pentru consum uman. Chiar se aşteaptă să o mănânc? A amestecat cu lingura în supă, apoi a lăsat-o pe tavă.

— Ce s-a întâmplat? am întrebat-o din nou.

Mama şi-a fluturat mâna de parcă ar fi fost ceva lipsit de importanţă.

— Nu ştiu nici ei prea bine. Ceva în legătură cu stomacul. Ai crede că sunt în stare să-mi pună mai repede un diagnostic, dacă te gândeşti câţi angajaţi aleargă pe aici.

Mi-a zâmbit strâmb.

— Dar... când poți să pleci acasă?

Mama a dat din umeri.

— Singurul lucru pozitiv e că te face să fii recunoscător față de ce ai.

S-a uitat la mine. Ochii ei erau atât de adânciți în orbite, încât era imposibil să spui ce culoare au. Obrajii îi erau roșii și păreau umflați, ca și cum ar fi ținut vată în gură.

— Ne avem una pe cealaltă, Emma, a spus și m-a prins de mână.

Aș fi fost mai puțin surprinsă dacă mi-ar fi spus că urmează să plece pe lună. În ultimii cinci ani ne văzuserăm de vreo două ori. Ce voia să spună cu „ne avem una pe cealaltă"?

Mama a scos un oftat adânc și și-a șters încă o lacrimă invizibilă, cu mâna liberă, în timp ce cu cealaltă îmi strângea atât de tare mâna, încât aveam senzația că urma să-mi amorțească.

— Ții minte, Emma? Ne-am bucurat de viață. Tatăl tău, tu și cu mine. Și apoi, când tata... a dispărut, ne-am consolat una pe cealaltă. Am crezut că suntem o mică familie puternică, chiar și fără el. Ne-am ajutat una pe cealaltă așa cum am putut. Poate că problemele ne-au făcut să devenim și mai puternice. Se spune că lucrurile de genul ăsta îi unesc pe oameni. Nu-i așa?

Stăteam complet nemișcată pe scaun. Nu-mi venea să-mi cred urechilor. Când am fost noi o familie fericită? Și ideea că după sinuciderea tatei ne-am apropiat și mai mult e o porcărie cât casa. Singurele ocazii când m-am apropiat de mama — cel puțin fizic — erau momentele când trebuia s-o duc până la pat după ce leșina la cină sau în baie. Singurul lucru cu care o ajutam era să mă duc să-i cumpăr țigări și antiacizi pentru stările ei de mahmureală. Iar în ceea ce priveşte ajutorul venit din partea ei, nu țin minte ca ea să mi-l fi acordat vreodată.

— Nu regret nimic, a spus smiorcăindu-se şi atunci am văzut lacrimi adevărate. S-au rostogolit asemenea unor mărgele de sticlă pe obrajii ei graşi. Dar mi-ar fi plăcut să-l avem alături de noi ceva mai mult timp pe tatăl tău. A fost o persoană atât de faină şi ne iubeam atât de mult!

A rostit ultimele cuvinte cu o voce abia audibilă.

În fața ochilor mi-au trecut amintiri cu certurile dintre mama şi tata, asemenea unor umbre la marginea câmpului vizual. Abia perceptibile, şi totuşi vii. Fragmente ale unei vieți de demult. Farfurii zburând prin bucătărie. Țipete. Poliția bătând la uşă în mijlocul nopții din cauza reclamațiilor făcute de vecini. Fluturele mort zăcând pe podeaua din bucătărie, printre cioburi de sticlă.

Pentru o secundă, m-am întrebat dacă ar fi cazul să protestez. Să-i aduc aminte mamei cum a fost viața în realitate în acel apartament înghesuit. Dar ştiam că n-ar fi avut niciun sens, că n-aveam cum să schimb povestea pe care şi-o construise cu atâta grijă. Viziunea ei asupra lumii stătea între noi ca un elefant, împiedicându-ne să ajungem la o înțelegere reală a uneia față de cealaltă.

Dintr-odată m-am simțit obosită. Nu voiam decât să mă duc acasă şi să mă odihnesc. Să nu trebuiască să mă mai gândesc la femeia grasă de pe patul de spital care se minte pe ea însăşi şi pe mine şi probabil pe oricine altcineva care ar fi dispus să o asculte.

— Cred că ar cam trebui să plec. Vocea mea era doar o şoaptă.

— Deja? A încetat imediat cu smiorcăitul, aproape ca şi cum cineva ar fi apăsat pe un buton.

Am dat din cap şi m-am ridicat.

— Avem o şedinţă la lucru, am minţit-o.

În timp ce traversam coridorul, mi-am dat seama că mama nu mă întrebase cum îmi mai merge. Nu arătase nici cea mai mică urmă de interes faţă de mine.

Tremur de frig. Îl zăresc din când în când pe Jesper, pe femeie sau pe copilă puţin dincolo de colţul unei camere. E mai greu decât mă aşteptam să ţin casa sub observaţie fără să-mi pierd concentrarea. Şi binoclul e greu. După câteva ore, mă dor braţele, iar degetele mi-au înţepenit din cauza frigului. Am încercat să stau cu mănuşi, dar aşa nu puteam să ţin binoclul, aşa că n-am încotro, trebuie să le las în rucsac.

Aproape că ratez momentul în care femeia şi fetiţa părăsesc casa. A început să se lase întunericul. Cerul e în continuare luminos, dar peisajul s-a întunecat şi ferestrele încep să strălucească. Femeia şi fetiţa se urcă într-un Volvo roşu şi se îndepărtează în direcţia oraşului.

Mă ridic şi simt că picioarele-mi sunt ţepene de la atâtea ore de stat în frig. Au plecat. Asta trebuie să însemne că Jesper e singur în casă. Fac câţiva paşi spre fereastră şi-mi îndrept binoclul către casă. Şi brusc mă trece un val de căldură. Îmi simt mâinile moi şi calde. Obrajii îmi iau foc şi inima începe să-mi bată atât de tare, ca şi cum ar vrea să-mi sară din piept.

Stă la o masă cu un laptop în faţă. Lângă el pe tejghea e un pahar cu vin. Pe o farfurie e un sendviş.

E timpul.

Stau pe scările de la intrare, cu degetul pe sonerie. A sosit timpul. Acum nu mai pot să fac nimic pentru a opri inevitabilul. Poate că tot ce se întâmplă acum a fost hotărât cu multă vreme în urmă. Poate că e concluzia logică a unui lanț de evenimente declanşate de Jesper în seara când a dispărut. Eram în bucătărie şi pregăteam sendvişuri calde pentru cina noastră de logodnă. Atunci a început.

El a început totul.

Gândul acesta îmi dă putere. Apăs soneria şi aud un țârâit de partea cealaltă a uşii. Nu e un sunet plăcut. Nu e un ding-dong sau un clopoțel fragil — mai degrabă un mârâit agresiv. Un sunet care te-ar scoate din minți dacă ai fi nevoit să-l asculți suficient de des.

La început am impresia că nu a auzit — nu se întâmplă nimic. Apoi uşa se deschide şi iată-l în fața mea.

Regele în persoană. Omul măreț care mi-a distrus viața şi a transformat-o în rahat, fără urmă de regret. Acum nu mai arată aşa de bine. Părul e mai cărunt decât țineam eu minte, fața scofâlcită şi obosită, ca şi cum ar suferi de o boală gravă sau n-ar fi dormit de mult timp.

— Bună, îi spun.

Peter

Manfred stă în mijlocul încăperii, neclintit ca un monolit. Ne priveşte pe fiecare, rând pe rând. Expresia lui are ceva viclean. Ceva primitiv care te duce cu gândul la un prădător aflat pe urmele prăzii.

— N-aş fi crezut, mormăie Bergdahl. Până la urmă nu e vorba de Emma Bohman. Acum ar trebui să ne concentrăm pe cealaltă fată, pe Angelica Wennerlind.

— Nu, spune Manfred. Nu. Ceva nu e în regulă. Femeia a avut o relație cu Orre. Au dispărut amândoi, dar avem o singură victimă. Şi chiar acum, Orre se dezgheață la Solna ca un pachet de creveți congelați.

Hanne se ridică în picioare. Se duce încet la tabloul cu probe şi arată spre una dintre hârtii. Pare ridicol de mică lângă Manfred, dar când începe să vorbească, vocea ei e adâncă şi sonoră:

— Mama Emmei Bohman a murit cu trei luni înainte de uciderea femeii din casa lui Orre. Iar tatăl ei a murit în mai, în urmă cu zece ani, cu patru luni înainte de uciderea lui Miguel Calderón.

Pentru o clipă, în încăpere se aşterne o tăcere mormântală. Pe coridor trece un paznic, aruncă o privire în încăpere şi ne salută. Coboară scările şi zornăitul cheilor se stinge.

— Unde vrei să ajungi? întreabă Manfred.

— Pentru o persoană fragilă din punct de vedere psihic, moartea cuiva iubit poate declanşa tulburări mintale, uneori chiar psihoză. Şi mi se pare ciudat că moartea părinţilor ei a avut loc la o distanţă atât de mică în timp faţă de crime. Poate că nu e o coincidenţă.

Sunt izbit de siguranţa afişată de Hanne în faţa tabloului cu probe. De felul în care întreaga ei fiinţă emană calm şi autoritate. Chiar dacă are probleme de memorie, nimic nu o dă de gol.

— Investigaţia asta e plină de coincidenţe ciudate, spune Manfred şi se lasă pe un scaun. De exemplu, atât Emma Bohman, cât şi Angelica Wennerlind au avut o relaţie cu Orre.

— N-avem de unde să ştim asta, spune Hanne încet. Ambele au susţinut că ieşeau cu el, dar nu avem niciun martor care să confirme relaţiile. Prietena Angelicăi Wennerlind a spus că Angelica i-a povestit despre relaţia ei cu Orre. Iar Emma Bohman a susţinut că Orre era logodnicul ei şi că i-a cumpărat un inel de logodnă. Dar în înregistrarea video din magazinul de bijuterii apare doar Emma. Nimeni altcineva. Şi bineînţeles că el a negat că ar fi avut o relaţie.

— Acest lucru în sine nu este surprinzător, spune Sánchez. Era foarte secretos în privinţa fetelor.

— Ar trebui să vorbim din nou cu mătuşa Emmei Bohman, intervine Manfred. Cea care a dat-o dispărută. Bergdahl, poţi să dai de ea? Şi adu-o încoace dacă e trează.

Bergdahl dă din cap şi părăseşte încăperea cu mobilul în mână. Manfred se întoarce din nou către Hanne.

— E posibil ca Emma Bohman să fie implicată în crima asta?

Hanne dă din umeri.

— Cred că e posibil. Cu toate că nu există nimic explicit care să o arate, în afara faptului că părinții ei au murit chiar înainte de cele două crime. Știm dacă a existat vreo legătură între Emma și Calderón? Vreau să spun, în afară de sincronizarea crimelor?

Manfred își încrucișează brațele la piept. Închide ochii.

— Nu am căutat astfel de legături.

— Poate că ar fi trebuit s-o facem, spune Hanne.

— Sunt multe lucruri pe care ar fi trebuit să le facem, mormăie Manfred ca pentru sine.

Dinspre scări se aud pași și, câteva secunde mai târziu, Bergdahl intră în încăpere.

— Mătușa era trează. Am trimis o mașină după ea. Ajunge în douăzeci de minute.

În timp ce lumea o așteaptă pe mătușa Emmei Bohman, mă duc până afară împreună cu Manfred să fumez o țigară. O întreabă pe Hanne dacă vrea să vină, iar ea își aruncă geaca peste umeri și-și ia carnețelul cu ea, ca și cum ar urma să ia notițe și afară.

Când s-a interzis fumatul în secția de poliție, ne-a forțat pe noi, dependenții înrăiți de nicotină, să ieșim pe balcon sau pe stradă pentru a ne practica deprinderea nesănătoasă. Mergem pe mica terasă de la primul etaj, care are vedere spre curte. Două ghivece de lut acoperite de zăpadă, ce conțin plante moarte demult, funcționează pe post de scrumieră, dar lângă ele sunt grămezi de chiștoace, ca niște fructe căzute lângă un bătrân pom fructifer. Deasupra oraşului, cerul e negru şi lipsit de stele, iar frigul îţi înţeapă obrajii.

— Chestia aia pe care ai spus-o despre Emma Bohman şi Angelica Wennerlind, începe Manfred şi se întoarce spre Hanne. Că amândouă au susţinut că au avut relaţii cu Jesper Orre. Ce voiai să spui cu asta?

Hanne priveşte în altă parte, peste clădiri, în direcţia oraşului. Îşi face de lucru cu carnetul şi spune:

— Voiam să spun exact ce s-a înţeles. Nu putem şti dacă au spus adevărul sau dacă au minţit.

— De ce-ar minţi în legătură cu aşa ceva?

Hanne dă din umeri, se străduieşte să zâmbească.

— De ce mint oamenii? Poate ca să pară mai captivanţi sau mai interesanţi. Sau poate pentru că au ajuns să creadă în ceea ce spun.

— Nu te mai pot urmări, spune Manfred şi îşi aprinde o ţigară.

— Poţi să suferi de delir. Nu e ceva neobişnuit printre pacienţii cu psihoză. Există multe exemple de oameni care au crezut că au o relaţie cu cineva fără să-i fi cunoscut vreodată pe aceştia în viaţa reală. Există şi un termen medical pentru acest fenomen — erotomanie. Adesea, oamenii care suferă de aceste deliruri se îndrăgostesc lulea de o celebritate sau de o figură autoritară şi de multe ori ajung să fie convinşi că au trăit împreună timp de mai mulţi ani. Uneori ajung să creadă că s-au căsătorit şi au făcut copii.

— O celebritate sau o figură autoritară. Cum ar fi directorul executiv al companiei pentru care lucrezi? o întreb.

— Exact, spune Hanne şi mă priveşte în ochi. Şi ei sunt de părere că dragostea lor e împărtăşită, cu toate că nu e aşa.

Am impresia că Hanne mi se adresează direct şi în mine se rupe ceva. Cedează ca o frunză uscată sub bocanc. Pentru o secundă, mă întreb dacă nu cumva mi-am imaginat tot ce s-a întâmplat în ultimele câteva zile: convorbirile noastre telefonice, noaptea petrecută la ea acasă, plimbarea prin zăpadă pe Söder Mälarstrand. E posibil ca senzația palpabilă a apropierii să fie doar ceva inventat de creierul meu în lipsa unei relații intime în viața mea sau poate pentru a uşura povara datoriei de care nu mă voi putea achita niciodată.

Manfred îşi stinge țigara de zid şi se uită la ceas.

— E şi un sfert. Mătuşa va sosi din clipă-n clipă. Ar trebui să intrăm.

Lena Brogren e sexagenară şi extrem de grasă. Poartă o tunică florală ca un cort care îi ajunge până la genunchi şi o pereche de colanți scămoşați. Picioarele ei sunt îndesate în cizme îmblănite, care arată ca doi cățel încolăciți în jurul picioarelor ei. Când ne salută, sunt izbit de cât de speriată pare. Îşi mută privirea de la unul la altul şi îşi ține mâna ocupată cu un pachet de țigări.

— Bănuiesc că aici nu se poate fuma, nu? întreabă ea.

Vocea ei e ciudat de curată şi clară — ar fi o achiziție bună în orice cor — şi contrastează puternic cu trupul mătăhălos şi cu fața sălbatică, plină de sebum.

— Îmi pare rău, spune Manfred.

Femeia dă din cap şi se uită la mine.

— Micuța Emma. Acum ce-a mai făcut? întreabă coborându-şi vocea şi scuturând încet din cap, iar guşa dublă îi tremură.

— Nu suntem siguri că a făcut ceva, spune Manfred şi îi explică Lenei Brogren de ce a fost chemată la secție după zece seara. Anchetăm moartea unei tinere şi a fost pus în discuţie şi numele Emmei.

— Puteţi să ne povestiţi un pic despre Emma? adaug eu.

— Emma e... o dulce şi e binecrescută. Nu prea iese în evidenţă. De fapt, nu a făcut-o niciodată. Am petrecut mult timp împreună, încă de când era mică, aşa că o cunosc bine. Dar cu socializarea... bietei Emma i-a fost întotdeauna greu. Şi, de când a murit Gun — mama Emmei, sora mea — s-a închis foarte mult în sine. Aş putea spune că interacţiunea cu ea a devenit dificilă. Trec adesea pe la ea pe strada Värtavägen, mă asigur că nu-i lipseşte nimic — i-am promis lui Gun că o voi face. Dar ultimele două dăţi când am fost acolo, nu m-a lăsat să intru. Cu toate că am auzit zgomote din interior. Când am văzut fotografia acelei fete care a murit, am sunat imediat la numărul dumneavoastră de urgenţă.

Femeia se luptă să nu rămână fără aer şi continuă:

— Nu e moartă, nu-i aşa?

— Nu, nu, îi spun. Femeia din casa lui Jesper Orre a fost identificată şi nu este Emma.

Uşurarea Lenei Brogren e palpabilă. Se cufundă mai adânc în scaun. Dă din cap şi-şi şterge sudoarea de pe frunte.

— De ce a renunţat Emma la şcoală? întreabă Hanne.

Femeia pare confuză.

— Nu a renunţat la şcoală. Nu a început-o niciodată. Întâmplarea aceea teribilă cu profesorul ei de design şi tehnologie şi asta a tulburat-o.

— Ce s-a întâmplat cu profesorul ei de design şi tehnologie? o întreb.

— Profesorul suplinitor. A hărţuit-o pe Emma. Bineînţeles că l-au concediat, dar ce-a avut de câştigat din asta?

Răul fusese deja făcut. Vă puteți închipui cum e să profiți de o fată de cincisprezece ani, față de care ai o anumită responsabilitate? Ce fel de monstru ar face una ca asta? Dar nebănuite sunt căile Domnului, nu-i aşa? Până la urmă, omul ăla a murit. A fost omorât. O poveste teribilă, dar nu prea îmi pare rău de ceea ce i s-a întâmplat. În zilele noastre, îi cam menajăm pe delincvenți, nu credeți? Aveți de-a face zi de zi cu astfel de lucruri, probabil că sunteți de părere...

Manfred o întrerupe cu delicatețe:

— Profesorul ei suplinitor. Cum îl chema?

Ezită pentru un moment, pare să-şi forțeze memoria.

— I se spunea Woody.

Hanne se apleacă în față şi-şi pune uşor mâna pe brațul Lenei Brogren. Un gest empatic, dar şi anticipativ şi curios.

— Woody? Pare să fie o poreclă, Lena. Ții minte care era numele lui real?

Femeia clipeşte de câteva ori şi pentru o clipă am impresia că o să înceapă să plângă.

— Nu, spune ea. Avea un nume străin, desigur. Da, era imigrant. V-am spus asta?

— Miguel Calderón? îi sugerează Hanne.

Fața femeii se înseninează şi trupul i se înfioară. Dă încet din cap cu maxilarul încleştat.

— Calderón. Da, aşa îl chema.

Emma

Cu o săptămână în urmă

Jesper trage de uşă să o închidă, dar eu sunt mai rapidă, înfigându-mi bocancul ergonomic corect — care rezistă atât la ploaie, cât şi la căderile de pietriş — în deschizătură. Scot micul dispozitiv de plastic pe care l-am comandat de pe internet, cel care arată ca un telefon mobil, şi i-l apăs pe mână, în timp ce apăs pe butonul roşu.

El scoate un ţipăt ascuţit, dă drumul la uşă şi se prăbuşeşte pe podeaua din hol. Mă uit repede în jur înainte de a mă strecura în holul cald şi de a închide uşa în urma mea.

Pistolul cu electroşocuri nu e periculos; scria negru pe alb în manualul de utilizare. Doar îl face pe om inofensiv pentru câteva minute. E neplăcut, dar sub nicio formă primejdios pentru oamenii sănătoşi. Iar Jesper e sănătos. E sănătos şi plin de succes şi, asemenea celor mai mulţi oameni sănătoşi şi plini de succes, habar nu are cât noroc are. Şi trebuie ca cineva să-i aducă aminte de asta.

Pun pistolul cu electroşocuri în buzunar şi mă las în genunchi lângă el. Scot colierele de plastic şi-i leg mâinile la spate. El gâfâie şi scuipă şi se zbate un pic, dar nu opune prea multă rezistență, ceea ce aproape că mă dezamăgeşte. E un pic prea uşor. Mi-am făcut nenumărate scenarii în care Jesper şi cu mine ne rostogolim pe podeaua din hol, luptându-ne până la moarte. Dar el zace acolo, la fel de neajutorat ca un copil.

Mă izbeşte faptul că nu mai e sexy sau atrăgător. Doar un bărbat palid, de vârstă mijlocie, ajuns din urmă de propriile iluzii de grandoare.

— Nu e periculos, îi spun. Trebuia s-o fac. Trebuie să stăm de vorbă. Îmi datorezi o explicație.

I se zbat un pic picioarele şi-i curg balele, ceea ce mă face să mă simt stânjenită pentru că îmi aduce aminte de un bătrân țintuit la pat. Apoi tuşeşte.

— Dă-mi drumul, ce dracu'. Mă doare.

— Îmi pare rău, îi spun, dar vreau să stai cuminte şi să mă asculți. Apoi poți să faci ce vrei.

Nu-mi răspunde. Doar zace acolo în chip jalnic pe podea. Pieptul îi urcă şi coboară şi ține ochii închişi, ca şi cum ar încerca să mă ignore. Îmi scot geaca. O împăturesc, mă aplec şi i-o pun sub cap. Apoi mă aşez pe podea lângă el şi-i mângâi încet părul.

— Ce vrei?

Vocea lui e doar o şoaptă.

— Vreau să ştiu de ce?

— Cum adică „de ce"?

Pare confuz. Bănuiesc că e din cauza efectului lent al şocului electric.

— De ce m-ai părăsit? De ce mi-ai luat banii şi tabloul? De ce m-ai dat afară de la muncă? De ce mi-ai omorât pisica? De ce? De ce? De ce?

— Nu ştiu despre ce vorbeşti.

Vocea lui e la fel de aspră şi de neprietenoasă ca şi pământul îngheţat de-afară. Ca şi cum n-aş fi iubita lui, ci doar un hoţ care intră prin efracţie în casa lui. Scot pistolul cu electroşocuri şi-i administrez un şoc, mai ales ca să-i arăt că nu e în regulă să vorbească aşa cu mine. Se zvârcoleşte de parcă ar fi primit o lovitură în vintre, geme şi apoi se linişteşte.

— Să nu îndrăzneşti să-ţi baţi joc de mine! Te-ai jucat cu mine atâta timp cât ţi-a fost pe plac şi apoi m-ai aruncat la gunoi. Şi tot ce vreau să ştiu e de ce. Oare cer prea mult?

Nu răspunde, dar continuă să respire. În zona şoldului a apărut o pată umedă; se întinde de-a lungul holului în direcţia uşii.

— L-ai ucis pe copilul nostru, spun cu voce scăzută.

Face un pic de zgomot. Seamănă cu o tuse sau poate cu un mic râset sec şi nefericit pe care încearcă să-l mascheze.

— Nu ştiu despre ce vorbeşti, repetă el.

Mă gândesc să-i administrez încă un şoc, dar decid că nu e o idee bună. Nu vreau să-i fac rău, vreau doar să-l fac să mă asculte. Şi să-mi dea o explicaţie.

— De ce nu m-ai contactat?

Jesper inspiră adânc şi mă priveşte pentru prima dată de când s-a prăbuşit pe podea. Are ochii injectaţi. Privirea lui anxioasă oscilează între mine şi tavan.

— Tu ai scris scrisoarea aceea? mă întreabă el.

— Da.

— M-am gândit că e mai bine să nu te contactez.

Oftează şi se strânge pe podea ca un crevete. Face o scurtă pauză, apoi începe din nou să vorbească:

— Cum te cheamă?

— Serios. Doar ştii asta. Mă numesc Emma.

— Te rog, Emma...

În timp ce continuă, pe obrajii lui supți se preling câteva lacrimi:

— Ascultă-mă. Poți să faci asta?

— Sigur, îi răspund.

Mă sprijin de perete, îmi încrucişez brațele la piept, curioasă şi-n acelaşi timp tulburată de această neaşteptată inițiativă.

— Ştiu că ai impresia că ne cunoaştem. Că noi doi... suntem apropiați. Dar nu e adevărat. E prima oară când te văd. Ce-ți aduci tu aminte... nu s-a întâmplat niciodată. Nu te-am trădat sau înşelat... nici nu ți-am omorât pisica sau mai ştiu eu ce. Toate astea... sunt în capul tău. Înțelegi? E ceva ce ți-ai imaginat. Noi niciodată nu... eu şi cu tine. Nu ne cunoaştem. Nu ştiu cum să te fac să crezi asta, dar... Emma. Nu cred că eşti o persoană rea. Serios, nu cred asta.

Mă întind lângă el pe podea, îmi sprijin obrazul de dalele reci de piatră. Fața lui e la doar câțiva centimetri de a mea. Mă întreb dacă tot ce spune e pur şi simplu o minciună sau dacă chiar crede ce spune. Poate că e o formă de reprimare.

— M-ai părăsit în ziua în care ne-am logodit. Nu ştiu de ce ai dispărut atât de brusc, dar cred că are legătură cu fata aceea cu părul închis la culoare. Ceea ce nu ştiai e că rămăsesem însărcinată.

Nu răspunde, doar zace acolo, lacrimile continuă să curgă. Spun mai departe:

— Faptul că m-ai părăsit... Asta pot să înțeleg. Oamenii mai fac din astea. Pot să pricep. Ceea ce nu pricep e de ce ai făcut toate celelalte lucruri, de ce a trebuit să... mă distrugi.

Faţa lui se strâmbă într-o grimasă şi pare atât de nefericit, încât îmi duc mâna spre obrazul lui şi zăbovesc acolo.

Pentru o clipă stăm amândoi întinşi într-o linişte completă pe podeaua rece. Respiraţia lui devine mai calmă şi lacrimile îi seacă.

— Ascultă, Jesper. Totul va fi din nou în regulă.

Dă din cap şi un fir de salivă îi curge din colţul gurii pe podea.

— Totul va fi din nou în regulă, spune el încet.

— Pentru că ne iubim unul pe altul, spun, şi îi sărut obrazul mânjit de lacrimi şi muci.

— Ne iubim unul pe altul, repetă el.

Dintr-odată, aud că cineva urcă scările de la intrare şi apoi zgomotul uşii care se deschide.

Mă întorc şi o văd.

Femeia cu părul întunecat îşi duce mâna la gură, ca şi cum ar încerca să-şi înăbuşe un ţipăt.

Se retrage încet spre uşa de la intrare fără un cuvânt, pe când eu sar în picioare şi alerg spre ea. În jurul ei pluteşte miros de parfum şi brusc sunt conştientă de felul în care sunt percepută: nespălată, transpirată, cu părul vâlvoi.

O prind de încheietură, iar ea se dezechilibrează. Poartă cizme subţiri de piele neagră, cu toc, mai potrivite pentru cumpărături decât pentru o luptă corp la corp.

— Ce naiba?

Vocea ei e ascuţită şi surprinsă şi mă gândesc că nu se aştepta deloc să mă găsească aici în hol. Probabil că a presupus că mi-a dejucat deja planurile. Tragem una de alta în direcţii contrare, rotindu-ne pe hol. Îi dau drumul la încheietură în momentul potrivit, când e chiar în dreptul scărilor ce duc la subsol. Zboară asemenea unui copil care sare din leagăn. Țipătul ei, în timp ce rostogolește în jos pe scări, e înfiorător, ca al unui animal pe moarte.

Se oprește la jumătatea scărilor și mă apropii câțiva pași de ea. Părul ei întunecat s-a răsfirat ca un evantai în jurul capului și zăresc o pată roșie care se întinde cu rapiditate. Mă las pe vine lângă ea și mă uit. Nu reușesc să-mi dau seama dacă mai respiră sau nu, dar sângele continuă să-i curgă din cap. Se formează o mare de sânge și din ea s-a desprins deja un mic râu. Curge pe scări ca o cascadă.

Mă ridic. Totul se leagănă încolo și încoace. Asta nu făcea parte din plan. Nimeni nu trebuia să pățească nimic. Aveam de gând să vorbesc cu Jesper, atâta tot. Închid ochii în efortul de a ține amețeala la distanță.

Jesper urlă.

— Oprește-te, ea nu are nimic de-a face cu asta. Mai bine lovește-mă pe mine. Ar fi trebuit să-ți răspund la scrisoare, la mesajele scrise. Fă ce vrei cu mine, dar las-o în pace pe Angelica. Te rog, Emma. Te rog.

Camera se învârte din ce în ce mai repede, și dintr-odată sunt copleșită de o stare de greață. Sunt încolțită de mirosul de sânge și de urină. Arunc încă o privire către femeie. E la fel de nemișcată ca și înainte. La picioarele ei ceva strălucește metalic: un set de chei de mașină. Le ridic și trag corpul femeii până pe podeaua din hol. Îi trag un șut în față să văd dacă mai trăiește. Scoate un scâncet firav.

— Te rog. Dă-mi drumul. Te rog... Îmi pare rău. Ar fi trebuit să te sun. Te rog. Iartă-mă!

Vocea lui Jesper pare să vină de departe, de parcă s-ar auzi din interiorul unei țevi. Nu văd de ce i-aș răspunde și, sincer, nici nu știu ce să-i spun. Lucrurile au luat-o razna şi tot ce vreau e să dispar de-aici. Să scap de imaginea trupului subţire al lui Jesper întins pe podea şi de mirosul fricii şi al morţii.

Dar nu pot. Nu încă.

Trebuie să-i arăt femeii ăsteia, femeii ăsteia care mi l-a luat pe Jesper, că nu a câştigat. Trebuie să vadă pe cine iubeşte şi cui îi aparţine Jesper, chiar dacă va trebui să o forţez.

— Priveşte, îi şoptesc. Priveşte cu atenţie!

Hanne

La cinci dimineaţa, primesc un mesaj de la Owe. Mă trezeşte dintr-un somn agitat. Ridic mobilul de pe podea şi-l citesc.

Te iubesc.

Asta e tot. Nu mă ameninţă, nu mă roagă să mă întorc acasă. Mă holbez la ecranul care străluceşte în întuneric. Mă minunez cât de banal sună propoziţia asta. Ca şi cum cuvintele şi-ar fi pierdut înţelesul — îmi par false şi fade, ca mâncarea procesată.

Mă ridic în capul oaselor. După ce am petrecut nenumărate ore pe o canapea incomodă din sala de aşteptare, mă doare spatele. Echipa a lucrat toată noaptea, dar eu am simţi nevoia să mă întind un pic. Întotdeauna am fost aşa. Lui Owe i se părea ceva amuzant. Mă tachina pentru că eram ca un copil care la anumite ore avea nevoie de mâncare şi de somn.

Dar adevărul e că aşa stau lucrurile. Nu fac faţă o perioadă mai îndelungată dacă nu dorm. Nu e vorba că devin arţăgoasă şi ursuză — nu, dar îmi pierd capacitatea de a gândi cu claritate, de a face cele mai simple legături.

Şi nu-mi permit asta acum.

Oare unde o fi dispărut femeia care l-a omorât pe Jesper Orre şi pe prietena lui? Femeia care...

Îmi dau seama cu o senzaţie din ce în ce mai accentuată de frustrare că, de fapt, nu-mi mai aduc aminte numele ei. Ca şi cum s-ar fi şters în timpul somnului, s-ar fi risipit ca fumul în timpul orelor petrecute pe canapea, dizolvându-se în aerul stătut al camerei de aşteptare.

Mă ridic în capul oaselor şi-mi pun cardiganul. În timp ce mă îndrept spre fereastră, simt pământul rece sub tălpile goale. În întunericul de afară, câţiva fulgi singuratici se rotesc şi dispar. Clădirile din jur sunt întunecate, cu doar câteva ferestre luminate, ici şi colo, licărind ca nişte semnale luminoase în noapte.

În încăperea de la etajul doi e o activitate febrilă. Sunt prezenţi Manfred, Sánchez, Bergdahl şi vreo alţi zece pe care nu-i cunosc. Nici nu intru bine şi Peter vine la mine. Îşi pune cu blândeţe mâna pe umărul meu.

— Cum merge?

Trupul lui deşirat, faţa lui sinceră, de băieţel. Atingerea lui blândă. Toate astea mă afectează şi nu am cum să mă apăr. Mă fac să mă simt vulnerabilă şi nerăbdătoare în acelaşi timp, ca şi cum corpul ar vrea să-mi semnaleze ceva urgent. Urmează să se întâmple ceva important şi inevitabil, ceva asemănător unui dezastru natural. O simt în fiecare fibră.

Tremur şi, fără să vreau, fac un pas în spate.

— Bine. Un pic obosită. Aţi găsit ceva?

Peter face un semn cu capul spre colegii săi.

— Am parcurs extrasul de cont al Emmei Bohman. Cu două zile înainte de moartea Angelicăi Wennerlind, a cheltuit trei mii de coroane într-un magazin cu articole de camping. Mai mult, a închiriat o maşină pe care n-a mai returnat-o niciodată. Am găsit-o la câteva sute de metri de casa lui Orre. Şi, cu câteva săptămâni mai devreme, în noaptea în care a ars garajul lui Orre, a cheltuit o mie cinci sute de coroane într-un magazin de vopsele.

— Benzină?

— Credem că da. Şi am emis un buletin de urmărire generală pentru maşina Angelicăi Wennerlind. Un Volvo 740 estate, de culoare roşie. Suntem de părere că e posibil ca Emma Bohman să o fi folosit pentru a părăsi locul crimei.

— Ați fost la... apartamentul Emmei Bohman?

— Da, dar l-am găsit gol. Am primit un mandat de percheziție şi l-am cercetat în urmă cu câteva ore. Era o mizerie totală. Plin de ambalaje goale de înghețată şi hârtii tăiate în bucăți. Pe podeaua din bucătărie am găsit spaghete uscate şi pete de ketchup pe oglindă. Peste tot, perne aruncate pe podea. Experții legişti sunt în continuare acolo. Ai vreo idee unde ar putea să fie acum?

Arunc o privire prin încăpere. Observ concentrarea colegilor noştri.

— Într-un loc în care se simte în siguranță. Dă-mi voie să parcurg încă o dată informațiile pe care le avem despre ea. Poate găsesc ceva.

Pe măsură ce mă uit pe stivele de documente, orele trec. Afară începe să se lumineze, un răsărit rece şi tare ca granitul. Coridoarele sunt aglomerate şi mirosul cafelei proaspete inundă încăperea. Nivelul de zgomot creşte. Cineva îmi pune în față un pahar de cafea şi îi mulțumesc dând din cap, fără să ridic privirea.

În jur de ora zece fac o plimbare. Îmi târâi picioarele prin zăpada proaspăt căzută, las vântul înghețat să-mi sufle pulpana gecii, fulgii de zăpadă să mi se topească pe față.

Iată-l din nou: sentimentul că am citit ceva important, dar nu am reuşit să fac legătura. Albul zăpezii mi se imprimă pe retină şi simt cum frigul îmi pişcă obrajii. Şi, chiar sub suprafață, se însăilează o revelație. Ştiu asta; doar că nu pot să o apuc. O zbugheşte, ascunzându-se în cele mai întunecate colțuri ale conştiinței mele, asemenea unui animal.

În timp ce fac cale întoarsă spre clădirea poliției, îmi dau în sfârşit seama ce este. Şi, dintr-odată, mi-e atât de teamă că o să uit, încât îmi vine să mă duc la paznic şi să-i cer cu împrumut un pix şi hârtie. Dar hotărăsc să am încredere că voi ține minte şi mă grăbesc spre lifturi. Aproape că parcurg în fugă coridorul care mă duce la colegii mei.

— Kapellgränd, îi spun lui Manfred, care stă în picioare în mijlocul încăperii cu o ceaşcă de cafea. Emma Bohman a copilărit pe strada Kapellgränd. Şi când a fost întrebată de poliție în legătură cu inelul furat, a spus că Orre locuia pe Kapellgränd.

— Serios?

Manfred pare confuz. Sánchez şi Peter ni se alătură. Mă privesc în tăcere.

— Amestecă fantezia cu realitatea şi, dintr-un motiv sau altul, apartamentul de pe strada Kapellgränd, unde a copilărit, are un anumit înțeles pentru ea. Căutăm un loc în care ea se simte ca acasă. În siguranță. S-ar putea ca acel loc să fie Kapellgränd.

Sánchez ne face semn cu mâna. Pare obosită, iar sub ochi are cercuri întunecate de la machiajul vechi care i s-a întins.

— Sper că vă dați seama că mai avem încă o problemă? spune ea încet. Nici fiica de cinci ani a Angelicăi Wennerlind nu e de găsit.

Emma

Cu o săptămână în urmă

Strada e liniştită şi tăcută. Din cerul care stă să se întunece cad fulgi grei. Volvo-ul roşu e parcat în faţa casei. Cobor pe alee spre maşină ţinându-l strâns pe Jesper de braţ. La tufa de rododendron mă opresc şi mă curăţ cu zăpadă. Îmi îngrop faţa în albul îngheţat şi mă şterg de sânge. Jesper stă lângă mine. Gâfâie ca un câine.

Scot cheile pe care le-am luat de la femeie. Deschid maşina, îi mai administrez un şoc şi-l împing în scaunul din dreapta şoferului. Nu spune nimic. Faţa lui e complet golită de emoţie şi ochii lui seamănă cu două pietre negre şi ude.

Interiorul tapiţat cu piele neagră e uzat şi miroase a grajd. Pentru prima dată în ultimele ore, îmi dau voie să mă relaxez. Doar un pic, până când durerea din piept mai cedează.

— Unde e mami?

Vocea vine dinspre bancheta din spate. Pentru o secundă, frica şi neprevăzutul mă fac să îngheţ. Apoi mă întorc şi o privesc pe fetiță drept în față. Cât timp ne măsurăm una pe cealaltă, e linişte. Ea arată de parcă tocmai s-ar fi trezit, dar nu pare speriată, doar curioasă. În spatele ei, zăresc valizele din portbagaj.

— Mami a trebuit să se ducă până la doctor, îi spun şi pornesc maşina. Jesper şi cu mine vom face pe dădaca.

— Wilma, spune Jesper cu o voce groasă.

— Taci din gură! îi spun şi-i administrez încă un şoc.

Se zvârcoleşte şi sfârşeşte prin a sta cu capul aplecat în față şi saliva curgându-i din gură.

— Jesper e şi el bolnav un pic, spun, uitându-mă în spate. Vom avea grijă de el când ajungem acasă.

În maşină e ciudat de linişte. Mă aşteptam ca fata să mă bombardeze cu întrebări şi să protesteze, dar e tăcută şi are ochii larg deschişi.

— Numele tău e Wilma? încerc eu să leg o conversație.

Îşi pune degetul mare în gură fără să-mi răspundă şi se uită afară prin fereastra întunecată.

— N-ar trebui să-ți sugi degetul. E plin de murdărie şi de bacterii, îi spun, încercând să nu par prea strictă. Ea mă priveşte în oglinda retrovizoare fără să spună o vorbă.

— În fine, pe mine mă cheamă Emma.

Conduc câteva sute de metri în linişte. Poate că de vină e stresul, cert e că o iau pe unde nu trebuie. Drumul nu mi-e familiar, iar casele lasă loc copacilor acoperiți de zăpadă şi câmpurilor întinse. Nici urmă de vreun om. Habar n-am unde sunt.

— Vreau la mama! țipă brusc fata.

Ezit, dau drumul la radio şi mă gândesc. Am de gând să mă întorc spre ea ca să-i spun să stea cuminte. Dar înainte să apuc, Jesper se aruncă peste mine şi încearcă să-mi ia volanul. Trebuie să se fi eliberat cumva, pentru că acum are mâinile libere. Bâjbâie după volan şi după frâna de mână.

Apăs din greşeală acceleraţia şi maşina alunecă, apoi zboară peste un hop şi se izbeşte de un mesteacăn. Impactul e asurzitor şi mirosul de plastic ars se răspândeşte în habitaclu.

Jesper zace în braţele mele, cu capul sprijinit de geam. Sticla e străbătută de crăpături mari. Arată ca o pânză de păianjen.

Mă întorc în mod reflex.

Fata pare şocată, dar nu a păţit nimic.

Apăs uşor gâtul lui Jesper, căutându-i pulsul, dar nu simt nimic. Din capul lui sângele curge pe bord. Totul e tăcut, în afară de zgomotul făcut de respiraţia Wilmei.

Îl scutur încet pe Jesper, dar el nu reacţionează. Nu respiră.

Mă uit afară în întuneric. Tot ce reuşesc să văd sunt tufe şi câmpuri acoperite de zăpadă. Încetul cu încetul îmi devine clar că nu pot să continui drumul cu Jesper în maşină. Trebuie să-l las în urmă.

Dar pot oare să-l las pur şi simplu acolo, întins în mijlocul drumului?

Mă uit afară în întuneric. În depărtare, zăresc o cutie pătrată cu un text alb pe el.

„NISIP."

Ea e în pat, dormind liniştită de parcă ar fi uitat deja evenimentele şi imaginile zilei de ieri: accidentul; trupul flasc şi însângerat al lui Jesper; eu, târându-l afară din maşină şi împingându-l, după multe încercări eşuate, în lada cu nisip; continuând apoi să conduc de parcă nu s-ar fi întâmplat nimic şi parcând printre sutele de maşini din garajul de la spitalul Danderyd, unde ninsoarea s-a depus cu repeziciune, asemenea unei pături protectoare, peste geamul spart şi partea frontală, buşită a maşinii. M-a întrebat un singur lucru în timpul scurtei călătorii cu metroul: unde l-am dus pe Jesper? I-am răspuns calmă că a trebuit să se ducă la doctor, la fel ca şi mami.

Nu ştiu dacă m-a crezut, dar nu a spus nimic. Doar a dat serioasă din cap. Fața mică şi palidă a Wilmei e straniu de armonioasă: obraji rotunzi, gene lungi şi negre, şi o guriță adorabilă, pe jumătate deschisă. Îi ating cu blândețe obrazul. Pielea ei e moale şi caldă.

E atât de frumoasă, mă gândesc. Atât de perfectă, de neatinsă. Chiar e un mic miracol. Există o singură problemă: nu e a mea. Copilul meu e mort şi îngropat, a dispărut de pe lume înainte să apucăm să ne cunoaştem.

În timpul nopții dorm lângă ea. Când ea se întoarce şi mă loveşte cu picioarele ei mici şi puternice, mă trezesc. Şi asta se întâmplă de mai multe ori. Cu toate astea, ceva a încolțit în mine: sentimentul că fac parte din ceva uimitor şi unic. Că acest copil, toți copiii reprezintă sensul vieții mele. Că sensul existenței încape în acest trupşor durduliu de lângă mine şi că în aceşti ochi de un albastru-deschis, incredibil de rotunzi, se regăseşte un fel de adevăr.

Poate că aş putea s-o păstrez, mă gândesc. Poate că am putea să fugim împreună. Să luăm viața de la început undeva unde nu ne cunoaşte nimeni.

Poate că ar putea să devină cu adevărat a mea.

Wilma se trezeşte înaintea mea. Când deschid ochii, se joacă pe noptieră cu unul dintre cerceii mei. Brațele ei sunt palide, aproape ca marmura.

— Ţi-e foame?

Nu răspunde.

— Aşteaptă aici. Mă duc să iau ceva de mâncare.

Mă duc în bucătărie. Frigiderul e gol, cu excepţia unei cepe uscate şi un pachet rânced de unt. Caut în cămară. Nici urmă de ceva de ronţăit. Nici cereale. Nimic care să fie pe placul unui copil. Congelatorul e şi el aproape gol. Dar pe raftul cel mai de jos, descopăr ceva. Mă aplec în faţă şi scot găleata, deschid un sertar al bufetului şi scot o lingură.

Wilma stă cuminte pe podea şi mănâncă îngheţată. Se murdăreşte pe haine şi murdăreşte şi covorul, dar asta nu mă deranjează. E atât de perfectă... şi gândul revine.

Dacă ar fi a mea?

Mă duc în baie şi mă uit în oglindă. Părul meu scurt stă ca-n piuneze. Machiajul negru s-a întins pe pielea palidă de sub ochii injectaţi. Gâtul şi braţele îmi sunt acoperite de pete de sânge. Mă frec cu săpunul, intru la duş, las apa fierbinte să-mi curgă pe umeri. Să cureţe mizeria.

Din bucătărie aud zăngănitul sertarului cu tacâmuri. Bănuiesc că Wilma a pornit în explorare. Tocmai mă decid că ar trebui să ies să văd ce face, când din bucătărie se aude un ţipăt exaltat. Apoi Wilma strigă:

— Am găsit o comoară. Uite!

Mă şterg şi mă înfăşor într-un prosop. Ies în bucătărie. Wilma pare entuziasmată. Sare în sus şi-n jos.

— Ai găsit o comoară? o întreb.

— Uite!

La început nu înţeleg ce-mi arată, dar apoi văd teancurile de bancnote împrăştiate ici-colo pe podea. Mă las în genunchi. Bancnotele sunt ţinute laolaltă de mici benzi roşii de cauciuc. Şi dintr-odată pricep. Ăştia sunt banii pe care i-am moștenit. Banii care au dispărut fără urmă. Recunosc benzile de cauciuc.

— Unde ai găsit ăștia?

Vocea mea sună dogit, de parcă nu mi-ar aparține.

— Acolo!

Wilma sare în sus și-n jos în timp ce arată spre un dulap îngust aflat în stânga cuptorului, unde păstrez hârtia de copt. Cred că au trecut câteva luni bune de când n-am mai deschis acel dulap. De fapt, știu exact când am făcut-o ultima oară. A fost în seara în care eu și cu Jesper ar fi trebuit să luăm cina cu ocazia logodnei. Iar eu urma să fac gustări calde în cuptor. Mă aplec în față și mă holbez în spațiul întunecat. Durează câteva secunde până când ochii mi se obișnuiesc cu întunericul. Înăuntru mai sunt teancuri. Le scot, le număr și stau în cumpănă pentru un moment. Se pare că, de fapt, toți banii sunt încă aici.

— Cum...? Era deschisă ușa?

Wilma scutură din cap, dându-și importanță. Are pete mari de înghețată pe bărbie și pe tricou.

— Când l-am deschis, am găsit comoara.

Dau din cap, mă prăbușesc pe podeaua rece. Încerc să-mi dau seama ce s-a întâmplat. Probabil că Jesper a pus banii înapoi. Dar de ce să-i pună în dulapul din bucătărie? Singura explicație la care mă pot gândi e aceea că n-a vrut ca eu să găsesc banii. A făcut-o intenționat.

Ca și cum ar fi vrut să mă scoată din minți.

Chiar când sunt pe punctul de a închide ușa lungă și îngustă, mai zăresc ceva ascuns în întuneric. Arată ca un tablou care stă-n picioare, sprijinit de perete. Orbecăi prin dulap și îl apuc. Îl trag cu grijă afară, îl așez în fața mea pe podea. Încerc să pricep.

E tabloul de Ragnar Sandberg.

*

Stau din nou în fața oglinzii din baie. Îmi răscolesc memoria. E posibil să fi pus banii şi tabloul în bucătărie şi să nu-mi aduc aminte? Ceva trece razant. O amintire vagă legată de o bucătărie întunecată. Greutatea tabloului în mâinile mele în timp ce mă ghemuiesc în fața dulapului.

Oare îmi pierd mințile?

Mă aşez pe toaletă şi fac pipi. Decid că probabil a fost doar un vis. Mai bine mă gândesc la mama.

Mă gândesc la faptul că nu mi-a răspuns niciodată la întrebare.

Femeia în halat verde mi-a pus încurajator mâna pe braț. Era tânără. Foarte tânără. Pe ecusonul ei scria „Soraya".

— Emma. Mă bucur că ai putut să vii atât de repede! O să te conduc la ea.

Am traversat coridorul în tăcere. Dincolo de ferestre se vedeau vârfurile copacilor. Frunzişul verde, delicat, dansa în vânt. Nori destrămați se alergau pe cerul albastru. Am trecut pe lângă un fel de bucătărie. Pe o masă rotundă din plăci laminate era o vază de plastic cu păpădii scuturate. Mirosul cafelei şi al cinei încălzite la cuptorul cu microunde se strecura pe coridor.

Paşii asistentei erau silențioşi, dar hotărâți. S-a oprit în fața unei uşi şi s-a întors spre mine.

— Înainte să intrăm... Trebuie să te previn, mama ta e conectată la un aparat care o ajută să respire. S-ar putea să ți se pară un pic înfricoşător cu toate tuburile şi aparatele, dar nu o facem să sufere. I s-a administrat multă morfină, așa că nu o doare nimic, dar s-ar putea să fie dificil să vorbești cu ea. Nu e tot timpul conștientă.

— Mă va recunoaște?

Asistenta a zâmbit. N-am reușit să-mi dau seama dacă e din cauză că întrebarea mea a fost prostească sau dacă doar încerca să se arate prietenoasă.

— Dacă se trezește, te va recunoaște fără doar și poate. Nu e nimic în neregulă cu mintea ei, așa cum bine știi. E doar corpul, care...

A lăsat propoziția neterminată.

— Pot s-o ating?

— Absolut. Poți să vorbești cu ea, poți s-o ții de mână. Să o săruți. Nu e periculos și nu-i vei face niciun rău. Dar, așa cum am spus, nu știu în ce măsură va fi conștientă. În ultimele ore, i-au cedat atât ficatul, cât și rinichii, așa că e foarte... fragilă.

Am observat în depărtare un bătrân care a ieșit cu pași nesiguri pe coridor, ajutat de un asistent. Trăgea după el un suport pentru perfuzii. Stația finală a vieții: iată cum arăta. Un coridor alb de spital cu podele acoperite cu linoleum lucios și paturi ajustabile din metal inoxidabil. O tăcere punctată doar de șuierul și respirația aparatelor.

Asistenta a deschis ușa. Am atins-o pe braț, am simțit nevoia s-o întreb.

— Își va mai reveni?

— E greu de spus.

Ochii ei căprui-închis s-au întâlnit cu ai mei. Mi-a aruncat un scurt zâmbet și a dispărut pe coridor în saboții ei silențioși.

La jumătatea drumului, s-a întors spre mine.

— Voi fi în camera de gardă, dacă ai nevoie de ceva.

Am dat din cap și am intrat în salon.

Aproape că nu am recunoscut-o. Arăta de parcă tot corpul i s-ar fi umflat. Mama a fost mereu mătăhăloasă, dar asta era altceva. Trupul ei părea umflat de lichid. Pielea ei era strălucitoare şi satinată, aproape transparentă. Brusc, m-am temut că dacă o ating o să fac o gaură în ea. Că tot lichidul se va scurge ca apa dintr-un balon.

Era conectată la tuburi şi singurul zgomot din încăpere era şuieratul aparatului care îi pompa sârguincios aer în piept.

Eram pregătită pentru şoc.

Cred că, pe undeva, m-am aşteptat să nu fiu afectată, din moment ce relaţia noastră era cum era. Dar m-am înşelat. Am început să tremur din tot trupul şi, când am luat un scaun şi m-am aşezat lângă ea, am fost năpădită de o transpiraţie rece. Amintiri stranii, imposibil de alungat, m-au prins cu garda jos: mama, tata şi cu mine, decorând pomul de Crăciun pe care-l furaseră din parc. Mama stând întinsă în patul meu, strângându-mă în braţe, într-unul dintre rarele momente de dragoste şi apropiere pe care le păstram ca pe nişte pietre preţioase. Gura ei mirosind dulce a ţigări şi a bere şi eu neîndrăznind să-mi mişc capul nici măcar un milimetru, în ciuda mirosului, plină fiind de o gratitudine nemărturisită pentru afecţiunea ei. Fluturele albastru, mort şi rupt pe podea, înconjurat de cioburi de sticlă şi crenguţe uscate, ţepoase.

Mi-am pus uşor mâna pe braţul mamei, având grijă să evit urmele mari, purpurii. Nu a reacţionat. Faţa era la rândul ei umflată, mai ales în jurul ochilor. Era greu să-ţi dai seama dacă sunt închişi sau deschişi.

Lacrimile m-au surprins. Au început să-mi coboare pe obraji şi le-am lăsat, n-am încercat să le şterg. Inflamarea rinichilor și insuficiență hepatică, așa au spus. Și când îi întrebasem dacă era posibil să fie din cauza băuturii, doctorul n-a făcut decât să dea din cap, explicându-mă că nu era exclus. Mi-a spus că multe boli cauzate de alcool au acest rezultat final.

M-am aplecat deasupra ei. Mi-am lipit capul de pieptul ei. Am simțit cum urcă și coboară în ritmul ventilatorului. Și, dintr-odată, am simțit nevoia de a ști. Era ultima mea șansă să-i pun întrebarea care mă chinuise atâta timp.

Mi-am șters fața de pătura ei galbenă și mi-am dres vocea. I-am strâns mai tare brațul și i-am studiat îndeaproape fața.

— Mamă, sunt Emma.

Fața ei umflată nici n-a tresărit. I-am strâns mâna atât de tare, încât pielea i s-a albit sub degetele mele și unghiile i-au lăsat mici urme, ca niște seceri pe pielea ei nefiresc de albă. Cu cealaltă mână, am bătut-o ușor pe față. Poate un pic prea tare.

— Mamă, sunt Emma.

Una dintre pleoape a tresărit. Nu știu dacă a fost un reflex sau dacă însemna că până la urmă m-a auzit. M-am aplecat spre ea. Mi-am apropiat gura de urechea ei.

— Mamă! Trebuie să știu...

Aparatul a șuierat, iar mama a tresărit de parcă aș fi ciupit-o de obraz.

— Mamă! Trebuie să-mi spui... Și vreau să fii sinceră. E ceva în neregulă cu mine?

Peter

Câteodată mi-ar plăcea să-i pot cere mamei sfaturi legate de aceste anchete. Mi-o imaginez stând în faţa tabloului cu probe cu mâinile în şolduri şi cu o expresie încruntată. Complet neimpresionată de poliţiştii adunaţi în jurul ei. A fost o femeie deosebit de receptivă, într-un mod uşor cinic. Putea să identifice o minciună imediat ce era rostită şi nu-i era teamă să se exprime atunci când nu era de acord cu ceva. Cu alte cuvinte, ştia să facă lucrurile uşor incomode. Şi putea să fie un ghimpe în coasta celor aflaţi la conducere — cel puţin aşa îi plăcea să se perceapă pe sine.

Hanne seamănă mult cu ea. Dar îi lipseşte cinismul. Ciudat! De ce nu m-am gândit niciodată la asta?

Mă uit la Hanne, care stă la birou şi răsfoieşte un teanc de documente. Există chiar şi o asemănare fizică, ceva ce ţine de păr şi de sprâncenele negre, fin conturate. Şi-n felul în care se mişcă, felul în care-şi dă capul pe spate atunci când râde. Ca şi cum ar vrea ca tot cerul să o audă.

Să fie oare chiar aşa de simplu? M-am îndrăgostit de mama mea?

Îmi trece prin cap că dragostea e un reflex. Ceva ce facem pur şi simplu, aşa cum dormim şi mâncăm. Şi poate că ne îndrăgostim de ceea ce ne dă senzația de familiar, de acasă. Ceva care ne aduce aminte de cum era viața înainte de toate dezamăgirile.

Manfred se apropie de mine. Mă loveşte uşor în coastă.

— Arăți ca naiba. E vreo problemă?

Încercarea lui stângace de a-şi arăta solicitudinea mă face să zâmbesc.

— Mulțumesc. Când plecăm?

— Echipa specială de investigații şi negociatorul vor fi aici în treizeci de minute. Din câte se pare, proprietatea de pe strada Kapellgränd e goală. Urmează să fie demolată, aşa că nu trebuie să ne facem griji în privința vecinilor. Vii şi tu cu noi?

— Dacă-ți ții gura.

El fornăie zgomotos şi mă loveşte în spate.

— Ia te uită, Lindgren. Până la urmă se dovedeşte că ai coaie.

Clădirea de apartamente de pe strada Kapellgränd e întunecată şi aparent nelocuită. La parter, ferestrele sunt acoperite cu placaj, bucăți ascuțite de sticlă sunt încă vizibile sub ea Stăm în maşina lui Manfred: Sánchez, Manfred, Hanne şi cu mine. Echipa specială de investigații se ascunde undeva acolo, în întuneric. Au verificat deja apartamentul care a fost golit de curând, cu excepția câtorva sticle goale, un teanc de reviste porno vechi şi câteva pături murdare, aruncate pe jos. Nici urmă de copil, dar am hotărât să aşteptăm o vreme, în cazul în care Emma se arată pe-aici.

Hanne avusese dreptate înainte.

La radio se aude Morrissey, dar e dat atât de încet, încât abia reuşesc să recunosc versurile: *You have never been in love, until you've seen the sunlight thrown, over smashed human bone.*[1]

Să fie adevărat? mă întreb. Oare a făcut-o din dragoste?

Câțiva pietoni singuratici trec pe strada bătută de vânt. Câteva femei cu văl se apropie dinspre Götgatan, mergând braț la braț. Poate că sunt în drum spre moschee.

Manfred bate darabana pe volan şi se zgâieşte pe geam în întuneric. Şterge condensul de pe interiorul parbrizului cu mâneca hainei lui din păr de cămilă şi oftează.

— Poate că nu vine. Oare o căutăm în locul greşit?

Niciun răspuns.

Un biciclist singuratic trece smucind de ghidon, când îmi sună telefonul. E Janet.

În mod normal aş lăsa să intre mesageria vocală, dar, cum am deja patru apeluri pierdute de la ea şi pentru că în momentul ăsta nu am nimic de făcut, mă hotărăsc să-i răspund.

— Trebuie să vii chiar acum, spune ea cu răsuflarea tăiată.

Dintr-odată înțeleg, dar îmi păstrez vocea calmă.

— S-a întâmplat ceva?

Manfred se întoarce spre mine cu o privire întrebătoare. Înțeleg imediat că nu crede că acum e un moment bun pentru a discuta probleme de familie. Dar lui Janet nu i-a păsat niciodată de astfel de argumente.

— E vorba de Albin, se smiorcăie Janet. L-au luat.

Respir.

---

[1] N-ai fost îndrăgostit cu adevărat, până când n-ai văzut lumina soarelui pe osul rupt al aproapelui. (*N. t.*)

— L-au luat?

— Da, l-a luat poliția.

Încerc să gândesc în avans, dar nu reuşesc.

— Poliția? De ce?

— El... Ei... au găsit...

— Linişteşte-te. Ce s-a întâmplat?

Îngrijorarea mea e amestecată cu ruşine. Janet a făcut de nenumărate ori asta — m-a sunat în mijlocul a ceva important, având pretenția să las totul baltă. Nu a arătat niciun pic de înțelegere față de slujba pe care o am. Cu toate că timp de cincisprezece ani i-am trimis bani lunar.

Privirile colegilor mă ard, dar imaginea feței lui Albin îmi dă tărie. Trupul lui subțire de adolescent şi urechile care îi ies prin părul subțire. Urechile lui Janet. Şi-mi aduc aminte de cuvintele lui din acea seară când a venit la mine acasă în Farsta, cu un skateboard într-o mână şi o pungă în cealaltă:

M-am certat cu mama. Pot să rămân la tine peste noapte?

Apoi mă gândesc la ochii lui, la privirea pe care mi-a aruncat-o când Janet l-a condus la maşină şi cum m-am ascuns repede după perdea ca să nu mă vadă.

Am fost eu vreodată prezent pentru el?

— I-au găsit canabis în rucsac, Peter. Şi acum stă închis cu gaşca aia oribilă din Skogås. Trebuie să faci ceva. Eşti tatăl lui, până la urmă. Trebuie să...

Vocea ei urcă în falset şi-mi îndepărtez instinctiv telefonul de ureche ca să evit sunetele ascuțite.

— Păi... ce? Ce vrei să fac? strig.

Îi aud răcnetele prin telefonul pe care acum îl țin în poală. Toți cei din maşină aud. Țipă la fel ca atunci când a găsit invitațiile la nuntă la mine în sertar. Un răcnet din abis, plin de aceeaşi furie şi dezgust fără margini. Şi dintr-odată am senzația că mă pot vedea prin ochii ei. Văd monstrul drept care mă percepe. Creatura lipsită de coloană vertebrală care a lăsat-o să-l crească singură pe Albin.

Un moment mai târziu, aud vocea mamei mele. Slabă şi un pic gravă, de parcă eternitatea ar fi lipsit-o de caracterul ei tăios. *Responsabilitate, Peter. N-ar fi cazul să-ți asumi un pic de responsabilitate?*

— Janet, te sun imediat.

Ea începe să protesteze.

— Nu, îi spun, cu toate că probabil i se pare absurd să audă asta de la mine. Ai încredere în mine. Te sun imediat.

Simt privirea apăsătoare a lui Hanne în timp ce mă dau jos din maşină. Deschide portiera şi vine la mine. Îşi pune mâna pe brațul meu.

— Vreau să rămâi, spune ea repede.

— Nu pot, îi spun şi o privesc în ochi.

Ar trebui să-i explic ce s-a întâmplat. Să-i vorbesc despre Albin şi despre Janet şi despre datoria care, într-o bună zi, va trebui plătită. Să-i explic că ziua aceea a venit, aşa cum probabil ştiam că o să se întâmple.

— Te implor, spune Hanne. Sunt convinsă că trebuie să apară.

— Trebuie să plec, îi spun şi plec.

Pe Götgatan trec pe lângă un bar. Reclama roşie de neon pâlpâie în întuneric, strigându-şi promisiunea căldurii şi a uitării şi dintr-odată mi se face poftă de o bere. Doar o sticlă acolo, la căldură, în loc să trebuiască să mă îndrept direct spre secția de poliție din Farsta sau înapoi la Hanne. Un refugiu din calea alegerilor care fac viața atât de incredibil de greu de cârmuit.

Dar nu de un refugiu am nevoie acum — şi cu siguranță, nu asta merit. Am nevoie de un loc liniştit de unde să fac un apel important.

Păşesc înăuntru, cercetez rapid locul: oamenii atârnă agățați de băuturile lor, televizorul fără sonor e pe un canal de sport, canapelele sunt acoperite cu vinil şi paharele cu bere strălucesc în lumina slabă, gălbuie.

Duc telefonul la ureche.

Emma

Nu o înţeleg pe Wilma. Am petrecut o săptămână întreagă încercând totul pentru a o face să se acomodeze la mine acasă. I-am citit cărţi, i-am pregătit clătite şi am făcut împreună lucru manual. Am hrănit porumbeii din piaţa Karlaplan şi am privit câinii care se jucau în zăpada din parcul Gärdet. Iar când cineva a sunat la uşă, ne-am ascuns sub pat jucându-ne de-a jocul liniştii. Dar în loc să se apropie de mine, e din ce în ce mai dificil să comunici cu ea. S-a închis în sine într-un mod ciudat. A stat ore în şir privindu-şi mâinile sau tăind sistematic hârtia în bucăţi minuscule, pentru ca apoi să le presare ca pe nişte petale de flori pe podea, în jurul ei.

Am trecut de multe ori pe lângă ziare cu imaginea lui Jesper pe ele, dar ea nu le-a văzut sau, dacă da, atunci nu a înţeles. Eu mă uitam în altă parte când vedeam fotografiile deasupra titlului „Un faimos director executiv căutat pentru crimă". Nu-l puteam privi în ochi, nu voiam să mă gândesc la tot ce mi-a făcut.

În ultimele câteva nopţi, Wilma s-a trezit ţipând îngrozită, iar când o scutur uşor ca să-şi revină după coşmar, vrea la mama ei şi mă respinge. Mi-ar plăcea s-o fac să se simtă în siguranță cu mine, dar nu știu cum. Mi-am dat seama de câteva ori că sunt supărată pe ea pentru că e atât de nerecunoscătoare, și a trebuit să-mi repet că e doar un copil. Nu e vina ei că a ajuns în această situație. E responsabilitatea mea — datoria mea — ca adult să nu-mi pierd răbdarea.

Suntem în drum spre McDonald's, singurul lucru care pare să o binedispună pe Wilma. Mă ține de mână cu mâna ei mică și lipicioasă și turuie fără oprire despre felul în care a găsit ea comoara săptămâna trecută. Cred că reapariția banilor și a tabloului are și o latură pozitivă: problemele mele financiare sunt rezolvate. Cel puțin, pe termen scurt. Și da, sunt bucuroasă că am găsit tabloul. Înseamnă mult pentru mine, nu doar din cauza valorii lui, dar și pentru că în mod ciudat e o legătură cu trecutul, e un pod către copilăria mea. Către o lume care nu mai există. Către mama și mătușile mele și acele vesele petreceri cu ceai. Către chiflele cu scorțișoară excesiv de dulci și ușor arse; mirosul fumului de țigară; senzația de bine când stăteam pe genunchii mătușii Agneta, înghesuită între sânii ei enormi.

Ninge peste Karlaplan. Fântâna scoasă din uz e acoperită de fulgi mari și pufoși. Copacii mari stau grupați într-un cerc serios și tăcut, ca și cum ar păzi piața și pe toți locuitorii orașului. În fața magazinului de bricolaj sunt aliniați pomi de Crăciun falși și saci cu lemne de foc. Oamenii intră și ies din mallul Fältöversten ducând cu ei pungi cu cadouri pentru Crăciun. Mă izbește faptul că anul ăsta, acum că mama nu mai e, nu am dat și nu am primit niciun cadou. Crăciunul va veni, dar va fi un altfel de Crăciun. La magazinul de la colț observ un titlu:

„Copil de cinci ani, răpit“. Fata din fotografie nu prea seamănă cu Wilma, dar tot mă face să o strâng mai tare de mână. O trag din fața magazinului.

— Pot să primesc un Happy Meal? Te rog, vreau un Happy Meal. Te rog.

— Bine, îi spun fără să mă gândesc cu adevărat la ce spun.

Poate că e o idee proastă s-o las pe Wilma să decidă singură ce vrea să mănânce. Poate că va ajunge să aibă obiceiuri alimentare nesănătoase.

— Şi un milkshake? Te rog.

Pentru un moment, ezit. Hotărăsc să-mi fac griji mai târziu pentru dieta ei. E mult mai important să profit de momentele când Wilma e comunicativă şi prietenoasă.

— Sigur.

Mâncăm în tăcere într-un restaurant zgomotos.

Petele de înghețată de pe hainele Wilmei sunt completate de pete de ketchup şi de grăsime de la cartofii prăjiți. E aglomerat şi aerul e umed. Podeaua restaurantului e acoperită de un strat gros de zloată murdară adusă de afară de clienți. Brusc, o femeie alunecă. Una dintre băuturile de pe tava ei alunecă şi cade spre Wilma. O prind înainte ca aceasta să o lovească. Femeia, care poartă o geacă de puf şi o căciulă de schi, trage după ea doi copii. Îşi duce îngrozită mâna la gură.

— O, nu! Îmi pare rău. Fiica dumneavoastră e în regulă?

La început nu înțeleg ce vrea să spună. Apoi îi zâmbesc larg.

— Nu vă faceți griji. Nu s-a întâmplat nimic.

Prin trupul meu înghețat se răspândeşte ceva cald. Mă uit la Wilma, care pare complet nepăsătoare față de mica dramă care tocmai a avut loc. Cu capul aplecat într-o parte, își linge degetele mici de grăsime și de sare. Părul ei frumos îi cade pe umeri în bucle încâlcite.

Fiica dumneavoastră e în regulă?

În drum spre casă mă gândesc numai la asta. Cum ar fi să fie cu adevărat a mea? Acum că am din nou bani, ar fi posibil. Am putea fugi undeva departe. Poate în Norrland. Ne-am putea ascunde acolo. Ne-am lua o altă pisică sau un câine de talie mică.

Cu siguranță ar dura ceva până când coșmarurile ei vor dispărea, până când va începe să aibă încredere totală în mine, dar sunt sigură că până la urmă s-ar întâmpla. Doar că trebuie să-i acord un pic de timp.

O iau din nou pe Wilma de mână. E la fel de lipicioasă ca și înainte.

— Când o să ne vedem cu mami? mă întreabă.

În mine izbucnește iritarea.

— Nu știu, spun cu sinceritate. Când mămica ta se va face bine.

— Dar când se va face bine mămica?

— Nici asta nu știu încă. Doar doctorul știe.

— Putem să-l întrebăm pe doctor?

Dintr-odată, nu-i mai suport smiorcăitul. I-am răspuns de mii de ori la întrebările astea — oricum, cât o să tot întrebe de maică-sa?

— Nu, nu putem, pentru că...

Mă opresc brusc și mă holbez la intrarea în clădirea de apartamente unde locuiesc. Aproape că îmi cedează picioarele.

Pe stradă, în fața casei mele, sunt parcate mai multe echipaje de poliție. Siluete îmbrăcate în haine negre discută în fața ușii. Doi ciobănești germani adulmecă pavajul.

*

Ne grăbim să ajungem înapoi în piața Karlaplan. Acum Wilma e bosumflată. Vrea să se ducă acasă şi să se uite la comoară, nu vrea să meargă nicăieri altundeva.

— Au, foarfeca doare, se smiorcăie ea în timp ce o trag după mine, încercând să o fac să se grăbească.

— Ce foarfece?

Wilma pescuieşte din buzunar foarfeca mare de bucătărie cu care se juca.

— Cea cu care tăiam.

— Eşti nebună? Ai pus foarfeca în buzunar? Dacă ai fi căzut? Puteai să te înțepi.

Îi smulg foarfeca din mână şi o pun în buzunar. Sunt inundată de un sentiment nefamiliar: teama că Wilma ar putea să se rănească. Deci asta înseamnă să fii părinte, mă gândesc şi, dintr-un motiv sau altul, simt un fel de satisfacție.

Înainte să coborâm la metrou, arunc o privire în urmă, dar se pare că nu ne urmăreşte nimeni. De la distanță, oamenii din fața clădirii în care locuiesc nu par nici pe departe atât de amenințători. Încetinesc ritmul. Expir. Slăbesc brațul Wilmei. Ea nu spune nimic, doar îşi ciupeşte buzele.

— Îmi cumperi o înghețată? spune ea în timp ce trecem pe lângă standul cu ziare.

Mă priveşte cu ochii ei albastru-deschis.

— E foarte frig, încerc eu să mă opun.

— Nu mi-e frig. Mi-e cald. Îmi iei o înghețată? Te rog.

Mă trage de braț.

Oftez. Intru în magazin şi-i cumpăr o înghețată.

Am doar trei sute de coroane în buzunar. Asta e tot ce am luat când am plecat din apartament şi acum e prea târziu să mă mai întorc. Banii ăştia nu ajung nici măcar să închiriez o maşină pentru o zi, ceea ce e păcat, pentru că dacă aveam maşină puteam cel puțin să plecăm din oraş. Puteam să mergem în altă parte.

Coborâm la metrou. Wilma îşi mănâncă înghețata de jos în sus şi se pătează pe geacă. Pe piept are pete mari de vanilie. Decid să le ignor. Am preocupări mai presante.

Garnitura de metrou intră în stație şi urcăm. Stăm față-n față. Wilma şi-a terminat înghețata, dar continuă să țină bățul în gură. Îl suge şi-l muşcă până când se rupe în două.

La Östermalmstorg urcă o femeie cu geacă de fâş. Trece prin vagon împărțind nişte foi de hârtie laminată pe care scrie: „Vă rog să-mi ajutați fiica. E neputincioasă din cauza unei paralizii cerebrale şi la Odessa nu avem bani pentru un scaun cu rotile şi nici pentru fizioterapie." Privesc fotografia. O copilă zâmbăreață de zece ani stă într-un scaun cu rotile. Dinții şi ochelarii săi par mult prea mari pentru fetişoara ei. Brațele şi mâinile îi sunt încovoiate, de parcă ar suferi de crampe. Picioarele ei sunt ciudat de subțiri ca şi cum ar aparține unui alt trup, mai mic. Lângă ea stă un câine.

— Asta e fiica mea.

Acum femeia e lângă mine. Accentul şi ochii ei albaştri îmi amintesc de cineva şi totul îmi devine clar, ştiu exact unde trebuie să merg.

Îi dau înapoi femeii fotografia şi scutur din cap. Simt cum inima îmi bate puternic în piept.

— Îmi pare rău. Nu am bani.

Când intrăm, Olga împătureşte blugi. Nu le zăresc nici pe Mahnoor, nici pe Björne. Poate că sunt în depozit. Sau poate sunt în pauză.

Olga mă îmbrăţişează strâns. Mirosul de parfum e atât de puternic în jurul ei, încât aproape că-mi vine să strănut.

— Ce ţi-ai făcut?

Ochii ei albastru-deschis se măresc şi sunt uimită de asemănarea dintre ea şi femeia din metrou. Nu doar accentul seamănă, dar şi înfăţişarea. Ar putea fi surori.

— Ce vrei să spui?

Îşi trece mâna prin părul meu scurt.

— Arăţi ca un bărbat, Emma. Vrei să arăţi ca un bărbat?

Înainte să apuc să răspund, apare şi Mahnoor lângă mine. Mă atinge uşor pe umăr. Mă întorc şi ea mă îmbrăţişează.

— Arăţi minunat, îmi şopteşte la ureche. N-o asculta. Îmi pare atât de rău! Am înţeles că ai fost concediată. Ce nesimţiţi!

Apoi amândouă o observă pe Wilma. Pe fruntea Olgăi apare un rid.

— Ea e Wilma, spun eu. Am grijă de ea.

— Deci ţi-ai găsit o slujbă? întreabă Olga.

Dau din cap că da.

Mahnoor şi Olga se uită din nou la Wilma, dar ea pare să-şi fi pierdut interesul faţă de colegele mele. În schimb, a început să exploreze magazinul. Se bagă mergând de-a buşilea sub etajerele cu haine. Se joacă cu etichetele de siguranţă. Sortează cleştii de prins părul şi cerceii.

— E doar ceva temporar. Mama ei e bolnavă. Am grijă de ea până se face bine.

Mahnoor şi Olga dau din cap. Mă întorc spre Olga.

— I-am promis că o să mergem în parcul acvatic din Södertälje. Ştii, chestia aia cu tobogane şi valuri. Poți să-mi mai dai maşina ta cu împrumut, Olga? Mâine ți-o aduc înapoi.

— Sigur. Oricum te ia cu dureri până găseşti un loc de parcare, îşi dă Olga ochii peste cap.

— Îți mulțumesc mult.

O urmez în camera angajaților. Îşi ia geanta, încrustată cu zorzoane de aur şi diamante false. Cotrobăie prin ea. Până să găsească ce caută, scoate un pachet de țigări, o cutie de tampoane şi o perie.

— Uite! Dar să o aduci înapoi până mâine după-amiază. Azi nu am nevoie de ea.

Iau cheile şi o îmbrățişez repede.

— Mulțumesc. Eşti atât de drăguță!

Ea se uită în podea, brusc ruşinată.

— Încetează! Nu e mare lucru.

Ieşim din nou în magazin. Wilma stă pe masa cu blugi şi o ajută pe Mahnoor la împăturit. Mahnoor zâmbeşte şi Wilma râde. Pare un cadru idilic. Ar putea la fel de bine să fie într-un parc sau într-un loc de joacă.

Mă duc la ele. O mângâi pe Wilma pe obraz.

— Trebuie să mergem, dragă.

— Nu, acum muncesc, protestează ea şi reuşeşte să pară foarte hotărâtă.

Olga şi Mahnoor râd.

— E o scumpă. Aş putea s-o iau acasă.

În ochii lui Mahnoor se aprinde ceva. Mă calmez, spunându-mi că n-are de unde să ştie că exact asta am făcut, că am luat-o pe Wilma acasă cu mine.

Tocmai când plec, un tip cu o parka verde intră în magazin. Vine spre noi şi imediat ce privirea lui o întâlneşte pe a mea, îl recunosc.

Am senzaţia că cineva tocmai m-a lovit cu putere în stomac. E Anders Jönsson, jurnalistul cu care m-am întâlnit mai demult. Cel specializat în sabotarea vieţii şi carierei lui Jesper Orre. Un fel de coleg de-al meu, cum s-ar spune.

Se uită la Wilma şi la mine şi ştiu că şi-a dat seama.

Mă întorc şi scap cheile de maşină pe podea, dar le ignor. În schimb, o iau pe Wilma de mână, ies în fugă din magazin şi mă îndrept spre metrou.

Hanne

Peter a plecat. După acel telefon, a coborât din maşină şi a plecat, cu toate că l-am rugat să rămână. Asta începe să mă apese.

Atmosfera din maşină e încărcată. Sánchez şi Manfred schimbă priviri pline de înţeles, dar nu spun nimic. Mă întreb oare la ce se gândesc, dacă şi ei sunt surprinşi de ieşirea neaşteptată a lui Peter şi de viteza cu care s-a făcut nevăzut în întunericul gurii de metrou.

— Se mai întâmplă să facă asta uneori, spune Manfred plin de tact, de parcă mi-ar fi citit gândurile.

Nu-i răspund.

— Bănuiesc că ceva trebuie să se fi întâmplat, spune Sánchez şi ochii ei rămân fixaţi asupra mea.

Oare ştiu? mă întreb. Bănuiesc oare că relaţia mea cu Peter e mai mult decât una profesională?

— O să ne descurcăm şi fără el, continuă Manfred.

— De ce-l aperi? îl întreb. Dispare, iar ţie ţi se pare că e ceva perfect normal. Aşa să fie oare? Chiar crezi că e-n regulă?

Niciun răspuns.

Stăm aşa o vreme. În tăcere. Apoi mobilul lui Manfred începe să sune. Îşi ridică trupul mătăhălos ca să poată scoate telefonul din buzunarul de la spate şi răspunde. Ascultă îndelung. După ce închide, se întoarce spre mine.

— Un martor le-a văzut în urmă cu o jumătate de oră pe Emma Bohman şi pe Wilma la fostul ei loc de muncă. Un jurnalist care scrie articole despre Orre şi cu care Emma s-a mai văzut.

— Ce facem? spune Sánchez.

— Ne ducem acolo, spune Manfred, pornind maşina.

— Aşteaptă, spun. Mai putem să rămânem puţin? Cred în continuare că o să vină aici.

Manfred îmi aruncă o privire obosită.

— Căutăm în locul greşit. Ar trebui să ne întoarcem acum.

— Nu. Eu rămân.

— Vii cu noi, spune Manfred, vocea lui devenind colţuroasă.

Deschid portiera şi cobor. E întuneric, pe suprafaţa zloatei s-a format o crustă îngheţată.

— Eu rămân, spun, întorcându-mă spre Manfred.

El şi Sánchez schimbă o privire.

— Faci ce vrei, spune Manfred. Dar cred că ar trebui să profiţi de ocazie ca să te duci acasă şi să tragi un pui de somn. Oricum, singură n-ai ce să faci aici.

Apoi maşina demarează, lăsând în urmă un nor de gaze de eşapament.

Îngheţ. Frigul pătrunde prin geaca umedă de iarnă şi-mi dau seama că mi-am uitat atât mănuşile, cât şi şapca în maşină. Noroc că am carneţelul la mine; stă bine mersi în buzunarul interior al gecii. Gândul că Manfred şi Sánchez mi-ar putea citi notiţele — numele şi descrierea înfăţişării membrilor echipei de investigaţii — şi faptul că îmi dau în sfârşit seama că proporțiile bolii mele mi se par mult mai înspăimântătoare decât frigul. Ruşinea a ceea ce e de nerostit e mai puternică decât orice altceva.

Demență.

Un caz de trimis la clinica memoriei.

Pe cale de a deveni o legumă.

Îmi încleştez mâinile în buzunare. Încerc să nu mă gândesc la boală ori la frigul care îmi muşcă obrazul. În schimb, mă concentrez la inuiți. Cum au supraviețuit ei iernii, în gerul necruțător. Pescuind şi vânând cu toate că trăiau luni de zile într-un întuneric total. La sacrificiile pe care le făceau zeiței mării, Sedna, ca să le dea voie să prindă creaturile marine fără ca acestea să-i tragă în adâncuri.

Trece o jumătate de oră fără să se întâmple nimic. Îmi pun gluga şi-mi bag mâinile în buzunare. Mă învârt pe loc, neştiind ce să fac. Casa de pe Kapellgränd se arată goală şi întunecată în fața mea, cioburile de sticlă din spatele placajului strălucesc în lumina lunii asemenea unor dinți ascuțiți.

Poate că Manfred avea dreptate. Poate că ar trebui să mă duc acasă la Gunilla. Să o scot pe Frida la plimbare, să mă bag în pat. Să dorm fără să setez alarma. Să uit de ziua asta — de Peter coborând din maşină, de căciula şi mănuşile mele uitate pe bancheta din spate.

Pentru o secundă, îmi trece prin cap să-l sun pe Owe. Dar nici măcar aflându-mă aici, singură în frigul muşcător, nu mi se pare o opțiune de luat în seamă. Aş prefera să stau toată noaptea singură în fața casei abandonate de pe Kapellgränd decât să mă întorc în închisoarea de pe Skeppargatan.

Încep să cobor spre luminile scânteietoare de pe Götgatan. Mă opresc în faţa unui bar, neştiind ce să fac — să mă duc acasă sau să rămân.

Apoi o văd.

Urcă pe strada Högbergsgatan ţinând o fetiţă de mână. Merge încet, aproape că-şi târăşte picioarele. Cu privirea-n pământ. Şi ştiu că trebuie să fac o alegere. Ar trebui oare să-mi semnalez prezenţa şi să încerc că vorbesc cu ea sau să o las să plece?

Şi paşii fetiţei sunt greoi. Îşi târâie ghetele prin zloată, trăgând de braţul Emmei de parcă ar încerca să se elibereze. Are geaca descheiată şi nu are nimic pe cap.

Ştiu că dacă nu fac nimic, fetiţei i s-ar putea întâmpla ceva rău. Ar putea să moară de frig în seara asta sau să fie ascunsă undeva. Şi atunci n-o vom găsi niciodată. Dar dacă intru în vorbă cu Emma, îmi risc viaţa.

Dar oricum, ce fel de viaţă am eu? Ce-mi mai rămâne de făcut după ce investigaţia asta se încheie?

Clinica memoriei?

Mă apropii de Emma şi de fetiţă.

— Ştiu ce ţi-a făcut Jesper Orre, îi spun.

Emma Bohman îngheaţă pe loc şi-mi aruncă o privire circumspectă. Fata se opreşte la rândul ei. Se holbează la mine cu gura deschisă, dar nu spune nimic. Părul ei frumos îi cade în şuviţe pe umeri, de parcă n-ar fi fost periat de câteva săptămâni bune. Geaca e acoperită cu pete în toate culorile curcubeului. Îşi ţine mâna liberă încleştată în pumn şi-mi dau seama că-i este frig.

— Poftim? spune Emma.

— Ştiu că te-a trădat şi te-a amăgit. Aşa le-a făcut şi altora.

Ea clipeşte şi se uită în sus la luna care atârnă mare şi grea pe cerul nopţii.

— Tu cine eşti? întreabă ea.

— Cineva care ştie multe lucruri despre Jesper şi despre ceea ce a făcut.

— Am înţeles. Şi ce cauţi aici?

Vocea ei e aspră; simt că e pe punctul de a izbucni în lacrimi.

— Hmmm. Ce caut aici? spun. Aştept un bărbat. Un bărbat care n-o să vină niciodată...

Mă priveşte în ochi. Dă uşor din cap.

— Înţeleg perfect, spune ea încet, apăsând fiecare cuvânt.

Îmi aşez cu blândeţe mâna pe braţul ei.

— Haide, vom elucida totul.

Ea se uită nervoasă în jur.

— Trebuie să plecăm.

— Hai să intrăm să ne încălzim un pic, îi propun. Nu poţi să fugi la nesfârşit, Emma.

Când îi rostesc numele, privirea ei devine dură şi-mi dau seama că am făcut o greşeală.

— Cine eşti, de fapt? Eşti cu poliţia?

— Nu. Eu...

— Ia-ţi dracului mâinile de pe noi, spune ea şi se eliberează din strânsoarea mea cu o forţă neaşteptată.

Fac un pas spre ea. Dar ea e mai rapidă, mă împinge cu putere şi cad într-o parte pe trotuarul îngheţat. Falca mea scoate un sunet sec şi gura mi se umple imediat de sânge. Simt o durere arzătoare radiind dinspre umeri.

O prind de picioare, mă agăţ de ea.

— Lasă-mă-n pace, nenorocito, ţipă ea şi începe să mă lovească cu piciorul.

Apoi se urcă peste mine. Stă călare pe pieptul meu, privindu-mă în ochi. Ceva îi străluceşte în mână. Nu înțeleg ce e, nu pricep ce urmează să se întâmple. Apoi văd: ține în mână o foarfecă mare de bucătărie. În timp ce se repede la mine, viața pare să se oprească şi văd totul cu o claritate surprinzătoare. Furia de pe fața Emmei. Wilma, privindu-ne înmărmurită. Cristalele de zăpadă de lângă capul meu, scânteind în lumina felinarelor.

Şi încă ceva.

Îl zăresc pe Peter dincolo de fereastra barului, ținând mobilul în mână. Pare să urle în telefon.

Dar în timp ce foarfeca îmi străpunge geaca, el se uită afară şi mă vede. Privirea lui exprimă un amestec de oroare şi surpriză. Scapă telefonul şi acționează.

Asta e tot.

Apoi nu mai sunt conştientă decât de durere şi de răceala dură a pavajului. Închid ochii şi sunt copleşită imediat de o oboseală amorțitoare. Durerea dispare, înlocuită de o senzație moale ca mătasea, ca şi cum aş fi întinsă pe zăpada proaspăt căzută sau aş pluti la câțiva centimetri deasupra pământului, imponderabilă şi complet indiferentă la ceea ce se întâmplă în jurul meu.

Totul devine încântător de tăcut.

Şi, în mijlocul a toate acestea, oricum o simt: prezența lui Peter ca o mână caldă în jurul sufletului meu.

Emma

Patru luni mai târziu

Stau într-o mică încăpere, uitându-mă pe fereastră. De cealaltă parte a sticlei groase zăresc străfulgerările mugurilor verzi de pe crengile copacilor. Pe strada de sub mine trece cu paşi legănaţi o femeie însărcinată. Un bărbat o sprijină de braţ. Bănuiala mea: urmează să nască, dar a fost trimisă să se plimbe ca să grăbească travaliul. Maternitatea e situată în clădirea din vecini. Mai încolo, dincolo de clădirile mari de cărămidă roşie, zăresc apa. E de un albastru-cenuşiu, iar crestele valurilor sunt înspumate.

Se spune că afară e frig.

Se spune că pare mult mai cald şi mai plăcut decât e în realitate. Nu pot să-mi dau seama dacă e adevărat sau nu. Au trecut exact şapte săptămâni de când n-am mai ieşit din clădirea asta de cărămidă. Timp de şapte săptămâni am avut parte de aceeaşi privelişte, am urmărit cum se umflă mugurii mici şi tari şi păsările migratoare care se întorc.

Se aude un ciocănit la uşă.

În cadrul uşii apare capul lui Urban.

— Vrei o ceaşcă de cafea?

— Ceai, mulţumesc, îi spun şi mă minunez cum de nu reuşeşte să înveţe odată că eu nu beau cafea.

Cu toate că în ultimele săptămâni am petrecut fiecare zi împreună, el încă mă mai întreabă dacă vreau cafea. Dar aşa e Urban. În ciuda inteligenţei lui ascuţite şi a interesului manifest faţă de mine, uneori e confuz. Câteodată, mintea pare să-i rătăcească, ca şi cum n-ar fi cu adevărat prezent.

Dispare şi uşa se închide scoţând un oftat. Se întoarce câteva minute mai târziu. Aduce două ceşti cu ceai şi un carneţel pe care-l ţine sub braţ.

— Ceaiul tău.

— Mulţumesc frumos.

Se aşază pe scaunul din faţa mea şi-şi pune ochelarii cu ramă metalică. Apoi îşi freacă barba de câteva zile şi parcurge notiţele.

Toată situaţia asta e destul de comică. E ca şi cum ar încerca să menţină un fel de faţadă. Ca şi cum relaţia noastră s-ar mărgini strict la cea de doctor-pacient. Ca şi cum ar nega adevărul. Eu zâmbesc; nu mă pot abţine — situaţia e într-atât de absurdă! Acum câteva zile stăteam întinşi în patul meu ca doi iubiţi. Şi acum se preface că trece în revistă dosarul meu medical, ca un medic oarecare.

Mă priveşte din nou în ochi.

— Ce e aşa de amuzant? Îmi scapă ceva?

Dau din cap.

— Nu, doar că...

Las fraza neterminată pentru că ştiu cum stau lucrurile.

Dacă vrem să facem jocul ăsta, atunci va trebui să o facem după regulile lui. Probabil că se simte vinovat pentru ceea ce a făcut. Dacă se află, e posibil chiar să fie concediat. Dacă e de părere că mai bine să ne prefacem că nu s-a întâmplat, atunci n-am decât să accept asta.

Îşi scoate ochelarii şi-şi pune carnețelul pe masă. Mă priveşte în ochi.

— Deci, cum te simți astăzi, Emma?

Îmi împing pieptul către el şi-mi las ca din întâmplare bluza să alunece un pic de pe unul dintre umeri.

— Păi, de unde să încep?

Hanne

Aşa îmi imaginez eternitatea.

Totul e alb, tăcut şi lipsit de contur. Iar frigul, care e atotprezent, nici măcar nu te deranjează. E pur şi simplu acolo, ca marea şi păsările, şi zeiţa Sedna, plutind în adâncurile de un albastru întunecat.

În faţa mea se întinde cimitirul Kulusuk şi, dincolo de acele cruci simple de lemn, stăpână e marea. În uniune cu cerul şi cu orizontul. În apele calme ale braţului de mare Torsuut Tunoq se reflectă munţii şi pe suprafaţa lor plutesc blocuri de gheaţă turcoaz.

Crucile inuiţilor sunt anonime.

Când cineva moare, numele lui e dat unui nou-născut şi viaţa îşi urmează cursul. Îmi place asta. Şi eu îmi doresc să am într-o bună zi o cruce albă şi anonimă de lemn, în locul unui bloc greoi de granit cu o inscripţie de aur. Poate voi fi îngropată aici, pe acest deal, unde permafrostul nu se dezgheaţă niciodată, iar pământul trebuie scobit ca să te accepte.

Lângă mine stă Peter. Îşi trece braţul în jurul mijlocului meu şi se uită înspre braţul de mare. Simt un tremur de fericire pentru faptul că a venit aici împreună cu mine, traversând jumătate de glob ca să viziteze locurile la care am visat atâta timp.

Rana adâncă provocată de foarfecă s-a vindecat. Dar medicii spun că am avut noroc. Un noroc inexplicabil. Dacă nu aveam în buzunar carnețelul care a blocat parțial foarfeca, probabil că astăzi n-aş mai fi în viață. Lovitura a fost puternică, iar ficatul, ratat la doar câțiva milimetri, e un organ sensibil.

Am fost salvată de propriul simț al ordinii şi de teama de a nu pierde controlul. E aproape comic.

Asta i-a dat suficient timp lui Peter, care a ieşit în fugă din bar, să o imobilizeze pe Emma şi să ceară ajutor.

Mai târziu în acea seară, după ce Emma a fost arestată şi Wilma dusă într-un loc sigur, Peter s-a dus să-l vadă pe Albin. Dar tot nu vrea să-mi spună de ce relația cu fiul lui este aşa cum este. E ceva ce trebuie să accept. Să învăț cum să mă raportez la asta. La fel cum el trebuie să învețe cum să se raporteze la boala mea.

Îi întâlnesc privirea. Văd o urmă de zâmbet, dar nu sunt sigură. Sau poate doar îşi mijeşte ochii în lumina intensă.

Ştiu că speră că mă voi face mai bine. Nu vrea să mă piardă în fața bolii. Dar ştiu de asemenea că lucrurile nu vor decurge aşa. Într-o zi voi aluneca în uitare şi voi deveni exact ceea ce îi este teamă că o să devin.

Dar nu astăzi.

Şi, serios acum, oare nu e ăsta singurul lucru care contează?

Mulțumiri

Aş dori să le mulțumesc sincer tuturor celor care m-au ajutat în privința romanului *Gheața de sub picioarele ei*, mai ales editorului meu, Sara; redactorului meu, Katarina; tuturor celor de la Wahlström & Widstrand, respectiv agenților mei, Astri şi Christine de la Agenția Ahlander.

De asemenea, sunt etern recunoscătoare tuturor oamenilor care au citit această carte sub formă de manuscris şi au contribuit cu experiența lor în diferite moduri importante, cu detalii şi intuiții privind orice domeniu, de la expertiza medico-legală şi până la procedurile poliției, mai ales Evei von Vogelsang, lui Martin Csatlos, Cinei Jennehov şi Kristinei Ohlsson.

În cele din urmă, aş dori să-mi exprim recunoştința față de familie şi prieteni pentru înțelegerea pe care mi-au arătat-o şi pentru încurajările din perioada cât a durat procesul scrierii acestei cărți. Fără dragostea şi răbdarea voastră, această carte n-ar fi existat!

Camilla Grebe